Prise
deparole

Éditions Prise de parole
205-109, rue Elm
Sudbury (Ontario)
Canada P3C 1T4
www.prisedeparole.ca

Nous remercions le gouvernement du Canada, le Conseil des arts du Canada, le Conseil des arts de l'Ontario et la Ville du Grand Sudbury de leur appui financier.

Nous reconnaissons l'aide financière du gouvernement du Canada par l'entremise du Programme national de traduction pour l'édition du livre, une initiative du Plan d'action pour les langues officielles – 2018-2023 : Investir dans notre avenir, pour nos activités de traduction.

L'accoucheuse de Scots Bay

De la même autrice

Romans

Half Spent Was the Night : A Witches' Yuletide, Knopf Canada, 2018.

Witches of New York, Vintage Canada, 2017 ; nommé au prix Sunburst et au prix Thomas Raddall ; lauréat du prix Atlantic Independent Bookseller's Choice.

The Virgin Cure, Vintage Canada, 2012 ; nommé au prix Thomas Raddal et au prix CBA Libris ; lauréat du prix Atlantic Independent Booksellers' Choice.

Théâtre

Jerome : The Historical Spectacle, Gaspereau Press, 2008.

Essai

Daughter of Family G : A Memoir of Cancer Genes, Love and Fate, Knopf Canada, 2019.

Trente exemplaires de cet ouvrage
ont été numérotés et signés par l'autrice.

AMI McKAY

L'accoucheuse de Scots Bay

Traduit de l'anglais par Sonya Malaborza

Roman

Éditions Prise de parole
Sudbury 2020

Œuvre en première de couverture : Carole Deveau, *Cueillette d'herboriste*, œuvre numérique, 2020
Conception de la première de couverture : Olivier Lasser

Révision de la traduction : Ginette White
Révision linguistique : denise truax
Infographie : Alain Mayotte
Correction d'épreuves : Chloé Leduc-Bélanger et Gérald Beaulieu

Imprimé au Canada.

Diffusion au Canada : Dimedia

Catalogage avant publication de Bibliothèque et Archives Canada
Titre : L'accoucheuse de Scots Bay / Ami McKay ; traduction de Sonya Malaborza.
Autres titres : Birth house. Français.
Noms : McKay, Ami, 1968- auteur. | Malaborza, Sonya, traducteur.
Description : Traduction de : The birth house.
Identifiants : Canadiana (livre imprimé) 20200163523 | Canadiana (livre numérique) 20200163574 |
ISBN 9782897441708 (couverture souple) | ISBN 9782897441715 (PDF) | ISBN 9782897441722 (EPUB)
Classification : LCC PS8625.K387 B5714 2020 | CDD C813/.6—dc23

Réimpression

Pour mon mari, Ian
Mon cœur, mon amour, mon chez-moi

Prologue

Ma maison se dresse tout au bout de la terre. Ensemble, elle et moi avons tenu bon contre le mouvement des marées de la baie de Fundy. Nous sommes deux sœurs, têtues comme des mules.

Mon père, Judah Rare, a construit cette maison en 1917 et me l'a offerte en cadeau de noces. *Une maison forte comme on en fait rarement,* m'a-t-il dit, *exactement ce qu'il faut pour une femme de la lignée des Rare.* J'avais dix-huit ans. Aidé de ses cinq frères, tous constructeurs de navires, il l'a érigée soigneusement avec du bois coupé sur le terrain de mon grand-père. Du bois de chêne, pour la stabilité et la durabilité ; du bouleau jaune pour une vie nouvelle et le changement ; de l'épinette pour me protéger contre le monde extérieur. Mon père était un charpentier intuitif qui semblait accomplir un rite sacré en travaillant. Ses mains calleuses, veinées de fierté, savaient prendre la mesure des choses et comprenaient ce qu'il fallait faire pour résister à la mer.

Être fort et lucide, voilà ce qu'il faut pour vivre à Scots Bay. Chaque matin, tu penses aux tâches à accomplir en espérant avoir fait un peu de progrès à la tombée du jour. Notre village, perché dans la courbure du doigt de Dieu, a toujours été à la merci des tempêtes et des saisons. Et les hommes ont toujours fait tout ce qu'il fallait pour s'en sortir. Le soir venu, ils plaisantaient ensemble dans leur cuisine à la chaleur du feu en tirant sur leurs pipes. Quelqu'un sortait son violon, puis les hommes riaient en chantant : *Amenez-en, on est capables d'en prendre*. Le passage du temps se lisait sur leurs visages et dans le mouvement de leurs corps. Quand l'alose, le hareng et la morue étaient en saison, ils se faisaient pêcheurs, éreintés par le dur labeur en mer. Quand les chevreuils s'attroupaient sur le dos de la montagne, ils devenaient chasseurs et bûcherons. À l'arrivée du printemps, ils travaillaient la terre au parfum verdoyant et plantaient des denrées qui se conservaient bien – des patates, du chou, des carottes, des navets. L'été, leurs mains usées par le temps construisaient des navires tout en cultivant des champs de foin pendant que le soleil couchant dessinait des rubans sur l'eau, mettant le ciel au défi de se transformer en nuit. Quand arrivait l'heure de mouiller les navires à voile – le *Lauretta*, le *Reward*, le *Nordica*, le *Bluebird*, le *Huntley* –, les longues journées s'imprégnaient d'un sentiment de fierté et étaient ponctuées de grandes festivités. Mon père m'a raconté qu'il ratissait deux cents acres de forêt afin de repérer les arbres qu'il fallait pour construire un trois-mâts. Les grands bouleaux jaunes doucement arqués par le noroît étaient très prisés. En regardant la courbe d'un arbre et l'ombrage qu'il jetait, mon père savait repérer la quille parfaite et deviner l'endroit exact où le retour des marées s'était fixé dans le grain.

Les hommes mettaient leur vie en gage auprès de la mer pour l'honneur de ces vaisseaux. Chaque matin, ils attendaient un signal. *Ciel rouge le matin, la pluie est en chemin*. Le soir, ils levaient les yeux au ciel pour y repérer des créatures étoilées ou la queue d'un dragon. Ils y voyaient un signe que le Bon Dieu les protégerait des mains froides de la mer, prêtes à les ravir à la vie. Il arrivait que certains d'entre eux y perdent la vie. En ces moments sombres, les hommes qui avaient été épargnés repassaient ensemble tous les détails, reprisant leurs filets, accrochant des brins de vérité aux récits de bonnes femmes.

Pendant que les hommes affrontaient les éléments, les femmes voyaient aux besognes du foyer. Elles faisaient du troc entre elles pour remplir leur garde-manger et vêtir leurs enfants. Grands-mères, tantes et sœurs s'enseignaient à repriser les tissus, à cuisiner et à filer la laine. Le dimanche matin, les mères s'appuyaient sur les solides agenouilloirs de l'église de l'Union et priaient pour avoir tout ce dont elles auraient besoin. Serrant le livre de cantiques contre leur poitrine, elles juraient fidélité éternelle au Bon Dieu si la vie de leur mari était épargnée.

Quand un mari, un père ou un fils était retenu dans la brume plus longtemps que le dictait la prudence, les femmes restaient à la fenêtre, lanterne à la main, tel un chœur de femmes-lunes rappelant leur amoureux au rivage. Elles attendaient, priant leurs enfants de dormir en silence et tendant l'oreille pour percevoir la voix de la lune dans les vagues déferlantes. Dans le secret de la nuit, les mères chuchotaient à leurs filles que seule la lune pouvait contraindre les eaux à se soumettre. C'est la voix de la lune qui rappelait les hommes chez eux, sa voix qui déclenchait le cycle d'une femme, sa voix qui guidait les bébés vers la lumière au moment de naître.

Ma maison est devenue la maison des naissances. C'est ainsi que les femmes ont commencé à l'appeler, celles qui cognaient à ma porte, sur le point d'accoucher, et qui perdaient leurs eaux sur le perron. Celles qui étaient mères pour la première fois, pleines de questions ; les jeunes filles-mères ; les femmes d'expérience ayant déjà une marmaille à la maison. (Les bébés de ces femmes-là, je les appelais les « débordés », parce qu'ils étaient si nombreux que leur maman ne pouvait plus les compter sur les doigts.) Toutes ces femmes venaient à la maison mettre au monde leur bébé, pleurant et criant à gorge déployée. J'épongeais leur cou fiévreux avec un linge frais et humide ; je nourrissais leur corps fourbu en leur donnant du gruau et du thé chaud à la cuillère ; je les ramenais à elles en leur parlant.

Ginny en a eu deux.

Sadie Loomer a accouché d'une fille ici.

Précieuse a eu des jumeaux… deux fois.

Célia a eu six garçons, mais elle avait épousé mon frère Albert, et les Rare ont toujours fait des garçons.

Iris Rose a eu Wrennie.

Tout ce que j'ai jamais voulu, c'était les protéger.

PARTIE 1

Aux environs de l'an 1760, un navire écossais vint à s'échouer non loin d'ici. Le vaisseau fut détruit, mais ses passagers et son équipage trouvèrent refuge en ce lieu. Ils traversèrent l'hiver à grand-peine. Bon nombre tombèrent malades et les femmes perdirent des enfants. Les hommes descendirent péniblement la montagne du Nord jusque dans la vallée, portant des sacs de pommes de terre et d'autres denrées vers leur demeure temporaire, un endroit qui porte aujourd'hui le nom de Scots Bay.

Au printemps, quand les naufragés décidèrent de rejoindre des communautés plus établies, la fille du capitaine, Annie MacIssac, resta sur place. Elle était tombée amoureuse d'un Mi'gmaq qu'elle nommait Silent Rare.

Par un soir de pleine lune en juin, Silent partit en canot pêcher l'alose qui frayait au large de la pointe du cap Split. À mesure que les heures s'égrenaient, Annie se mit à craindre qu'un malheur ne soit arrivé à son amoureux. Elle scruta l'étendue d'eau dans l'espoir de l'apercevoir, mais elle ne vit rien. Elle se rendit à pied à l'anse où ils s'étaient rencontrés la première fois et elle se mit à l'appeler, promettant son cœur, sa fidélité et une lignée d'un millier de fils si seulement il pouvait lui revenir. La lune, voyant sa détresse, se mit à chanter et à pousser les vagues avec vigueur vers l'intérieur des terres, ramenant ainsi Silent, sain et sauf, à son amoureuse.

Depuis ce jour, tous les enfants nés de la famille Rare sont de sexe masculin. Et par les nuits de pleine lune, si l'on tend l'oreille, on entend le chant sélénite qui ramène les marins à bon port.

L'histoire familiale des Rare, 1850

1

D'aussi loin que je me souvienne, on a toujours eu bien des choses à dire à mon sujet. Après tout, en cinq générations de Rare, je suis l'unique fille. Les gens supposent donc que j'ai soit été échangée par les fées soit conçue avec un autre homme que mon père. Mais ma mère travaille et prie avec tant de ferveur que seules les pires langues de vipère mettent en doute sa fidélité. À la Baie, quand on a du mal à expliquer quelque chose, on a tendance à mettre en cause les sirènes ou les esprits des bois, à invoquer la sorcellerie et à s'arrêter là. Bien après que la semence des Planteurs de la Nouvelle-Angleterre ait dilué le sang mi'gmaq dans ma lignée familiale, je suis arrivée dans ce monde avec des cheveux d'un noir de charbon, une peau couleur cannelle et une coiffe sur le visage. *Un présage. Un signe.* Un don, disait-on, qui me permettrait de communiquer avec les animaux, de pressentir la mort et d'entendre chuchoter les esprits. Un talisman pour me protéger contre la noyade.

Quand une des génisses Highland de Laird Jessup avait donné le jour à un veau albinos à trois pattes, les rumeurs étaient allées bon train ; les gens se demandaient comment une telle créature en était venue à exister. Ils avaient fini par mettre ça sur mon compte. J'étais là quand la vache avait mis bas. J'avais couru chez les Jessup annoncer au jeune fermier l'événement étrange auquel je venais d'assister. *Dora parle aux esprits / A mange les chauves-souris / A tranche la gorge au Diable / Pis a vole au-dessus de nos étables.* Mes camarades de classe chantaient ce refrain entre les barreaux de la clôture du jardin, le ponctuant des gros mots interdits par leurs parents. Évidemment, il y a aussi toutes sortes d'histoires qui circulent dans la cour d'école sur le compte de M'ame B. Elles se terminent souvent par la même formule : *Si tu trouves pas ton chat ou ton bébé, tu sais où trouver ses os*. Des ragots comme ceux-là ont fait de nous de très bonnes amies. M'ame B. dit qu'elle les trouve bien utiles. « Ça empêche le monde de mettre les pieds où c'est qu'i z'avont pas d'affaire. »

Chaque jour ou presque, je fais une prière en ouvrant les yeux le matin. *Je vous en supplie, faites qu'il m'arrive quelque chose*. Je remercie le Bon Dieu pour tout ce qui est bon, mais ce n'est pas à lui que j'adresse ces paroles, ni même à Jésus ou à Marie, qui ont bien trop à faire pour s'intéresser à mes petits soucis. Non, je lance ma requête aux quatre vents en espérant qu'une bourrasque l'entraînera ailleurs, n'importe où, vers la destinée qui m'attend. Ma mère m'a toujours dit qu'*une jeune fille doit prendre garde à ce qu'elle souhaite*. Je commence à trouver qu'elle a raison.

La journée d'hier a été particulièrement clémente pour un samedi d'octobre : chaude, sans vent et sans nuages, un ciel bleu pour les têtes en l'air, comme on dirait, d'un bleu qui donne le goût de s'asseoir et de le contempler des heures durant. Une fois pris au piège, on a tôt fait d'oublier les tâches qu'on devait accomplir ; le temps de le dire, la journée a filé et on n'a pas songé au prix à payer pour avoir traîné au froid sans rentrer la lessive. Maman n'a pas dû remarquer le ciel. Avant même la fin du déjeuner, elle avait déjà fait deux brassées de lavage, mis le linge à sécher puis cueilli un boisseau de navets que Charlie et moi avons apporté à ma tante Francine. Sur le chemin du retour, j'ai aperçu au loin un boghei qui remontait la route à toute allure. Avant de nous renverser, le conducteur a arrêté ses chevaux dans un nuage de gravier et de poussière. Tom Ketch tenait les rênes, et M'ame Babineau était assise à côté de lui sur la banquette.

— Dora, je m'en vas à Deer Glen délivrer un bébé, pis j'ai besoin d'une autre paire de mains. Viens ouère avec moi.

Même si je passais la voir souvent depuis que j'étais toute petite – j'arrêtais pour discuter avec elle pendant qu'elle jardinait, ou je lui apportais des colis arrivés au bureau de poste –, son invitation m'a fait l'effet d'une surprise. Quand M'ame B. était venue à la maison à la naissance de mes plus jeunes frères, je l'avais suppliée de me garder auprès d'elle, mais mes parents m'avaient tout de même envoyée chez ma tante Francine. En dehors des quelques animaux d'élevage et des chiennes que j'avais vus mettre au monde leurs petits, je ne connaissais pas grand-chose à l'enfantement. J'ai refusé d'un signe de la tête.

— Faudrait demander à quelqu'un d'autre. J'ai jamais vu un accouchement.

Le regard de M'ame B. s'est assombri.

— T'as quel âge asteure, fille ? Quinze, seize ans ?

— Dix-sept ans.

Elle s'est esclaffée et m'a tendu une main ridée.

— Pour l'amour de Marie, j'avais la moitié de ton âge la première fois que j'ai aidé à accoucher une femme. T'arrêtes pas de me poser toutes façons de questions depuis que tu sais parler. T'es ben capable de m'aider avec ça.

La voix de Marie Babineau porte l'empreinte de deux lieux : l'accent cadien chantant et vrai de ses racines louisianaises et le débit calme et posé qu'on acquiert en vaquant à ses occupations, en vivant à la Baie. Certains disent qu'elle est une sorcière ; d'autres affirment qu'elle est un ange. Quoi qu'il en soit, la plupart des filles (dont moi) portent l'initiale *M*, pour Marie. M'ame B. n'a aucun lien de sang avec les gens d'ici, mais nous avons toujours tous fait notre part pour lui rendre service. Mes frères fendent et cordent son bois de chauffage pour l'hiver et mon père veille à ce que les fenêtres et le toit de sa cabane restent étanches. Quand nous avons des confitures, une miche de pain ou un panier de pommes de plus à partager, Maman m'envoie les porter à M'ame B. « Elle m'a aidée à vous mettre au monde et t'a même sauvé la vie, Dora. Elle a fait baisser ta fièvre quand je savais plus quoi faire. Tout ce qui nous appartient est à elle. Tout ce qu'elle demande, on le fait. »

Pendant que je me hissais sur la banquette pour prendre place à ses côtés, M'ame B. s'est retournée et a crié à Charlie :

— Dis à ta mère de point s'inquiéter. J'allons ramener Dora à maison à temps pour le souper demain soir.

Nous étions tous trois serrés les uns contre les autres à l'avant d'une charrette déglinguée.

M'ame B. a interrogé Tom d'une voix douce et posée.

— Comment a va, ta mère ?

— Est après geindre pas mal. De temps en temps, a

se pogne la panse pis a prend à hucher comme une truie qu'on égorge.

— Ça fait combien de temps qu'elle agit comme ça ?

— Ç'a commencé tôt à matin. A traînait les pieds en disant qu'a pouvit point se plier pour tirer la chèvre, par rapport que ça faisait trop mal. Pape l'a obligée à le faire pareil pis l'a traitée de feignante... Après, i' l'a obligée à clairer les stalles.

— Tu connais si qu'a perd du sang ?

Tom a gardé les yeux rivés sur la route, droit devant.

— J'saurais point vous dire. Je sais juste qu'alle était dans la cuisine à éplucher des patates, puis tout d'un coup a s'a pliée en deux. Pape s'a fâché après elle par rapport qu'i avait faim puis a dit qu'alle avait intérêt à s'occuper de ses besognes. Quand-ce qu'i a vu qu'a bougeait point, il l'a baillé une poussée qui l'a fait timber. A voulit se relever, mais a pouvait point se tenir debout toute seule, ça fait qu'a s'a roulée en boule pis s'a mis à brailler.

Tom a émis un sifflement perçant pour signaler aux chevaux de revenir au milieu des ornières dans la route, puis il a serré la mâchoire, comme s'il s'apprêtait à recevoir un coup de poing au ventre.

— A voulit point que je vous bâdre avec ça. A m'a dit que ça allait passer, mais je l'ai jamais vue pâtir de même. Quand j'avons vu mon père bâsir chez mon oncle, j'ai filé ici aussi vite comme j'ai pu.

— I' sera-ti parti longtemps ?

— Toute la nuit, probablement. Surtout si qu'i se mettont à boire comme qu'i avont coutume de faire.

Tom est l'aîné des douze enfants Ketch. Il a quinze ou seize ans, je crois. Je pense à lui des fois, quand je ne sais plus lequel choisir parmi les dignes gentilshommes des romans de Jane Austen pour peupler mes rêves. Il a un visage bienveillant, même quand il est crassé, et Maman dit toujours qu'elle espère qu'il trouvera un moyen de faire quelque chose de sa vie au lieu de finir comme son père, Brady. Je sens qu'elle aimerait mieux ne pas m'entendre parler des Ketch. Elle a peut-être peur que je finisse comme Expérience, la mère de Tom.

La famille Ketch a toujours habité Deer Glen, un vallon étroit et tortueux, juste en dehors de la Baie, qui traverse la montagne et s'ouvre sur les falaises rouges de Blomidon. Pour les gens d'ici, le lieu n'est rien de plus qu'une dépression dans la route, qui leur signale qu'ils arriveront bientôt chez eux. Le terrain est trop escarpé et rocailleux pour qu'on y plante quoi que ce soit, il est situé trop loin de la côte pour qu'un pêcheur ou un constructeur de navires veuille s'y installer, et il faut trop de temps pour s'y rendre à pied. Les Ketch y mènent une vie de misère, vendant l'alcool qu'ils distillent dans les bois et profitant comme ils le peuvent des chasseurs venus de loin dans l'espoir d'abattre la biche blanche qui vit, paraît-il, dans la vallée. Pendant la saison de chasse au chevreuil, Brady Ketch et son frère Garrett se postent aux deux extrémités de la route pour en bloquer l'accès. Fusil en bandoulière, ils attendent les chasseurs de trophée venus d'Halifax, de la vallée d'Annapolis et d'aussi loin que New York et Boston. Les frères Ketch demandent une somme exorbitante pour leurs services, d'autant plus qu'ils reposent sur un mensonge : c'est vrai qu'une biche blanche a été repérée sur la montagne du Nord, mais pas à Deer Glen. Elle vit dans les bois derrière chez M'ame B., qui la fait manger dans sa main tel un animal de compagnie. Je n'ai jamais vu la créature, mais j'ai entendu M'ame B. l'appeler de temps en temps en se faufilant entre les arbres et en chantant *Lait-Lait, Lune-Lune*. Papa dit qu'il l'a aperçue un jour ; elle était blanche comme la crème de Jersey et sa croupe était légèrement tachetée. Ce jour-là, il était rentré sans rien avoir attrapé et avait dit à Maman que ç'aurait été un sacrilège de la tuer. Peu de temps après, pendant une réunion de la Ligue de tempérance, tous les hommes de la Baie ont juré de ne jamais l'abattre. Ils se sont tous entendus pour dire que ce serait péché d'ôter la vie à une créature si pure.

La nuit était presque tombée quand nous sommes arrivées chez les Ketch. Les bardeaux de la maison avaient grand besoin d'entretien et la porte moustiquaire était à moitié décrochée. L'intérieur de la maison n'était pas en bien meilleur état. Une miche de pain entamée, des chaudrons, des casseroles et des pots de conserve vides jonchaient la table. Quelqu'un avait tenté de tenir maison, mais de toute évidence ces efforts s'étaient chaque fois soldés par un échec. Le haut des rideaux au tissu gai et fleuri était d'une blancheur éclatante. À mi-hauteur, par contre, de petites mains avaient taché le tissu, et le bas avait été abimé par des griffes de chats. Peu importe leur degré de propreté au départ, les torchons dans la cuisine, le papier peint et le tapis, même la robe de la fillette qui nous a accueillis, tout était taché au milieu, usé et sale sur les bords. Et dans toute la maison flottait une odeur âcre et crasseuse.

Expérience Ketch était recroquevillée dans son lit et se tenait le ventre à deux mains. Debout à ses côtés, sa fille aînée, Iris Rose, trempait dans un seau d'eau un torchon qu'elle tendait ensuite à sa mère. Mme Ketch prenait le bout de tissu usé et le serrait entre les dents ; elle aspirait et recrachait l'eau en se balançant d'avant en arrière.

M'ame B. s'est assise au bord du lit et a pris la main de Mme Ketch dans la sienne. De sa voix, elle l'a aidée à traverser la contraction, puis l'a persuadée de se redresser pour prendre quelques gorgées de thé. L'accoucheuse a entouré le poignet de Mme Ketch de ses doigts plissés, a fermé les yeux et compté lentement. Elle lui a pincé le bout des doigts, puis lui a entrouvert les paupières pour examiner ses yeux rouges et larmoyants.

— Votre sang est bas, a-t-elle conclu.

M'ame B. a repoussé les couvertures et relevé les jupons maculés de sang de la femme épuisée. Elle lui a tâté le ventre gonflé, passant ses mains sur la peau tendue, et fait un signe de croix. Après s'être lavé les mains plusieurs fois, elle a glissé ses doigts entre les jambes de Mme Ketch et secoué la tête.

— Va falloir sortir c'te bébé-là aujourd'hui.

— C'est trop tôt, a gémi Mme Ketch.

— Je peux point arrêter votre travail par rapport qu'il est trop avancé. Si vous délivrez pas cet enfant-là aujourd'hui, vos autres petits allont pu avoir de maman.

— J'le veux pas.

Iris Rose s'est agenouillée à côté du lit de sa mère.

— S'te plaît, M'man, écoute-la.

La fille était beaucoup plus jeune que moi – elle avait tout au plus douze ans – mais elle était autant mère qu'enfant. Certains jours, elle se présentait à l'école, traînant derrière elle autant de frères et de sœurs qu'elle le pouvait. D'une grosse voix rude rappelant celle d'une grand-mère, elle sommait les garçons d'enlever leur chapeau et réprimandait les filles en leur redressant les tresses. Mais malgré tous ses efforts, le résultat était toujours le même : à la première neige, les pupitres réservés aux enfants Ketch étaient de nouveau vides.

Madame Ketch a besoin d'eux à la maison, j'imagine. J'ai entendu dire que chacun des plus vieux doit laver, habiller et nourrir un des plus jeunes pour éviter qu'il ne se perde dans le chaos d'une maison pleine de vaisselle sale et de chats de grange. Comme j'ai moi-même six frères, je suis bien placée pour savoir qu'il est possible d'avoir *trop* d'enfants.

Quand les gémissements de Mme Ketch ont repris de plus belle, Tom et ses frères aînés sont allés se réfugier dans la grange. Aidée d'Iris Rose, j'ai installé les autres enfants dans une chambre à l'étage. Debout dans l'embrasure de la porte, les bras croisés, Iris Rose leur a dit :

— J'veux pas entendre un seul bruit, sinon Pape va arriver icitte en courant puis vous aurez affaire à lui !

La pièce a été plongée dans le silence. Six petites têtes graisseuses se sont inclinées vers le plancher, et six poitrines se sont mises à respirer rapidement, effrayées.

— Je peux-tu regarder ? m'a demandé Iris Rose.

— Si tu promets de rester tranquille sans rien dire.

— Je dirai rien. Promis.

Je l'ai abandonnée sur une marche de l'escalier, d'où elle pouvait jeter des coups d'œil furtifs à travers les barreaux tordus de la rampe.

J'ai aidé M'ame B. à retourner la paillasse et à attacher des draps aux montants du lit. M'ame B. a tiré dessus fermement.

— Allez, Mme Ketch, vous savez ce que vous avez à faire. Quand ce sera le temps, agrippez-vous comme si votre vie en dépendait pis poussez tout votre saoul pour délivrer c'te bébé-là.

M'ame B. m'a fait signe de tenir les genoux tremblants de Mme Ketch.

— Ce bébé-là vient vite et fort, pareil que la marée haute par une nuit de pleine lune. Poussez !

Mme Ketch a rentré son menton dans sa poitrine ; les veines de son cou saillaient.

— Mon Djeu, faites que je meure. Seigneur, laissez-moi mourir.

M'ame B. s'est esclaffée.

— Combien de fois vous avez fait ça, Mme Ketch ? Treize, quatorze fois ? Faudrait vous faire à l'idée qu'avec le Bon Djeu, ça marche pas pareil qu'avec un homme. I' va pas vous ramener che' zeux juste parce que vous y demandez.

Dimanche dernier, le révérend Norton s'ést éternisé sur les offenses d'Ève, martelant la chaire de son poing, le visage rouge et boursouflé, tournant la tête de côté chaque fois qu'il crachait entre les mots *péché* et *originel*. Il a parlé longtemps des démons de la tentation et de la malédiction qu'Ève a transmise à toutes les femmes, mais il a omis de dire à quel point ça sent mauvais. Jamais je n'aurais imaginé que la « dîme que doit payer la femme pour vivre dans un monde civilisé » aurait une telle odeur de rouille et d'aigreur.

J'ai alimenté le feu dans le poêle, sorti des draps propres du sac de M'ame B., me suis chargée de toutes les tâches qui m'étaient confiées. Mais j'avais beau me tenir occupée, j'avais une boule dans le ventre et mes mains me semblaient lourdes et inutiles. Je ne pense pas que ma nervosité était due au fait qu'il s'agissait de mon premier accouchement ni même à la douleur de cette femme qui se débattait devant mes yeux. C'était plutôt la tristesse et la misère qui s'entendaient dans les pleurs de Mme Ketch. Rien de ce que nous faisions ne semblait l'aider. Elle sanglotait et blasphémait. Ses gémissements et les encouragements de M'ame B. ont duré une heure ou plus, je pense, le temps que Mme Ketch se résigne à son destin et accouche d'un garçon.

Il était minuscule et triste à voir. Sa peau rappelait la pelure d'un oignon et le bleu de ses veines était visible. Si j'avais regardé de plus près son petit corps frêle, j'aurais peut-être même vu son cœur. M'ame B. l'a emmailloté dans des draps de flanelle et l'a tendu à Mme Ketch.

— Tenez-le donc contre votre poitrine, qu'i sache comment qu'on se sent d'être vivant.

Mais Expérience Ketch n'a pas voulu de son bébé. Elle n'a pas voulu le prendre dans ses bras, n'a pas voulu le regarder ni même l'avoir près d'elle.

— Allez-vous-en avec ça. J'en avons déjà douze de plus que je pouvons gérer.

N'y pouvant plus, j'ai pris l'enfant des bras de M'ame B. et l'ai posé contre ma poitrine.

— Je te ramènerai à la maison, moi, lui ai-je chuchoté à l'oreille. Je m'occuperai de toi comme si t'étais à moi.

Du coin de l'œil, j'ai aperçu Iris Rose qui remontait l'escalier en courant. Je me suis tournée vers M'ame B.

— On dirait qu'il est tout bleu. Regardez ses bras, ses jambes, sa poitrine. Il respire à peine.

— I' est né trop tôt.

M'ame B. a tracé un signe de croix sur son front plissé.

— I' serait né trois, quatre semaines plus tard, j'aurions pu y bailler une couple de cuillerées de tisane de varne pis de brandy, l'installer dans le tiroir sous le fourneau pis espérer qu'i reprenne des couleurs. Parti comme c'est là, par exemple...

— Dites-moi quoi faire. Il faut que j'essaie.

M'ame B. a secoué la tête.

— Si tu peux pas rester avec lui en attendant qu'i trépasse, rentre à la maison. Marie et ses anges vont venir le qu'ri bientôt. Faut que je veille à sa mère.

Je me suis installée dans un coin et j'ai serré l'enfant mourant dans mes bras.

M'ame B. nous a entourés d'une couverture.

— Y a des bébés qui sont pas faits pour rester dans notre monde. Tout c'que tu peux faire c'est le garder en sécurité jusqu'à tant que son ange vienne le qu'ri.

— Y a rien d'autre que je peux faire ?

Elle s'est penchée vers moi et m'a chuchoté à l'oreille.

— Prie pour lui. Pis fais une prière pour c'te maison-citte avec.

2

Entre mes prières et les cuillerées de gruau que M'ame B. donnait à Mme Ketch, le bébé est décédé. L'aube pointait quand Brady Ketch est rentré ivre au logis. Marchant d'un pas lourd dans toute la maison, il a exigé son repas.

— Expérience Ketch, sors de ce lit-là pis va me qu'ri à manger.

La pauvre femme a tenté de se lever, comme si de rien n'était, mais M'ame B. l'en a empêchée.

— Faut vous reposer. Boire du thé de lobélie, vous reposer encore, prendre d'autre thé et encore vous reposer. Au moins trois jours pour reprendre vos forces, mais ça serait mieux d'arrêter une pleine semaine. Si vous le faites pas, vous allez vous vider de votre sang.

M. Ketch a chancelé et tendu les mains vers le paquet de couvertures que je tenais dans mes bras.

— Montre-moi donc ça, fille. Quoi-ce qu'on a eu c'te fois-citte ? Un autre gars, j'espère ? Une fille, ça mange pas sitant, mais ça te fait payer autrement. Je fais pas confiance à personne qui peut pas se tchindre debout pour pisser.

Il m'a plaquée contre le mur, et l'odeur répugnante de l'haleine qui émanait du trou noir de sa bouche m'a assailli les narines.

— T'es ben belle... Tu serais pas la fille à Judah Rare, toi ?

— Oui, Monsieur.

— Ton père a eu la bonne idée. Comment-ce qu'il a réussi à s'aouère rien que des gars pis une belle petite créature comme toi ? Tu dois être pas mal utile quand-ce que ta maman commence à fatiguer. C'est un maudit chanceux, tant qu'à moi.

— Laisse-la donc tranquille, Brady, a grondé Mme Ketch.

Il a rabattu la couverture pour examiner l'enfant.

— Je fais juste regarder ce qu'est à moi.

Je suis restée immobile pendant qu'il pinçait doucement la peau mince et bleutée des joues du bébé.

— Ben hallo, ti-bonhomme, vas-tu pas dire bonjour à ton...

Il a retiré sa main d'un geste vif, sa curiosité cédant à la confusion puis à la colère. Il s'est retourné et a dévisagé M'ame B.

— Que c'est que vous y avez fait ?

Avant qu'elle puisse dire un mot, il l'a saisie par les épaules.

— M'est avis que vous avez fait mouri' mon bébé pis laissé ma femme à moitié morte su' l'dos.

Brady Ketch a passé ses mains autour du cou de M'ame B., glissant ses doigts entre les perles de son chapelet.

— Que c'est qui m'arrêterait de vous traîner au fond de la vallée pis tordre votre jabot de taweille ?

Une poêle de fonte gisait sur le plancher à côté du fourneau. Un butoir de porte en forme de chien reposait dans le coin, une oreille et le bout du museau en moins. J'aurais pu abattre Brady Ketch sans éprouver la moindre culpabilité.

— Le Bon Dieu vous voit agir, Monsieur Ketch.

Il a lâché M'ame B. et est revenu dans ma direction en souriant. Il s'est incliné vers moi et a passé une main dans mes cheveux.

— T'en fais pas avec ça, fille. M'ame Babineau sait ben que j'y ferais pas mal pour de vrai. C'est juste que des fois, une femme a besoin de se faire rappeler à l'ordre par un homme. Ça le dit dans la Bible.

M'ame B. a commencé à ranger ses choses dans son sac.

— Veillez à ce qu'a prenne du repos. Trois jours au lit, pas un jour de moins.

Elle s'est dirigée vers la porte.

— Viens-t'en, Dora.

— Ça marchera pas.

M. Ketch se profilait dans l'embrasure de la porte.

— A peut pas juste rester au lit des jours de temps quand ça y adonne, a-t-il poursuivi. Y a des choses à prendre garde alentour d'icitte. Faut que tu l'arranges. Tout de suite !

M'ame B. l'a dévisagé.

— J'vous l'ai dit, alle a besoin de garder son lit. Trois jours, pis après a sera en parfait état.

M. Ketch s'est croisé les bras.

— Le docteur Thomas dans le bout de Canning saurait quoi faire pour la remettre sur pied. Quand Tommy s'a cassé le poignet, il a arrangé ça pour qu'i peuve s'en servir tout de suite. I' l'a gréé ben comme i' faut pis l'a donné des pilules. L'après-midi même, i' était après fendre du bois.

— Vous êtes capable de payer ça, vous, la visite d'un médecin fancé qui monte la montagne pour ramancher votre famille ?

Brady a pointé la fenêtre derrière M'ame B. comme si sa main était un fusil. Il a claqué la langue et fait mine de l'armer.

— Mettons que le docteur pis moi, on s'a comme *entendus* par rapport à la belle tite biche blanche que tout le monde cherche à pogner.

Il a eu un rictus et a levé lentement les bras en direction du cœur de M'ame B., plissant un œil pour mieux viser.

— Pis pense pas que j'sais pas où c'est la trouver.

M'ame B. a repoussé son bras et s'est dirigée de nouveau vers la porte.

— C'est-tu pas beau, ça ?

Brady a ouvert la porte et a bousculé M'ame B. sur le perron. Je lui ai tendu l'enfant.

— Vous enverrez Tom me qu'ri si les saignements se rempirent, a lancé M'ame B. à Mme Ketch.

Cette dernière s'est retournée.

— J'peux prendre garde à moi-même, a-t-elle dit d'une voix lasse empreinte de tristesse. Vous faites mieux de partir pis d'amener le bébé avec vous. J'veux pas de c'te créature laide-là dans ma maison.

M'ame B. a chantonné des prières au petit enfant mort et l'a enveloppé dans un des carrés de dentelle qu'elle était tout le temps en train de coudre à l'aiguille. On l'a placé dans une boîte à beurre et, avant de clouer le couvercle, on l'a entouré des dernières gerbes de souci et d'aster toujours en fleurs en octobre. M'ame B. a disparu parmi les aulnes à l'arrière de sa cabane. Je l'ai suivie au son de sa voix, tenant tendrement dans mes bras la petite boîte qui renfermait l'enfant et essayant de compenser l'absence d'amour maternel. Si seulement mon amour avait pu le ressusciter d'entre les morts.

M'ame B. m'a fait signe de garder le silence.

— C'est le jardin des morts. Le jardin des âmes perdues.

Au centre d'un bosquet d'épinettes garni de mousse se dressait une grande souche dans laquelle une silhouette de femme avait été taillée : la Vierge Marie, debout sur un croissant de lune. Il se dégageait de son visage, de sa poitrine et de ses mains une douceur et une tendresse. Autour d'elle étaient suspendues des guirlandes faites de coquilles de bigorneau et de natices, et des bouts de dentelle usée pendaient aux branches telles des ailes d'ange.

Les grands-mères et les vieux pêcheurs disent depuis longtemps que les bois de Scots Bay cachent des lieux froids et secrets où se rassemblent les feux follets et les esprits. *Cours pas après les ombres dans le bois. Tu sais jamais pour sûr si c'est vraiment la tienne.* Charlie a dû me poursuivre des milliers de fois le long du chemin forestier au fond de nos terres ; nous nous enfoncions à toutes jambes dans les bois derrière chez M'ame B., chantant à tue-tête *Prom'nons-nous dans les bois...* Plus jeunes, nous passions des heures à tresser des couronnes faites de rameaux d'aulne, de plumes d'oiseau, de piquants de porc-épic et d'écorce de bouleau. Nous imaginions des maisons de fées et des trous de gnomes dans les racines enchevêtrées d'une épinette abattue par le vent. Épuisés et affamés, nous rentrions à la maison en déclarant que nous avions repéré le trésor caché de l'anse Amethyst mais que nous l'avions perdu – encore une fois ! – aux mains d'une bande de malfaiteurs. Malgré tout ce temps passé dans la forêt, nous n'avions jamais croisé ni imaginé de lieu comme celui-ci.

M'ame B. a retiré ses chaussures.

— Faut pas laisser rentrer le monde extérieur sur les terres à Marie.

Elle s'est frayé un chemin à travers le bosquet en traçant des signes de croix dans les airs, se rapprochant peu à peu de l'arbre de Marie. J'ai retiré mes bottes et l'ai suivie. Une fois le rite terminé, M'ame B. s'est agenouillée à la base de l'arbre, a creusé dans la mousse afin de dégager, sous la terre et les roches, une poignée faite d'une épaisse corde tressée. On l'a tirée, soulevant ainsi une lourde porte de bois qui recouvrait un trou profond dans la terre.

— Notre-Dame va veiller sur lui maintenant, a dit M'ame B.

Elle a pris le petit cercueil dans ses bras, l'a entouré d'un bout de corde et l'a fait descendre dans le trou sombre.

— Sainte Marie, Étoile des remous, gardez son âme auprès de vous.

M'ame B. a lâché la corde et saisi mes mains.

— Faut que tu y donnes un nom. Dis-le juste une fois, pour qu'i sache qu'il est né.

J'ai fermé les yeux et j'ai chuchoté « Darcy », en pensant à l'amoureux d'Elizabeth Bennett dans *Orgueil et préjugés*. Parce qu'il aurait dû naître ; il aurait dû être aimé.

⁝

J'ai déjà vu mourir l'avorton d'une portée. Quand les chatons ou les cochonnets naissent trop nombreux, la mère ne peut pas les nourrir tous. Le plus petit est rejeté par les autres et la mère fait comme si elle ne voyait rien. Mme Ketch savait peut-être depuis le début que Darcy ne survivrait pas. Elle l'a peut-être repoussé pour éviter de l'aimer et d'être blessée.

Afin de naître, nous traversons une mare de sang et de tissus charnus et spongieux ; la mère crie, l'enfant pleure… Les fontanelles fragiles au sommet de notre crâne battent, attendent d'accueillir un baiser. Nos parents et nos maîtresses d'école disent que c'est un miracle, mais ce n'en est pas un. Nous naissons d'une manière ou d'une autre, qu'on le veuille ou non. Un miracle, selon moi, c'est une chose dont l'issue est incertaine. Une chose qui se produit alors qu'elle ne le devrait pas, voilà ce qui capte l'attention, qui relève de la sainteté, nous coupe le souffle. Qu'une mère puisse aimer son enfant, qu'elle puisse s'occuper de cet être qui l'a rendue lourde, maladroite et lente, cet être qui l'a poussée à souhaiter sa propre mort… il est là, le miracle.

3

À la fin novembre, toujours un samedi, nous calfeutrons la maison. Nous sommes neuf à entasser des paniers d'herbe à outardes autour de la fondation, et il nous faut tout de même une bonne partie de la journée pour accomplir la tâche.

Après la marée haute, je descends au marais avec Papa et mes deux frères aînés, Albert et Borden, jeter des algues pêle-mêle dans la charrette. Maman reste à la maison avec les autres garçons, à enfoncer des pieux et à ériger une petite clôture qui maintiendra l'herbe tout contre les pierres. En décembre, quand la plupart des familles auront accompli la besogne, toutes les maisons de la Baie auront l'air d'être juchées sur un nid pour l'hiver. Alors que mon oncle Irwin et ma tante Francine payent quelqu'un pour entasser des bottes de foin autour de leur fondation, d'autres ne jurent que par des branches d'épinette empilées du côté ouest, face à la baie. Papa dit qu'il n'est pas assez bête pour gaspiller du bon foin et que les porcs-épics ne feraient qu'une bouchée des aiguilles d'épinette, alors nous continuons à recourir à la méthode difficile.

Cette année, au moins, les jumeaux sont assez grands pour donner un coup de main. Forest et Gord ont huit ans maintenant, mais ils se comportent encore comme des petits chiots pleurnichards et passent leur temps à m'achaler, à me suivre partout en criant mon nom. Tous les jours, je fais avec eux le chemin des Trois-Ruisseaux en empruntant le même circuit : nous passons devant chez Laird Jessup, longeons les pâturages jusqu'au creux où affluent tous les ruisseaux puis nous continuons jusqu'à l'école. Des fois, nous descendons jouer à la plage ou allons jusqu'au quai chercher Papa qui nous ramène par l'autre chemin, celui du dimanche. Nous passons alors devant l'église puis devant chez ma tante Francine avant de remonter la butte aux Araignées et d'arriver enfin chez nous. Garçons devant, garçons derrière, je suis la seule fille, prise entre six frères qui passent le plus clair de leur temps à se bousculer en riant et à traîner leurs bottes boueuses partout.

Maman dit que je devrais arrêter de me plaindre. Elle-même a son propre train à faire. Debout avant l'aube, elle descend à la cuisine, sort à la grange, retourne à la cuisine, descend chez ma tante Francine, continue jusqu'à l'église et retourne à sa cuisine. À la moindre occasion, elle serre dans ses bras ses garçons qui se débattent et roulent des yeux pendant qu'elle dépose un baiser sur leur tête échevelée. Après, elle les suit des yeux pendant qu'ils se sauvent pour jouer. « Y a rien qu'est sûr comme avant », dit-elle en soupirant. Ce n'est pas à l'âge des garçons qu'elle songe, ni au fait que leurs souliers sont sans cesse trop petits. Elle pense à la guerre, même si elle ne le dit pas. C'est la guerre qui lui fait peur, qui l'incite à se demander pendant combien de temps encore elle pourra garder ses garçons auprès d'elle. C'est la guerre qui nous fait tendre l'oreille aux potins, qui nous fait lire les manchettes et tourner en rond comme si nous pouvions conjurer un sortilège quelconque qui nous prémunirait contre tous ces changements et le reste du monde.

Nous avons mis si longtemps à calfeutrer la maison que je suis arrivée en retard chez M'ame B. Depuis que nous avons enterré Darcy, je vais la voir tous les samedis. Ça me fait du bien de me retrouver devant sa porte, de m'asseoir à sa table, de pouvoir respirer, soupirer et même sangloter en repensant au petit souvenir bleu que je garde de lui. J'ai raconté l'histoire juste une fois, à Maman. Rendue au moment de l'histoire où Mme Ketch a refusé le bébé, ça lui a tout pris pour ne pas se jeter dans mes bras en sanglotant. Au lieu de cela, elle a retenu son souffle, a fermé les yeux et a chuchoté : « Que Dieu lui pardonne ; que Dieu la bénisse. » Je peux encore sentir le poids du corps de cet enfant dans mes bras, mais je ne ferai pas revivre l'expérience à Maman. De toute façon, elle n'était pas là ; elle n'a pas besoin de savoir à quel point j'y pense encore. Alors, je n'ai personne d'autre à qui me confier. Papa ne saurait pas quoi faire ; il se fâcherait avec moi d'avoir même osé en parler. Ma chère cousine Précieuse, qui est toujours suspendue à nos lèvres quand on lui raconte une bonne histoire, est encore la petite fille de ma tante Francine. Chez eux, on n'a pas le droit de parler de choses laides ou tristes : *Les histoires à sensation et les récits de mort laissent une trace de péché sur les murs d'un bon foyer chrétien.* Ma tante Francine préfère garder ses potins dans le creux de sa manche et les colporter chez ses voisins.

Je suis la seule à passer voir M'ame B. le samedi ou même à tout autre moment de la semaine. Je suis la seule dans tout Scots Bay qui ose rendre visite à la vieille accoucheuse. Quand j'étais petite, j'étais toujours heureuse que Maman m'envoie en mission chez elle. J'aimais dévaler la vieille route forestière en m'éloignant du chemin des Trois-Ruisseaux et de notre maison remplie de garçons. J'aimais m'asseoir avec elle en silence dans son jardin ou dans sa cuisine remplie d'objets « à te faire jongler », comme elle disait. Un miroir rond et terni était accroché tout près de la porte. Des pots et des flacons d'herbes séchées, de pommades et de teintures étaient alignés dans ses armoires. Des ailes de corbeau, de moineau, de tourterelle, de faucon, de hibou, encore garnies de plumes, étaient suspendues au-dessus de la porte et de chacune des fenêtres. Un grand crucifix de bois était accroché au-dessus de son lit, et sur tous les murs, toutes les étagères, toutes les surfaces de la cabane en bois rond, des chandelles de suif et des statuettes de Marie par milliers étaient posées. J'évitais de trop la questionner, mais quand M'ame B. me voyait fixer quelque chose des yeux, elle s'empressait de me réciter un vers ou de me chanter une chanson sur l'objet qui m'intriguait. (Il lui arrivait cependant d'esquisser un sourire en disant : « Laisse faire ça pour asteure, Dora. Si je te racontais, tu me croirais pas. »)

Les gens savent depuis longtemps qu'à moins d'être enceinte ou atteint d'un mal inguérissable, mieux vaut ne pas déranger M'ame B. *Casse point la croûte avec une accoucheuse ou une sorcière, sinon tu finiras avec des boutons pis de l'urticaire plein le derrière.* Je ne sais pas qui, des écoliers ou des membres de la Société de tempérance des Roses blanches, contribue le plus à faire courir des rumeurs comme celle-là. C'est à peine si ces femmes s'adressent à Marie Babineau, sinon pour lui parler du temps qu'il fait : *fait froid aujourd'hui, la brume s'en vient, le vent du sud est fort*... Elles évitent de lui poser des questions et ne l'invitent jamais à se mêler à leurs conversations. Elles ferment les yeux sur son sourire, qui laisse entrevoir ses dents écartées, et ne s'attardent jamais sur son visage basané et ridé. Elles font allusion à droite et à gauche à l'*odeur pourrie* de son haleine et à sa « peau qui dégage des effluves de vin ». Ma tante Francine dit qu'elle sent la choucroute moisie. Mme Gertrude Hutner, elle, est d'un autre avis : « Je trouve que ça sent le chien mouillé qu'est allé fouiner trop près d'une mouffette. » La plupart des Roses blanches n'ont plus de jeunes enfants à la maison, alors elles ont l'impression qu'elles n'ont plus besoin de M'ame B. Du haut de leur grand âge, avec leurs belles *rondeurs* et leurs poils au menton, elles ont oublié la douce nature de M'ame B. et tout ce qu'elle a pu faire pour les aider. Elles ont oublié que quand on se trouve près de M'ame B. et qu'on la regarde dans les yeux, elle dégage une bonne odeur d'épices et d'herbes fraîchement cueillies. Que ses soupirs sentent la lavande, le gingembre et le café frais moulu. Que ses éclats de rire ont des empreintes de chicorée, de poivre et de clou de girofle.

Garde toujours au moins trois casseroles sur le feu. Une pour le thé, une pour les simples pis une pour le café qui console les marins.

— Je prends juste la tasse de café qu'i me faut pour partir le matin, mais point plus, sinon je tchins pus en place.

En prononçant ces mots, M'ame B. sautille dans sa chaise berçante.

— Je laisse mijoter ça par rapport que j'aime la senteur du café noir qui bouille. Ça me fait penser à un homme, tu connais.

Quand je lui rends visite, M'ame B. en fait toute une production : elle s'affaire autour de ses casseroles et de ses tasses, m'offre des infusions de lavande et des beignets succulents et dodus saupoudrés de sucre qui fondent sur la langue. De manière très égoïste, je suis contente que mes mains soient les seules à se poser le samedi après-midi sur les rebords ébréchés et jaunissants du précieux plateau de service de M'ame B. Les Roses blanches qui comptaient sur elle autrefois pour les aider à accoucher de leurs enfants et à guérir leurs maux font la sourde oreille aux récits qui ne demandent qu'à s'échapper des lèvres de M'ame B. Elles ne veulent pas entendre son flot de paroles sages émaillées d'expressions cadiennes et de refrains folkloriques.

L'arrière-grand-père de M'ame Babineau, Louis Faire LeBlanc, a été le dernier bébé à naître avant que sa famille, et tous les autres Acadiens, soient chassés par l'armée britannique de leurs terres endiguées de Grand Pré. Quand M'ame B. en parle, elle soupire et serre entre ses doigts la masse de colliers qu'elle porte à son cou. « Les précieuses graines de l'Acadie avont revolé partout sur la planète. Les noms des LeBlanc, des Babineau, des Landry, des Comeau sont semés tout le long des bayous, marqués par les baïonnettes, les cendres pis le sang. » Beaucoup d'Acadiens sont morts pendant le dur périple vers la Louisiane, mais Louis Faire a survécu. « En vieillissant, c'est devenu un homme fort et bon, béni par le Saint-Esprit. Le monde disait qu'i était appelé des anges. Les gens malades ou fatigués, ceuses-là qu'aviont perdu la raison... i' alliont tous voir Louis Faire, par rapport que c'était un traiteur. Mon aïeu' leur posait la main dessus la tête pis leur corps pis i' laissait passer les prières par sa bouche pour les guérir. Merci, Marie. Merci, tit Jésus. Merci, doux Seigneur. Amen. »

À dix-sept ans (l'âge que j'ai maintenant), M'ame B. a reçu en rêve la visite de Louis Faire. Ce dernier lui a dit que Dieu l'avait choisie pour retourner dans sa terre natale avec ses dons sacrés de traiteur. Le rêve avait duré toute la nuit et s'était prolongé jusqu'au matin. Pendant tout ce temps, l'esprit de son arrière-grand-père lui avait chuchoté des remèdes secrets et des prières de guérison. Une fois le rêve terminé, M'ame B. avait quitté sa famille en Louisiane pour rentrer à pied en Acadie. Personne ne sait pourquoi elle s'était retrouvée à Scots Bay plutôt que dans la vallée fertile de ses ancêtres. Quand je lui pose la question, M'ame B. dit simplement : « C'est pour Louis Faire que chus revenue à la terre des ancêtres, mais y'a que le Bon Dieu qu'a pu me faire vivre à Scots Bay. »

Maman m'a dit qu'au dire de Mémère Mae, M'ame B. avait reçu la visite d'un ange ici même à la Baie.

— Quand Marie Babineau a retonti à Grand Pré pis qu'elle a vu la beauté des vergers, des prés puis des aboiteaux qu'avaient appartenus à sa famille, elle a été saisie d'une telle tristesse qu'elle a braqué à courir en braillant jusqu'au faîte de la montagne du Nord puis jusqu'au cap Split. Pendant qu'elle était assise sur le bord de la falaise à horler, un ange est venu la réconforter puis lui rappeler son rêve et les dons que Louis Faire lui avait légués avant son départ. L'ange lui a expliqué qu'elle était l'esprit de sainte Brigitte – celle qui avait servi d'accoucheuse à la Vierge Marie quand le Christ est né –, et qu'on l'avait envoyée bénir Marie et lui demander de consacrer ses mains à faire venir au monde les enfants d'ici. Marie était tellement reconnaissante à l'ange pour sa bienveillance qu'elle a promis de faire ce que Dieu lui demandait.

Une demande comme celle-là, ça ne se refuse pas.

Selon ma tante Francine, il est plutôt probable que M'ame B. s'était acoquinée avec un matelot et que ce dernier, s'étant lassé de l'entendre parler sans arrêt, l'avait abandonnée ici quand il était parti retrouver son épouse. Mais c'est sans importance. Je suppose qu'elle est tellement âgée à présent que personne ne se soucie de savoir quand, pourquoi et comment ça s'est passé, du moment qu'elle a « le don » quand ils en ont besoin.

M'ame B. ne réclame pas de paiement à ceux qui font appel à ses services. Elle dit qu'un vrai traiteur n'en demande jamais. Les grands-mères qui croient toujours à ses façons de faire et les nouvelles mères qui lui sont reconnaissantes lui laissent des boîtes à café pleines de sous amassés le dimanche après l'église. Pendant la récolte, des familles lui portent des boisseaux de patates, des carottes, des choux et d'autres denrées dont elle pourrait avoir besoin. On les cache dans la boîte à lait à côté de la porte avec un petit mot de louanges ou de remerciement, sans jamais toutefois rentrer prendre le thé avec elle.

La nuit tombait quand nous nous sommes installées avec nos beignets pour causer. Peu après, j'ai entendu un étrange toussotement provenant de la route. J'ai regardé par la fenêtre et j'ai vu la forme vague d'une voiture qui se dirigeait vers la cabane, la lueur dorée des derniers rayons de soleil sur son pare-brise. Personne à la Baie ne possède un camion, encore moins une voiture flambant neuve comme celle qui s'approchait. Les hommes de la Baie les appellent des « djâbes rouges » ; ils ont l'impression que leur bruit fera décoller leurs chevaux et tarir le lait des vaches. Personne ne vient dans le coin à moins de s'être égaré ou de chercher quelqu'un. Personne n'emprunte le chemin forestier à moins d'avoir besoin de voir M'ame B. Une seule route mène à sa cabane et une seule route nous permet de la quitter… et c'est la même dans les deux cas.

M'ame B. a pris sa tasse, l'a vidée dans un chaudron sur le poêle, a examiné son contenu et secoué la tête.

— Monte te cacher derrière les paniers de pommes dans le grenier. Je pense qu'y a des couvertes piquées que tu pourras te niger dedans. Pis prends garde de pas faire de train.

Dehors, le bruit s'était rapproché. La voiture a ralenti puis s'est arrêtée en toussotant dans la cour. J'ai voulu demander à M'ame B. pourquoi elle semblait si inquiète. Elle a froncé les sourcils.

— Y a du trouble qui s'en vient. Je l'ai vu hier dans mes feuilles de thé, mais je l'ai pas cru, pis je viens encore de le voir dans ma tasse. Une chauve-souris dans mes feuilles de thé, deux jours d'affilée… Y a tchequ'un qui veut ma peau. Je fais mieux de prendre garde à mes gestes pis peser mes mots. Honte à moi d'avoir pas su faire confiance à mon thé. Vas-y, monte avant que ça se prenne à toi itou.

Pour lui faire plaisir, j'ai gravi la vieille échelle à pommier fixée au mur, poussé le panneau carré qui recouvrait la petite ouverture menant au grenier et pénétré en rampant dans l'espace au-dessus de la cuisine. Cachée à plat ventre sous une couverture de laine usée, je pouvais voir à travers les lattes du plancher. Dans la cuisine, M'ame B. a plissé des yeux dans ma direction.

— Je suis cachée, lui ai-je dit tout bas.

Elle a souri, hochant la tête et portant un doigt à ses lèvres. Quelqu'un a cogné à la porte ; M'ame B. est allée l'ouvrir.

Un grand homme à la mine sérieuse se dressait sur le pas de la porte. Il s'est présenté : « Docteur Gilbert Thomas ». M'ame B. l'a invité à entrer, a pris son par-dessus et son chapeau et ne lui a pas laissé dire un mot avant qu'il soit installé à la table de la cuisine, une tasse de café devant lui. Elle lui a tapoté l'épaule puis a lissé la froissure qu'elle avait faite dans l'étoffe de sa veste foncée.

— Eh ben, vous v'là tout attriqué comme si qu'on était tous les jours dimanche !

Séduit par sa gentillesse, le docteur Thomas a tant bafouillé qu'on aurait cru qu'il souffrait de parler. Il s'est assis de travers, ses jambes trop longues coincées sous la table, ses longs doigts minces serrant les gants de conduite posés sur ses genoux. À part quelques mèches grises qui luisaient quand il tournait la tête, le docteur Gilbert Thomas donnait l'impression d'avoir passé toute sa vie assis sans bouger d'un poil dans le coin d'un salon où on l'avait placé.

D'une voix lente et mesurée, le médecin s'est mis à livrer ce qui semblait être un discours bien préparé.

— En tant que praticien en obstétrique, j'ai prêté serment de venir en aide chaque fois que je le peux aux femmes en âge de procréer.

Il a pris une gorgée du café corsé de M'ame B. et a grimacé avant de poursuivre.

— Pendant trop longtemps, vous-même et d'autres femmes des communautés du comté de Kings et de tout le Dominion avez dû prendre la place des hommes de science.

M'ame B. a souri et glissé le sucrier et le crémier dans sa direction.

— Un peu de sucre, cher Monsieur ?

— Merci.

Il a versé une cuillerée de sucre et une généreuse quantité de crème dans son café avant de continuer.

— Imaginez tous les avantages que peut offrir la médecine moderne aux femmes qui se trouvent dans une situation compromettante... un environnement stérile, des procédés chirurgicaux, des interventions en temps opportun, un accouchement sans douleur... Les souffrances qu'endurent les femmes en accouchant deviendront une chose du passé...

— Quoi-ce que vous assayez de me vendre ? a-t-elle interrompu en le regardant droit dans les yeux.

— Je, je... Je veux tout simplement vous dire, vous informer que...

— Non. Vous êtes pas après rien me dire, vous êtes après assayer de me vendre dequoi. Si vous êtes pour arriver che' nous pis agir comme si que vous avez de l'argent plein les poches, vous faites mieux de cracher votre motton pis d'en finir.

Elle a agité la main dans les airs comme si elle le chassait.

— Pis chus aussi ben de vous le dire tout de suite, Docteur, j'en veux pas de ce que vous vendez. Comme ça, vous pouvez emballer vos affaires tout de suite ou ben me raconter la vérité.

— La vérité, Madame Babineau, c'est que j'ai besoin de vous.

Elle s'est calée dans sa chaise.

— Bon. Allez-y, continuez.

— Nous construisons une maternité en bas de la montagne, à Canning.

— Une de ces boucheries-là qu'i appellont un hôpital ?

— Un établissement où les femmes pourront accoucher dans un milieu propre et stérile et obtenir les meilleurs soins obstétriques.

M'ame B. lui a jeté un regard noir.

— Qui ça, « nous » ?

— Moi-même, avec l'Assurance agricole du comté de Kings.

— Combien ça va leur coûter, à ces tites madames-là ?

Le docteur Thomas a secoué la tête et a souri.

— Rien.

M'ame B. a reniflé.

— Menteur.

— Je ne leur demanderai pas un sou. Je n'aurai pas à le faire, parce que...

— Vous avez une femme ?

— Oui.

— C'est une dame bien qui mérite tout ce qu'y a de mieux dans la vie ?

— Bien sûr ! Mais je ne vois pas…

— Comment-ce que vous vous attendez d'la garder si vous faites pas d'argent ?

Il a ri.

— Je me fais payer par la compagnie d'assurance.

Il a souri et dit sur le ton de la confidence :

— Vous aussi, on pourrait vous payer… si vous acceptez de participer au programme. Pour chaque femme que vous enverrez à la maternité, la compagnie vous versera cinq dollars.

M'ame B. s'est levée et s'est éloignée de la table.

— Ce que j'ai à offrir, Docteur Thomas, je le *donne*. Le Bon Djeu s'occupe du reste. Che' nous, on parle pas d'argent.

Elle lui a tendu son manteau et son chapeau.

— J'ai tout ce qu'i me faut.

Le docteur Thomas a pris ses affaires et a désigné la table.

— Je vous en prie, Madame Babineau, rasseyez-vous. Je n'ai pas voulu vous insulter. Permettez-moi de terminer. Je partirai tout de suite après.

M'ame B. a versé du café dans la tasse du médecin et s'est rassise.

— Je vous donne le temps de finir votre café avant qu'i refroidisse.

Le docteur Thomas s'est empressé d'exposer ses arguments.

— Bien des familles dans le comté de Kings, y compris à Scots Bay, ont déjà une police de l'Assurance agricole. Moyennant une somme modique versée chaque mois, ces familles peuvent dormir tranquilles en sachant que s'il devait arriver un malheur à l'homme de la maison, il pourra obtenir l'aide médicale dont il a besoin sans que la famille soit ruinée.

Il a ajouté du sucre à son café et a continué.

— Comme vous le savez, la mère joue un rôle aussi important que celui du père. C'est le cœur du foyer ; c'est elle qui voit à son bon fonctionnement.

M'ame B. a hoché la tête.

— J'ai toujours eu pour mon dire que si la maman est pas heureuse, y'a pas personne qui va être heureux.

Le docteur Thomas a souri.

— Exactement ! Et pour l'équivalent de ce que dépensent chaque mois la plupart des ménages en thé ou en café, un mari peut obtenir une police d'assurance pour la mère. Son épouse pourra alors accoucher en tout confort dans un lieu propre et sécuritaire, la maternité de l'Assurance agricole. La famille sera rassurée en sachant que maman est entre bonnes mains pendant l'accouchement.

M'ame B. l'a dévisagé.

— Qu'est-ce qui se passe si la maman veut avoir son bébé à la maison ?

— Pourquoi voudrait-elle faire ça quand elle a accès à de magnifiques installations toutes neuves ?

Il a tenté une autre stratégie.

— Vous êtes une brave femme, Madame Babineau, vous avez assumé cette charge pendant toutes ces années. Tous ceux à qui j'ai parlé m'ont dit à quel point vous êtes compétente et bénie. Mais grâce aux nouvelles techniques d'obstétrique, les femmes peuvent désormais compter sur autre chose que la foi pour survivre aux graves dangers de l'accouchement.

M'ame B. est restée assise sans rien dire, à fredonner et à tricoter, levant les yeux de temps à autre comme si elle cherchait à savoir combien de temps il comptait rester.

Contrarié, le docteur Thomas a tenté de poursuivre la conversation.

— Connaissez-vous Mme Expérience Ketch ?

M'ame B. a pris une gorgée de thé.

— Un peu.

— M. Brady Ketch, son mari, s'est présenté à mon cabinet le mois dernier en m'annonçant une nouvelle troublante. Comme vous avez assisté à l'accouchement d'un si grand nombre de bébés dans la région, je me suis dit que vous pourriez peut-être m'aider à comprendre ce qu'il m'a dit.

M'ame B. a souri.

— Je ferai mon possible.

Le ton du médecin est devenu sérieux.

— M. Ketch était très affligé. Il m'a expliqué que son épouse était alitée et qu'elle était trop faible pour se tenir debout. Il craignait qu'elle meure. Je l'ai suivi chez lui et j'ai constaté qu'elle était en bien mauvais état. Son teint était pâle et elle refusait de parler.

M'ame B. a secoué la tête.

— C'est affreux, cette histoire. J'espère que vous avez été capable de l'aider.

— J'ai veillé comme j'ai pu à son confort, vu les circonstances. Mais il y a une chose que je n'arrive toujours pas à comprendre. Quand j'ai demandé à M. Ketch ce qui avait bien pu provoquer la maladie de son épouse, il m'a dit qu'elle avait accouché la veille et que vous étiez là avec une jeune fille pour assister à la naissance.

Le docteur Thomas a dévisagé M'ame B.

— Vous ne pouviez *rien* faire pour éviter qu'elle se trouve dans un si triste état ?

M'ame B. a fini sa rangée de tricot avant de secouer la tête.

— Vous avez pas adonné à sentir son haleine, Docteur ?

Un peu de sucre s'est échappé de la cuillère que le médecin portait à sa tasse.

— Pardon ?

— Je regrette d'avoir à vous dire ça, mais le seul temps que Brady Ketch dit la vérité, c'est quand-ce qu'i annonce à l'aubergiste qu'i a vidé le tonneau de whiskey. Si sa femme est dans la misère, c'est parce qu'i est pas capable de la quitter tranquille. Quand-ce qu'i est pas en train de l'engrosser, i' est après lui sacrer une volée. Si j'ai jamais pu faire quèque chose pour Expérience Ketch, ç'a été de lui dire qu'a va se retrouver su' le mouroir à force de s'échiner comme qu'a le fait.

— Êtes-vous en train de me dire que vous n'êtes pas au courant qu'elle a eu un bébé ?

M'ame B. a tiré sur la pelote de laine qui reposait sur ses genoux.

— Vous avez vu un bébé che' zeux ?

— Non, M. Ketch m'a dit que l'enfant était mort-né.

M'ame B. a roulé des yeux.

— Eh ben, je pensais qu'on serait tous les deux capables de savoir si qu'a venait yinque d'accoucher. Je figure que vous l'avez examinée comme i' faut ?

Le docteur Thomas a tambouriné sur la table avec ses doigts et fixé sa tasse. Le mouchoir que Précieuse m'avait offert en cadeau à mon dernier anniversaire se trouvait tout près. Mes initiales, entourées d'un cercle de marguerites, étaient brodées dessus.

— M. Ketch m'a dit que la fille de M. Judah Rare pourrait peut-être m'aider à faire la lumière sur la question.

— Mam'selle Rare est une jeune fille convenable, qui a la gentillesse de tchindre compagnie à une misérable vieille comme moi. Alle est assez smarte aussi pour savoir qu'i faut pas aller rôder dans le coin à Brady Ketch. On trouve rien que des menteries pis de la boisson par là-bas. Dans un cas comme dans l'autre, tu cherches du trouble.

Le docteur Thomas a pris le carré de tissu et l'a retourné dans sa main.

— Elle s'appelle Dora, c'est bien ça ? Je me suis arrêté chez elle avant de venir vous voir et j'ai discuté avec sa mère. C'est une dame très aimable. Elle pensait que je trouverais peut-être sa fille ici avec vous.

M'ame B. a tendu calmement la main et pris le mouchoir.

— Alle a oublié ça la dernière fois qu'alle est venue me voir. Vous savez comment ça peut être étourdi, une jeune fille comme ça. I' savont point ce qu'i avont fait le matin même, pis encore moins le jour d'avant ou une semaine passée. C'te fille-là est un brin volage, aussi. Je sais jamais quand-ce qu'a va se pointer à ma porte.

Le docteur Thomas a froncé les sourcils tout en rongeant l'intérieur de sa joue. C'est ce que fait mon père quand il constate qu'un plan qu'il a tracé sur papier sera impossible à réaliser avec son marteau et des clous.

— Je ferais peut-être mieux de rendre visite à Mme Ketch de nouveau, maintenant qu'elle s'est remise sur pied, afin de voir si elle se souvient de quelque chose.

— Bâdre-toi pas avec ça, cher Docteur, dit M'ame B. d'un ton joyeux. Y a de bonnes chances que Brady Ketch oublie qui-ce que t'es pis qu'i braque son fusil sur toi. Tu fais mieux me laisser garder après les femmes de la Baie.

— Et les laisser accoucher dans des cabanes à pêche et des granges ? a-t-il marmonné.

M'ame B. l'a fusillé du regard.

— Qu'est-ce que vous avez dit là ?

— Il faudrait peut-être que vous sachiez que selon le Code criminel de 1892, c'est un crime de ne pas obtenir de l'aide raisonnable durant un accouchement.

— Je me demande bien, Docteur, combien de bébés vous avez aidés à venir au monde.

— Pendant que j'étais résident à l'école de médecine, j'ai vu naître au moins une centaine de bébés...

— Combien de bébés vous avez attrapés dans vos mains quand-ce qu'i sortaient du corps de leur maman ?

— Eh bien, je...

— C'est pas important.

Elle a tiré sur la masse de colliers qu'elle portait à son cou.

— Vous voyez ça ? Y a une perle pour chaque beau tit bébé que j'ai vu naître.

Elle a retiré un long collier de perles dissimulé dans son corsage. Une croix en argent terni pendait entre ses doigts.

— Et ça ? Vous avez peut-être entendu l'histoire. La maman de c't'enfant-là a eu son bébé dans une crèche.

Elle a laissé retomber le collier sur sa poitrine.

— La prochaine fois que vous viendrez par icitte en voulant sauver les *bébés de grange* de Scots Bay, rappelez-vous qui-ce qui veille après zeux.

M'ame B. s'est levée.

— Je pense que votre café est rendu froid, Docteur Thomas. Je vous inviterais ben à rester souper, mais je sais que vous êtes pressé d'aller rejoindre votre chère épouse. Le chemin pour descendre la montagne est plus tortueux quand-ce qu'i fait noir.

Ma mère n'a pas attendu longtemps avant de me demander ce que voulait le docteur Thomas.

— Est-ce qu'il t'a trouvée chez M'ame B. ? Il m'a semblé assez gentil. C'est toute une affaire de monter jusqu'ici. Tes frères en revenaient pas de sa voiture. Qu'est-ce qu'il voulait au juste ?

— Il voulait juste savoir combien de bébés sont nés à la Baie l'année passée. C'est pour les registres du comté, ou quelque chose comme ça.

— C'est intéressant. Combien y en avait ?

— Quand ça ?

— L'année passée. Combien de bébés sont nés à la Baie l'année passée ? J'en connais au moins trois. Celui de Mme Fannie Bartlett…

— Sais-tu, je m'en souviens pas. Je pense qu'elle a juste répondu « pas plus que d'habitude » en riant. Tu sais comment elle est, M'ame B.

Maman est retournée au poêle touiller sa marmite de fèves et s'est essuyée le front en soupirant un oui.

~ Le 16 novembre 1916

En quittant la cabane de M'ame B., le docteur Thomas avait le visage tout rouge. On aurait dit qu'il ne serait pas heureux avant d'avoir fait avouer à M'ame B. qu'elle avait tort et qu'il avait raison. J'ai dit à M'ame B. que je ne pourrais pas supporter l'idée de la voir derrière les barreaux et qu'elle devrait peut-être songer à demander aux femmes de la Baie de se faire soigner par le docteur Thomas, mais elle a juste souri. Puis elle a enfilé une perle de jais sur une ficelle qu'elle m'a passée au cou.

— I' reviendra pas. Y a rien par icitte pour lui. La grosse argent, c'est en ville qu'a se trouve. Le monde là-bas allont voir le docteur chaque fois qu'i avont mal en quèque part pis i' se vidont les poches sur la table d'examen. Pourquoi-ce qu'i voudrait se faire payer en choux pis en patates ? De toute façon, un homme qui peut pas boire mon café noir aurait pas la face de m'faire de mal.

Elle a sans doute raison, mais ça ne m'empêche pas d'en faire des cauchemars. J'ai fait le même rêve trois soirs de suite. Au début, je suis avec Tom Ketch, qui pose ses yeux doux sur moi comme s'il s'apprête à m'embrasser. Je ferme les yeux et quand je les rouvre, c'est Brady Ketch qui me serre dans ses bras. Sa barbe broussailleuse me râpe la joue et sa langue répugnante se fraie un passage dans ma bouche. J'essaie de crier, mais aucun son ne sort. J'essaie de m'éloigner, mais mon corps s'affaisse comme si je n'avais plus de squelette, puis je tombe, je tombe, je tombe dans le trou noir et humide sous l'arbre de Marie. Il y a de la mousse et des os, des feuilles et des crânes, des bibittes à patate et des vers. J'entends un bébé qui pleure. Je creuse dans la boue pour l'atteindre. C'est Darcy, mais cette fois on dirait le bébé le plus parfait du monde. Il a le teint rose, il est beau et dodu, et ses yeux d'un bleu clair sont fixés sur moi. Il attend que je le ramène à la maison. Je tends les bras, et l'arbre de Marie prend vie : ses racines deviennent des bras qui dégagent le bébé de la mousse et le soulèvent. Je crie : « Je vais m'en occuper cette fois, je vous le promets ! », mais l'arbre de Marie s'éloigne avec Darcy sans rien dire. Je m'essaie encore : « S'il vous plaît, ramenez-le ! Je m'en occuperai ! » Je pars à sa poursuite en espérant qu'ils s'en vont au moins au Ciel, mais l'arbre de Marie traverse plutôt les bois et descend la montagne pour aboutir enfin à la porte du docteur Thomas.

~ Le 20 novembre 1916

Ce soir, nous avons enfilé des tranches de pomme sur une corde pour les faire sécher et préparé des pastilles au tussilage, un remède contre la toux. M'ame B. a pris sur une étagère ce qui semblait être un vieux livre de recettes et l'a posé devant moi sur la table.

— Cecitte, c'est le Livre des saules.

Elle a fermé les yeux et a passé la main sur la reliure de cuir craquelé.

— À la place de chacune des maisons qu'ont été brûlées en Acadie, un saule a poussé et garde son souvenir. *Nous nous sommes assis près des fleuves de Babylone, et là, nous avons pleuré, nous souvenant de Sion. Nous avons suspendu nos harpes aux saules de la contrée.* Dans c'te livre-citte, on écrit des choses qu'on veut point oublier. La lune, c'est la maîtresse des saules.

M'ame B. a dénoué le bout de ficelle qui retenait l'assemblage de pages jaunies, qu'elle s'est mise à parcourir.

— Merci, douce Marie. C'est juste ici : tussilage. Y en a qu'appelont ça *Filius ante patrem*, le fils avant le père, par rapport que la plante fait des fleurs avant les feuilles. C'est ça qu'i faut pour apaiser un mal de gorge. Signe ton nom dans le coin de la page, Dora, pour te rappeler de t'en souvenir.

Avec la dernière pomme, elle a façonné un talisman. Tout en fredonnant, le sourire aux lèvres, elle l'a épluchée pour en obtenir une longue spirale rouge.

— Le serpent a dit à Ève de bailler sa pomme à Adam. Oooh, Dora, qui-ce qui va avoir la tienne ?

Elle a jeté l'épluchure par-dessus mon épaule gauche puis s'est mise à quatre pattes pour l'examiner. Après, elle a tracé un signe de croix sur sa poitrine et un autre dans les airs.

— Regarde donc ça… Je vois une belle tite maison, une bourse de soie ben pleine pis la force d'un arc de chasse.

Je me suis accroupie à côté d'elle.

— Qu'est-ce que ça veut dire ?

— Rien, du moins pas pour tout de suite.

Elle m'a tapoté la main et je l'ai aidée à se relever.

— Ça te viendra quand ça sera le temps.

J'aurais voulu qu'elle m'en dise plus long, mais ce n'était pas la peine d'embêter M'ame B. avec mes questions. Elle avait dit tout ce qu'elle avait à dire. Tom Ketch est un chasseur, c'est vrai, et vu qu'il habite à Deer Glen, il doit avoir un arc. Mais il n'a ni une belle petite maison ni assez d'argent pour remplir un dé à coudre, encore moins une bourse de soie. M'ame B. ne se trompe jamais sur ces choses-là. Elle peut dire si une femme est en famille avant même que la femme le sache elle-même. Elle peut dire si elle porte un garçon ou une fille et prédire la semaine où naîtra le bébé. Le plus souvent, elle peut même te dire le jour exact de sa naissance. Elle peut poser la main sur ton front ou prendre ta main dans la sienne et te dire ce qui te rend malade. Alors même si elle n'a rien dit sur le qui ou même le quand de son présage, je ne peux pas m'empêcher de repenser aux indices qu'elle m'a donnés et de peser chacun de ses mots.

4

Réfléchir, selon mon père, c'est quelque chose que je fais beaucoup trop souvent. « Tu jongles trop, Dora, surtout pour une femme. » Au début, j'avais l'impression que c'était juste quelque chose qu'un père dit à sa fille, mais il n'est pas le seul à s'exprimer comme ça. On dirait que ma tante Francine ne se lasse pas de traîner ses journaux de médecine à la maison et d'en lire des passages à voix haute à Maman et à moi. Sa plus récente trouvaille est *The Science of a New Life* du docteur John Cowan.

— C'est juste ici, Charlotte, tu vois ? Laisse faire d'essayer de le lire, je veux que Dora l'entende aussi. Attendez, je vais vous en lire un petit passage. Ça sera pas long. Voyons voir... le voici. L'estimé docteur Cowan écrit : « Étroitement liées à la nourriture et à l'habillement, l'oisiveté et la lecture de romans, chez la femme, sont productrices de mauvaises pensées. Il est pratiquement impossible pour une femme de lire un de ces livres “d’amour et de meurtre” en vogue aujourd’hui et d’avoir des pensées pures ; et quand la lecture de tels écrits est associée à l’oisiveté, comme c’est presque toujours le cas, les pensées et les sentiments de la femme *ne peuvent être qu’impurs et sensuels.* » Tu vois, Charlotte ? C’est écrit noir sur blanc. Réfléchir à l’excès et lire des romans, ça entraîne de l’anxiété, des cauchemars, des problèmes de peau et peut-être autre chose encore.

L’automne dernier, ma tante Francine était convaincue que mon rhume et ma toux avaient été déclenchés par le fait que je pensais constamment aux *Hauts de Hurlevent*. Elle a même reproché à Maman de m’avoir permis de lire le roman.

— Charlotte, chaque fois que je pose les yeux sur ta fille, elle a un livre sous le nez. Ce serait autre chose si elle étudiait des psaumes ou même un peu de poésie... Mais là, on n’a pas à se demander pourquoi sa santé souffre du moindre changement de température.

Maman a ri.

— À t’entendre parler, Francine, on croirait que Dora a attrapé la crève à force de lire sur les landes maudites du Yorkshire.

Elle s’est alors tournée vers moi.

— Dora, chérie, c’est bien cette histoire-là qui se passe dans les landes ?

— Oui, Maman.

— Y a aussi celle qui parle de la pauvre dame enfermée dans le grenier par son mari... Je me mêle tout le temps entre ces deux-là. C'est sûr que j'ai pas le temps de les lire, moi, tellement je lis lentement, mais Dora est bonne pour m'en raconter des bouts de temps en temps. Fais-toi pas de soucis pour elle, a se sentira mieux dans un rien de temps.

— Son rhume, a dit ma tante Francine à voix basse, c'est juste le début d'une maladie plus grave. Ces « histoires », comme tu les appelles, mèneront à un plus grand mal.

— Francine, veux-tu bien me dire de quoi tu parles ?

— Je parle de *dérangement.*

— Sois pas ridicule !

— De comportements déviants aussi, a-t-elle chuchoté.

Ma tante Francine a cru bon de donner à Maman son exemplaire de *The Science of a New Life.*

— Normalement, je le prêterais pas. Mais pour Dora, je vais faire une exception. On peut pas laisser traîner une condition comme ça et s'attendre à ce que le mal se guérisse tout seul.

Elle a tapoté la main de Maman.

— J'ai marqué plusieurs passages pour toi. Ceux qui portent sur sa *maladie.*

Maman a souri et a hoché la tête. Mais à peine avait-elle posé le livre sur sa table de chevet que Papa me lançait : « Va rassembler tes livres, Dora, puis mets-les sur la pile de broussailles. » J'ai fait semblant de ne pas l'entendre et je suis sortie nourrir les cochons dans l'enclos. Un peu plus tard, j'ai entendu le crépitement du feu et senti la fumée qui s'élevait des brindilles séchées, des *Hauts du Hurlevent,* d'*Orgueil et préjugés* et de tous mes autres livres. Je me suis appuyée contre la clôture et j'ai pleuré. Ce n'était pas la peine de discuter avec lui. Ce n'est jamais la peine. *Une bonne chose avec les gars, c'est qu'i braillent jamais. J'te comprendrai jamais, Dora.*

Hier soir, nous avons passé notre première nuit en mode hiver. Petite, j'avais hâte qu'arrivent les vents froids et la première neige en décembre, parce que Papa fermait les pièces à l'étage et les enfants descendaient les oreillers, les couvertures et les plumards pour les mettre dans la pièce à l'avant de la maison. Le soir, nous nous couchions tous blottis les uns contre les autres et Maman nous embrassait sur la joue selon notre ordre de naissance : Albert, Borden, Charlie, Dora, Ezekiel, Forest et Gord. Nous dormions comme ça, dans un nid douillet et confortable, en attendant que l'herbe reverdisse au printemps. Même si nous sommes un peu plus à l'étroit ces dernières années et bien que l'aménagement soit devenu un peu malodorant, j'aime encore entendre les histoires que nous raconte Borden à l'heure de dormir : la fois où le vieux borgne Bobby a pagayé à contrecourant au large du cap Split ; comment Borden et Hart Bigelow ont inventé un jeu de baseball avec une vessie de cochon ; la légende du trésor caché sur l'Isle Haute, ou celle du pêcheur fantôme d'Old Cove qui cherche son pied...

Cette année, Papa ne semble pas savoir quoi faire de moi. Un matin, après le déjeuner, je l'ai entendu se disputer avec Maman à mon sujet.

— Peut-être qu'a pourrait passer l'hiver chez Francine.

— Pourquoi on l'enverrait vivre ailleurs ? On a sûrement assez de place pour coucher tout le monde ici.

— Elle a besoin d'apprendre à se comporter comme une jeune femme convenable, a-t-il dit à voix basse.

— Parce que c'est pas le cas ?

— C'est juste qu'avec six garçons...

— Judah Rare, t'es ridicule.

— Ça sera pas long qu'a va être en âge de se marier, pis quelqu'un pourrait penser...

— Qu'elle est une bonne jeune fille qui aime beaucoup ses frères ?

— Elle et Charlie se tiennent encore par la main quand-ce qu'i s'en vont se promener, pis j'ai beau passer mon temps à la disputer, a s'entête à se mêler parmi les gars quand-ce qu'i luttont ou qu'i se chamaillont.

— Arrête de te faire du mauvais sang pour ça. Elle a bon cœur pis elle est innocente. Je serais prête à parier qu'elle a même jamais embrassé personne.

— C'est ça le problème. Y a pas personne qui va vouloir d'une fille qui se tchint tout le temps avec ses frères. Si on laisse traîner le problème, le monde va commencer à penser qu'y a dequoi d'étrange là-dedans. Envoyons-la chez Francine. Je suis sûr que ta sœur se ferait un bonheur de...

— Ben oui, je suis certaine que Francine se ferait un bonheur d'en faire une bonne ménagère. Mais c'est pas l'affaire des autres de nous dire comment élever nos enfants. On installera Dora tout au bout, à côté des jumeaux, ou bien sur la longueur à leurs pieds, mais elle reste avec nous, un point c'est tout.

Papa a raison de supposer que j'ai perdu mon innocence, même si personne n'a cueilli ma fleur au milieu d'un champ en friche. (Je peux encore m'attendre à voir un peu de sang sur les draps le soir de mes noces.) Non, une fille peut perdre son cœur bien avant de l'avoir confié à quelqu'un. Maman ne m'en a jamais parlé, elle était peut-être trop occupée pour s'en rendre compte, mais je me souviens exactement du moment où ça s'est produit. C'était le jour où mon père m'a montré que je n'étais plus une enfant.

Avant ce jour-là, j'avais ma place parmi mes frères. Si Borden ou Albert me taquinaient, je leur rendais la pareille. Si Charlie mettait de la boue dans mes souliers, il trouvait un crapaud dans son lit le soir même. Chaque fois qu'on me bousculait, je répliquais en pinçant la chair d'une cuisse ou le gras d'un bras. Papa a mis fin à tout ça. Par une journée chaude et ensoleillée (à peu près au même moment où j'ai commencé mes règles et où mes seins ont commencé à être lourds quand je courais), Albert, Borden, Charlie et moi sommes allés en secret à l'anse Lady après l'école. La marée commençait à descendre, les roches étaient parsemées de mares d'eau saline tiède et une bande de terre argile s'étendait sur toute la longueur de la côte. Dans l'abri formé par l'anse, nous nous sommes dévêtus comme nous avions l'habitude de le faire et nous sommes mis à nous lancer de grosses mottes de glaise. Quel spectacle ç'a dû être, une bande d'enfants qui riaient et qui criaient, leurs corps striés de brun et de gris. Mais en nous voyant, c'est mon nom à moi que Papa a crié, fâché et d'un ton saccadé : *Dora Marie Rare*. J'ai enfilé mes vêtements à toute allure pour couvrir ma peau maculée de crasse, puis Papa m'a tirée par le bras jusqu'à la maison. Je n'aurais pas dû lui tenir tête, mais ça me semblait injuste qu'il s'en prenne rien qu'à moi. Après tout, c'est Borden qui avait eu l'idée de descendre à l'anse, c'est Albert qui avait voulu patauger dans l'eau, c'est Charlie qui avait jeté la première motte de glaise. Mais Papa s'en fichait. Il s'est retourné, m'a prise par les bras et m'a secouée en parlant.

— Que j'te voie pu jamais agir comme ça.

— Mais Papa, je...

— Oblige-moi pas à te donner la strappe, Dora.

Quand nous sommes arrivés à la maison, Maman nous attendait sur le perron, l'air inquiet. Elle avait dû nous voir sur le chemin et compris à la démarche de Papa qu'il était en colère. Il m'a envoyée au puits chercher un seau d'eau.

— Va te laver avant le souper, pis je fais mieux de pas voir des traces de boue derrière tes oreilles.

Au moment de rentrer dans la maison, je l'ai entendu se plaindre à Maman.

— Elle est trop vieille pour jouer avec les gars, pis a commence à être un peu trop effrontée à mon goût. Parle-lui donc, Charlotte ; dis-lui qu'a se trouvera jamais un mari si a continue d'agir comme ça. Y a pas un homme par icitte qui va vouloir d'une femme insolente.

Papa agissait comme si ça le répugnait de me regarder. Il m'avait secouée tellement fort qu'il m'avait transmis toutes ses craintes. Il avait laissé libre cours à toutes ses mauvaises pensées, à tous ses cauchemars de père, et les avait mis dans ma tête : le désir de regarder les animaux s'accoupler au printemps, la pensée de vouloir être touchée, le besoin de me faire remarquer par les hommes. Même si je l'avais voulu, je n'aurais pas pu rester innocente. Je suppose qu'il s'était enfin rendu compte qu'on ne peut pas empêcher une fille de devenir femme.

Dieu merci, mon comportement est moins grave que celui de Grace Hutner. Celle-là a une telle façon de parler, de poser un doigt sur son menton et de lever les yeux tout en ricanant, qu'on la dirait rusée comme un magicien de foire ou un vendeur de remèdes de charlatan. Son chemisier est toujours un peu trop échancré et sa cheville donne à voir une touche d'impatience quand elle tend la jambe en dehors de son pupitre à l'école ou dans l'allée du sanctuaire à l'église. Le blond de ses cheveux et le bleu de ses yeux font croire qu'elle est la perfection incarnée. Son sourire à une fossette attire tous les garçons, les filles et les hommes qu'elle croise.

— *Grace, as-tu besoin d'aide pour porter tes livres ?*

— *Grace, parle-nous de ta nouvelle robe.*

— *Une belle tite créature comme toi devrait pas marcher toute seule.*

Tous les garçons de la Baie qui vont à l'église, Albert et Borden compris, sont allés se rouler avec elle dans la tasserie de foin. La seule fois que j'ai vu mes deux frères en venir aux mains, c'était à cause d'elle. La vilaine leur avait fait croire à chacun que son cœur lui appartenait. Et même s'ils ont fait la paix quand elle a commencé à sortir avec Archer Bigelow, ils se disputent encore quand vient le temps de décider à qui revient l'honneur de la raccompagner après la messe. Tous les garçons la désirent, et toutes les petites filles veulent être comme elle. Grace Hutner pourrait donner le goût à un homme de perdre la vue, ne serait-ce que pour qu'il puisse mieux entendre ses mensonges.

À l'école, j'ai « emprunté » quelques livres qui avaient été oubliés au fond d'un placard poussiéreux ; des romans de Charles Dickens et de Jane Austen étaient dans la pile. M'ame B. m'a donné la permission de les laisser chez elle à condition que je les lui lise à voix haute pendant que, du bout des doigts, elle façonne des pipes en terre cuite. Pour me taquiner, elle me tient le poignet avant et après chaque séance de lecture et compte mes battements de cœur.

— Ton tchœur s'a point mis à battre la chamade, ton front est point chaud... T'es sûre que tu te sens bien ?

À nous deux, nous formons un cercle littéraire – une « Veille du mot », comme le dit M'ame B. Nous avons lu tout d'abord *L'abbaye Northanger* de Jane Austen. L'héroïne, Catherine Moreland, tombe amoureuse de Henry Tilney, un jeune homme séduisant mais passif. Elle a dix-sept ans.

Une fois que j'ai compris qu'on avait oublié l'existence du *The Science of a New Life* de ma tante Francine, je l'ai subtilisé lui aussi et l'ai coincé entre mon matelas et mon sommier. Depuis, le docteur John Cowan et moi sommes devenus assez intimes.

> Penchons-nous à présent sur quelques effets indésirables de la masturbation sur la santé et le caractère de l'individu : maux de tête, dyspepsie, constipation, maladie de la colonne vertébrale, épilepsie, troubles de la vue, palpitations cardiaques, douleurs dans les côtes, incontinence urinaire, hystérie, paralysie, émissions séminales involontaires, impuissance, consomption, insanité, etc.
>
> La femelle atteinte de cette maladie perd, à mesure qu'elle y succombe, l'amabilité et la grâce propre à son sexe, la douceur de sa voix, son tempérament et ses manières, la grâce et l'élégance de son comportement, son regard tendre et son intérêt envers l'homme, de même que celui de l'homme envers elle. Elle devient bâtarde, ni mâle ni femelle, entachée des défauts des deux sexes sans pour autant posséder les vertus de ni l'un ni l'autre.

Le docteur Cowan peut bien parler d'*onanisme*, moi je préfère appeler ça *pratiquer la patience*. Qu'est-ce qu'il y a de mal à penser à l'amour ? Quelle différence y a-t-il entre me briser le cœur un peu sous les couvertures et réciter à voix basse des textes des Brownings, de Keats ou même de Christina Rosetti ? Hier, à l'école, j'ai emprunté un autre livre à la bibliothèque de Mademoiselle Coffill. Cette fois, c'était un recueil de poésie. *Viens à moi dans le silence de la nuit / Viens dans le silence éloquent d'un rêve.* J'ai marqué mes passages préférés en glissant des bouts de ficelle entre les pages. Tout comme mes mains qui se glissent entre mes jambes, les mots sont tendres, rien de plus que des vœux.

~ Décembre 1916

Le docteur Thomas n'est pas retourné déranger M'ame B., mais ma tante Francine nous a annoncé l'autre jour que les travaux achèvent à la maternité de Canning et qu'on prévoit y tenir une réception pour les femmes de Scots Bay. Ma tante encourage toutes les « femmes de bonne famille » à s'y rendre. Elle se réjouit chaque fois qu'une occasion se présente où elle peut porter un nouveau chapeau et prendre de grands airs. Ma tante n'a pas tardé à m'informer que le docteur Thomas présentera « une conférence sur la moralité et la santé des femmes. C'est sans doute un sujet qui t'intéressera, Dora. »

Plus j'en apprends à leur sujet, plus je me rends compte que je n'aime pas trop les médecins.

5

Docteur et Mme Gilbert Thomas invitent
les dames de Scots Bay à assister à
une causerie suivie d'un léger goûter
à la maternité de Canning
le samedi 7 décembre 1916.
Le départ pour Canning aura lieu au Centre maritime.

Trois équipages de chevaux attelés à de magnifiques nouvelles carrioles nous attendaient au Centre maritime, gracieuseté du docteur Thomas.

Maman m'avait dit que j'allais devoir représenter la famille Rare puisqu'elle avait bien trop de choses à faire à la maison. J'avais tenté de persuader M'ame B. de se joindre à nous, mais elle avait refusé.

— J'ai pas mis le pied en bas de la montagne depuis le jour où j'ai débarqué ici. C'était y a tellement longtemps que je partirais peut-être en poussière si jamais je quittais la Baie.

Ma tante Francine avait voulu rassurer Maman.

— J'y vais déjà à titre *officiel*, comme secrétaire de la Société de tempérance des Roses blanches, et ça me fera plaisir de garder un œil sur ma chère nièce. Je m'assurerai qu'elle n'oublie pas ses bonnes manières.

Précieuse avait supplié sa mère de lui permettre d'y aller, elle aussi, mais ma tante Francine avait refusé.

— Chérie, tu sais bien que l'air froid te fait souffrir. Dans quel état tu serais après un long voyage en carriole ?

Ma tante avait lissé les cheveux de Précieuse et rattaché la boucle au bout de sa tresse.

— Qu'est-ce qu'on dit, ma chérie ?

Précieuse avait soupiré et ânonné :

— Pense à toi, pense à ta santé.

Ma tante avait souri en lui glissant un bonbon au citron dans la bouche.

— C'est ça, ma chérie. Bien dit.

Pauvre Précieuse m'avait fait promettre de tout lui raconter « jusqu'au plus petit détail », puis elle nous avait salué de la main et repris le chemin de la maison.

Ma tante était parée de ses plus beaux atours. Gertrude Hutner ayant fait grand cas de son nouveau manchon en fourrure de lapin, ma tante avait insisté pour que Mme Hutner et Grace s'assoient en face d'elle dans la carriole afin qu'elles puissent poursuivre leur conversation. Quand elles ont été installées, ma tante a tendu son manchon à Mme Hutner afin qu'elle puisse l'examiner.

— Il est arrivé hier. Irwin voulait que je me choisisse un cadeau de Noël à l'avance dans le catalogue Eaton. Au début, il m'a proposé un nouveau manteau, mais j'ai refusé, bien sûr, vu qu'on est en temps de guerre. Je peux très bien me contenter d'un manchon. J'allais attendre demain et l'étrenner pour la messe, mais je trouvais que cette sortie s'y prêtait trop bien.

Mme Hutner a caressé la fourrure blanche.

— Je le trouve absolument divin... et très pratique, aussi.

Elle a glissé ses mains dans le manchon et souri.

— Je pense qu'il est temps que j'en aie un nouveau, moi aussi. Je donnerai peut-être le mien à Grace. Je pourrai m'en commander un du catalogue Eaton cette semaine.

Ma tante a fait de son mieux pour dissimuler sa désapprobation. Les deux femmes sont amies, mais seulement parce qu'elles sont toutes deux plus fortunées que la plupart des autres femmes à la Baie. De toute évidence, il faut peu de gentillesse et de générosité pour épouser un homme issu d'une bonne famille.

— J'en ai vu un beau en fourrure de castor dans le catalogue, juste à côté de celui-ci. Ça te ferait tellement bien, un manchon foncé.

Mme Hutner a fait la moue et remis le manchon à ma tante.

— Je tiendrai compte de ton conseil.

Ma tante Francine passe le plus clair de son temps – et une bonne partie de l'héritage familial de mon oncle Irwin – à assouvir ses besoins matériels. À Noël l'an dernier, c'est du linge de maison irlandais qu'il lui fallait. Après, c'était des chemins de table en dentelle française, des figurines de porcelaine italienne – des oiseaux, des insectes et des fruits, surtout. Ces jours-ci, elle est obsédée par les petites cuillères. Elle en a des centaines sur lesquelles sont gravés des visages de monarques et des représentations des grandes merveilles du monde, tant d'endroits que ma tante ne voudrait jamais aller voir puisqu'il lui faudrait quitter sa maison confortable à la Baie. Elle frotte fidèlement ses cuillères en fredonnant des cantiques et en souriant à son reflet qui oscille dans le cuilleron – *par en haut, par en bas, par en haut, par en bas.* Les murs de son salon sont ornés de ces trésors argentés, inutiles mais si délicats qu'ils ne risquent pas d'infliger d'affront au Bon Dieu ni aux bonnes chrétiennes de la Baie.

Maman a toujours un sourire en coin quand nous rendons visite à ma tante.

— Dans la vie, c'est très pratique d'avoir des repères qui permettent de se situer dans le temps.

Chez Francine, la pendule sonne toujours quelque part entre le moment où elle récite des versets de la Bible et celui où elle se met à frotter ses cuillères.

Jamais je n'ai entendu Maman se plaindre des trésors de ma tante ni du peu de choses qu'elle-même possède. Jour après jour, elle chasse la poussière et la saleté de la maison à grands coups de balai et prépare tous les repas sans jamais s'arrêter, traînant ses pieds d'un pas lourd et fatigué devant le fourneau. Maman a mal au dos à force de se plier pour tordre les vêtements au-dessus de la cuve à lessive et pour traire la vache Jersey. Elle était belle et jeune, jadis, et s'était mariée par amour. Sept enfants plus tard, j'espère qu'elle s'accroche à cette pensée quand, à l'heure du coucher, elle vient nous border et nous souhaiter de bons rêves, et qu'elle embrasse Papa.

Je regardais défiler les arbres, les branches des bouleaux étincelant au soleil, celles des épinettes alourdies par la neige fondante tombée pendant la nuit. Les chevaux avançaient à vive allure le long du sentier dégagé qui menait au pied de la montagne et le vent hivernal nous fouettait le visage. Ma tante Francine criait pour se faire entendre au-dessus du bruit des clochettes.

— J'ai trois nouvelles cuillères, aussi. Le palais de Buckingham, les pyramides de Gizeh et le Taj Mahal.

Tu devrais passer prendre le thé la semaine prochaine, je te les montrerai ! Elles sont simplement magnifiques.

Mme Hutner s'affairait à boutonner le col du manteau de Grace.

— Seulement si tu passes chez moi voir mes nouvelles babioles.

Grace a repoussé les doigts de sa mère du revers de la main et défait ses boutons.

Ma tante Francine battait des mains.

— Oh, Gertrude, elles sont déjà arrivées ?

Mme Hutner a pris la main de sa fille dans la sienne et l'a serrée fort.

— La boîte est arrivée il y a trois jours, a-t-elle dit, clairement emballée. Un service à motif de fleur de lotus rose. Les tasses sont recouvertes de fleurs et de dorures, et le visage d'une charmante impératrice nous regarde du fond de la tasse. Elles sont tellement petites et mignonnes ! Les tasses ont chacune un couvercle arrondi qui fait penser à un petit chapeau chinois. On les appelle des *gaiwan*.

Grace a dégagé à grand-peine sa main de celle de sa mère et a enfoncé lentement son talon dans la pointe de sa botte. Les yeux de Mme Hutner se sont mis à larmoyer.

— Elles n'ont pas d'anse, tu sais.

Ma tante lui a tendu un mouchoir.

— Comme c'est étrange.

Mme Hutner s'est tamponné le coin des yeux.

— Désolée, je ne me sens pas très bien ces jours-ci.

Ma tante Francine a hoché la tête et lui a adressé un regard sympathique.

— Il y a un virus qui court, tu sais. La veuve Bigelow a attrapé une petite toux et a dû garder le lit toute une semaine. Ce n'est peut-être pas plus mal qu'on se rende chez le docteur cet après-midi.

La maternité de Canning, une grande maison blanche et étincelante située tout en haut de la rue Pleasant, semble surgir de nulle part. Les gens qui ne sont pas d'ici sont étonnés d'apprendre qu'elle avait été en ruines autrefois. Un capitaine de navire anglais, M. Robert Dowell, y avait habité. Il avait une épouse à Londres et une deuxième conjointe ici même, à Canning. Sur sa pierre tombale, dans le cimetière des Habitants, il est écrit :

CAPITAINE ROBERT DOWELL
1836-1883
A DONNÉ SA VIE
À SON VÉRITABLE AMOUR,
LA MER

D'aucuns pourraient conclure, en lisant cette inscription, que le capitaine s'est noyé. Or, les circonstances de son décès sont bien plus sinistres. La première conjointe du capitaine, Lucinda Dowell, ayant appris l'existence de la deuxième épouse, Emily Dowell, avait écrit à cette dernière en lui proposant un marché. La première d'entre elles à croiser leur cher « Robbie » en personne devait lui enfoncer un couteau tranchant dans son cœur infidèle.

C'est à Emily qu'était revenue la tâche. C'est Emily qui l'a attendu sur le quai, dans les ténèbres. C'est Emily Elizabeth Dowell née Trublood, la jeune fille rayonnante de Son Honneur le juge Kingston Trublood, qui l'a poignardé avant de le pousser dans l'eau, réparant, de ce fait, le tort qui lui avait été fait. Malheureusement, cette dernière n'avait pas pu vivre avec les conséquences de son geste. Incapable de supporter l'idée que son propre père doive lui passer la corde autour du cou, une fois l'acte posé, Emily s'était poignardée à son tour. Sa pierre tombale est juste à côté de celle de son mari. Sous la sculpture d'une main pointée vers les cieux, on lit l'inscription suivante :

EMILY ELIZABETH TRUBLOOD DOWELL
1858-1883
FIDÈLE COMPAGNE
ÂME SINCÈRE

Le mystère des deux cadavres sanglants retrouvés dans les eaux de la rivière Habitant n'aurait peut-être pas été élucidé, n'eût été une lettre envoyée au maître de poste de Canning.

Manchester
Angleterre

Le 25 octobre 1883

Maître de poste
Village de Canning
Comté de Kings, Nouvelle-Écosse
Canada

Monsieur,
Bien des mois se sont écoulés depuis la dernière fois que j'ai eu des nouvelles de ma chère amie, Mme Emily Dowell. Habite-t-elle toujours à Canning ? Se porte-t-elle bien ? Dites-moi, je vous en prie, a-t-elle réglé ses différends avec son cher mari ? J'ose à peine vous importuner avec ces questions, mais ça ne lui ressemble pas de me laisser sans nouvelles. Nous sommes parentes en quelque sorte, par le mariage, et il me tarde de savoir comment elle se porte.

Dans l'attente de votre aimable réponse,
Mme Lucy Dowell

Le maître de poste, un certain Martin deGroot, s'était empressé de répondre à Lucy Dowell. Une fois les détails macabres relatés, les deux avaient continué à échanger des lettres dans lesquelles Lucy décrivait la solitude et l'humidité de Manchester, et Martin maudissait les hivers interminables de la Nouvelle-Écosse. Le maître de poste n'avait pas tardé à se rendre à l'évidence qu'ils étaient faits l'un pour l'autre : Lucy était veuve et il avait besoin d'une épouse. Le printemps arrivé, il l'avait fait venir et Lucy Dowell est devenue Mme Lucy deGroot.

Maman et ma tante Francine sont parentes avec les deGroot par la sœur de leur arrière-arrière-grand-mère. Cette dernière avait quitté la Baie pour épouser un homme de la grande famille néerlandaise et n'était jamais revenue. Chaque fois que nous allons à Canning, Maman nous montre du doigt les vergers des deGroot en disant : « C'est ici qu'on trouve les plus belles pommes du comté de Kings. » Elles sont rondes, juteuses et rougeoyantes, à l'image de nos cousins deGroot, pas du tout comme les petites pommes acidulées qui poussent à la Baie. Les pommes et les cousins, nous les voyons une fois par année quand Papa descend à l'automne avec des tonneaux neufs et remonte avec notre part de pommes et de cidre.

Grâce à cette petite tradition familiale, Charlie et moi étions d'avis que nous avions le « droit » d'explorer la demeure du capitaine Dowell, dans laquelle nous entrions par une porte défoncée au sous-sol. Malgré ses fenêtres placardées et un panneau sur lequel la mention « défense d'entrer » s'était estompée au fil des années, nous avions conclu que la maison était à nous – que nous y étions liés par meurtre, par mariage et par les liens du sang, si dilués soient-ils. Chaque fois que Papa nous emmenait à Canning le samedi, nous nous y faufilions. Question de chasser les fantômes, nous dévalions les escaliers et les remontions en hurlant. Puis, nous nous terrions dans le silence du grenier pour voir s'ils reviendraient. Aujourd'hui, même les fantômes ne reconnaîtraient plus la demeure.

L'épouse du docteur Thomas est sympathique, mais elle accueillait peut-être ses invitées avec un peu trop d'enthousiasme. Son ventre rond la précédant, des bouclettes empilées sur la tête comme une jeune fille, elle nous menait de pièce en pièce d'un pas léger.

— C'est notre premier enfant, a-t-elle dit, les mains posées sur son ventre rebondi. J'espère que ce sera l'un des nombreux bébés à naître à la maternité de Canning.

Elle a adressé un clin d'œil à ma tante et a poursuivi :

— Les femmes du comté de Kings sont chanceuses d'être entre de si bonnes mains.

Le groupe a traversé le rez-de-chaussée à sa suite et visité un petit coin salon, la salle d'examen du docteur Thomas, une grande cuisine et une chambre pouvant accueillir deux infirmières.

À l'étage, l'espace avait été aménagé de façon à former une seule grande pièce. Des placards remplis de serviettes et de couvertures pliées avaient été installés sur toute la longueur des murs blancs. Trois grosses cuvettes étaient alignées sous une fenêtre au fond de la pièce. Et deux rangées de berceaux blancs alignés au centre de la pièce formaient la pouponnière.

Le docteur Thomas nous a accueillies au palier du deuxième étage.

— Bienvenue à la salle d'accouchement, Mesdames !

Le poteau de la rampe d'escalier, autrefois peint d'une couleur foncée et orné de serpents de mer et de navires aux voiles déployées, avait été repeint en blanc comme tout le reste. Le grenier lugubre avait été transformé en un espace spacieux, où dix lits aux draps blancs bien tendus étaient alignés les uns à côté des autres le long du mur. Au centre de la pièce se trouvait une grande table sur laquelle étaient posés des chandelles, des petits sandwichs et de la vaisselle de porcelaine. Le docteur Thomas nous a fait signe de nous asseoir.

— Vous prendrez bien un petit quelque chose ?

Il a serré la main de chacune des femmes à mesure qu'elles entraient dans la pièce, prenant le temps de les complimenter sur leur robe et leur chapeau et d'échanger quelques remarques sur des amis communs, la parenté et la météo. Quand je me suis présentée, il s'est arrêté un instant.

— Mademoiselle Dora Rare. Quel joli nom !

Pendant que nous sirotions notre thé, le docteur

Thomas a exposé « les avantages de l'accouchement moderne ». Tout en parlant, il a tiré sur un drap suspendu au plafond, le laissant tomber entre deux lits pour former une cloison.

— À la maternité de Canning, nous offrons un service discret et efficace. Jusqu'à dix femmes pourront accoucher en même temps et chacune d'elle recevra des services d'obstétrique de première qualité.

Il a repoussé le drap et l'a fixé au mur au moyen d'une attache.

— Et nous pouvons ajouter des lits au besoin.

Le médecin s'est posté au pied d'un lit et a actionné une manivelle. La tête du lit s'est élevée, a descendu et a remonté encore.

— La nouvelle mère pourra accoucher et se reposer dans le même lit par la suite.

Il s'est penché et a tiré sur des pattes métalliques dissimulées de chaque côté du lit. Il leur a administré une violente secousse pour les mettre en place.

— Des étriers. Pour servir de point d'appui pendant l'accouchement.

Les femmes ont souri et hoché la tête. Pendant qu'elles continuaient de grignoter leurs petits sandwichs, le docteur Thomas leur a présenté un chariot métallique recouvert d'un drap ; on se serait attendu à y trouver du thé et des sucreries. Lorsqu'il a retiré le drap pour en dévoiler le contenu, ma tante Francine a sursauté. Le médecin a gloussé.

— Tout ça peut paraître un peu terrifiant, mais je vous assure que ce sont là les outils du progrès.

Sur le plateau étaient disposés des couteaux luisants, des ciseaux et un assortiment d'instruments chirurgicaux. Des pots de toutes formes et de toutes tailles avaient été entassés dans le compartiment inférieur. Le médecin en a choisi deux et les a posés délicatement à côté du bouquet de fleurs qui occupait le centre de la table.

— De l'ergot et du chloroforme, les deux alliés de la mère.

Il leur a ensuite tendu une grosse paire de pinces.

— Les forceps, les alliés du médecin accoucheur.

Il a fait circuler les objets.

— J'ai sorti toutes ces choses – les couteaux, les ciseaux, les seringues, l'ergot et l'éther – non pas pour vous effrayer, mais pour vous montrer la voie de la médecine moderne. Toutes ces choses *accélèrent* l'accouchement et permettent au médecin de contrôler son déroulement. C'est lui, le maître d'œuvre. Plus vite la mère accouche, moins il y a de risque d'infection et moins la mère souffre. Vous êtes sans doute d'accord que moins une femme souffre, mieux c'est.

Les femmes ont chuchoté entre elles et opiné du chef.

— Avec ma belle Grace, a déclaré Gertrude Hutner, j'ai été en travail pendant deux jours.

Elle a tapoté la main de sa fille.

— Vous imaginez ? Deux journées entières.

Le docteur Thomas s'est assis au bout de la table.

— La semaine dernière, on m'a convoqué à Baxter's Harbour pour venir en aide à une jeune mère en travail. La sage-femme du village était là, mais à mesure que l'accouchement progressait, on a compris que la mère était en détresse. Le père avait été chassé par la sage-femme, mais il avait eu la présence d'esprit de venir me chercher à Canning. Quand je suis arrivé sur les lieux, la mère était tellement épuisée qu'elle n'arrivait pas à mettre l'enfant au monde. Je lui ai administré des médicaments, mais son travail était tellement avancé qu'elle ne pouvait plus en bénéficier. Il était trop tard pour sortir les forceps.

Il a secoué la tête.

— Elle et l'enfant n'ont pas survécu.

Il a pris les forceps et les a remis à leur place dans le charriot.

— Chaque fois que je repense à cette tragédie, je me dis qu'il y a sûrement plus de cas qu'on pense où seul un médecin peut aider.

Les femmes ont hoché la tête en silence et le docteur Thomas a regardé dans ma direction.

— Cette jeune mère ne devait pas être beaucoup plus âgée que vous, Mademoiselle Rare.

Les femmes se sont retournées et m'ont regardée.

— Cette jeune fille est l'exemple parfait de toutes les jolies demoiselles de Scots Bay qui feront un jour appel à mes services.

Il a souri et m'a adressé un clin d'œil comme s'il me connaissait, comme si nous partagions un secret – ou comme s'il savait que je me cachais chez M'ame B. le jour où il lui avait rendu visite. J'ai senti mon visage, mes oreilles et ma nuque s'empourprer.

— Il n'est jamais trop tôt pour penser au jour où elle se mariera et aura des enfants.

Les femmes ont toutes opiné de la tête et Grace s'est étouffée sur un petit-four. Mme Hutner a versé du thé dans la tasse de sa fille et lui a fait signe de le boire – ou à tout le moins de tenir la tasse devant son visage pour cacher son sourire.

Le docteur Thomas a placé un dépliant à côté de chacune des assiettes autour de la table.

— Une police de l'Assurance agricole, ce serait un très beau cadeau à offrir à une nouvelle mariée.

— À n'importe quelle femme, vraiment, a ajouté madame Thomas.

Le docteur Thomas s'est placé derrière son épouse et a posé une main sur son épaule.

— Elle aura l'esprit en paix, sachant qu'elle peut accoucher dans un lieu sûr et propre.

Le comportement du docteur Thomas était irréprochable et il était d'une politesse exemplaire, mais je voyais bien qu'il se souciait plus ou moins de la situation des femmes et qu'il voulait surtout vendre ses services. J'ai repensé au propos de M'ame B. : *Vous êtes pas après rien me dire, vous êtes après assayer de me vendre dequoi.* J'ai levé la main pour lui poser une question.

— Mais combien ça coûte, Docteur Thomas ?

Ma voix tremblait.

— Je connais pas beaucoup de familles à Scots Bay qui sont capables de se payer ce que vous demandez.

— Dora, sois polie, a sifflé ma tante Francine.

Madame Thomas a souri.

— La somme que dépense une famille pour s'approvisionner en thé et en café pendant un mois payerait facilement une police d'assurance.

Je n'avais pas l'impression d'avoir obtenu une réponse à ma question et je ne pensais pas non plus que madame Thomas avait la moindre idée de ce que représentait cette somme pour la plupart des familles de la Baie. J'ai donc fait la sourde oreille aux remontrances de ma tante Francine et j'ai pointé le verso du dépliant.

— C'est écrit ici qu'une police d'assurance pour la mère coûte vingt-cinq dollars par année. C'est pas mal de café, je trouve.

Ma tante m'a arraché le dépliant des mains et m'a dit à voix basse :

— Ça suffit, jeune fille.

— Non, elle a tout à fait raison, a interjeté le docteur Thomas. Ce ne sont pas toutes les femmes qui auront les moyens d'acheter une police, et c'est pourquoi je vous ai invitées à venir ici aujourd'hui. Voici une belle occasion pour des organisations féminines comme la Société de tempérance des Roses blanches de venir en aide aux femmes de la communauté. Après tout, y a-t-il quelque chose de plus précieux que la vie ?

Une fois la réception terminée, ma tante, toute polie et souriante, a pourtant été la première à se diriger vers la sortie en me tirant par le bras.

— Pour l'amour du saint Ciel, ma propre nièce ! marmonnait-elle. Je l'ai dit un million de fois à Charlotte : elle a besoin de garder un œil sur toi. Te tenir à l'écart des livres et des garçons.

Le docteur Thomas nous suivait de près.

— Madame Jeffers, je peux vous parler un instant ?

Ma tante s'est retournée, effaçant à grand-peine sa mine colérique pour afficher un sourire accueillant.

— Certainement, Docteur ! Mais nous avons déjà tellement abusé de votre temps aujourd'hui.

Il a pris la main de ma tante dans la sienne.

— Je voulais vous remercier de vous être déplacée aujourd'hui et d'avoir amené votre nièce avec vous. C'est un véritable plaisir de voir une telle délicatesse chez une jeune dame, vous ne trouvez pas ?

Ma tante Francine a rougi.

— C'est très gentil de le dire, Docteur. Je rappelle toujours à Dora qu'elle a besoin de s'exprimer davantage et de faire entendre sa charmante voix de temps en temps.

Le docteur Thomas m'a regardée.

— C'est un plaisir de vous voir, Mademoiselle Rare. Vous saluerez madame Babineau de ma part, n'est-ce pas ?

— Sans faute.

Ma tante a paru étonnée.

— Dora, ma chère, tu as négligé de me dire que tu avais déjà rencontré le docteur Thomas.

J'allais répondre que nous ne nous étions jamais croisés auparavant, mais le docteur Thomas a été plus rapide que moi.

— J'imagine que mademoiselle Rare *cache* toutes sortes de surprises, a-t-il dit en m'adressant un grand sourire.

6

La semaine suivante, ma visite du samedi avec M'ame Babineau a eu lieu chez Mabel Thorpe. M'ame B. guettait mon arrivée et avait déjà préparé sa trousse.

— Vire-toi de bord, Dora, Mabel est après accoucher de son troisième. On fait mieux d'aller che' zeux y bailler un coup de main.

J'ai pensé à Mme Ketch et au petit Darcy que j'avais gardé dans mes bras jusqu'à son dernier souffle, son corps devenu froid. Durant le temps qui s'était écoulé depuis sa naissance, j'avais graduellement cessé de faire des cauchemars, mais je me demandais maintenant si c'était moi qui avais causé sa mort. Je me disais que Laird Jessup avait peut-être eu raison de m'imputer les malheurs de son veau, que ma présence à une naissance portait peut-être malchance. Les corps pâles et malformés, les cœurs faibles et la mort, c'était peut-être à cause de moi.

— Je pense pas que je pourrais vous être très utile. Je ferais mieux de rentrer à la maison.

M'ame B. m'a prise par la main, est sortie de la maison et s'est engagée avec moi sur la route.

— Ça va bien se passer. Tracasse-toi pas avec ça.

Il faudrait que je me fasse à l'idée que quand Marie Babineau a quelque chose dans la tête, ce n'est pas la peine de refuser.

La route était longue et il faisait froid. À la mi-décembre, les arbres sont déjà dénudés et l'eau de la baie est sombre comme le plomb. Les vents ont tourné et aplati l'herbe ; ils font fi de notre présence, nous coupent le souffle et nous contraignent à passer de foyer en foyer. La maison de Mabel est située sur la route principale, juste après le chantier naval et la forge de Hardy Tupper, là où la route bifurque vers le cap Split. La demeure ressemble en tous points à toutes celles des autres familles Thorpe à la Baie : droite et carrée comme une boîte à sel, avec une cheminée au milieu du toit. Les Thorpe sont comme ça : simples et fiables, jusqu'au dernier.

Une fois à l'intérieur, M'ame B. n'a pas mis de temps à chasser Porter, le mari calme et timide de Mabel, et leurs deux jeunes enfants, qui devaient tous aller se réfugier chez la sœur de Porter, à quelques maisons de là.

— Ta femme a besoin de se concentrer sur le bébé asteure. Les petites vont point comprendre comment ça se fait qu'a se comporte pas comme elle-même, pis la pauvre Mabel peut pas faire ce qu'i faut si qu'alle a peur de les effrayer.

Mabel s'est penchée vers son mari, son ventre presque trop large entre eux, et a déposé un baiser timide sur sa joue. Ensuite, elle a ébouriffé les cheveux de ses deux petites filles en leur disant :

— Soyez sages chez votre tante, puis écoutez votre papa. Oubliez pas vos bonnes manières non plus.

Deux petites têtes blondes se sont inclinées à l'unisson et les fillettes ont levé les yeux vers leur mère en souriant. Elles ont tendu la main pour caresser ses rondeurs une dernière fois. À quatre et cinq ans respectivement, elles se suivent en hauteur comme deux marches d'escalier. Deux frimousses ornées de taches de rousseur, elles sont aussi douces de caractère que leur mère. Cette dernière, grosse comme une maison et prête à éclater, donne tout de même l'impression qu'être mère est une tâche facile. Selon M'ame B., « C'est la foi de la maman qui garde ses enfants sur le bon chemin. Pis ej parle point de la foi en Dieu, là. La tite Mabel croit que le monde est bon. Quand-ce qu'on la regarde aller, on peut pas s'empêcher d'y croire nous autres aussi. »

Peu de temps après le départ des filles et de leur père, Bertine Tupper et Sadie Loomer, deux voisines, sont arrivées.

— Eh ben, si c'est pas le balai pis le siau, a dit

M'ame B. en les embrassant toutes les deux.

Bertine, grande et solide, a la stature dont on pourrait s'attendre d'une épouse de forgeron. Quant à Sadie, toute filiforme, elle n'est pas beaucoup plus grande que mes jeunes frères. Elle s'exprime avec la rudesse d'un marin. Les deux femmes étaient débarquées avec des paniers débordant de petites courtepointes, de couvertures de bébé et de pâtisseries. M'ame B. a pris le tricot de Bertine dans ses mains veinées, l'a lissé et s'est exclamé : « Garde donc ben si c'est beau. L'amour d'une maman. » Ensuite, elle nous a toutes mises au travail, même Mabel.

— C'est ben trop tôt pour te mettre au lit, tite maman. I' faut continuer de grouiller pour rouvrir ces os-là. Tu connais ça.

Mabel ne l'a pas contredite, gagnant plutôt la cuisine où elle s'est affairée avec ses amies à tamiser la farine, s'arrêtant de temps à autre pour s'agripper au bord de la table quand ses douleurs devenaient trop intenses.

Mabel, Bertie et Sadie avaient grandi dans des petits villages de pêche à Terre-Neuve et étaients arrivées à la Baie à peu près en même temps. Elles étaient donc, comme dirait ma tante Francine, *des genses d'ailleurs*. Aux dires de ma tante, elles n'avaient pas été capables de se trouver un mari chez elles et avaient dû quitter leur village pour « fonder un ménage ». « À les voir agir, parfois, on croirait que Terre-Neuve se trouve sur une autre planète. Quand une personne a pas de parenté dans les environs, c'est impossible de la connaître *vraiment*. Je suppose que c'est ce qu'elles voulaient, en s'installant loin de chez eux. Elles avaient peut-être quelque chose à cacher. » Je les trouve formidables, moi, ces femmes – braves, même – quand je les vois assises ensemble aux dîners de paroisse en train de rire plus fort que ma tante voudrait qu'elles le fassent. On dirait plutôt des sœurs – c'est du moins l'image que je me fais du comportement de sœurs entre elles.

— Dora, va donc nous chercher des œufs frais, a dit M'ame B. C'est le temps de partir le gâteau à la mélasse.

Aux dires de certains, le gâteau à la mélasse porte chance au nouveau-né. De nos jours, on garde cette tradition pour le jour où la mère retourne à l'église, quand elle quitte son lit et apporte le bébé à la messe du dimanche. Ce jour-là, le père reste sur les marches de l'église et tend à chacune des mères de la paroisse un petit gâteau enveloppé dans du papier brun et noué avec un ruban rouge. Mabel voulait plutôt suivre l'ancienne tradition, casser elle-même les œufs et touiller la pâte juste avant l'arrivée du bébé.

— Ça remplit la maison d'une bonne douceur. C'est comme ça que ma mère pis toutes ses sœurs faisaient par che' nous.

Bertine a hoché la tête.

— Mémère disait que la senteur du gâteau apaise la douleur.

— Quand-ce tu sentiras le bébé s'en venir, a dit Sadie, i' faudra qu'on amarre des bouquets de lavande aux poteaux de lit, qu'on glisse une hache en dessous du lit pis qu'on mette un gâteau au four.

M'ame B. a souri en retirant le couvre-théière.

— L'odeur d'un bon gâteau à la mélasse, une tisane nourrissante pis du *temps*, souvent, c'est juste ça qu'i faut à une maman le jour qu'a va mettre son bébé au monde.

Elle a tendu une tasse à Mabel.

— Assez de temps pour faire ce qu'alle a besoin de faire, raconter tout ce qui lui passe par la tête pis dire ses prières.

À mesure que l'après-midi s'écoulait, Mabel devenait de plus en plus silencieuse et s'arrêtait de plus en plus souvent, tenant son ventre et poussant un gémissement. Quand ses eaux ont coulé le long de ses jambes et qu'elle n'était plus capable de tenir une cuillère dans la main ni même de sourire, M'ame B. l'a accompagnée à la chambre à coucher et a sorti de son sac trois pots, des ciseaux stériles, des carrés de mousseline roussie et une bouteille d'huile de ricin. Elle a chanté et adressé une prière à ces objets ainsi qu'à tous ceux qu'elle touchait avec ses mains. Il commençait à faire nuit, alors j'ai allumé quelques lampes et les ai apportées dans la chambre.

Sadie et Bertine se sont relayées pour raconter des potins à Mabel tout en passant une chemise de nuit propre sur son ventre rond.

— Puis là Bertine s'a mis à taper du pied. Tu sais comment-ce qu'a peut être quand-ce qu'a pense qu'on est après lui mentir. A dit, « c'est-ti pas intéressant » pis tout ça.

Mabel faisait les cent pas dans l'espoir d'oublier un peu la douleur.

— Je trouvais ça intéressant que Mme Gertrude Hutner se mette à dire qu'a savait déjà larder des mitaines quand-ce que tout le monde sait très bien qu'alle a jamais broché une paire de mitaines de sa vie ou même tenu une paire d'aiguilles à brocher. Je crois même pas qu'alle a jamais mis un dé à coudre sur son pouce. Elle pis les femmes qu'a fréquente se plaisent à dire qu'a savent tout faire. Si alle était capable de brocher des bas comme du monde, alle aurait pas besoin de fourrer d'la gazette dans les bottes à son mari.

Sadie n'arrive pas à l'épaule de Bertine, mais elle ne s'empêche pas pour autant de la taquiner.

— Taise-toi ouère, Bertine, pis laisse-moi raconter mon histoire comme i' faut. Personne veut t'entendre radoter sur tes beaux bas.

Mabel a tendu la main vers le poteau du lit et gémi de douleur.

— I' s'en vient.

M'ame B. a porté la main aux perles de chapelet à son cou.

— Attends un peu, c'est pas encore le temps de pousser.

Sadie et Bertine se sont précipitées auprès de leur amie et l'ont supportée chacune de son côté. Chaque fois que Mabel laissait échapper un gémissement, elles faisaient de leur mieux pour la consoler en lui disant « Ça va bien se passer, ça achève, tu vas voir, ça va bien se passer ». Quand la douleur a été telle qu'une vague n'attendait pas l'autre, les femmes n'ont plus rien dit. M'ame B. a fermé les yeux et tendu l'oreille.

— Y a un son qui sourd, tranquille, c'est comme rien d'autre que j'ai jamais entendu. Quand-ce que ça vient te soulever les poils d'la nuque, c'est là que tu sais que c'est le temps.

M'ame B. m'a demandé un bol d'eau tiède et une serviette propre. Elle a étalé des couvertures aux pieds de Mabel pour en faire un nid douillet.

— Là, tite maman, va falloir que tu te mettes à genoux. C'est le temps de pousser.

Bertine et Sadie se sont agenouillées avec Mabel pour qu'elle puisse prendre appui sur leurs épaules. M'ame B. a versé quelques gouttes d'huile de ricin dans l'eau, a récité une prière au-dessus du bol et trempé un bout de tissu dedans avant de l'essorer et de le placer sur la peau rouge et saillante entre les cuisses de Mabel. Elle m'a regardée ensuite et désigné un petit banc à côté de son sac.

— Amène le petit banc icitte pis tiens le chiffon là pour moi. Garde-le chaud pis bien pressé sur elle pour éviter qu'a déchire.

La prochaine contraction a commencé, et Mabel a crié de douleur. M'ame B. s'est agenouillée à côté de moi et je m'apprêtais à lui céder ma place, mais elle m'a chuchoté de ne pas bouger et a levé les yeux vers Mabel.

— C'est l'heure de pousser, tite maman. Pousse !

La peau contre laquelle je tenais le chiffon était tendue et bombée ; quand j'ai éloigné ma main, j'ai vu apparaître la chevelure noire du bébé. À mesure que Mabel poussait, son corps semblait s'ouvrir en écho à ses gémissements. La tête du bébé émergeait, et j'ai remarqué que son visage commençait à bleuir.

— I' a juste le cordon autour du cou, a chuchoté M'ame B. d'une voix calme et mesurée. Faut que tu le déprennes pour qu'i peuve respirer.

J'ai retenu mon souffle.

— Tâte son cou pour voir, a continué M'ame B. Peux-tu glisser le cordon par-dessus sa tête ?

Le cordon bosselé était tendu et animé de pulsations. Il y avait à peine assez d'espace pour y glisser un doigt. Ne voulant pas effrayer Mabel, j'ai tourné la tête vers M'ame B. et bougé les lèvres pour dire non. M'ame B. s'est tournée vers Mabel.

— Le Bon Djeu sait que tu dois être fatiguée, tite maman, pis tous les anges dans le ciel le savent aussi. Ça fait qu'à la prochaine poussée, i' allont t'aider à sortir c'te bébé-là.

Mabel a gémi et son corps a tremblé de faiblesse.

— Ché pas si chus capable.

— T'as point le choix, dit M'ame B. d'une voix ferme. On y va. Sainte Marie, aidez cette maman, aidez ce bébé. Sainte Marie, sainte Vierge bénite, Madone céleste, Étoile des remous, Ave Maris Stella... Un, deux, trois...

Mabel a fermé les yeux et a poussé une longue plainte angoissée. Bertine et Sadie, toujours à ses côtés, ont joint leurs voix à la sienne dans un long gémissement. Le bébé a continué doucement de sortir, tout humide et recouvert d'une substance laiteuse. Je lui ai enlevé le cordon du cou, puis M'ame B. a saisi le bébé, a ouvert sa bouche minuscule avec ses doigts et l'a portée à la sienne. Elle a soufflé doucement, ses joues gonflant avec chaque petite respiration. L'enfant a poussé son premier cri et M'ame B. a fait le signe de la croix encore et encore.

Le temps de soigner Mabel et son nouveau bébé, de débarrasser les draps tachés de sang et de faire boire du bouillon de fenouil à petites cuillerées à une Mabel épuisée, il était tard. M'ame B. a versé quelques gouttes de tisane d'aulne rouge dans la bouche de l'enfant.

— Pour clairer le foie pis le protéger contre l'urticaire.

Une fois la mère et l'enfant assoupis, nous les avons confiés à Sadie et Bertine. Encore tout émerveillée d'avoir assisté à l'arrivée d'un enfant dans ce monde, j'ai noté les détails de la journée dans le Livre des saules. L'expérience n'effaçait pas la tristesse que je ressentais en pensant à Darcy, mais elle m'avait changée et avait rouvert mon cœur.

Le 8 décembre 1916, vers huit heures et demie du soir. Mabel Thorpe a accouché d'une autre belle petite fille. Elle s'appelle Violette.

Ne voulant pas réveiller ma famille, j'ai passé la nuit chez M'ame B., dans sa chaise berçante. Au petit matin, à mon réveil, M'ame B. était debout à mes côtés et récitait des prières.

— Crois-tu en la vie après la mort, aux esprits ? m'a-t-elle demandé doucement.

— Oui, j'ai chuchoté.

J'avais l'impression de rêver.

— Tu sais où c'est qu'ils habitent ?

— Juste ici. Avec nous. Partout où on est.

— Comment-ce tu sais ça ?

— Je le sais juste, c'est tout.

7

Le dimanche, à l'Église unie, on récite le Credo des apôtres. Toutes les voix des membres de la congrégation s'élèvent en une sainte clameur : « *Je crois à l'Esprit Saint* ». Quand ma tante Hannah June est morte, son esprit s'est présenté à moi pour me dire qu'elle avait oublié de faire quelque chose avant de partir. Elle avait oublié de transcrire la recette de pain brun de sa mère. C'est Hannah June qui se chargeait de faire le pain chaque fois qu'on se réunissait pour une fête ou un piquenique familial. Elle en gardait si jalousement le secret qu'elle ne l'avait jamais confiée au papier. Je suppose qu'elle avait ainsi l'impression de se rendre indispensable. Elle avait peut-être raison.

Aux réunions de famille, nous guettions tous son arrivée en songeant aux miches chaudes et sucrées qu'elle apportait dans son panier. Un jour, juste avant une vente de pâtisseries organisée par l'Institut des femmes, je l'ai vue flâner près d'une fenêtre ouverte du Centre marin, comme si elle attendait qu'on l'appelle. À peine ma tante Francine s'était-elle demandé où pouvaient bien être Hannah June et son pain brun, que ma tante s'était pointée, avec de la farine prise dans les rides de ses mains, sentant bon le levain et la mélasse.

Le dimanche après sa mort, pendant qu'autour de moi les paroissiens priaient : « *Saint, Saint, Saint, le Seigneur, Dieu de l'univers* ; *Le ciel et la terre sont remplis de ta gloire* », le fantôme de ma tante Hannah June s'est installé à mes côtés et a guidé mon crayon sur la troisième de couverture du livre de cantiques, le temps que j'y inscrive : *Pour ma chère sœur Maude : ¼ de tasse de mélasse, ½ tasse d'avoine, 2 jaunes d'œuf...* J'ai passé le livre à ma tante Maude, assise derrière moi, et elle s'est mise à trembler et à pleurer à chaudes larmes.

Le lendemain de l'accouchement de Mabel, M'ame B. s'est assise avec moi à sa table de cuisine, a pris ma main dans la sienne et s'est mise à parler des trépassés.

— Ayoù-ce que les esprits vivont, que ça soit par en haut ou par en bas, dans le faîte des arbres, cachés derrière les pierres tombales ou en dessous de mon lit, je vais pas tarder à y aller moi aussi. Je m'en va rejoindre Marie pis les anges et revoir ma maman pis mon grand-papa, Louis Faire.

Elle a ouvert grand les yeux et approché son visage du mien.

— Tu vois ma peau qui brunit pis mes yeux qui s'embrument ? Mes aiguilles à brocher ont commencé à valser au lieu de danser des gigues.

Je m'apprêtais à parler, mais elle a posé un doigt sur mes lèvres.

— Chut... C'est le temps que j'abandonne, pis c'est toi qui dois prendre ma place.

Elle a tiré sur les cordons enchevêtrés qui ornaient son cou et démêlé avec ses doigts osseux les rangs de perles, de jais, de corail et de bois. Elle a dégagé du lot un cordon noir sur lequel étaient enfilés un crucifix argenté, une longue clé en laiton et une petite pochette de cuir.

— Ça éloigne les gris-gris, le mauvais œil pis les vaudous.

Elle a porté les perles à ses lèvres.

— Je me souviens du jour où-ce t'es arrivée.

— Le jour de ma naissance ?

— Non non, bien avant ce temps-là. Le jour où-ce ton esprit a descendu pis qu'i s'a mis à voltiger comme un papillon dans le bedon de ta maman.

En parlant, elle a fait glisser les perles une à une entre ses doigts.

— Ta maman était venue me voir en braillant ; alle était sûre que le bébé dans sa bedaine était mort. Alle avait vu dans un rêve une belle dame aux cheveux noirs comme le jais pis aux yeux d'un beau vert brillant, pis a pensit que c'était un ange du Bon Djeu venu y dire que son bébé était monté au Paradis. Je savais que c'était pas le cas, ça fait je l'ai fait assir, j'y ai fait une tisane de feuilles de framboises pis je me suis mise à parler à son bedon. Ç'a pas pris deux minutes qu'a t'a sentie grouiller.

M'ame B. s'est esclaffée.

— J'ai dit à ta maman de point s'en faire, son rêve faisait juste lui dire qu'alle allait avoir une belle tite fille. Alle arrivait point à le croire : la femme d'un Rare, accoucher d'une fille ! Mais quand-ce tu t'as mis à y bailler des coups de pied dans les côtes, alle a fini par se faire à l'idée. Pas comme ton père. Lui, j'avais beau le prendre par la manche après la messe pis jurer sur la bible lamentable du révérend, i' voulit rien savoir de ce que j'y disais. Quand-ce qu'i a vu que t'avais point d'organe entre les jambes, i' a manqué perdre connaissance.

Elle a posé le crucifix, la clé et la pochette encore attachés au cordon dans le creux de ma main.

— J'ai su dès le début qui-ce t'étais, Dora Rare. T'es ce qu'on appelle une *lagniappe*, un petit dequoi de plus.

— Je suis pas sûre de comprendre ce que vous entendez par là.

— Je sais bien que la plupart du monde pense que je fais juste pratiquer la sorcellerie, mais je te jure que tout ce que je fais, c'est pour une raison.

Elle caressait le crucifix dans sa main tout en

parlant et a levé les yeux vers moi.

— C'est les choses qu'on peut point voir, les choses qu'on a peur de comprendre, que je dois te léguer.

Elle a posé le cordon de perles sur mes genoux.

— C'est le temps que je te donnis ça.

Elle a montré la pochette du doigt et fait un signe de croix.

— Y a ton voile là-dedans, la coiffe que t'avais sur les yeux quand t'es née.

Elle a dénoué le ruban qui refermait la pochette et en a sorti délicatement son contenu. L'objet était tout rabougri, sans intérêt, et me faisait penser aux bouts rouges et flétris de mousse irlandaise que je trouve souvent dans les poches des jumeaux. Un trésor d'autrefois, oublié et laissé de côté.

— Vu qu'i pouvait point se vanter d'avoir eu un autre garçon, ton papa s'a vanté de ta coiffe. Comme tous les bons marins le savent, une coiffe vaut toutes les bénédictions de saint Christophe. Ça attire les bons vents pis ça te garde de la noyade. T'étais pas là deux jours que déjà les hommes se chamaillaient pour savoir qui l'aurait. Quelqu'un de Halifax a même écrit à tes parents pour leur offrir une grosse somme d'argent, mais ta maman a rien voulu savoir. A m'a confié ta coiffe pour que je la protège. Y avait pas de lieu plus sûr que sur une corde autour de mon cou, après brûler près de mon cœur. J'y ai chuchoté nuit et jour tous les mots de Louis Faire, toutes mes recettes de simples, toutes mes prières à la Sainte Vierge, tout ce qui est écrit dans le Livre des saules. C'est pour ça que je sais que c'est toi qui vas me suivre. Ce sera toi, le prochain traiteur.

Elle a passé le collier de perles à mon cou. Ses mains tremblaient et son regard s'est fait implorant, troublé.

— Faut que tu les prennes, Dora. Prends les prières, prends les secrets. Sinon, tout ça sera perdu à jamais pis j'aurai pas un seul instant de paix de l'autre côté. Reste avec moi jusqu'à temps que je passe de l'autre bord. Ça sera pas long. Je sais que je verrai pas un autre hiver.

— Vous êtes fatiguée, M'ame B. Après une bonne nuit de sommeil, vous vous sentirez mieux.

— Tu m'as montré que t'es capable, dans ta façon d'agir avec la petite de Mabel. Les femmes d'icitte avont besoin de quelqu'un qui pourra s'occuper d'elles. I' avont besoin de toi.

— Avant que vous mouriez, M'ame B., le docteur Thomas aura eu le temps de bâtir une grosse maternité de luxe à la Baie. Peut-être même qu'il en aura construit deux.

Je souhaitais qu'elle renonce à son idée pour l'instant.

M'ame B. m'a agrippé le bras et s'est mise à marmonner un flot de prières.

— I' avont besoin de toi.

Je me suis éloignée d'elle, effrayée, et me suis dirigée vers la cuisine où j'ai enfilé mon manteau et mes bottes.

— Maman a besoin de moi à la maison. Je suis trop jeune, M'ame B. Je suis désolée.

J'ai posé la coiffe et les cordons de perles sur la table et suis sortie en courant.

M'ame B. m'a appelée :

— Faut que tu l'acceptes. C'est la volonté du Bon Djeu. C'est ta destinée...

8

Maman et moi étions en train de raccommoder les vêtements après le petit-déjeuner, enfonçant nos œufs à repriser dans les talons des chaussettes de Papa dans l'espoir de les faire durer un autre hiver, quand je lui ai raconté ce qui s'était passé chez M'ame B. C'est seulement quand nous travaillons ensemble que nous arrivons à nous parler vraiment. Toutes les connaissances que Maman m'a léguées, toutes ses vérités à elle, c'est en travaillant qu'elle me les a transmises.

Quand j'ai eu fini de lui détailler l'offre de M'ame B., elle a quitté son tricot des yeux et m'a dévisagée.

— Puis qu'est-ce que tu lui as dit ?

— J'ai refusé, bien sûr. Je peux pas te laisser prendre garde aux garçons toute seule.

Maman a fait un nœud serré dans son fil de laine.

— Je sais que tu penses que je connais pas grand-chose à ce qui se passe dans le monde, mais je suis au courant de ce qui se brasse ces temps-ci. Le journal se rend quand même jusqu'ici de temps en temps, et Dieu sait que Francine se fait un devoir de me dire tout ce qui est à la mode.

Elle a coupé le bout de son fil avec le vieux canif de Papa.

— Les choses sont après changer pour les femmes. Elles veulent avoir leur mot à dire pis le droit d'exister en tant que personnes à part entière. Y a des filles qui travaillent pour gagner leur vie. Si on habitait dans une plus grande ville, t'aurais peut-être cette chance-là, toi aussi. J'ai entendu dire que dans l'Ouest pis même dans des places pas loin d'Halifax, des filles de ton âge font des métiers d'homme, elles travaillent sur la ferme pendant que les maris sont partis. Mais ici à la Baie, ça se fait pas : les hommes sont trop fiers pour ça. Tu sais comment ça marche : une fille vit avec ses parents jusqu'à temps qu'elle se marie, pis après, elle passe sa vie à élever des enfants, à cuisiner, à faire le ménage pis à servir son mari. As-tu vraiment envie de m'aider à soigner les garçons jusqu'à temps que tu quittes la maison pour t'occuper d'un mari ?

Elle a tenté d'attraper un petit bouton blanc tout au fond d'un pot de conserve avant de poursuivre.

— Je sais ben que Marie Babineau a pas grand richesses, mais elle a dequoi que j'ai jamais eu, pis c'est une maison tranquille. J'ai d'la misère à m'imaginer ce que ça doit être d'avoir un petit moment juste pour moi sans que personne d'autre seye au courant.

Elle a plissé les yeux en tentant de glisser le bout d'un fil à travers le chas d'une petite aiguille luisante.

— Ton père veut t'envoyer rester chez ta tante Francine.

— Je pensais qu'il avait abandonné cette idée-là.

— Il en a encore reparlé hier matin. Paraît que tu casses les règlements.

— Quels règlements ?

— Dora, il t'a encore vu dormir à côté de Charlie.

— Il faisait froid pis les jumeaux avaient piqué ma couverture. Charlie a offert de partager la sienne avec moi. Je comprends pas le mal qu'il peut voir là-dedans.

— C'est juste de même qu'il est.

— Ça fait qu'il me prend pour une...

— C'est ton père, pis il veut juste ce qu'y a de mieux pour toi.

— Il sait rien de moi, pis il sait encore moins ce qui est mieux pour moi.

— Ton père, a-t-elle dit tout bas sur un ton d'où sourdait la colère, ton père est un homme bon et honnête dont la seule faiblesse est d'être fier de son travail pis de sa famille. J'veux plus jamais t'entendre parler de lui comme ça, c'est-tu compris ?

— Excuse-moi, Maman. Je...

— Pour tout dire, on a à peine de quoi passer l'hiver en ce moment. Albert pis Borden ont décidé de s'enrôler. Ils veulent contribuer à l'effort de guerre. Je sais que tu veux pas t'en aller vivre chez Francine, mais là, avec M'ame B... tu pourrais rester chez elle.

Elle a commencé à coudre un carré de tissu sur le genou d'une salopette à Papa.

— Je trouve que c'est pas beaucoup te demander... surtout que ce serait juste pour un bout de temps.

Je cherchais des moyens de m'en sortir.

— On pourrait vendre ma coiffe. M'ame B. m'a dit que des gens avaient offert de l'acheter quand je suis née.

Maman a fait non de la tête.

— Ça fait longtemps de ça. Y a pu personne qui croit à des affaires de même.

— Mais j'veux pas quitter la maison. J'veux pas te quitter.

Elle a pris mes mains dans les siennes.

— Ma grand-mère disait toujours que chaque journée amène son lot de possibilités, pis c'est à toi de faire au mieux avec ce qui t'est donné. C'est ça que tu vas faire, Dora. Tous ces jeunes qui partent à la guerre, on sait pas ce qui va leur arriver. Faut que tu penses à toi, à ton avenir, au cas où.

Chaque été, à la fête de Marie, M'ame B. offrait à toutes les filles de la Baie qui avaient eu huit ans cette année-là une « Dame la lune » toute simple qu'elle avait confectionnée. Rembourrées d'algues, de pétales de rose et de lavande, les mains jointes en prière, ces poupées de chiffon étaient vêtues d'une robe bleue brodée de croissants de lune et d'étoiles. Trop polies pour refuser le cadeau, les mères faisaient mine de ne pas remarquer quand leurs filles abandonnaient leur poupée dans le cimetière à côté de l'église ou la laissaient tomber dans une flaque d'eau le long de la route.

Dans ma vie, j'ai eu peu de choses rien qu'à moi. Chaque fois qu'on me donnait quelque chose d'important ou de spécial, l'objet finissait par disparaître. J'avais beau cacher mes poupées et mes services à thé, mes frères finissaient par les aligner sur la clôture et les détruire. Des cailloux lisses ramassés sur la plage jaillissaient des lance-pierres de mes frères et faisaient tomber mes trésors dans la soue à cochons. Papa avait essayé de les raisonner, mais jamais il ne leur avait fait de reproches, jamais il ne les avait punis. *C'est comme ça, des garçons.* C'est pour ça que j'avais libéré ma « Dame la lune ». Pas juste la mienne, toutes celles qui avaient été abandonnées. Certaines années, j'en trouvais une seule sur la plage, solitaire. D'autres fois, j'en retrouvais jusqu'à cinq, que j'entassais dans un panier à fond arrondi surmonté d'un carré de coton en guise de voile. Chaque fois, je les apportais à l'anse Lady et je leur confiais un secret avant de les laisser partir à la dérive avec le reflux. Elles s'éloignaient en se ballotant au gré des vagues. J'espérais qu'elles finiraient quelque part où on saurait les aimer. C'est pour leur bien que je faisais ça.

Que ce soit ma destinée ou « juste au cas où », nous fêterons Noël dans deux semaines puis je partirai vivre chez M'ame B. Je la connais assez bien maintenant, alors ça ne devrait pas m'effrayer. Pourtant, j'ai peur. Je ne sais pas si j'aurai un jour la sagesse ou le courage qu'il me faudrait pour vivre comme elle – accepter d'être si peu respectée, d'être toujours si seule. J'ai peur de ce que ça veut dire pour moi de franchir ce pas – n'importe quel pas – qui m'amène dans une autre direction que celle de mes rêves. Mais j'ai dix-sept ans, personne ne m'a jamais embrassée, je n'ai pas d'amoureux en vue et encore moins de mari. C'est donc ma seule option.

9

En cette veille de Noël 1916, des anges et des bergers, un trio de mages et une vierge ont défilé dans le sanctuaire et présenté leur pièce avant de sortir à la queue leu leu. À part la traînée de crottin laissée par Coton, l'agneau de mon frère Gord, le spectacle de Noël à Scots Bay a été, comme toujours, inintéressant, un peu malodorant, et plus ou moins réussi.

Depuis dix ans, ma tante Francine joue le rôle de Madame la metteure en scène du spectacle. Cette année, je lui avais proposé de monter les *Contes de Noël* de Dickens au lieu de l'habituelle crèche vivante.

— À Noël, nous célébrons la naissance du Seigneur, avait-elle rouspété, pas d'un petit estropié qui s'appelle Tom.

— Tim.

— Pardon ?

— L'enfant dans les *Contes de Noël* s'appelle Petit Tim.

— Bon. À Noël, nous fêtons la naissance du Christ, pas du Petit Tim estropié. De toute façon, il est trop tard pour changer de pièce. Nous avons déjà tous les costumes et j'ai choisi la musique. Et si je me souviens bien, il y a des fantômes dans l'histoire de Dickens. Ce serait affreux de faire peur aux enfants de la paroisse la veille de Noël. Tu permets que je distribue les rôles maintenant ?

Ma cousine Précieuse jouait une vierge Marie charmante mais distraite. Chaque fois qu'elle oubliait une réplique, elle ouvrait la bouche toute grande et attendait que ma tante Francine, après s'être raclé la gorge, lui souffle le passage, les mains en porte-voix. Ma tante s'était cachée derrière la chaire, et l'oiseau perché sur son nouveau chapeau, dans son nid de plumes, semblait fixer le public de ses yeux vitreux.

— Je suis la servaaaaaante du Seigneur, lui a rappelé ma tante.

— Oh oui, c'est vrai... *je* suis la servante du Seigneur, a clamé Précieuse-Marie, comme si elle venait de se souvenir d'un article à ajouter à sa liste d'épicerie.

Le seul moment emballant du spectacle s'était produit quand Grace Hutner, cheffe du chœur des anges, avait présenté son solo. Derrière elle, deux jeunes bergers, appuyés sur leur bâton, tenaient à deux mains leur barbe de laine dans un effort (plus ou moins réussi) de dissimuler leurs rires, qui fusaient chaque fois que Grace prononçait le mot *pure*.

Comme le voulait la tradition, l'identité du narrateur était restée secrète jusqu'à la toute fin de la pièce. Ma tante Francine s'était alors avancée sur la scène et elle avait pointé le jubé en déclarant :

— Cette année, la charge du chanteur étoile a été portée par notre cher révérend Covert Norton. Vous êtes d'accord avec moi, n'est-ce pas, que c'est comme si Dieu le Père lui-même nous avait parlé du haut des Cieux.

La plupart des membres de la paroisse semblent aimer le révérend. Moi, je le trouve trop autoritaire et franchement vulgaire. Il vient de l'Église baptiste libre, et quand il prêche, du haut de la chaire, il nous fusille du regard et appuie sans cesse sa langue contre l'intérieur de sa joue gauche. Le pire, c'est sa propension à crier et à cracher, à répandre les foudres de l'enfer et le jus de tabac chaque fois qu'il brandit le poing. Ma tante Francine, dans sa générosité, a accepté de prendre en charge son salaire jusqu'à Noël.

— Un homme de sa trempe, c'est exactement ce qu'il nous faut à la Baie. Le révérend Norton est un homme de Dieu qui dit la vérité, même quand ça fait mal.

Ce qui était censé être un poste temporaire en attendant l'embauche d'un nouveau ministre méthodiste se prolongeait depuis bientôt un an. Après ce que j'ai vu ce soir, je crains que le révérend ne veuille jamais partir.

Nous étions à mi-chemin de la maison quand Maman s'est rendu compte qu'elle avait oublié sa bible.

— Je suppose qu'il n'y a pas de lieu plus sûr que notre chère petite église, avait-elle dit.

Je voyais bien qu'elle tentait de tourner son oubli en ridicule mais qu'elle se sentait perdue sans son livre. J'ai donc offert de retourner à l'église le chercher, voyant d'un bon œil la possibilité de marcher seule un moment sous les étoiles, la neige crissant sous mes pas alors que l'air était imprégné de l'odeur des feux de bois.

Les grandes portes du lieu de rassemblement étaient verrouillées, mais j'ai réussi à dégager la neige qui bloquait le portillon à l'arrière de l'église. Quand nous étions petits, Albert me racontait que cette petite porte, située en face du cimetière, était une goulotte à charbon qui menait droit en enfer.

Je lui avais répondu en riant que Dieu ne mettrait pas une chose pareille dans une église.

Albert s'était contenté de sourire en hochant la tête.

— Bien sûr qu'il le ferait, Dora ; c'est là qu'il met les vilains enfants qui gardent les yeux ouverts pendant la prière.

Après qu'il m'ait raconté cette histoire, je gardais les yeux bien fermés tout au long du sermon, jusqu'à la dernière bénédiction et l'« Allez dans la paix du

Christ ». Aujourd'hui, Albert serait sûrement amusé d'apprendre que sa goulotte satanique débouche simplement sur l'escalier qui mène au clocher.

Derrière l'escalier se trouvait une deuxième porte, plus lourde, qui donnait sur l'arrière du sanctuaire. En l'ouvrant, j'ai constaté que le passage était caché par une tapisserie volumineuse : la large banderole violette sur laquelle étaient brodées une croix et une couronne avait été léguée à l'église récemment par la Société de tempérance des Roses blanches. Des chandelles et des lampions étaient toujours allumés dans le sanctuaire. Au moment de soulever la banderole, j'ai vu deux silhouettes se mouvoir dans les ombres du jubé. Une femme était penchée sur la balustrade, jupe et jupons remontés jusque haut dans son dos. Le révérend Norton la tenait fermement par les hanches et plaquait son corps à moitié dénudé contre le sien, dans un mouvement de va-et-vient. L'homme de Dieu parlait si bas que je n'arrivais pas à l'entendre, mais il ne faisait pas de doute qu'il dominait la femme et la dirigeait de sa voix haletante.

Je connais bien les bruits étouffés que font mes parents quand ils étirent les cordes de leur cadre de lit. D'habitude, on entend d'abord la voix grave de Papa qui parle tout bas, suivie des éclats de rire de Maman qu'elle tente de taire. Quand le bruit arrive en sourdine jusqu'à nos oreilles, on a du mal à faire comme si on n'entendait pas la cadence et les battements de leurs échanges. C'en est même un peu gênant. Ce que je voyais, là, devant moi, c'était tout à fait autre chose. Je voyais bien que je surprenais un secret.

Le révérend Norton affichait une expression déterminée et sa voix gagnait en décibels à mesure qu'il multipliait les ordres : *je veux*, *viens* et *donne-moi*, aboyait-il. Longtemps, la femme n'a rien dit ; je me demandais s'il s'imposait à elle. Au moment même où je me décidais enfin à crier au révérend d'arrêter, sa compagne s'est mise à gémir :

— Ô mon Dieu ! Ô mon Dieu !

Le révérend Norton s'est pressé contre elle en grognant, le visage trempé de sueur. La femme s'est retournée vers lui, et ses jupons sont retombés doucement autour d'elle. Le révérend lui a adressé un large sourire et l'a embrassée sur la bouche puis sur la joue avant de lui chuchoter quelque chose à l'oreille. La femme a opiné du chef en redressant ses jupes puis elle a épinglé rapidement sur sa tête son chapeau couvert de plumes. À la lueur des chandelles, le passereau de ma tante Francine me fixait de ses yeux vitreux.

~ Le 25 décembre 1916

Chacun de nous a eu droit à un bas de Noël rempli de tire à l'eau salée et de bâtonnets de menthe, avec une orange cachée tout au fond. Maman m'a confectionné deux tabliers blancs à porter quand j'aiderai M'ame B. En catimini, elle m'a aussi offert une édition écornée du *Conte de deux cités* en me disant : « J'ai trouvé ça dans l'armoire de Francine l'autre jour. Elle saura jamais qu'il est plus là. »

Notre Noël en famille a été plutôt réussi, mais je n'ai pas cessé de penser à ce que j'ai vu hier soir et au fait que j'étais restée là comme une statue de sel pendant que le révérend Norton et ma tante Francine riaient et se bécotaient impunément. Le révérend m'a toujours semblé ignoble, mais ma tante Francine ? Elle a passé la soirée à se pavaner comme si de rien n'était. J'ai dû quitter la table avant la fin du repas. Maman a porté la main à mon front et m'a rappelé de remercier ma tante Francine pour le journal et le stylo qu'elle m'a offerts en cadeau. (Si seulement elle voyait ce que j'écris dedans !) Je ne peux rien dire à Précieuse. Je ne devrais pas en parler à M'ame B. non plus. J'aimerais bien me confier à Maman, mais je ne pense pas que ça servirait à grand-chose. Et si elle en parlait à Papa, et que lui en parlait à mon oncle Irwin ? Ça signerait la fin de l'aventure, mais je pense que ce serait aussi la fin de ma tante Francine. Mon oncle Irwin est déjà assez taciturne et, quand il se fâche, il ne parle plus du tout. S'il devait apprendre que sa femme lui a été infidèle, il pourrait se décider à ne plus rien dire du tout pendant un mois, sinon trois, voire six... peut-être même pour le reste de ses jours. Ce serait la pire chose pour ma tante. Si mon oncle Irwin n'écoutait plus ses bavardages, s'il ne remarquait plus ses vêtements ni ses coiffures et ne s'intéressait plus à ses préoccupations du moment, elle finirait par se flétrir et disparaître à jamais, je pense. C'est peut-être ça, justement, qui a commencé toute cette histoire. Le révérend Norton allait souper chez elle le dimanche et se faisait un point d'honneur de toujours souligner les contributions de Francine à l'action missionnaire. Il la remarquait. Il l'avait tellement remarquée qu'elle était à lui maintenant. Comme dirait M'ame B., « elle a été vendue au plus offrant ». S'il quitte la Baie d'ici le printemps, je ne dirai rien. Sinon, je ne réponds de rien...

10

Récits de la Nouvelle-Zélande

Une merveilleuse soirée a eu lieu samedi dernier au domicile de la veuve Simone Bigelow. Parmi les résidents de la Baie qui s'y trouvaient, mentionnons M. et Mme Irwin Jeffers et leur fille Précieuse ; Mme Marie Babineau et Mlle Dora Rare ; et maîtres Archer et Hart Bigelow, fils de l'aimable hôtesse. Le clou de la soirée fut une présentation offerte par le professeur John Payzant, frère de Mme Bigelow. Ce dernier était de passage à Halifax pendant les Fêtes et a partagé des récits et des trésors ramenés d'un séjour en Nouvelle-Zélande. Le révérend Covert Norton, de même que le docteur Gilbert Thomas et son épouse, sont venus de Canning en traîneau et étaient heureux de constater à quel point il faisait beau.

La Gazette de Canning
le 15 janvier 1917

Ma tante Francine a peut-être gagné le gros lot en se mariant, mais la veuve Simone Bigelow est de loin la femme la plus riche de toute la Baie. À bien des égards, c'est aussi la plus malheureuse. Descendante de la légendaire Marie Payzant, la veuve Bigelow a hérité de la malchance de son ancêtre huguenote en ce qui a trait à la vie matrimoniale. Après s'être mariée une première fois à l'âge de quinze ans, la veuve Bigelow a perdu M. James Rafuse moins d'un mois après les noces, quand ce dernier est tombé du toit de la grange d'un voisin. Un deuxième prétendant, M. Samuel Huntley, a été projeté de son cheval sur le chemin menant à l'église, quelques minutes à peine avant leurs épousailles. À vingt ans, Simone a pris pour mari le capitaine William Bigelow et s'est installée avec lui dans la maison la plus prestigieuse de la ville de Parrsboro, où elle n'a pas tardé à accoucher d'un fils, Hart Payzant Bigelow. Trois ans plus tard, le capitaine William Bigelow a fait voile vers les Antilles à bord de la goélette *Fidelity* et n'est jamais rentré à la maison. Par un heureux hasard, son frère, le capitaine Fitzgerald Bigelow, cherchait justement une épouse. Simone s'est donc remariée à vingt-quatre ans. Or, le nouveau capitaine Bigelow ne comptait pas habiter la maison de son frère, dans la ville de son frère, avec la femme de son frère, aussi remarquable soit-elle. *Toutes choses étant égales*, comme le voulait la devise familiale de Simone, et puisque ce mariage lui épargnait la nécessité de changer de nom, cette dernière estimait qu'elle n'avait pas non plus à modifier son style de vie. Le lendemain du mariage, elle s'était donc barricadée avec son enfant dans la maison de Parrsboro en attendant que son nouveau mari lui promette de soulever la demeure de ses fondations et de la transporter sur l'eau jusqu'à Scots Bay.

La vie était belle à la Baie. Si belle, en fait, que Simone et Fitzgerald n'avaient pas tardé à accueillir un nouveau membre de la famille : le petit Archer Fales Bigelow. Évidemment, quelques années plus tard, une bande de pirates avait attaqué le navire du capitaine Fitzgerald Bigelow – le *Beautiful Dreamer* –, et on avait retrouvé son corps suspendu à son mat. Simone Bigelow n'avait plus jamais voulu se remarier.

La veuve Bigelow habite toujours son cyclope géant hérissé de lucarnes en porte-à-faux, une habitation dont le style d'architecture est propre à Lunenburg. L'été, son fils Hart passe le plus clair de son temps à repeindre les bardeaux en rouge pétant pour faire plaisir à sa mère. Chaque soir, la veuve sort sur son balcon et, debout devant un grand œil-de-bœuf, elle se parle tout haut en regardant la mer. Certains sont d'avis qu'elle pleure ; d'autres pensent plutôt qu'elle maudit ses ancêtres. Aux dires de M'ame B., « C'te pauvre femme-là a son lot de revenants. A sait mieux que nous tous que si tu leur adresses point la parole de temps en temps, i' finissont par te faire pardre la tête. »

La veuve prétend que c'est à cause de ses rhumatismes qu'elle connaît la sage-femme, mais M'ame B.

a une autre version de la chose : on l'aurait fait venir plus d'une fois chez les Bigelow pour chasser les mauvais esprits.

— Dame Simone a beau serrer son livre de cantiques à l'église pis chanter plus fort que les autres, c'est point juste moi qui accroche une passoire au-dessus de son trou de serrure, qui pend une aile de corbeau au-dessus de son cadre de porte pis qui garde un pot d'aiguilles su' le rebord de sa fenêtre.

Les deux femmes s'obstinent souvent sur des questions de religion ou sur la façon de préparer un roux, mais elles conviennent toutes deux qu'elles n'ont pas le choix de s'entendre.

— J'avons toutes les deux des liens de sang avec du monde qu'a été persécuté pis qu'a dû quitter leu' che' zeux à cause de leu' croyances, ça fait que nos tchœurs sont quasiment pareils. Quand alle a besoin de moi, chus là pour elle.

Cette fois, la veuve Bigelow semble avoir invité M'ame B. pour les apparences. Elle a fait grand cas de notre arrivée, embrassant Marie sur les joues et lançant des « quoi qu'il en soit » au début de chaque phrase, dans cet accent pointu que semblait avoir réveillé le retour de son frère. On ne pouvait pas lui en vouloir : sa visite lui était clairement montée à la tête et, comme disent les gens à la Baie, la veuve Bigelow se donne des airs. Le professeur Payzant a quitté son village pour vivre des aventures à l'étranger, jurant qu'il allait « laisser sa marque ». Chaque fois qu'il revient, la veuve fait celle qui n'a rien manqué depuis son départ, qui a suivi de près toute l'actualité mondiale en lisant les journaux, en s'informant auprès de parents et d'amis, en entretenant une correspondance avec des gens de contrées lointaines, voire en consultant une boule de cristal.

Pendant le repas, le professeur Payzant a expliqué aux convives qu'il se fait un devoir de revenir à la Baie partager ses récits d'aventure.

— Je suis heureux de le faire. Je considère même que c'est ma vocation, en quelque sorte, de revenir à Scots Bay présenter à ma sœur ce qu'il y a de plus intéressant sur cette planète. J'ai longuement réfléchi à ce dont je vous parlerais ce soir. Serait-ce des pygmées de la Papouasie-Nouvelle-Guinée, des Incas du Pérou ou des magnifiques Zulus ? Au bout du compte, ma décision était claire : ce soir, Messieurs, Dames, vous découvrirez les Maoris de la Nouvelle-Zélande !

Nous sommes passés au salon et le professeur Payzant a sorti d'un grand coffre toute une série d'artéfacts : des os de baleine finement taillés et des sculptures de jade détaillées ; des fers de lance et de petites flûtes de bois ; une cape volumineuse en peau de chien ornée de plumes et doublée de lin. Il s'est ensuite lancé dans une description des réalités des tribus maories tout en faisant circuler un album de photos.

— Leur regard féroce et les tatouages au pigment bleu sur leur visage leur donnent un air plutôt menaçant, mais je vous assure que seules les personnes des classes supérieures se font percer et piquer la peau de cette manière.

Il a pris dans sa main un outil rudimentaire et nous l'a montré.

— C'est un procédé simple réalisé au marteau et à l'os. Plus l'homme jouit d'un statut important, plus son *moko* – son tatouage – est détaillé. Les chefs de plus haut rang s'en font même orner le fessier. Les femmes sont plus modestes : elles s'en tiennent aux lèvres et au menton.

Le révérend a engouffré un petit-four et s'est léché les doigts pour enlever le sucre en poudre qui y était resté collé. Ses yeux toujours rivés sur l'album photo, il jetait de temps à autre un regard furtif à ma tante Francine.

— On dirait des créatures lascives, a-t-il dit. À force d'être toujours dévêtus, les Maoris sont sans doute dévorés par le désir.

— Ce qui peut sembler sordide pour certains est tout à fait naturel pour d'autres, a répondu le professeur. Malgré tout ce qui les distingue de nous, les Maoris sont très accueillants : ils m'ont hébergé chez eux et m'ont même appris à cuisiner dans leurs sources chaudes, en trempant des poches de cuir dans l'eau bouillante. Ce sont des gens plutôt ingénieux.

Le professeur Payzant a fait le tour de la pièce, éteignant toutes les lampes, sauf une.

— Je vais maintenant vous raconter une de leurs légendes. Te Rauparaha, de la tribu Ngati Toa, est l'un des chefs maoris les mieux connus. Un jour qu'il fuyait ses ennemis, le grand guerrier a été secouru par un chef de la région, qui l'a caché dans une réserve à kumaras creusée à même le sol.

Le professeur Payzant chuchotait à présent.

— Te Rauparaha y est resté dans le noir sans bouger, à attendre sa mort. Il osait à peine respirer. Quand la porte s'est enfin ouverte pour laisser entrer la lumière du soleil, il a été étonné de voir apparaître devant lui, non pas les lances de ses ennemis, mais le visage souriant du chef hirsute qui lui avait si généreusement offert un refuge. Une fois Te Rauparaha sorti de son trou et debout au soleil, il a exécuté un *haka* déchaîné et victorieux.

Le professeur Payzant a alors retiré ses chaussures et s'est mis à chanter à gorge déployée. Yeux exorbités, langue tirée, il levait les poings de chaque côté de la tête et martelait le plancher de ses pieds nus. Dans un coin de la pièce, mon oncle Irwin continuait de ronfler dans sa chaise.

Le professeur Payzant a tapé du pied, et nous a fait signe de l'imiter.

— Imaginez leurs visages tatoués.

Il a regardé la veuve Bigelow et tiré la langue.

— Imaginez leur regard féroce !

Ma tante Francine, le révérend Norton, le docteur Thomas et Précieuse se sont rangés à ses côtés et ont joint tant bien que mal leurs voix à la sienne, en trébuchant sur les mots. Le docteur Thomas, sourcils froncés, s'est efforcé de reproduire les gestes. Précieuse gloussait.

— Tout le monde en file indienne ! Avec votre main gauche, prenez la cheville gauche de la personne devant vous. Pour garder l'équilibre, placez votre autre main dans le creux de son dos.

La main du révérend Norton a glissé et est allée se poser sur la fesse de ma tante Francine. Celle-ci s'est retournée et lui a fait un clin d'œil. Le révérend a souri à pleines dents.

Au lieu de me joindre à eux, j'ai décidé d'explorer le contenu du grand coffre du voyageur. Si seulement j'avais pu m'y glisser et m'en servir pour partir loin d'ici ! Ce n'est pas que je n'aime pas la Baie, mais je me sens captive par moments de ce lieu et de toutes ses traditions. Tant d'hommes, y compris mon père, ont mis les voiles et pris le large. Lorsqu'ils rentrent au bercail, ils ramènent à leur épouse des bouteilles en forme de globe, des coquillages géants et des valentins de marins, et jurent qu'« y a pas de plus beaux couchers de soleil qu'ici même à la Baie ».

J'espère qu'ils ont raison, parce que les femmes, on dirait qu'elles n'ont pas d'autre choix que de les attendre ici et se demander si c'est bien vrai.

J'ai choisi une des coiffes, passé le bout des doigts sur les entailles détaillées et l'ai portée à mon visage. L'odeur boisée qui s'en dégageait m'a rappelé la chaleur du soleil et la tiédeur de la mer. À travers les yeux du masque – une créature hargneuse et assoiffée de sang –, j'ai vu M'ame B. qui fermait les yeux et palpait le ventre rond de Mme Thomas assise à ses côtés. J'ignorais ce qu'elles se disaient, mais des larmes coulaient sur les joues de Mme Thomas. Alors que je m'approchais d'elles, la future mère a posé les yeux sur moi et poussé un cri avant de s'écrouler sur les genoux de M'ame B. Le docteur Thomas a quitté les rangs, Précieuse s'est effondrée au sol, alors que le révérend Norton attrapait ma tante Francine.

Le docteur s'est agenouillé aux pieds de M'ame B. et a tapoté les joues de son épouse évanouie.

— Lydie, Lydie chérie... réveille-toi. Est-ce que tout va bien ?

Il a jeté un regard noir à M'ame B.

— J'aurais dû savoir qu'il ne fallait pas la laisser seule.

Mme Thomas a cligné des yeux tandis que le docteur Thomas l'aidait à se redresser.

— Ne sois pas ridicule, Gilbert. Tout est de ma faute. J'aurais dû porter une autre robe ; celle-ci est trop serrée et bien trop chaude. De toute façon, tu devrais remercier Mme Babineau au lieu de la gronder. Elle m'annonçait une bonne nouvelle.

Mme Thomas a adressé un large sourire à M'ame B. puis a serré la main de son mari dans la sienne.

— Ce sera un garçon.

Le docteur Thomas a tapoté la main de son épouse.

— Allons, Lydia, tu devrais te reposer un peu.

Il a posé le dos de sa main sur son front.

— Je sais que tu te fais du souci, chérie, mais sois raisonnable. Je t'ai déjà expliqué qu'on ne peut pas prédire le sexe d'un fœtus.

— Ej me suis point jamais trompé jusqu'asteure, a rétorqué M'ame B. en tendant à Mme Thomas une tasse de thé.

Le visage du docteur s'est empourpré.

— Les superstitions et les histoires de grands-mères ont parfois un fond de vérité, mais on ne doit jamais s'y fier. Ceux qui le font nuisent aux progrès de la science. Pas étonnant qu'autant de femmes, ici, refusent de voir le bon sens.

— Me souviens pas d'une seule fois qu'a s'a trompé, a clamé l'oncle Irwin, les yeux toujours clos, les bras croisés sur la poitrine. Pas une seule fois !

— J'ai bien peur, cher Monsieur, que ce que vous avancez soit impossible.

Le docteur Thomas a pris un des masques à plumes maoris et s'en est servi pour éventer son épouse.

— Ceux qui adhèrent à une telle logique font preuve d'ignorance. C'est dangereux.

— Le vrai danger, c'est d'oublier qui-ce qu'est en charge, a rétorqué M'ame B. La science sait pas être bonne, est pas capable de distinguer entre la bonté pis un chou.

— La science n'est ni bonne ni méchante, Mme Babineau. La science est exacte.

— *Exacte* ? L'exactitude fait pas une miette de différence quand-ce qu'une femme braille pour sa maman.

— Ça me fait penser que je vous dois un petit quelque chose, Mme Babineau.

Le docteur Thomas a tiré de sa poche une poignée de sous, qu'il a laissée tomber sur les genoux de M'ame B. Cette dernière lui a jeté un regard noir.

— Qu'est-ce qu'est ça ?

— Laird Jessup est passé me voir la semaine dernière avec son épouse Ginny. Mme Jessup sera la première femme de Scots Bay à accoucher par mes bons soins.

Ginny Jessup habite Scots Bay depuis peu ; elle s'y est installée l'été dernier après avoir quitté le Nouveau-Brunswick et traversé la baie de Fundy pour épouser Laird Jessup. Ginny est beaucoup plus jeune que son mari – pas beaucoup plus âgée que moi, je dirais –, et c'est la deuxième épouse de Laird en cinq ans. La première s'est enfuie à Halifax avec un vendeur de cadres. Bien sûr, ma tante Francine a attribué ce comportement aux origines étrangères de la première épouse. « Je pensais qu'il aurait appris sa leçon la première fois. Si seulement il avait attendu un peu, il aurait pu épouser Dora. Il a une belle terre et un bon troupeau de vaches. On peut difficilement demander mieux. »

Je ne l'aurais pas épousé, et Ginny est de loin un meilleur choix pour Laird. Elle parle si doucement qu'on oublie parfois qu'elle est là et il ne fait pas de doute qu'elle irait jusqu'à se jeter sous une charrette si elle pensait que ça pouvait faire plaisir à son mari. Elle marche toujours derrière lui en chuchotant des oui par-ci, des oui par-là.

La veuve Bigelow a posé une main sur celles que M'ame B. serrait en poings.

— Mais c'est merveilleux ! Surtout pour toi, Marie.

Elle a adressé un grand sourire à Mme Thomas.

— Je le dis depuis longtemps, il est grand temps que notre chère Marie cesse de veiller sur toutes ces mères et qu'elle nous laisse nous occuper d'elle à présent.

M'ame B. a retiré ses mains.

— On a déjà parlé de tout ça, Simone. J'aurai point fini mon travail avant que le Bon Djeu m'appelle à ses côtés.

Elle a tendu les sous au docteur Thomas.

— Je vous l'ai déjà dit, je prends point d'argent.

Ma tante Francine s'est interposée.

— La Société des Roses blanches serait heureuse de mettre cet argent dans un fonds d'aide destiné aux mères, comme vous l'avez proposé un jour, Docteur. Comme ça, les femmes de la Baie pourront choisir elles-mêmes où mettre au monde leurs bébés.

Le docteur Thomas a pris les sous et les a remis à ma tante. Cette dernière les a glissés dans son sac à main, qu'elle a refermé en tirant les ficelles.

— J'ai vu la clinique de mes propres yeux et je trouve que c'est une solution sensée, a-t-elle dit en adressant à M'ame B. un regard compatissant. Après tout, notre chère M'ame B. ne sera pas avec nous pour toujours.

— Francine Jeffers, regarde-moi point comme si j'étais déjà morte pis enterrée. Y a du monde qui me donne un coup de main quand j'en ai besoin. J'ai Dora asteure, pis a me donne toute l'aide qu'i me faut.

J'ai adressé un sourire à M'ame B.

— Docteur Thomas, la maternité est bien jolie, mais je me demande à quel point ce serait prudent pour les femmes de la Baie de s'y rendre. Les routes pour descendre la montagne du Nord sont souvent impraticables l'hiver.

— Vous faites bien de le souligner, Mlle Rare. Vous pourriez peut-être accompagner Mme Jessup, le moment venu ? Ça vous permettra de voir comment les choses se déroulent, de prêter main-forte peut-être, et de rassurer Mme Babineau. Vous serez rémunérée pour vos efforts, bien entendu.

— On verra ben ça, a rétorqué M'ame B.

Quand je suis allée à la cuisine préparer un thé pour Mme Thomas, j'y ai trouvé Archer Bigelow assis bien à son aise, jambes écartées, un bras drapé sur le dossier de la chaise. Je lui tournais le dos et sentais ses yeux sombres se promener le long de mon échine.

Grace Hutner et les autres coureuses de partys se chamaillent entre elles pour décider qui aura l'honneur de s'asseoir à côté de lui à l'église, aux dégustations de tartes, aux piqueniques de la Société de tempérance à l'anse Lady. Je vois bien qu'il est beau, qu'il ressemble plus à un homme dans la fin de la vingtaine qu'à un jeune garçon. Même ses vêtements de travail – son pantalon replié dans ses bottes, son épaisse veste de laine boutonnée jusqu'au cou – lui collent à la peau. Alors que je montais sur un marchepied afin d'atteindre un sac de sucre dans l'armoire, Archer s'est levé pour m'aider, posant ses mains sur ma taille pour me stabiliser. Quand je suis descendue, il a passé ses bras autour de moi. Je suis restée un instant sans bouger, le temps de respirer son odeur de tabac à pipe, de pommade, de bière au gingembre et de savon à raser.

— T'es ben belle, a-t-il soufflé à mon oreille.

Sur ces entrefaites, Hart est entré dans la pièce, répandant une traînée de neige sur le plancher.

— Méfie-toi de mon frère, Dora. C'est un courailleux.

Sentant mon visage s'empourprer, j'ai repoussé Archer et me suis tournée vers la bouilloire qui s'était mise à siffler.

Albert et Borden, mes deux frères aînés, ainsi que Hart, forment une bande, les « saintes terreurs de la Baie » ; ils passent leur temps à multiplier les mauvais tours à mon intention et à celle de Maman. Papa raconte à qui veut l'entendre que Hart est son septième enfant. Le jour de mon treizième anniversaire, Hart m'avait ligoté les mains et les pieds tandis qu'Albert et Borden menaçaient de me jeter dans la soue à cochons. À douze ans, Hart mesurait déjà plus de six pieds. Papa n'avait pas tardé à l'embaucher au chantier naval. Il y était depuis moins d'un mois quand il s'était coincé la main gauche entre une corde et une poulie. M'ame B. avait fait tout ce qu'elle pouvait pour l'aider, mais trois de ses doigts étaient en lambeaux. N'eût été cet accident, il serait allé à la guerre avec Albert et Borden. Au lieu de cela, il doit rester à la Baie, où il s'échine au travail en observant son frère aux mains intactes qui séduit et tripote toutes les filles du village.

Précieuse est entrée dans la cuisine.

— Mme Bigelow veut savoir si t'as des ennuis.

— Des ennuis ? ai-je répondu, agitée.

— Avec le thé ?

— Non, pas du tout.

J'ai posé la théière, le sucrier et le crémier sur un plateau et me suis empressée de quitter la cuisine.

J'ai passé le reste de la soirée à souhaiter qu'Archer entre dans la pièce ou qu'un prétexte quelconque me permette de le retrouver dans la cuisine. Peut-être que je lui demanderais alors de m'expliquer ce qu'il avait voulu dire, ou que je lui dirais que je n'étais pas certaine d'avoir bien entendu, pouvait-il répéter ce qu'il m'avait dit ? Peut-être qu'il s'approcherait de moi juste le temps qu'il faut pour que l'empreinte de son odeur se pose sur mes vêtements, juste assez pour que je puisse continuer à penser à lui chaque fois que je respire, sans même le vouloir, sans même essayer.

Quand je suis enfin retournée à la cuisine, Grace Hutner était à la porte et entraînait Archer dehors.

— C't'une belle soirée pour sortir se promener, Dora, tu trouves pas ?

~ Le 20 janvier 1917

Nous avons fini de lire *L'abbaye de Northanger*. Malgré toutes les manigances d'Isabelle Thorpe, tout est bien qui finit bien : Catherine épouse Henry Tilney.

Dernièrement, M'ame B. passe toutes ses soirées à se plaindre du docteur Thomas. « *L'exactitude...* Quoi-ce que l'*exactitude* a à voir dans tout ça ? Y a point de façon *exacte* d'avoir un bébé... C'est comme attraper un flocon de neige, i' est parti avant même que tu saches comment-ce t'as fait... *exact...* de tout mon vivant... » Le plus souvent, elle enchaîne sur ces litanies en essayant de voir « comment-ce qu'on va s'y prendre avec lui ». En la voyant se faire tant de soucis, je me demande si ce ne serait pas mieux pour elle de tout laisser tomber.

J'ai vidé le grenier au-dessus de la cuisine et, avec mon vieux plumier, des couvertures de laine et une courtepointe, j'y ai fait un nid douillet. M'ame B. partageait son lit avec moi, mais je trouvais que nous y étions trop à l'étroit ; quand elle boit un verre ou deux, elle a tendance à ronfler et à bouger beaucoup dans son sommeil. Je me sens bien là-haut, dans mon ancienne cachette, avec une lampe et mes livres, entourée de guirlandes de pommes séchées, de bottes de sauge, de bouquets de cataire, de feuilles de framboisier et d'églantier. Comme partout ailleurs dans sa maison, M'ame B. a dissimulé dans un recoin de mon espace une image de la vierge Marie. Elle l'a collée sur le mur de plâtre, à côté d'un bout de papier peint en lambeaux et de vieilles coupures de journaux. Je la regarde chaque soir avant de m'endormir ; c'est ma façon de prier, je suppose. Dans la lueur vacillante de la lampe à huile, son visage encadré de roses blanches m'adresse un sourire. La Sainte Vierge tient dans ses mains une colombe blanche au cœur rougeoyant. Elle me dévisage et j'ai l'impression qu'elle sait quelque chose que j'ignore.

Tant pis si c'est le cas. Et tant pis pour le docteur Thomas et M'ame B. Tout ce à quoi je peux penser, c'est aux mots qu'Archer Bigelow m'a chuchotés à l'oreille, ces mots auxquels je rêve et qui complotent avec le diable pour me convaincre que c'est peut-être vrai. Il l'a dit, je ne l'ai pas imaginé. *T'es ben belle.*

11

Précieuse avait caché un livre pour moi tout au fond de son panier à œufs : *Information for Everybody*, du docteur A.W. Chase. En arrivant chez M'ame B., elle avait eu du mal à reprendre son souffle tellement elle était excitée. C'était loin d'être aussi intéressant que l'exemplaire des *Secrets sexuels* de ma tante Francine, un commentaire de neuf cents pages du Dr O.S. Fowler sur les « courants électriques » qui circulent entre les hommes et les femmes et sur la façon dont ceux-ci sont « réglés et perturbés par les relations sexuelles ». Aujourd'hui, malheureusement, Précieuse n'avait pas en tête de parler de relations sexuelles, mais plutôt de saignements. Ma chère cousine n'a que quatorze ans et n'a pas encore eu ses règles. Le passage suivant l'avait donc un peu affolée :

> Une mise en garde s'impose ici quant au risque que court une femme en prenant froid durant cette période. Cela peut être très dangereux. J'ai connu une jeune fille qui,

n'ayant pas été instruite par sa mère sur le sujet, craignait tant qu'on retrouve sur ses vêtements ces taches dont elle ignorait l'origine qu'elle était allée au ruisseau les laver. Ce faisant, elle avait pris froid et avait tout de suite sombré dans la folie.

Précieuse montrait la page du doigt, son doux visage rond blêmissant.

— Quand je pense à cette jeune fille qui se débat dans un ruisseau, à greloter puis à perdre la tête... Peux-tu t'imaginer ?

Je lui ai expliqué comme j'ai pu le cycle menstruel et lui ai promis que jamais je ne la laisserais perdre la tête à cause de saignements ou d'un coup de froid qu'elle aurait pris. Ensuite, je lui ai fait jurer de venir me voir au moindre signe de saignement. Comme sa mère ne lui avait pas soufflé le moindre mot sur les réalités de la vie, la conversation avait été difficile. Précieuse a encore l'impression que « faire un bébé » relève un peu du domaine des cigognes et des fées. J'aurai bientôt à me lancer dans des explications plus détaillées, même si je ne sais pas trop comment m'y prendre. C'est à peine si la pauvre peut se retenir de perdre connaissance quand elle voit dans un livre les mots *sang*, *mort* ou *nudité*. Ma tante Francine ne lui rend pas service en l'infantilisant comme elle le fait. Précieuse n'a jamais de tâches ménagères à faire et elle obtient tout ce qu'elle désire : des robes commandées à Halifax, des rubans de satin pour ses cheveux, des sucreries avant le souper. Si seulement elle aimait les livres autant que moi ! J'ai pas mal fait le tour des romans cachés dans l'armoire de l'école par Mlle Coffil, et la collection d'almanachs et de revues médicales de ma tante Francine, si amusante soit-elle, est plutôt désuète.

Je suis étonnée que Précieuse veuille encore passer du temps avec moi maintenant qu'elle fait partie des « jeunes filles bien élevées » de la Baie. Au moment à peu près où Sam Gower a cessé de tirer sur les tresses de Précieuse et s'est mis à la raccompagner à la maison après l'école, Grace Hutner l'a invitée à sa première soirée sociale. Je ne sais pas combien de temps encore nous passerons à nous peigner les cheveux, à partager des tranches de pain brun trempées dans la crème et à chanter « *Il y a longtemps que je t'aime ; jamais je ne t'oublierai.* » De jour en jour, ma cousine est de plus en plus fidèle à son nom ; ses cheveux dorés s'enroulent en bouclettes autour de mes doigts, ses yeux et son esprit pétillent tant elle est privilégiée. De plus en plus, j'évite de lui dire à quoi je pense en sachant que je n'arriverais pas à lui expliquer pourquoi mes pensées sont devenues si moroses. Ma peau n'a jamais été aussi pâle que la sienne. À côté d'elle, je me sens sale.

Quand nous étions petites, les autres filles pardonnaient à Précieuse de vouloir rester près de moi. Nos jeux terminés, elle courait vers elles justifier son devoir de cousine. Je comprenais. Maintenant, ces jolies filles aux bouches en cœur l'incluent dans leurs taquineries et leurs ragots. La situation n'a fait qu'empirer depuis que j'habite chez M'ame B. À l'église, elles s'assemblent sur les bancs à l'arrière et chuchotent : « La vieille accoucheuse y montre à filer pour qu'a peuve devenir une sorcière. » « J'ai entendu dire, moi, qu'elle apprend à communiquer avec les esprits pis à lire les feuilles de thé. » Il y a, comme toujours, une part de vérité dans ce qu'elles racontent ; mais ce sont surtout des faussetés. Tôt ou tard, elles demanderont à Précieuse de choisir.

Elle m'avait suppliée de lui permettre de rester pour le thé. Ce n'est pas qu'elle aime particulièrement M'ame B. C'était plutôt comme si elle souhaitait repartir avec quelque chose à raconter à ses amies, les pies… Comme si on l'avait mise au défi de mettre les pieds dans la vieille cabane à deux pièces d'une sorcière cadienne et de se faire lire les feuilles de thé. Mais je ne lui en veux pas. Elle n'a pas encore appris à faire la différence entre les gestes que l'on pose par gentillesse et ceux qu'on choisit de faire pour nous-mêmes. Si je pense aux actions de sa mère, je me dis qu'elle n'apprendra peut-être jamais à faire la distinction.

— Dora, s'il te plaît…

— Il va faire noir bientôt, chérie, lui ai-je dit en imitant la voix de ma tante Francine. Tu sais bien que sortir dans l'air de la nuit rend les jeunes filles malades et leur donne des problèmes de peau.

M'ame B., qui n'avait rien dit jusqu'ici, s'est esclaffée.

— C'est le temps de rentrer à maison, Précieuse. Si ta maman entend dire que tu rôdes autour de che' nous, a va te le faire payer cher, garanti.

12

Ma tante Francine a passé la tête par la porte de la cabane et lancé d'une voix joyeuse: « Il y a quelqu'un ? » M'ame B. l'a invitée à entrer et m'a demandé de mettre une autre tasse sur la table pour ma tante. Je n'ai pu trouver qu'une vieille tasse en fer blanc et une assiette à biscuits. Ma tante Francine a passé un doigt sur le rebord de la tasse de métal et pincé les lèvres d'un air désapprobateur. Je lui ai souri poliment et échangé ma petite tasse en porcelaine de chintz contre la sienne.

— Merci, Dora. C'est très aimable.

Elle a pris le sucrier et cherché des yeux les pinces à sucre, songeant sans doute à la lourde paire en argent qui accompagne le service à thé en argent sterling qu'elle a hérité de sa belle-mère. J'ai essuyé ma cuillère à l'aide d'une serviette propre et l'ai posée sur le rebord du bol. Si elle n'arrivait pas à prendre un cube de sucre avec ses doigts, elle allait devoir s'en contenter.

M'ame B. est allée droit au but.

— Chus bénaise de voir que tu connais le chemin pour te rendre dans ce bout-citte de la Baie, Francine.

Elle a tiré le rideau et jeté un coup d'œil par la fenêtre de sa cuisine, qui donnait sur la cour avant.

— Je vois que t'es venue toute seule en plus. J'savais point que tu pouvis conduire ta carriole toi-même. Quoi-ce qui t'amène par un temps si froid ? Y a personne de malade, toujours ?

Je me demandais si Papa avait reçu un coup de patte en attelant un cheval à la carriole ou si Maman avait de la fièvre. L'un des garçons avait-il attrapé la rougeole ou les oreillons ?

Ma tante Francine a gloussé et soufflé sur sa tasse de thé... Un jet de vapeur a humidifié ses lèvres, qu'elle pinçait nerveusement.

— Non non, personne est malade. Tout le monde va bien.

Elle a bu une gorgée de thé en levant son petit doigt bien haut.

— En fait, Marie, j'aurais à te parler en confidence. Tu comprends, n'est-ce pas, Dora ? C'est une question à régler entre femmes.

M'ame B. a secoué la tête.

— T'es une femme, toi, Dora ?

— Aux dernières nouvelles, oui, ai-je répondu en souriant.

— Dans ce cas-là, bouge pas. Ça s'adresse à toi itou.

— Mais Marie, c'est une question délicate.

Ma tante Francine hésitait.

— C'est à propos de mes règles, a-t-elle chuchoté.

— Quoi-ce qu'y a, Francine ? a chuchoté M'ame B. à son tour, amusée. Les tuniques rouges débarquent pu che' vous ?

Francine a versé un peu plus de thé dans nos tasses. Ses mains tremblaient un peu.

— Je te l'ai dit, Marie, tout va bien.

Elle a offert à M'ame B. du sucre et du lait.

— Je me demandais… juste par curiosité… On peut faire quelque chose pour s'assurer qu'elles arrivent ? Les règles, je veux dire ?

— Quoi-ce que tu racontes là ? J'ai point compris.

— Je les attends dans trois, quatre jours peut-être. Pourrais-tu… si c'est possible… t'assurer qu'elles viennent à temps ?

— T'as peur qu'a viennent point, c'est ça ? Quoi-ce qui te fait mettre en doute la lune ? I' s'a pas passé quèque chose, toujours ?

Ma tante a soupiré et s'est mise à fureter dans le sac à main posé sur ses genoux.

— Je te payerai pour tes services, Marie. Peux-tu m'aider ou non ?

Sans quitter ma tante des yeux, M'ame B. a saisi la salière, saupoudrant du sel sur la table.

— Range c't'argent-là, Francine Jeffers.

Elle a jeté une pincée de sel au visage de ma tante.

— Des sacrilèges de même à ma table… J'ai quasiment le goût de te dire de passer ton chemin. Si tu penses qu'on peut acheter mon aide, Francine, tu fais mieux de retourner à ta carriole pis descendre à Canning voir ton docteur Thomas.

M'ame B. a fermé les yeux, joint ses mains et commencé à se parler à voix basse. Des mèches grises qui s'étaient échappées de son chignon retombaient autour de son visage et lui donnaient un air ancien.

— Sainte Marie, mère de nous tous, bénissez cette maison. Protégez-la du mal, de l'avarice, du péché. Bénissez cette pauvre misérable qu'est venue me voir avec ses poches pis son tchœur remplis de péché. Bénissez-la, Notre-Dame, pis bénissez cette maison.

Ma tante Francine a secoué la tête, paraissant soudain impatiente et fatiguée. Je me suis penchée vers M'ame B. et lui ai chuchoté quelque chose à l'oreille.

— Arrête donc avec tes secrets, Dora, a soupiré ma tante Francine.

M'ame B. a sorti de son corsage un des colliers de perles qu'elle portait au cou et s'est mise à réciter son chapelet.

— Sainte Marie, pleine de grâce…

— Marie Babineau, vas-tu m'aider ou pas ?

Le visage de ma tante s'était empourpré. Elle ne semblait pas avoir honte ni même être fâchée ; c'était plutôt comme si, réalisant qu'elle avait fait quelque chose qui ne se corrige pas facilement, son corps tout entier était traversé d'une vague de chaleur née d'un sentiment d'impuissance. Ma tante, qui avait toujours su faire comme si tout dans sa vie était d'une grande importance, semblait tout à coup petite et effrayée.

J'ai posé mes mains sur celles de M'ame B.

— S'il vous plaît, M'ame B., aidez-la.

M'ame B. s'est tue, comme si elle attendait une réponse. Quand elle a enfin ouvert les yeux, c'est moi qu'elle regardait.

— D'accord.

Elle est allée à son armoire et en a sorti trois pots d'herbes et le Livre des saules.

— Tisane des grandes marées. Tiens, la recette est ici. Prépares-en assez pour une semaine, Dora. Ça devrait faire l'affaire.

Commencer à boire ce mélange trois jours avant le début de ses règles. À prendre deux fois par jour, de préférence à l'heure des grandes marées. Encourage la régularité.

M'ame B. s'est ensuite rendue à son lit et a fait signe à ma tante de s'y allonger.

— Allez, enlève ta culotte. On va voir si je peux t'aider un peu à rappeler ce tit ange-là.

Ma tante Francine a fait ce qu'on lui demandait, en fixant le plafond. M'ame B. a sorti une mince chandelle blanche du coffre au pied de son lit et l'a enduite d'huile. Elle s'est tournée vers moi et a chuchoté :

« De l'orme rouge. Ça devrait faire bouger les choses. » M'ame B., la chandelle dans sa main, faisait le signe de la croix encore et encore au-dessus du corps de ma tante Francine. Elle a ensuite remonté ses jupons et glissé le bout de la chandelle entre les cuisses de ma tante Francine. Celle-ci a émis un cri étouffé, et M'ame B. s'est arrêtée.

— Faut' tu me laisses entrer, Francine. Là-bas au creux de la matrice.

Ma tante Francine a pris une inspiration profonde.

— Vas-y, qu'on en finisse.

M'ame B. a répété la manœuvre et ma tante Francine a poussé un léger gémissement. M'ame B. a prononcé d'autres prières, puis a retiré la chandelle et l'a posée dans la main de ma tante.

— Tes saignements allont commencer ce souère ou demain, pis tu vas avoir des douleurs. Ça sera rien de grave. T'auras qu'à garder le lit pis dire que tu te sens point bien. Fais sûr d'allumer ta chandelle les trois prochaines nuits. Prie à Marie, dis-y merci pour son obligeance, merci pour la lune, merci pour les marées. Après, tu te porteras comme un charme.

Elle a aidé ma tante Francine à rassembler ses choses et l'a accompagnée jusqu'à la porte.

— T'oublieras pas de boire ton thé.

Ma tante partie, M'ame B. est restée longtemps sans rien dire. Une fois le souper terminé, elle a rompu le silence.

— Faut je te dise dequoi.

Elle a porté une main aux colliers de perles à son cou.

— Ça fait pas une miette de différence, tu comprends ? Chus pas le Bon Djeu. Quoi que tu fasses, ça sera tout le temps entre yelle pis le Bon Djeu. Ça dérange pas c'est qui. Moi, chus juste là pour soulager la douleur. C'est aussi simple que ça.

Elle s'affairait à allumer des chandelles et à les disposer autour d'une statuette de la Vierge.

— Une femme a le droit de garder après elle-même. Alle a le droit d'avoir peur itou. Ça se peut qu'a sente la corde serrer autour de son cou, même si que son mari ou un autre homme le sait pas. Si qu'i s'a forcé sur elle, c'est assez facile de l'aider avec ça. Mais j'peux pas croire que c'est un adon si est de même.

Elle a pris des herbes, en a fait un bouquet qu'elle a trempé dans de l'eau de lavande, puis elle en a aspergé l'intérieur de la cabane.

— Si c'est elle qu'a fauté... eh ben, c'est peut-être juste qu'alle est fatiguée. Fatiguée de garder après ses affaires, ou ben fatiguée de rappeler à son mari de prendre garde. Peut-être qu'a pense qu'a va le pardre si qu'a y dit ça. C'est juste la femme qui peut savoir si qu'alle a assez d'amour dans son cœur pour faire une vie. C'est l'amour qui choisit. Les autres pourront ben dire ce qu'i voulont, ça fait rien combien d'argent qu'alle a pis les moyens qu'alle a ; c'est juste son cœur qui peut savoir ce qu'alle a à pardre. Tu comprends ?

⋮

Ma chère Dora,
Merci à toi et à madame Babineau de m'avoir accueillie chez vous récemment. J'espère de tout cœur que cette visite restera entre nous.

Tu es une nièce adorable et une jeune fille très sage. N'oublie jamais l'importance de la loyauté et des liens familiaux.

Ta tante Francine qui t'adore

À l'église aujourd'hui, ma tante Francine était joyeuse et souriante. Elle avait de la crème fraîche pour M'ame B. et des baisers en plus pour tous les autres. M'ame B. a fait peu de cas des agissements de ma tante, davantage préoccupée par Ginny Jessup.

M'ame B., à cause d'un « boitement occasionnel » – son pied gauche traînant légèrement derrière sa hanche déviée –, doit parfois tendre la main pour trouver un point d'appui. Par un heureux hasard, le bras de Ginny n'était pas loin.

— Argarde donc la belle bedaine que t'as là, ma tite dame.

Ginny a poliment hoché de la tête.

— M'ame B., ça va ?

M'ame B. a passé son bras sous celui de Ginny et lui a tapoté la main.

— C'est juste mes os qu'asseyont d'aller plus vite que moi. Faut point t'en faire avec ça.

Laird Jessup est arrivé derrière son épouse.

— Viens qu'on t'installe comme i' faut dans notre banc.

Ginny nous a adressé un regard navré tandis que son mari l'éloignait de M'ame B.

— I' s'inquiète pour moi. Chus ajeuve d'accoucher pis i' a recommencé à travailler dans le bois quasiment tous les jours.

— I' a ben raison... i' a ben raison.

Ce matin, la congrégation faisait ses adieux à un groupe de jeunes hommes qui partaient s'entraîner au camp Aldershot ou à Halifax avant de se joindre aux combats. J'étais triste de voir mes frères Albert et Borden parmi eux. *William Cooke, Guy Jessup, Avery Morris, Samuel Morris, Albert Rare, Borden Rare, Byron Wallis, Tom Ketch.* Le révérend Norton les a assurés que Dieu veillerait sur eux.

— Les bons chrétiens de ce monde ont connu beaucoup trop de tragédies ces deux dernières années. Les journaux abondent de récits d'actes pervers commis par des barbares. Ils ont tué des innocents ; ils ont tranché le cou à des bonnes sœurs, dévasté des terres agricoles, détruit des maisons... Et n'oublions pas le *Lusitania*. Nos ennemis n'ont pas de conscience.

Le révérend a agrippé les rebords de la chaire contre laquelle il s'appuyait.

— Mais nous pouvons trouver du réconfort en sachant que notre Père tout puissant n'a pas de patience pour les âmes mauvaises... et que nos braves jeunes hommes feront régner Sa justice.

Le révérend semblait pressé de les voir partir, de leur transmettre ses vœux pour qu'ils reviennent sains et saufs, et *victorieux*. Or, la victoire, c'est loin d'être la même chose que la paix. Il y a sûrement des mères, des sœurs et des amoureuses en Russie et en France, en Belgique, en Angleterre et même en Allemagne qui partagent le même sentiment. Des milliers d'hommes sont déjà morts des deux côtés du conflit. *Glen Ells, 19 ans, a perdu la vie à Corselette. Alfred Hiltz, 26 ans, a perdu la vie à Saint-Éloi. Carey Tupper, 38 ans, a perdu la vie à Ypres.* Jamais ils ne rentreront chez eux.

À la Baie, la plupart des hommes mariés et pères de famille restent ici, à veiller sur leurs proches et leurs terres. Ils travaillent dans le bois, chassent, pêchent et continuent de vivre comme si rien n'avait changé. Ce sont les jeunes hommes qui doivent partir : ceux qui n'ont pas d'épouse, qui rêvent de s'envoler vers d'autres horizons ; ceux sur qui pèse le poids du devoir et de la culpabilité. Après la messe, les garçons se sont assemblés à l'extérieur, droits et fiers. Mères, tantes, sœurs et grands-mères ont défilé pour les embrasser sur la joue, leur glisser des sous dans la main et les assurer de leurs bons souhaits et de leurs prières.

Les coureuses de partys se sont ensuite attroupées autour des nouvelles recrues, feignant d'ignorer leurs taquineries.

Tom Ketch était resté à l'écart et observait le manège. Je ne l'avais pas revu depuis le jour où sa mère avait perdu son bébé. Personne n'était venu souligner son départ : ni son père, ni aucun de ses frères et sœurs, ni même sa mère. Il avait remonté la route depuis Deer Glen avec pour toute compagnie les vents forts et mordants de février qui soufflaient sur la baie. Son bras a frôlé le mien lorsqu'il est passé à côté de moi, s'apprêtant à rentrer chez lui.

— Dora.

— Tom ?

J'ai tenté de retenir les larmes qui me montaient aux yeux en pensant à mes frères qui allaient partir. J'observais ces garçons qui, lèvres entrouvertes et épaules remontées, échangeaient des sourires timides avec les filles qui s'étaient approchées pour mieux les observer. J'étais triste de voir à quel point ces garçons désespéraient de trouver quelqu'un avec qui échanger des baisers et des lettres ; triste aussi de voir que ce n'était pas moi.

13

« Lève-toi, Dora, on s'en va voir Ginny. J'ai l'impression qu'i se passe dequoi. »

Sans attendre d'être convoquées, nous avons descendu le chemin des Trois-Ruisseaux dans la lueur rose du matin. Une fois arrivées chez Ginny Jessup, M'ame B. s'est passée des formalités et s'est tout de suite installée sur une chaise dans la salle de séjour. Elle a regardé Ginny de haut en bas.

— Ooooh, je l'savais. J'avais remarqué ça à l'église dimanche passé.

Elle a montré le ventre de Ginny du doigt.

— I' est après s'installer la tête à l'envers, c'tit-là. Allonge-toi su' l'sofa, ma tite Ginny. On va regarder ça comme i' faut.

M'ame B. a fermé les yeux et soufflé sur ses mains pour les réchauffer avant de les poser sur le ventre tendu de Ginny.

— Tit bébé, a-t-elle dit doucement, i' va falloir qu'on te vire de bord un tit brin. Tu peux pas montrer à ta maman que t'es un garçon avant qu'a voit ta belle tite face.

Elle a regardé Ginny dans les yeux.

— Argarde icitte, à ras tes côtes... c'est sa tête, tu connais ? Pis icitte – elle passa la main sur une saillie dans le bas du ventre et secoua la tête –, ça icitte, c'est ses fesses.

Ginny, qui avait suivi de bon cœur jusqu'ici les consignes de M'ame B., paraissait effrayée tout à coup.

— C'est pas bon, ça ? a-t-elle dit tout bas.

— C'est pas bon. Un bébé qui se présente les fesses en premier, ça amène un paquet de trouble.

Ginny s'est assise et a redressé ses vêtements.

— Je dirai au docteur Thomas que ça vous tracasse.

M'ame B. a pris la main de Ginny dans la sienne.

— I' est trop tard, ma chère, à moins que tu pensais y dire ça aujourd'hui. Quand-ce tu l'as vu la dernière fois ?

Ginny n'a rien dit.

— Parce que si i' a pas été smarte assez pour voir ce qui se passait, i' saura pas comment l'arranger.

— Je l'ai vu au début janvier. Comme j'ai un peu peur de voyager dans la neige, i' m'a dit qu'i passerait icitte me voir avant. I' est occupé avec la clinique de maternité, mais i' va sûrement monter d'un jour à l'autre.

— Ça sera trop tard, ma belle. Si c'te bébé-là s'installe de même pour de bon, ça s'arrangera pu. La prochaine fois que tu verras le docteur Thomas, tu pourras y dire qu'on y a rendu un tit service.

Elle a adressé un sourire à Ginny.

— Fais-toi pas de souci, ma chérie, on va virer c't'enfant-là de bord, nous autres. Faut juste y parler pour qu'i nous comprenne.

M'ame B. a fait boire à Ginny une dose de tisane de mère avec de la pulsatille. Puis elle lui a dit :

— Maintenant, tu vas marcher sur tes mains pis tes pieds comme un éléphant. Avec les mains et les pieds. Pas sur tes genoux comme un bébé, sur tes mains pis tes pieds.

C'était tout un spectacle à voir, M'ame B. qui faisait le tour de la pièce avec la jeune future mère à sa suite. Ginny respirait bruyamment et se déplaçait lentement et prudemment entre le tabouret et le porte-plante, longeant le contour du tapis hooké poussiéreux. Quand Ginny a été incapable de continuer ainsi, M'ame B. l'a aidée à se redresser.

— Asteure, on va s'asseoir.

Elle a installé Ginny sur le canapé et m'a regardée.

— Dora, faudrait t'ailles me qu'ri trois choses : une planche à repasser, une serviette pis un siau de neige.

J'ai couru à gauche à droite, demandant à Ginny de m'indiquer où trouver ceci ou cela, fouillant dans le garde-manger, ramenant de la neige fondante ramassée dans la cour.

M'ame B. a posé la planche par terre, l'a inclinée en l'appuyant contre les coussins du canapé ; puis elle a testé sa solidité en cognant dessus avec son poing.

— Retrousse tes jupons, ma chérie, pis embarque.

Ginny a relevé ses jupons au-dessus de son ventre et tenté d'enfourcher la planche comme si elle montait à cheval.

— Nah non, fille, faut tu te mettes la tête par en bas. M'a t'aider pour pas que tu timbes.

Une fois qu'elle a été installée, les pieds plus hauts que la tête, M'ame B. a mis de la neige dans la serviette, qu'elle a placé ensuite sur le bas du ventre de Ginny. Cette dernière s'est tortillée.

— M'a garder ça en place pendant que mamzelle Dora parle un peu avec le p'tit.

J'ai adressé à M'ame B. un regard interrogateur.

— Tout le monde sait que t'es une descendante de la femme qu'a rappelé la marée haute. T'as la musique dans ton sang. Pis de toute façon, ta voix est douce comme celle de sa mère, pas rêche comme la mienne.

Elle a écarté les jambes de Ginny.

— Pose ton menton su' sa cuisse pis chante-nous quèque chose de beau.

J'ai entonné le premier air qui m'est venu à l'esprit, l'unique mélodie que peut jouer Précieuse au piano sans se tromper.

Quand nous chanterons le temps des cerises
Et gai rossignol et merle moqueur
Seront tous en fête
Les belles auront la folie en tête
Et les amoureux du soleil au cœur
Quand nous chanterons le temps des cerises
Sifflera bien mieux le merle moqueur.

J'achevais à peine le deuxième couplet quand Ginny s'est mise à rire aux éclats, son ventre secoué de coups de coudes et de genoux. M'ame B. a hoché la tête en souriant.

— I' veut voir le soleil aussitant que toi, c'est juste qu'i faut y montrer par où se mettre pour le voir.

Une fois redressée et installée confortablement, Ginny nous a remerciées d'être passées la voir.

— J'voulais vraiment accoucher avec vous, M'ame Babineau, mais Laird voulait rien savoir. Je sais qu'i veut rien dire par là... I' veut juste ce qu'y a de mieux pour moi.

M'ame B., qui rangeait ses effets, s'est arrêtée un instant et a posé ses mains sur le ventre de Ginny.

— Ça sera dans dix jours ou moins, je pense. T'auras point de misère asteure. T'es quasiment là.

Ginny s'est frotté les flancs et a fixé son ventre comme si elle pouvait voir l'enfant à l'intérieur.

— Ma mère est morte en couches quand chus née. J'pense que Laird a peur que ça court dans la famille. I' a trop réfléchi à ça, pis je me suis trouvée sans vraiment m'en rendre compte à descendre à Canning avec lui pour signer les papiers. Vous comprenez, n'est-ce pas ?

M'ame B. a tapoté la main de Ginny.

— Ça va ben se passer, tu vas voir. Le docteur Thomas nous a dit d'envoyer Dora avec toi. A va être juste là à côté de toi. A sait quoi faire.

Ginny m'a regardée.

— Chus contente que tu viens avec moi, Dora. Laird a trop pensé à ça aussi, pis i' a dit non au début. I' racontait que t'as ensorcelé une de ses vaches quand t'étais jeune, mais j'y ai dit que j'descendais pas la montagne sans qu'une femme soit là pour m'aider, pis si ça pouvait pas être M'ame B., fallait que ça soit toi.

Elle a souri.

— J'ai été capable de le convaincre sur ce point-là, au moins, a-t-elle dit, pas peu fière d'elle-même.

~ Le 25 février 1917

Maternité de Canning

Je sens que Ginny est nerveuse, qu'elle a peur. Après tout, c'est son premier accouchement. *Laird s'inquiète tellement.*

Tu es une bonne fille, Ginny. Tu seras une bonne mère.

Le docteur Thomas lui dit qu'il peut lui faciliter les

choses. Il peut soulager la douleur. Il lui parle de sommeil crépusculaire, d'un cocktail de scopolamine et de morphine. Elle ne se souviendra de rien.

Ginny respire fort, une autre contraction arrive. *Oui, oui. Faites que ça s'en aille.*

Détends-toi. Commence à compter à reculons. 100, 99, 98... Tout va bien se passer.

Elle est assise, les talons posés dans les étriers, ses genoux retombant de chaque côté. En son absence, son corps poursuit le travail, tremble et se contracte.

Entre les cuisses de Ginny, le docteur travaille sans dire un mot.

Dans la même pièce, une autre femme est en train d'accoucher. Elle hurle toutes les doléances qu'elle a jamais eues contre son mari. *Maudit bâtard. Enfant de chienne. Gros lâche. Bon à rien. Trou de cul.*

Je me demande si Ginny ressent de la douleur même si elle n'en est pas consciente. Va-t-elle en rêver cette nuit, ou demain ? Le docteur m'explique que la technique qu'il utilise lui donne un contrôle total de la situation. Une incision nette dans la peau rouge et tendue lui permet d'insérer les forceps sans rien déchirer. Le procédé favorise une réparation propre et précise quand tout sera terminé.

L'autre femme gémit et pleure en appelant sa mère.

Le bébé de Ginny est *extrait*. Sa tête est déformée, légèrement contusionnée, et l'enfant a du mal à respirer, comme s'il était épuisé. *Le sommeil crépusculaire laisse l'enfant un peu à bout de souffle. Rien qu'un bon bain chaud dans la pouponnière ne pourra pas régler.*

L'autre mère est silencieuse à présent. Je l'entends respirer de l'autre côté du rideau, qu'on a tiré pour cacher son lit.

Ginny ouvre les yeux et tend la main vers moi. Elle se tient immobile, comme si elle craignait de poser des questions sur ce qui vient de se produire. Comme si elle avait raté le moment des réjouissances à la fin. Elle se sent laissée pour compte, peu sûre d'elle-même.

Tu es une bonne fille, Ginny. Tu seras une mère merveilleuse.

Le docteur semble croire que tout ça est normal. Il parle de béatitude. Quand il revient la voir, il est de bonne humeur et lui dit que tout s'est très bien passé, merveilleusement bien. C'est un beau garçon en santé. *Tu te souviens de ce qui s'est passé ?*

Pas tellement, non. Pas du tout en fait.

C'est bien. C'est bien.

Elle a du mal à se tenir debout. Ne peut pas garder sa nourriture. Elle remercie le médecin de sa réussite. Elle veut prendre son enfant dans ses bras.

La Juste Cause
Quai 19
Halifax, Nouvelle-Écosse

Le 26 février 1917

M. et Mme Judah Rare
Scots Bay, Nouvelle-Écosse

Chère famille,
En arrivant à Halifax, Albert et moi avons eu la bonne fortune de croiser le capitaine Rupert Flynn, qui nous a dit d'emblée qu'il n'avait « jamais rencontré un Rare qu'était pas un marin hors pair ». À cause de notre expérience à bord de goélettes, il nous a invités à nous joindre à l'équipage de la Juste Cause. Pour l'instant, c'est « un foutu bordel à bord ». (Désolée, Maman, c'est ce qu'a dit le capitaine, pas moi !) Dans la cuisine, le fourneau tout rouillé tient ensemble par des bouts de fil de fer. Il manque au bateau des poulies, des chaînes et de longs cordages, mais je sais que quand nous aurons fini de la mettre en état, la goélette à trois mats tiendra bien en mer. Selon le capitaine, nous serons équipés avec des canons arrière à tir rapide. Le bâtiment est l'un de quelques navires-leurres chargés d'attirer les U-boat allemands pour des attaques-surprises.

L'équipage est composé de gaillards rudes et un peu fous. Comme le dit le capitaine Flynn, « On est des matelots qui se faisont pas de soucis de vivre à la grâce du Bon Djeu ». C'est parfait pour nous, je trouve ! Albert et moi ferons partie d'une équipe spéciale. En gros, nous resterons sur le pont et ferons semblant d'être des pêcheurs ordinaires. Notre cuisinier, George « Grosses Gages » Wages, a travaillé trois mois sur un Q-ship dans la mer du Nord. J'ai entendu dire qu'il est allé jusqu'à enfiler une robe et un chapeau, et à prendre un sac à patates dans ses bras pour faire semblant qu'il tenait un bébé. Quand un U-boat sera assez proche de nous pour qu'on puisse l'atteindre, nous devons mettre les canots de sauvetage à l'eau et crier à l'équipage d'abandonner le navire. Si les Boches continuent de s'approcher pour voir si le bateau vaut la peine d'être pillé, la deuxième équipe surgit de la cale, hisse le pavillon blanc et leur donne quelques bons coups de canon.

Nous voilà donc en train de vivre la vie de pêcheur sur la Juste Cause. Je suppose que c'est mieux que patauger dans les tranchées comme les autres gars de la Baie s'apprêtent à le faire. Avec un peu de chance, nous serons en route pour Sydney, au Cap-Breton, le mois prochain.

Je vous embrasse et vous donnerai des nouvelles bientôt.

Borden

P.S. J'ai demandé à Fred Steele de vous remettre cette lettre. On nous a dit de ne rien dire au sujet de nos opérations le long de la côte et Fred a eu la gentillesse de me promettre qu'il glissera ma missive dans sa poche et vous la remettra dès qu'il sera de retour à la Baie après avoir trimé au port de Halifax.

Mlle Dora Rare
Scots Bay, Nouvelle-Écosse

Le 3 mars 1917

M. Borden Rare
La Juste Cause
Quai 19
Halifax, Nouvelle-Écosse

Cher Borden (et Albert aussi),
On dirait que vous avez hâte de partir à l'aventure en grande mer.

Ici à la Baie, la vie suit son cours comme toujours. La dernière fois que je suis allée chez nous, Papa salait de la viande de chevreuil. Il a sans doute senti votre absence au moment de ramener la bête à la maison : Charlie ne fait pas le poids face à vous deux.

Il ne se passe pas une heure dans la journée où Maman ne pense pas à vous. On pourrait s'imaginer qu'elle peut se passer d'un fils ou deux, mais ce n'est pas le cas. Gord m'a dit qu'elle continue de vous appeler à table à l'heure du souper. Elle a placé dans la cuisine du Centre maritime une affiche de la campagne de rationnement et se fait un devoir, après la messe, de rappeler aux autres femmes de participer aux efforts de guerre en mangeant moins de viande. Vous seriez fiers d'elle.

Je me débrouille plutôt bien chez M'ame B., et

ma formation de sage-femme auprès d'elle se passe bien. La semaine dernière, je suis allée avec Ginny Jessup voir le docteur Thomas. Elle et Laird ont eu un petit garçon.

Prenez garde à vous et je vous souhaite d'avoir le vent dans les voiles.

Votre sœur Dora (future vieille fille et sage-femme) qui vous adore.

14

Le révérend Pineau est arrivé cette semaine et a prononcé un premier sermon, sur l'importance du pardon. J'y ai vu un signe que je ne dois rien faire de plus quant aux indiscrétions de ma tante Francine. De toute manière, le révérend Norton n'est plus parmi nous.

Archer Bigelow était arrivé en retard à la messe. Il y a de la place dans notre banc maintenant qu'Albert et Borden ne sont plus là, alors il est venu s'installer à côté de moi. J'ai cru entendre plusieurs filles retenir leur souffle quand nous nous sommes levés pour chanter l'hymne; l'épaule d'Archer touchait la mienne pendant qu'il tenait le livre de cantiques entre nous deux, et j'ai eu l'impression que la congrégation tout entière avait les yeux rivés sur moi au moment d'échanger la paix. Quand je me suis retournée pour serrer la main de Grace Hutner, elle en a profité pour enfoncer ses ongles dans ma paume.

— La paix du Christ, m'a-t-elle dit en souriant.

— La paix du Christ, ai-je répondu entre mes dents.

Après la messe, Précieuse s'est empressée de distribuer des invitations à une soirée sociale qu'elle organisait.

La Reine de cœur est aux fourneaux
tandis que je cours comme le Lièvre de mars.
Très chers amis, en cette fin d'hiver
vous feriez mon plus grand bonheur
si vous veniez dîner chez moi le vendredi 9 mars à 19 h.
Au programme : goûter du Chapelier fou
et tournoi de cartes en couples.
Bien amicalement,
Mademoiselle Précieuse Jeffers

Hart s'est approché d'Archer et lui a arraché l'enveloppe des mains.

— T'es pas un peu vieux pour les fêtes à thème, tit frère ?

Archer a repris son carton d'invitation et l'a fourré dans la poche de son veston.

— Parle pour toi, frérot.

Hart a poussé un grognement et secoué la tête.

— Tu devrais être dans la boue des tranchées à Ypres, pas après jouer aux cartes avec les filles.

— Moi, au moins, je peux tenir mes cartes dans une main et une fille avec l'autre.

Jamais je n'ai connu deux frères si différents l'un de l'autre et si souvent en conflit. Albert et Borden se disputent parfois, mais jamais pour des choses sérieuses : à qui revient la dernière part de patates pilées au souper, qui doit nourrir les vaches cette semaine, qui a oublié de fermer la porte de la grange... Chaque fois, ils finissent par oublier la discorde et revenir à leurs plaisanteries habituelles. Si jamais les choses devaient en arriver là, je sais que chacun défendrait l'autre au péril de sa vie. Archer n'est sûrement pas conscient que son frère peut facilement le battre à plate couture, sinon il ne lui parlerait pas si méchamment. Archer a beau être charmant, Hart pèse une vingtaine de livres de plus que lui et mesure un bon demi-pied de plus. Le sourire séduisant et la vitesse de répartie d'Archer ne font pas le poids. Je cherchais quelque chose de brillant à dire pour empêcher la dispute, mais Grace Hutner a été plus rapide que moi :

— Archer a pas le choix, a-t-elle dit en adressant à Archer un regard perçant et en lui remontant le nœud de sa cravate. C'est de loin le meilleur partenaire que j'ai jamais eu, pis je pourrais pas jouer une seule minute sans lui.

Hart s'est éloigné en boudant et Archer a tourné toute son attention vers Grace. Celle-ci a poursuivi son manège, lui parlant d'une voix chantante. Elle s'est appuyée contre lui en riant et en soupirant, tirant sa manche comme s'il n'appartenait qu'à elle.

Je n'avais pas du tout hâte à la soirée chez Précieuse. J'étais même allée jusqu'à souhaiter que M'ame B. sente qu'on aurait besoin d'elle ou que le bébé de Ginny Jessup attrape un petit rhume, n'importe quoi qui me permettrait de refuser l'invitation. Le soir venu, Charlie est arrivé en traîneau et M'ame B. m'a mise à la porte.

Précieuse avait déjà des jumelages en tête lorsqu'elle nous a dirigés, après le repas, vers les petites tables installées dans le salon. J'aurais voulu garder Charlie comme partenaire : au kems, au whist ou aux cinq-cents, nous formons une équipe du tonnerre. Malheureusement, Précieuse l'avait jumelé avec Anna Rogers, laquelle était bien heureuse de son sort.

Table un : Précieuse et Sam Gower, Anna et Charlie. Table deux : Florence Jessup et Esther Pineau, Clara et Irène Newcomb. Table trois : Grace Hutner et Archer Bigelow, Dora Rare et Oscar Foley.

Tout chez Oscar est en rondeurs – ses yeux, son visage, son corps. Son esprit fonctionne tellement au ralenti que perdre aux cartes à ses côtés est une épreuve des plus douloureuses. Il ne sait jamais s'il a gagné ou perdu à moins de se le faire dire. Au bout de quatre misérables parties, Archer nous a proposé de changer de partenaires. « Au nom de la variété et de l'amitié », a-t-il dit. Oscar était d'accord, et moi aussi, et Grace, qui affichait un sourire forcé, s'est dite d'accord à son tour. Archer et moi formions une équipe intéressante, mon visage demeurant impassible devant les vives exclamations qu'il poussait chaque fois qu'il prenait une nouvelle carte. Quel comédien ! Il n'y a pas assez de piques dans trois paquets de cartes pour justifier tant de gémissements ! Pauvre Grace faisait de son mieux pour guider Oscar, mais sans succès. Au moment de changer de tables, Archer m'a prise par le bras et m'a escortée vers Charlie et Anna. Grace est montée bouder à l'étage.

Une bonne heure avait dû s'écouler quand j'ai compris que notre tablée était la seule qui jouait encore. Les autres filles s'étaient rassemblées autour du foyer et parlaient de choses sérieuses. Grace s'est éloignée du groupe pour s'approcher d'Archer. Elle brandissait une grosse plume d'autruche blanche, qu'elle avait dû trouver dans une des boîtes à chapeau de ma tante Francine.

— En tant que présidente de la Brigade de la plume blanche de Scots Bay, je te présente cette plume en gage de ton dévouement à ton statut de traître, de menace et de lâche. J'espère que tous les orphelins affamés de l'Europe maudiront ton nom.

J'avais lu dans les journaux que des hommes se faisaient « plumer » dans les rues de Londres par des jeunes femmes, mais jamais je n'aurais cru qu'on poserait un tel geste ici à la Baie. On a fait peu de cas ici des hommes qui ont choisi de rester chez eux ; la plupart des gens ont l'impression que la majorité d'entre eux avaient de bonnes raisons de le faire. Peu après le départ d'Albert et de Borden, Papa s'était demandé pourquoi Archer ne s'était pas enrôlé, lui aussi. Maman, qui cherchait toujours à voir le bon côté des gens, avait répondu que la veuve Bigelow lui avait peut-être demandé de rester auprès d'elle. Peut-être ne pouvait-elle pas supporter la perspective de perdre un autre homme, ou peut-être Archer ne voulait-il pas que Hart se sente mal, ou peut-être leur mère avait-elle besoin que ses deux fils soient là pour s'occuper de sa grande maison. Plus elle fournissait de prétextes, plus Papa tendait à dire qu'ils ne tenaient pas la route. Maman avait conclu en disant : « Parler en mal d'Archer Bigelow, ça ramènera pas nos garçons plus vite à la maison. »

Archer a glissé la plume dans sa boutonnière et gonflé la poitrine en riant.

— En tant qu'unique membre de l'Ordre des personnes opposées aux décès jeunes et tragiques, j'accepte cet honneur et le porterai avec fierté.

Grace, outrée, a tiré Précieuse à ses côtés et montré la porte du doigt.

— Je pense que je parle pour toutes les jeunes femmes dans cette pièce quand je te dis que t'es franchement pas un homme. T'es un serpent pis un lâche, pis t'es pas le bienvenu ici.

— Tu parles pas pour moi.

C'était plus fort que moi.

— Dora, comment tu peux dire ça ?

Précieuse était dans tous ses états.

— T'as pas le droit de remettre en question sa décision de pas s'enrôler, ai-je riposté.

— Si je pouvais le faire, s'est exclamée Grace, furieuse, je traverserais l'Europe tout entière au pas, abattant des Boches à droite pis à gauche. Je leur enfoncerais ma baïonnette dans le corps, je leur écraserais le crâne sous ma botte. Mais je peux pas le faire. Les autres femmes qui veulent vaincre l'ennemi peuvent pas le faire non plus. Pis c'est pareil pour ceux qui sont trop jeunes pour se mettre au service du Roi.

Elle a fustigé Archer du regard.

— Mais toi, tu peux.

— Pis qu'est-ce qu'on fait des gens qui veulent la paix ? ai-je rétorqué. Archer a pas le droit de faire ça ?

— On peut souhaiter la paix pis aller à la guerre pareil.

Je l'ai foudroyée du regard.

— Ah oui ?

Archer s'est levé.

— Mesdames, j'aimerais bien débattre avec vous plus longtemps du pour et du contre de la guerre, mais le moment est venu pour moi de partir. Mademoiselle Rare, auriez-vous l'obligeance de m'accompagner ?

Précieuse se tenait dans le hall, se lamentant sur le sort de sa fête et déplorant que toutes les tartelettes n'aient pas été mangées. Grace et les autres se chargeaient de la consoler. Avant même que nous ayons franchi la porte, elles avaient entamé une partie de charades.

Je n'ai jamais eu peur de parler aux garçons. J'ai grandi entourée de frères, et j'ai toujours senti, au grand dam de mon père, que mon avis valait tout autant que celui des autres puisque nous avions été élevés ensemble et sur un pied d'égalité. Je suis incapable de jouer la comédie comme le fait Grace. Et, contrairement à Précieuse, mon sentiment d'équité n'a pas de fondement monétaire. Je n'ai donc aucune raison de me taire. Pourtant, en me baladant avec Archer le long de la route déserte sous une lune presque pleine, je restais silencieuse, songeant à tout ce que je pourrais dire mais n'osant pas. Archer était beaucoup plus vieux qu'Albert et Borden et, à mes yeux, il a toujours été un homme intelligent à l'apparence irréprochable. C'était aussi la seule personne capable de me faire sentir comme si je n'avais rien à dire.

Je me dis parfois que si j'habitais ailleurs et que je n'avais pas de frères, ou si je m'étais enfuie vers Toronto, Boston ou même New York, il y a longtemps qu'on m'aurait demandée en mariage. Tout le monde sait que les hommes, dans les grandes villes, sont attirés par l'inconnu. Mais ici, dans un petit village où les mentalités sont plus étroites, mon visage, mes cheveux noirs et ma peau foncée attirent les regards. On me regarde, oui, mais on n'ose pas me toucher.

Archer n'avait pas envie de rentrer chez lui. Quant à moi, je n'avais pas envie de me retrouver seule dans le grenier chez M'ame B. Je l'ai donc conduit au seul endroit désert et à l'abri du froid que je connais, de l'autre côté de la petite porte du clocher, au bout de l'allée du sanctuaire et là-haut dans le jubé. Blottis l'un contre l'autre sur le dernier banc, nous avons siroté du rhum dans une vieille flasque abimée tout en parlant et en riant.

— J'ai toujours pensé que t'étais une p'tite sainte nitouche, Dora.

— Et moi, j'ai toujours pensé que tu te croyais trop bon pour adresser la parole à quelqu'un comme moi.

Il a pris une longue gorgée de rhum et s'est essuyé la bouche avec un coin de son foulard.

— Tu sais pourquoi les femmes tiennent tellement à leurs sociétés de tempérance puis à cette guerre ?

J'ai fait non de la tête, en me disant que tout ce qu'il trouverait à dire serait sans doute important. J'avais la tête qui tournait.

— Parce que ça leur donne un prétexte pour disputer leur mari en public !

Il m'a tendu le flacon.

— Penses-y, Dora. C'est bien la première fois que les femmes ont le droit de se dire supérieures aux hommes. En plus, elles peuvent monter sur leurs grands chevaux tout en affirmant que le Bon Dieu les soutient.

Il m'a regardée d'un air triste et sérieux.

— Penses-tu que tous les enfants pauvres et sans abri du monde doivent leurs problèmes à des soûlons puis à des lâches comme moi ?

Je l'ai regardé droit dans les yeux.

— Le fait que tu sois un pacifiste fait pas de toi un lâche. Y a rien de mal à être un objecteur de conscience.

Il a retiré la longue plume de sa boutonnière et me l'a passée sous le menton en se penchant vers moi.

— Dans ce cas-là, Dora Rare, ça te dirait d'embrasser cet objecteur de conscience ?

Dans la noirceur et la sainteté de notre petite église, son haleine sucrée et salée par le rhum, Archer m'a embrassée. Avant longtemps, il m'a prise sur ses genoux, a déboutonné ma chemise d'un geste impatient et posé ses mains froides sur mes seins. J'ai passé mes jambes autour de lui et commencé à frotter mon corps contre le sien, espérant qu'il veuille bien me choisir pour toujours au lieu de Grace Hutner. *Choisis-moi. Choisis cette fille si seule que personne n'a jamais touchée. Choisis-moi, et tout ce que j'ai gardé pour moi dans le secret de mon lit sera à toi.* Mes mains se sont dirigées vers son pantalon, et il m'a aidée à glisser le bout de sa ceinture hors de sa boucle.

— C'est la première fois que j'embrasse quelqu'un, tu sais.

Il a pris mes mains dans les siennes et les a éloignées de sa ceinture, puis il a reboutonné ma chemise. Je me suis empressée de défaire les boutons et l'ai embrassé encore.

— Arrête pas s'te plaît, lui ai-je dit en ramenant ses mains vers mes seins.

Il a bouclé sa ceinture et m'a adressé un regard réprobateur.

— Faut pas supplier, Dora. La patience, ça supplie pas.

J'ai tenté de l'embrasser de nouveau, mais il n'a rien voulu savoir. Il m'a repoussée et est parti sans un mot.

~ Le 11 mars 1917

Voici ce que nous dit l'auteur des *Secrets sexuels*, un livre que Précieuse a volé pour moi, au sujet des relations entre hommes et femmes.

> L'électricité est l'instrument et la mesure de la vie, de l'action et du plaisir, et elle est à l'origine de l'action galvanique qui établit la vie. Les hommes ont une charge positive et les femmes, une charge négative ; et comme

> deux piles galvaniques de charges opposées qui entrent en contact l'une avec l'autre, leur conjugaison sexuelle rétablit un équilibre du fait que les deux communiquent et reçoivent le magnétisme de l'autre.

Une femme a besoin de voir le côté faible d'un homme avant de pouvoir l'aimer vraiment. En tout cas, c'est comme ça que ça se passe dans les romans. Ce n'est pas qu'Archer ou aucun autre homme a besoin d'être d'une beauté éblouissante. Ni comme le dernier air de violon à la fin d'une soirée ou le parfum des roses qui se dégage par une fenêtre ouverte. Non, ce qui fait qu'on trouve un homme attirant, c'est qu'on peut deviner sous la bravade la petite faille qu'il porte en lui. Ce que toutes les filles aiment chez Archer, c'est peut-être sa capacité à leur raconter des mensonges en leur faisant croire qu'il n'a jamais rien dit de plus vrai. Jusqu'à ce qu'il me repousse, je croyais que c'était moi, sa seule faiblesse. Quand l'effet du rhum s'est estompé, Archer Bigelow s'est peut-être rendu compte que ce ne sont pas toutes les filles qu'on veut ramener chez soi après la fête. Si seulement il savait à quel point je sais pratiquer la patience...

APPEL AUX JEUNES CANADIENNES

Votre amoureux est-il en uniforme ?
Sinon, NE CROYEZ-VOUS PAS qu'il devrait l'être ?

S'il ne voit pas l'importance de prendre les armes pour défendre sa patrie, est-il vraiment DIGNE de vous ?

Ne plaignez pas la fille sans amoureux à ses côtés : son homme est sans doute au front à combattre pour elle, pour sa patrie… ET POUR VOUS AUSSI !

Si votre bien-aimé néglige son devoir envers le Roi et la patrie, un jour viendra peut-être où C'EST VOUS QU'IL NÉGLIGERA.

PENSEZ-Y BIEN,

ET PRIEZ-LE DE S'ENRÔLER.

Mlle Dora Rare
Scots Bay, Nouvelle-Écosse

Le 20 mars 1917

Sdt Thomas Ketch
Compagnie B, bataillon 112, West NSR
CEC Outremer

Cher Tom,
Je ne sais même pas si cette lettre arrivera jusqu'à toi. Le révérend Pineau a encouragé les filles de la Baie à écrire à au moins un jeune homme parti à la guerre avec qui elles ne sont pas parentes. Même si je ne sais pas ce que je pourrais te dire pour t'encourager, j'ai pensé à toi.

J'espère que tu vas bien. Ta mère et tes sœurs doivent beaucoup s'ennuyer de toi. Mes frères m'ont écrit pour me dire qu'ils se portent bien, mais je m'inquiète tout de même pour eux. Avant de partir, Borden m'a dit ceci : « Si je meurs, je mourrai en héros. » Peut-être qu'il a raison. Quand même, je me demande ce qui est mieux : mourir en héros dans une guerre qu'il n'a pas commencée, ou rester ici et faire comme si de rien n'était, comme si tout allait bien à l'autre bout du monde.

J'ai bien peur que même si j'appuie de tout cœur les garçons de la Baie, je ne suis pas en faveur de la guerre. Si tu m'écrivais pour m'exposer tous les arguments habituels, je ne voudrais pas les entendre. Je suis résolument pacifiste, comme Julia Grace Wales et Sylvia Pankhurst, mais contrairement à elles, je n'ai pas le courage de faire autre chose que de garder mes pensées pour moi. Tu t'imagines si je me présentais à l'église de Scots Bay toute vêtue de blanc, traînant une bannière de la Ligue internationale des femmes pour la paix ? (J'espère que cette image te fait rire.) Des fois, je me dis que si j'avais le moindre talent, je me joindrais à ces braves femmes qui descendent manifester dans les rues de Londres ou de New York.

Au lieu de tout ça, je reste ici à m'entraîner pour devenir sage-femme et à m'imaginer que je ne vais plus jamais te revoir. Je ne veux pas dire par là que je pense que tu vas mourir. C'est plutôt que je souhaite que tu trouveras quelque chose de mieux là-bas, quelque chose qui t'appartiendra, rien qu'à toi, et qu'une fois la guerre finie, tu y resteras.

Je ne sais pas pourquoi je te dis tout ça. Peut-être qu'à force de penser que mes mots traverseront un océan tout entier avant d'arriver jusqu'à toi, j'arrive à me convaincre que ce que j'ai à dire a un peu plus de poids si je le partage avec toi.

Que Dieu te garde, Tom, et qu'il veille sur toi.
Dora

« Je me demande si ce n'est pas une folle envolée que d'imaginer un monde sans guerre... mais quelqu'un doit bien essayer. »

— Julia Grace Wales

15

Les dames de la Société de tempérance des Roses blanches
vous invitent cordialement à
une conférence du Dr Gilbert Thomas
obstétricien à la Maternité de Canning
sur l'accouchement sécuritaire

le dimanche 15 avril 1917 à 14 h
au Centre maritime

Il traitera de la sécurité et du bien-être des bébés

Ce matin-là, ma tante Francine avait allumé un feu dans le poêle de la cuisine au Centre maritime. Pour le thé, bien sûr.

— Toute bonne secrétaire de la Société de tempérance des Roses blanches se doit de préparer le thé. Une assemblée sans thé, ça ne se fait tout simplement pas.

Elle n'avait pas songé au fait que c'était la mi-avril, ne s'était pas rappelé non plus que le soleil, l'après-midi, brillait de mille feux au-dessus de la baie, éclairant les fenêtres et chauffant la salle de réunion.

— On a eu de la neige au sol jusqu'en mai l'année passée. Comment je pouvais le savoir ?

Ma tante s'est crispée en voyant arriver Bertine Tupper, Sadie Loomer et Mabel Thorpe. Aucune d'elles n'était coiffée d'un chapeau et les robes dont elles étaient vêtues étaient tachées – dégâts de petits enfants et vestiges du dîner du dimanche. *Des genses d'ailleurs*, a chuchoté ma tante à l'adresse de Gertrude Hutner. Dès qu'elle a franchi le pas de la porte, Bertine s'est plainte de la chaleur.

— Fait chaud ici d'dans, non ?

Ses joues rondes étaient rouges et elle a fait semblant de s'évanouir avant de retourner à l'extérieur. Elle est revenue peu après avec une grosse pierre, qu'elle a posée devant la porte pour la tenir ouverte. Sadie, toute menue et visiblement enceinte, est allée de fenêtre en fenêtre en se dandinant, ouvrant toutes celles qui n'étaient pas bloquées.

— Y en a qui pensent qu'on est encore en hiver, on dirait, a dit Mabel d'une voix chantante.

Elle s'est approchée de moi avec son enfant dans ses bras.

— 'Garde icitte, Violette, c'est la fille qui t'a aidée à naître. Dis allô.

J'ai fait un grand sourire au bébé qu'elle berçait.

— Allô, petite Violette.

Ma tante Francine a fait une grimace en voyant voleter au vent les feuillets de son recueil de chants. La veuve Bigelow, présidente et membre fondatrice de la Société de tempérance de Scots Bay, a attendu que Bertine et Sadie se soient assises avant de s'exclamer :

— Mon doux, vous savez que j'attrape facilement des frissons quand qu'y a un courant d'air. Depuis que j'ai eu ma terrible crise de rhumatismes l'hiver passé, j'ai toujours peur... Vous comprenez, n'est-ce pas ? Francine, aurais-tu la gentillesse... ?

Francine s'est hâtée de tout refermer en pestant à voix basse contre « ces femmes qui se croient tout permis », « qui viennent de ce pays au climat maudit », « avec leur sang de Terre-Neuve ». M'ame B. et Bertine se sont assises de chaque côté de moi et ont fait cliqueter leurs aiguilles à tricoter en bavardant.

Nous étions vingt femmes, assises en cercle dans nos robes de coton fleuries, à rôtir et à glousser comme des poules en picorant de petits gâteaux, à respirer des effluves écœurantes de poudre pour le visage et d'eau de rose. Une fois les affaires de la société réglées, l'assemblée a chanté, sous la direction de ma tante Francine, les sept couplets d'« Entendez-vous la tempête qui gronde ». Cette dernière a ensuite présenté le docteur Thomas.

— Nous sommes tellement heureuses d'avoir le docteur Gilbert Thomas parmi nous aujourd'hui. C'est un très grand honneur d'accueillir cet éminent citoyen du comté de Kings.

Le docteur Thomas a salué ma tante et s'est installé derrière le vieux lutrin crochu.

— Merci, Mme Jeffers. Mesdames.

Il a fait pivoter le lutrin pour le monter à sa hauteur.

— Je suis venu ici aujourd'hui vous transmettre un message de la plus haute importance. Les femmes de Scots Bay et des communautés rurales un peu partout au Canada font les frais de l'ignorance. Les enfants que vous portez sont négligés et naissent dans les pires conditions qui soient.

Le docteur a regardé par-dessus les lunettes qu'il portait perchées sur son nez. Des gouttes de sueur perlaient à son front et ruisselaient le long de son visage.

— Vos enfants méritent mieux. Vous aussi, vous méritez mieux.

Ma tante Francine a fouillé dans l'armoire au-dessus du piano et en a sorti un gros panier rempli d'éventails. Cachés derrière les livres de cantiques et les prospectus en trop, ces accessoires étaient rarement utilisés. Quand ma tante les a commandés, il y a de cela bien des années, elle a dû faire valoir qu'« ils pourront nous dépanner pendant une réception d'après-midi, une assemblée en soirée ou même une réception de mariage ». Elle les manipulait comme s'il s'agissait de reliques irremplaçables, marquant discrètement son approbation devant le visage jaunissant qui ornait les éventails, celui de Frances E. Willard, 1839-1898. *Que Dieu garde la mère fondatrice de la tempérance.* L'image embrouillée de Mlle Willard, avec son chignon épinglé bien serré et son col de dentelle, virevoltait devant nous. Ses paroles, passant et repassant devant nos visages fatigués et accablés par la chaleur, rafraîchissaient nos cous en sueur et nos poitrines moites. *Cela aura l'effet d'une charge de dynamite sous le saloon si le ministre s'oppose à la consommation d'alcool, si l'enseignant instruit ses élèves dans le même sens, si l'électeur accorde son bulletin de vote à ce mouvement.*

Le docteur Thomas a enchaîné.

— Je suis très inquiet et entièrement persuadé que les femmes de cette communauté ne reçoivent pas des soins de santé adéquats. C'est criminel. Pourquoi continuez-vous à souffrir, notamment pendant l'accouchement, alors que des solutions modernes et sûres s'offrent à vous ? Dès que vous soupçonnez que vous êtes en famille, vous devriez partir en quête des meilleurs soins que vous pouvez vous permettre. Estimez-vous chanceuses qu'une institution d'une aussi grande qualité que la maternité de Canning soit située si près de chez vous.

Il a jeté un coup d'œil à ses notes.

— Une installation propre et moderne.

Mabel, qui tenait la petite Violette dans ses bras, a pris la parole.

— Vous me pardonnerez de dire ça, Docteur Thomas, mais on a déjà une accoucheuse à la Baie. M'ame Babineau a l'air de se débrouiller sans problèmes.

Elle a adressé un sourire à M'ame B. Bertine a acquiescé d'un signe de tête et a dit :

— Pourquoi qu'i faudrait qu'on aille là-bas à Canning pour accoucher ?

Elle a posé sa main sur le ventre rond de Sadie.

— Surtout une femme qu'a déjà eu deux, trois bébés, comme Sadie icitte... J'peux pas croire qu'alle arriverait en bas de la montagne avant que le bébé se décide à sortir.

Bertine parle d'une voix forte. Ceux qui ne la connaissent pas bien pourraient croire que c'est une femme colérique, de mauvais poil et portée sur la dispute. En réalité, elle s'est tout simplement habituée à parler fort pour se faire entendre de son mari forgeron, au-dessus du martèlement de ses outils et de ses acouphènes.

Le docteur Thomas a passé son mouchoir sur son grand front et s'est épongé la nuque en affichant un sourire forcé.

— Mesdames, je comprends vos inquiétudes. Je vous assure que si vous aviez besoin qu'un médecin vienne vous voir, je ferais tout mon possible pour me déplacer.

Bertine s'est avancée jusqu'au bord de sa chaise. Ses joues rougissaient sous l'effet de la chaleur qui régnait dans la pièce et elle tapait doucement du pied.

— Le temps qu'on vienne vous qu'ri en bas de la montagne, a-t-elle dit, vous seriez chanceux d'arriver à temps pour attraper le bébé.

Mabel a levé la main.

— M'ame Babineau pis Dora Rare m'ont aidée à accoucher de ma tite dernière pis y'ont jamais rien demandé pour. Le monde donne à M'ame B. ce qu'i peuvent : des patates, des pommes, du bois de chauffage, du beurre pis des œufs, un peu d'argent si y'en ont.

Elle a glissé le bout de son petit doigt dans la bouche de son bébé, qui commençait à s'agiter.

— Vous seriez prêt à faire ça, vous ? a-t-elle ajouté.

Ma tante Francine a secoué la tête et regardé Gertrude Hutner en roulant les yeux.

Le docteur Thomas a fait la moue.

— Mesdames, je vous en prie, évitons de poser des jugements.

Bertine s'est rassise sur son siège, et le médecin s'est raclé la gorge avant de poursuivre.

— Au jour d'aujourd'hui, se faire soigner par un professionnel de la santé devrait être la règle, pas l'exception. Grâce à l'assurance agricole, c'est possible, et j'ai le plaisir d'annoncer que Mme Francine Jeffers, ici présente, a eu la gentillesse de créer un fonds destiné aux jeunes mères qui n'ont peut-être pas les moyens de cotiser à ce programme.

Il s'est approché de Bertine et de Sadie.

— Je vous propose une formule qui vous permettra d'avoir des bébés en santé et un foyer heureux. Si je vous offrais la recette du meilleur gâteau au chocolat au monde, ne voudriez-vous pas la partager avec votre famille et vos amis ?

Les femmes dans la salle se sont mises à chuchoter entre elles au-dessus de leurs tasses fleuries. Le médecin a continué.

— La plupart des maisons, même les plus belles et les plus propres, ne répondent pas aux normes de salubrité prescrites en médecine pour les lieux d'accouchement. Quant à Mme Babineau, si bienveillante soit-elle, il faut penser à la formation requise. Les lois de la science et de ce pays ne nous permettent plus de laisser les choses au hasard. Un obstétricien doit suivre un programme de formation détaillé et rigoureux. Vous conviendrez, n'est-ce pas, qu'il faut posséder certaines connaissances ? Mme Babineau ? Mesdames ?

La veuve Bigelow a hoché la tête en assentiment. Ma tante Francine l'a imitée, suivie des autres femmes dans l'assemblée, chacune signifiant son accord silencieux, irréfléchi. Une formation en médecine, la méthode scientifique, le savoir moderne… Ces choses ne faisaient pas partie de leur réalité et ne leur étaient d'aucune utilité. Mais que Dieu les garde, elles n'allaient pas le montrer. Menton baissé sous le poids de leur ignorance implicite, certaines ont même détourné la tête pour éviter de croiser le regard de M'ame Babineau. Maman m'avait promis qu'elle essaierait d'assister à la rencontre, mais elle n'était pas là. Elle avait sans doute eu des choses à régler à la maison avec les garçons. *J'ai fini d'avoir des bébés, Dora. Pis de toute façon, pourquoi-ce qu'ils auraient besoin de moi là-bas* ? J'étais soulagée qu'elle ne soit pas là pour voir à quel point sa sœur et les autres étaient prêtes à tout pour plaire au docteur Thomas. Elles faisaient fi de leur orgueil, de leur bon sens, et agissaient comme si elles avaient de quoi avoir honte.

M'ame B., qui n'avait rien dit jusqu'alors, s'est enfin décidée à prendre la parole.

— Où-ce que t'es né, docteur ?

— À Kentville.

— Oui, mais où ça, à Kentville ?

— Chez mes parents, je crois, mais…

— Oui, c'est bien ce que je pensais. T'es né à maison, pis toutes les femmes icitte sont nées dans la maison à tchequ'un, que ça seye chez leu' parents, chez leu' tante, un voisin ou ailleurs. Chus toujours là quand-ce qu'i avont besoin de moi, pis je leur demande jamais de s'aventurer plus loin que le pas de ma porte. Je leur demande pas de risquer leur vie sur des routes emportées par les pluies ou remplies de neige. Je leur demande pas de faire l'impossible. Pis je leur demande jamais d'espérer après moi.

— C'est très bien tout ça, Mme Babineau, mais j'ai pensé que vous seriez soulagée de voir arriver un médecin prêt à assumer cette responsabilité fastidieuse.

Le docteur Thomas s'est approché de Mabel et a dévisagé son bébé, comme s'il cherchait à trouver quelque chose qui clochait.

— Vous êtes chanceuse d'avoir accouché d'un bébé en si bonne santé.

Mabel l'a dévisagé à son tour.

— J'aurais pas pu le faire sans M'ame B. pis Dora. Avec tout le respect que je vous dois, Docteur, je pense pas qu'un homme de médecine aurait pu faire mieux.

Le docteur Thomas a levé un sourcil.

— C'était bien douloureux comme accouchement ?

Mabel m'a souri.

— On a passé une très belle journée. M'ame B. a fait tout ce qu'elle a pu pour me mettre à mon aise.

— C'est dire que c'était douloureux, donc.

— Ben, oui, mais y'a-tu pas tout le temps de la douleur quand-ce qu'on accouche ?

Le docteur Thomas a repris sa place derrière le lutrin.

— J'imagine qu'il y a toujours de la douleur pour celles qui choisissent de faire appel aux services d'une sage-femme au lieu d'un médecin qualifié pour accoucher. Les remèdes de grand-mère ont leurs limites. En tant que médecin responsable, je m'engage à vous offrir les soins de la plus haute qualité et un accouchement sans douleur. De nos jours, partout en Amérique du Nord et en Europe, des femmes mettent leurs enfants au monde avec peu ou pas de douleur. Pourquoi ce ne serait pas la même chose pour vous ?

Les femmes ont manifesté leur assentiment avec grand enthousiasme, en s'étouffant presque d'incrédulité.

— Les dernières méthodes d'obstétrique – le chloroforme, l'éther, le chloral, l'opium, la morphine, les forceps –, tous ces outils peuvent faire de votre accouchement l'expérience joyeuse qu'il est censé être. Je peux même administrer le sommeil crépusculaire à celles qui le souhaitent.

— Sommeil crépusculaire ? a fait Bertine, perplexe.

— Le sommeil crépusculaire permet à la mère de se reposer tranquillement pendant que ses muscles font tout le travail. Le médecin accouche du bébé, et la mère se réveille ensuite, bien reposée, sans souvenir aucun des épreuves et des souffrances de l'accouchement.

— J'aurais voulu avoir ça, moi ! s'est exclamée Mme Hutner en agitant vigoureusement son éventail. Si un docteur avait proposé de m'épargner les deux jours d'agonie que j'ai soufferts quand j'ai mis Gracie au monde, j'y aurais donné ma ferme pis ma fille avec !

Les femmes ont ri entre elles.

Ginny Jessup, qui était arrivée en retard, était assise à l'arrière de la pièce avec son nouveau-né sur ses genoux. Le docteur Thomas s'est approché d'elle et a posé une main sur son épaule.

— Mme Jessup ici a grandement bénéficié du sommeil crépusculaire.

Il a souri à l'enfant sur ses genoux.

— Comment s'est passé votre premier accouchement, Mme Jessup ?

— Je saurais pas vous dire, docteur, a-t-elle répondu timidement.

— Vous ne vous souvenez de rien ? De la douleur, de la souffrance, de l'attente interminable ?

— Non, docteur. Rien.

— Et c'est ainsi que ça devrait l'être pour toutes les femmes, a-t-il dit en souriant largement.

— En tout cas, ai-je interjeté, Mme Jessup est sûrement pas près d'oublier le montant qu'elle a dû payer pour avoir droit à ce traitement-là. Je pense que la plupart des femmes à la Baie pourraient pas se permettre une telle dépense, même si elles arrivaient à vendre leur cochon le plus gras ou leur meilleure vache à lait.

— Dora, a grondé ma tante, t'as pas le droit de parler comme ça au docteur. Si tu oses encore prendre la parole sans que ce soit ton tour, je vais devoir te demander de partir.

— A fait juste exprimer son avis, a dit Bertine, pis ça me dérange pas pantoute, moi.

— Les enfants sont des créatures innocentes et parfaites, a continué le docteur d'une voix posée. C'est à nous de faire tout en notre pouvoir pour les garder en sécurité, peu importe le coût. C'est même prescrit par la loi. Selon le Code criminel de 1892, c'est un crime de ne pas obtenir de l'aide raisonnable durant un accouchement.

Il m'a adressé un regard inquiet.

— Vous ne voudriez pas que ces femmes honnêtes se retrouvent en prison avec vous, n'est-ce pas, Mlle Rare ?

— Non, mais je pense pas que les femmes ici comprennent tout à fait...

— Il me semble, a interjeté Gertrude Hutner avant de s'arrêter et de s'éclaircir la gorge, il me semble que ce que le bon docteur essaie de nous dire, c'est qu'il est grand temps qu'on mette de côté nos pensées arriérées. Je suis désolée, Madame B. Je sais que vos intentions sont bonnes, mais vous pensez pas que le moment est venu de laisser au docteur le soin de faire ce pour quoi il a été formé ?

— Depuis le temps que j'essaie de lui dire... a ajouté la veuve Bigelow.

D'autres voix se sont jointes à la sienne, d'un peu partout dans la salle :

— *C'est pour le mieux.*

— *Ça fait des années qu'alle aurait dû quitter.*

— *Alle a quel âge, vous pensez ?*

— *Asteure qu'y a un docteur dans les parages...*

— *A devrait.*

— *A devrait.*

— *A devrait.*

— *Oui, a devrait.*

Bertine s'était mise à taper très fort du pied. Les aiguilles à tricoter de M'ame B. cliquetaient à toute vitesse pendant qu'elle murmurait une petite prière : « Sainte Marie, doux Jésus, priez pour nous. »

Le docteur Thomas a repris la parole, plus fort cette fois, s'efforçant de ne pas bégayer :

— On a beau vouloir qu'il en soit autrement, je crains que la loi ne considère plus les soins prodigués par une accoucheuse comme une « aide raisonnable ». Ce n'est qu'une question de temps avant que les personnes qui insistent pour exercer en obstétrique sans l'autorisation nécessaire soient tenues responsables par une instance bien plus importante que celle de l'opinion publique. Ce n'est qu'une question de temps avant qu'il se produise quelque chose de terrible.

M'ame B. s'est levée, se tenant aussi droite qu'elle le pouvait.

— Strapper une femme après une table pis la ligoter comme une truie pendant qu'alle accouche, c'est ça qu'est terrible !

Ma tante Francine, dont la sensibilité sociale ne tolérait pas la confrontation, a saisi la poignée du maillet qui était toujours présent lors de ces assemblées mais dont on ne se servait jamais. Son visage s'est empourpré.

— Merci, Mme Babineau. Assoyez-vous, je vous en prie.

Voyant que M'ame B. se rasseyait, ma tante a poussé un soupir reconnaissant et reposé le maillet. Elle a annoncé :

— Nous allons clôturer la rencontre avec « Marie est l'exemple ». C'est le chant huit dans *Cantiques et chants de tempérance*.

Elle s'est installée à l'harmonium et a posé les pieds sur le pédalier. Les soufflets de l'instrument se sont activés tandis qu'elle se mettait à chanter.

~ Le 15 avril 1917

M'ame B. est allée se coucher en rentrant. Sans se plaindre du docteur Thomas, sans prendre le thé, sans dire ses prières. C'est comme si une ligne s'était tracée à la Baie entre les femmes qui savent ce qui compte et celles qui ne le savent pas, mais font semblant d'être au courant.

16

Peu de temps après le drame à l'assemblée des Roses blanches (peut-être à cause de celui-ci), la veuve Bigelow nous a invitées, M'ame B. et moi, à prendre le thé chez elle. En arrivant devant sa maison, j'ai été étonnée d'y trouver Maman qui en repartait.

— Je suis certaine qu'on aura bien des choses à se dire dans les jours à venir ! lui a dit la veuve.

Maman l'a saluée gaiement et m'a crié :

— J'aimerais bien rester, Dora, mais j'ai du travail qui m'attend à la maison !

Une fois la veuve et M'ame B. installées dans le salon, je suis allée à la cuisine préparer le thé et disposer des biscuits dans une assiette. Je les entendais à peine depuis la cuisine, mais j'avais l'impression d'entendre mon nom. La veuve Bigelow semblait s'exprimer avec beaucoup de sérieux ; quant à M'ame B., son ton semblait s'aigrir. Comble de malheur, Archer n'était pas là. Je ne m'attendais pas vraiment à ce qu'il y soit, mais je l'avais tout de même souhaité.

Bien qu'il n'ait pas demandé à me voir et ne m'ait pas non plus rendu visite chez M'ame B., Archer avait pris l'habitude de s'installer, à l'église, dans le banc de ma famille. Après la fête chez Précieuse, il avait remplacé la plume d'autruche de Grace, symbole de la honte, par une plume de colombe blanche, qu'il épinglait à sa boutonnière et qu'il portait avec fierté partout où il allait, même à la messe du dimanche. Quand il traversait la nef, Grace et sa coterie de coureuses de partys sifflaient et crachaient dans sa direction ; c'est sans doute pour cette raison qu'il choisissait de s'asseoir à côté de moi. À moins de s'installer avec sa bavarde de mère, qui l'aime inconditionnellement, il n'a tout simplement nulle part où aller. Je lui ai bien conseillé de veiller à ne pas étaler ses idées politiques. Les railleries de Grace sont peut-être plutôt inoffensives, mais d'autres gens à la Baie, y compris mon père, pourraient trouver à redire sur ses positions.

C'est Hart, et non Archer, qui est entré dans la cuisine en bougonnant. Il sentait la sueur et la terre fraîchement labourée, et sa salopette était couverte de poussière et de bran de scie. Quand il a tendu des doigts sales et gercés vers l'assiette de biscuits, je l'ai repoussé du revers de la main.

— C'est pour ta mère pis M'ame B.

De sa bonne main, il a saisi mes poignets en riant

et a piqué trois biscuits avec les doigts noueux de l'autre main.

— On dirait une vraie tite Mme Bigelow !

M'ame B. est entrée en trombe dans la cuisine.

— On s'en va.

Je me suis éloignée de Hart.

— Mais je vous ai pas encore apporté le thé…

— J'ai pas de patience pour c'te femme-là, a grommelé M'ame B., qui était déjà sur le pas de la porte.

Sur le chemin du retour, M'ame B. a continué de maugréer contre la veuve Bigelow et de proférer des imprécations à voix basse. Avait-elle tenté d'user du pouvoir que lui conférait la présidence des Roses blanches ?

— Elle vous a demandé d'arrêter votre travail d'accoucheuse ?

— Non, c'est pas ça. A sait bien que ça va se faire tout seul ben vite.

M'ame B. a continué de jurer à voix basse.

— Pour qui-ce qu'a se prend à parler de ma fille comme ça ?

— J'ai eu l'impression que vous parliez de moi à un moment donné. Est-ce que j'ai fait quelque chose pour fâcher la veuve Bigelow ?

— Non, non… c'est pas toi qu'as fait dequoi de mal. C'est justement ça le problème.

— Je comprends pas.

— Tu fais peut-être mieux de passer voir ta maman pis lui demander de t'expliquer. Alle est plus au courant que moi.

Maman s'était comportée de manière étrange au souper dimanche dernier. Pendant qu'elle servait le dîner bouilli, elle s'était mise à me poser toutes sortes de questions au sujet d'Archer. Est-ce que je le trouvais gentil ? Devrait-on l'inviter à souper un de ces dimanches ? Charlie pensait-il que c'était un gars travaillant et loyal ? Un bon joueur ?

— I' est pas mal vite, en tout cas, avait répondu Charlie en riant au-dessus de son assiette.

Maman avait froncé des sourcils.

— Qu'est-ce que tu veux dire par là ?

— Ben, quand-ce qu'un gars est vite à parler, avait-il marmonné, la bouche pleine de nourriture, faut ben qu'i soit vite su' ses pieds.

Il avait avalé avant d'ajouter :

— J'ai entendu dire qu'il est vite en affaires avec les filles itou. Pas vrai, Dora ?

J'avais fait mine de ne pas l'entendre tandis que mon visage s'empourprait.

Maman ne démordait pas.

— Dora ?

— Ouan, je suppose.

J'avais donné un coup de pied à Charlie sous la table avant d'ajouter :

— Quand il joue aux cartes, en tout cas, il a l'esprit pas mal vif.

Ce qu'en dit Maman

— C'est pas comme ça que t'étais censée l'apprendre. Je voulais qu'Archer te l'annonce. La veuve Bigelow voudrait… elle *souhaiterait* qu'Archer et toi, vous vous mariiez. Quand elle m'a dit ce qu'elle voulait pour son fils, elle m'a fait une offre généreuse. Si ton père peut trouver un lot sur la terre de ton grand-père, elle payera pour qu'il vous construise une maison. Elle payera tout, Dora. Les fenêtres, les bardeaux, le bois, et même tout ce qu'il faut pour l'intérieur. Les rideaux, la literie, la vaisselle…

— Et tu lui as dit que t'étais d'accord ?

— Oui.

— Mais Maman, Archer me connaît à peine. Je suis même pas sûre qu'il m'aime vraiment, pas comme il aime les autres filles. T'es certaine d'avoir bien compris ? Si la veuve Bigelow voulait trouver une épouse pour un de ses fils, me semble que ce serait Hart. Elle est toujours après lui rappeler qu'il a plus de trente ans puis qu'il devrait cesser d'agir comme un garçon et fonder une famille. Il peut pas aller à la guerre, et la plupart des filles le regarderaient pas à deux fois avec sa main amochée. Mais tu sais à quel point il aime plaisanter… Peut-être qu'il en avait marre de se faire achaler par sa mère et qu'il lui a dit en blaguant « Attention, Maman, ou je vais te quitter pis marier Dora Rare », puis elle, elle l'a cru. De toute façon, t'as pas oublié tout ce que tu m'as dit pour me convaincre de quitter la maison ? C'est pas toi qui me disais de pas trop me presser à trouver un mari, que ce serait bon de profiter d'un peu de tranquillité ? De toute façon, qui c'est qui s'occupera de M'ame B. ?

— J'ai dit tout ça avant de savoir ce que la veuve Bigelow avait en tête. Je pensais pas...

Elle ne pensait pas que je réussirais à me trouver un mari, du moins pas avant qu'un vieux veuf édenté d'Advocate Harbour ou de Parrsboro se décide à traverser la baie en barque pour trouver du sang neuf à ramener à son village. C'est comme ça que Sadie Loomer s'est retrouvée ici. Personne à la Baie aurait voulu marier Wes, alors quand il a entendu dire que Hardy Tupper s'était trouvé une épouse à Terre-Neuve, il a fait voile le lendemain et est revenu un mois plus tard avec Sadie.

Ce qu'en dit M'ame B.

— C'est pas que je me prends en pitié. Chus capable de m'arranger sans toi si qu'i faut. Ce qui me dérange, c'est qu'a pense être capable de t'acheter pour son fils. C'est ça le problème. Pis m'a te dire dequoi, parce que t'es une bonne fille, une fille pure. Chus fâchée parce qu'a m'a demandé de t'*examiner, juste pour être sûre*... Comme si j'avais besoin de m'approcher de toi pendant que tu dors pour savoir ça. Ça saute aux yeux que t'as pas laissé parsonne te galoper, pis tu me diras pas le contraire: j'te vois rougir pis te mordre la lèvre quand-ce qu'i s'assit trop proche de toi à l'église. I' t'a pas encore eue. C'est ça le pire dans toute cette histoire, tu connais ? C'est une façon de penser qu'est venue à force d'interpréter tout croche la parole du Bon Djeu... que l'innocence d'une fille pourrait compenser les défauts d'un homme. Pis j'en reviens pas que ta maman t'a pas demandé ton avis. T'es une femme asteure, pis une femme a le droit d'avoir un mot à dire sur sa destinée. Du moins, c'est de même que ça devrait être au jour d'aujourd'hui. Mais si tu l'aimes ou tu penses que tu pourrais l'aimer, là c'est une autre histoire...

Ce qu'en dit Archer

— Ah, ça ?

Une de ses paupières était gonflée et l'œil était cerné de cercles violets, verts et noirs. Il tenait son chapeau dans ses mains.

— Mon cher frère a encore perdu le contrôle de son poing. Y a rien de nouveau là.

Nous étions assis l'un à côté de l'autre à l'anse

Lady. Les roches avaient gardé la chaleur de la journée, la marée remontait doucement sur le rivage et les rayons du soleil couchant donnaient au paysage une teinte dorée.

— À l'heure qu'il est, a dit Archer, sa voix soudain posée et sincère, j'imagine que t'as entendu parler de ce que ma mère a décidé de mettre en marche. Je suis désolé. Quand elle a quelque chose dans l'idée, elle finit par croire que c'est pour le mieux puis elle s'attend à ce que tout le monde soit d'accord avec elle.

— Je me suis dit qu'il devait y avoir un malentendu. Es-tu d'accord avec son idée, toi ? Parce que t'es pas obligé, je veux dire… On est pas obligés… Je comprendrais si tu voulais pas…

— Qu'est-ce que tu veux, toi ?

— Je sais pas.

Il a pris ma main dans la sienne.

— J'ai l'impression que ça fait toute ma vie que j'attends de me lancer, de trouver la bonne fille, de me faire une vie. Je veux pas passer le restant de mes jours à repeindre la maison de ma mère puis à me demander pourquoi je me fiche du prix d'un baril de hareng. Maman a mis de l'argent de côté pour moi. Pour nous. Je prendrai l'or du capitaine Bigelow puis je l'investirai dans le chemin de fer, dans l'automobile ou peut-être même dans la compagnie d'électricité qu'on vient de fonder dans la vallée d'Annapolis.

Il a approché son visage du mien.

— T'as jamais pensé que t'aimerais avoir quelque chose de plus ? Des choses plus raffinées, des occasions nouvelles, des choses que les autres se seraient jamais attendu à ce que t'aies, même pas toi ? C'est tout ça qui t'attend.

Il m'a embrassée avant de continuer.

— Qu'est-ce que tu veux, Dora ?

— De l'amour.

— L'amour, a-t-il chuchoté, ça vient tout seul. L'amour, ça fait ce que ça veut.

Ce que j'en dis, moi

Personne ne m'a jamais demandé ce que je voulais. Ni pour Noël, ni à ma fête, ni à aucune autre occasion. Ça ne m'a jamais dérangée. Je savais que peu importe ce que j'aurais voulu, peu importe à quel point c'était petit, on ne pouvait probablement pas me l'offrir sans faire souffrir quelqu'un que j'aime. Quand quelqu'un m'a enfin posé la question aujourd'hui, ses lèvres collées contre les miennes en attendant ma réponse, j'ai dit la première chose qui m'est passée par la tête. Ça ne m'a rien coûté, et pourtant, ça m'a tout pris.

L'intérêt que me porte Archer est tout ce qu'il y a de plus romantique quand on le replace à l'endroit où on se trouve. Je pourrais passer mon temps à attendre le « véritable amour », celui dont j'ai entendu parler dans mes livres, mais ce ne serait pas réaliste. Je n'ai jamais vu ici, à la Baie, qui que ce soit poser un geste d'adoration poétique. Je n'ai pas entendu prononcer un seul *comment t'aimai-je ?* ou *te comparerai-je à un jour d'été ?* Personne ici n'a le temps de réciter un sonnet ou de lancer des *ma chérie* ou *ma bien-aimée*. Une histoire d'amour, à Scots Bay, ça me semblerait plutôt ridicule et un peu triste : un homme, sentant le hareng salé, s'écorcherait sur des ronces en cueillant un bouquet de roses sauvages pour sa bien-aimée épuisée, qui tenterait d'enlever la farine de ses cheveux avec ses mains tachées de bleu par la laine qu'elle teint. Dans notre petit coin du monde, les histoires d'amour sont toujours un peu maladroites. Mieux vaut les confiner aux pages d'un roman.

Je vois une belle tite maison, une bourse de soie ben pleine pis la force d'un arc de chasse. C'est ce que M'ame B. m'a dit le soir où nous pelions la dernière pomme pour la mettre à sécher. Elle n'a pas parlé d'amour. Je vais commencer par me marier et souhaiter qu'Archer ait raison pour le reste. Je le marierai. Je ne peux pas refuser.

17

Papa m'avait demandé de l'aider à choisir l'emplacement de la maison. Ça me semblait être un bon moment pour le faire. Tout était vert et sortait de terre, et les gens s'étaient remis à respirer au rythme de la terre humide. Ils étaient heureux de se revoir le long de la route pour parler du printemps, faire des plans et s'échanger des promesses. Les premières hirondelles de mai tournoyaient au-dessus des champs en gazouillant alors que nous marchions vers la butte aux Araignées. Depuis le sommet, on voit toute la terre léguée à mon grand-père, les six maisons construites par Papa et ses frères, les ruisseaux qui dévalent la montagne jusqu'au vallon avant de rejoindre la baie. C'est un des plus beaux endroits à la Baie, d'où on peut apercevoir la montagne du Nord, le cap Split et la mer. Des vestiges d'une vieille fondation de pierre toute recouverte de mousse sortent de terre ; c'est ce qui reste de la ferme où mon grand-père

Darius Rare a grandi. Avec le temps, le logis abandonné s'est effondré sur lui-même et s'en est retourné à la terre.

À l'époque où je tenais encore sur les genoux de Papa, il me racontait chaque année à ma fête l'histoire de la butte aux Araignées.

— J'sais pas pourquoi je suis passé par le chemin du dimanche ce matin-là. C'était peut-être la tension que j'ai entendue dans la voix de ta mère en sortant de la porte, quand qu'a me disait que ce serait un bon jour pour avoir un bébé. « I' va être pas mal spécial, c'te bébé-là », qu'a disait. I' faisait plutôt chaud ce matin-là. Les champs étaient mouillés pis le ciel était clair. Y avait de la rosée partout, pis quand j'ai levé les yeux sur le champ par en haut de la butte, i' avait l'air d'être couvert de givre. C'est pas rare pour le mois de mai – j'ai vu ça une couple de fois dans ma jeunesse – mais d'accoutume, ça se passe pas en hauteur. C'te butte-là, c'est la première place à voir le soleil le matin. Si y'avait eu un gel pendant la nuit, le frimas aurait fondu bien avant que je sois passé par là.

— Mais quand t'es arrivé au faîte de la butte, c'est toute une surprise qui t'attendait...

— Arrête donc de gigoter, ma puce, pis laisse-moi raconter mon histoire.

— Quand t'es arrivé au faîte...

— Je voyais bien que c'était pas du frimas. C'était des milliers pis des milliers de toiles d'araignée, toutes tissées ensemble pour former une sorte de courtepointe qui couvrait la butte. Y en avait tellement épais sur les piquets de la bouchure que j'ai dû les enlever avec mon couteau de poche. J'aurais pu garrocher des roches dessus pis elles auraient rebondi comme du caoutchouc. Tout ce qui se trouvait sur les trois acres à Pépère avait été recouvert par le gros œuvre des p'tites araignées brunes, les mêmes qui se cachent dans les coins de ta chambre pour annoncer que l'hiver est à veille d'arriver.

— I' me font pas peur.

— Je l'sais, Dora. T'es une tite fille brave, toi.

— Pourquoi elles ont fait ça, Papa ?

— Personne a jamais vu dequoi de pareil, ça fait qu'on sait pas trop. Y en a qui pensent que c'est le suroît qui les a amenées ; d'autres disent qu'i sont sorties de terre là où Pépère laissait les carcasses pour les martres, les coyotes, les corbeaux pis les corneilles. Il envoyait ses garçons les poser ici. *Tu donnes aux charognards dequoi se mettre sous la dent de temps en temps, i' laisseront le reste tranquille.* Y a du monde qu'est venu d'un peu partout voir ça. Y a même un professeur qu'est venu de Wolfville les étudier. I' a pris beaucoup de notes, mais i' a jamais pu comprendre comment ça se fait que les araignées agissaient de même.

— Je sais pourquoi elles ont fait ça.

— Ah oui ?

— Oui.

— Vas-tu me le dire ?

— Je peux pas, Papa. C'est un secret.

À force de me voir rouler les yeux chaque fois qu'il entamait son récit – *J'sais pas pourquoi je suis passé par le chemin du dimanche ce matin-là* – et à se faire dire « je la connais déjà, ton histoire, Papa », il a fini par laisser tomber. Là-haut sur la butte avec lui, j'aurais voulu l'entendre la raconter de nouveau, mais je savais qu'il ne le ferait pas. Je ne pouvais pas le lui demander – je ne voulais pas lire la déception dans ses yeux bleus, l'accumulation de toutes ces années que j'avais passées à « faire ma smarte ». Je ne sais pas ce qu'il pense de tout ça, d'Archer, du mariage. C'est une autre chose dont il ne parlera pas et que je ne lui demanderai pas. Nous devrons nous contenter de savoir que cette maison est un cadeau qu'aucun de nous deux ne peut refuser.

Il a désigné un endroit non loin de l'église, mais je trouvais que c'était trop près de la route et du cimetière. Il m'a montré un autre endroit, avec un grand pré ouvert et vallonneux, mais celui-là était trop près, à mon goût, de chez ma tante Francine. À force d'étudier toutes les possibilités, j'ai fini par comprendre qu'il n'y avait pas de meilleur emplacement pour ma maison que l'endroit même où je me tenais.

La butte aux Araignées avait toujours été mon lieu privilégié, mon coin à moi où je me sentais en sûreté.

Personne sauf Charlie n'a jamais osé m'y suivre, sauf une fois. Quand j'avais dix ans, un petit groupe de filles m'avait chassée de la cour d'école en me lançant des roches et en me criant des insultes. Avec Grace Hutner à mes trousses, j'étais montée jusqu'au sommet de la butte en courant. Grace m'avait attrapé le bout des tresses puis avait menacé de me traîner jusqu'au pied de la butte et de me sacrer une volée. Dans notre lutte, j'avais réussi à lui jeter une poignée de terre au visage. Elle avait enfin lâché prise et s'était mise à secouer sa robe et ses cheveux en hurlant. Elle était couverte d'araignées – du moins, c'est ce qu'elle disait ; je n'en ai pas vu une seule, moi. À la fin, elle s'était enfuie en agitant les bras et en criant : « Sorcière, sorcière ! Dora est une sorcière ! »

De l'autre côté de la montagne du Nord se trouve le cap Blomidon, le grand trône du dieu mi'gmaq Glooscap. Le cap Split, c'est ce qui reste de sa main ornée de joyaux qu'a lacérée la queue battante d'un castor géant. L'Isle Haute, qui flotte au loin sur la baie, était autrefois un orignal, créature née du barrage de castors au cap Chignecto et traquée jusque dans la baie par les chiens affamés de Glooscap. Même si je ne l'ai jamais lu ni entendu nulle part, j'ai souvent imaginé que la butte aux Araignées est un des yeux de Glooscap. Si ce dernier revenait à la vie et relevait le cou, il verrait la baie de Fundy tout autour de lui.

Les soirs d'été, je grimpais jusqu'au faîte de la plus haute épinette sur la butte et je faisais semblant d'être le gardien de Glooscap, une petite araignée brune qui surveillait le quotidien des gens au loin. Je restais là-haut des heures durant à observer les pêcheurs traverser la batture pendant que la marée se retirait afin de vider leurs sennes, les enfants courir en cercles autour de l'école en jouant au chat et à la souris, les mères retirer vêtements et draps des cordes à linge pour les empiler dans des paniers, la lune se lever alors que disparaissaient les dernières lueurs rosées du soleil.

— Juste ici, lui ai-je dit.

J'évitais de cligner des yeux pour ne rien perdre du soleil qui descendait sous l'horizon de la baie.

— Ma maison, je la veux juste ici.

Mon père a hoché la tête.

— Ç'a toujours été un endroit spécial pour toi. Pas vrai, ma Dora ?

— Oui.

~Le 20 mai 1917

J'ai reçu une lettre de Borden, qui me remercie pour le paquet que je lui ai envoyé l'hiver dernier – une tuque, deux paires de mitaines et des bas de laine que je lui ai tricotés. Il dit qu'ils n'ont pas vu l'ombre d'un Boche et qu'il passe le temps à repriser les voiles, à pêcher, à jouer à la dame de pique et à jouer des tours à des membres de l'équipage. On dirait qu'il n'a pas changé.

Maman lui avait envoyé une vieille photo de famille et il semblerait que, quand il l'a montrée à ses coéquipiers, le cuisinier, Hefty, s'est amouraché de moi. Borden pense que je devrais lui écrire ; son jeune frère a perdu la vie dernièrement à Beaumont-Hamel. Je crois qu'il n'a pas encore appris la nouvelle de mes fiançailles.

Mademoiselle Dora Rare
Scots Bay, Nouvelle-Écosse

Le 22 mai 1917

M. Borden « Chips » Rare
Charpentier de navire
La Juste Cause
Sydney, Cap-Breton

Cher Borden (et Albert aussi),
J'étais agréablement surprise de recevoir une lettre de toi. Je sais que tu es occupé à bord du bateau, alors je me contente volontiers des lettres et des cartes que tu envoies à Maman.

J'ai bien peur que ton cuisinier va devoir trouver quelqu'un d'autre avec qui correspondre, si c'est une petite amie qu'il cherche. Je lui écrirai un mot de condoléances, mais ce sera tout. Archer Bigelow m'a demandée en mariage et j'ai accepté. Que penses-tu de ça ?

Tout le monde a été heureux d'apprendre la nouvelle, sauf peut-être Grace Hutner, qui avait un œil sur Archer (et l'argent de sa mère) depuis longtemps. Maintenant, elle a décidé qu'il n'est pas assez bon pour elle puisqu'il pense, comme moi, que la guerre est injuste. À présent, elle s'est mise à pourchasser notre cher Charlie, qui m'assure que « Grace Hutner, c'est pas le genre de fille que t'emmènes à l'église ». Il a voulu m'expliquer à quoi elle pouvait servir, mais j'ai refusé de l'écouter. En voyant comment elle lui prend le bras et la fréquence à laquelle elle lui apporte des tartelettes au sucre, j'ai ma petite idée. J'ai hâte de voir sa réaction quand elle apprendra qu'il n'a pas l'intention de s'enrôler. Elle va devoir le plumer, lui aussi. (Cela dit, j'ai l'impression qu'elle commence à réviser sa stratégie vu le peu de garçons qu'il reste à la Baie.)

Je sais que tu n'as jamais trop aimé Archer et que tu préfères son frère Hart, mais je te demande d'être heureux pour moi. Il se comporte en vrai gentleman avec moi, et il vaut son pesant d'or tant il ne cesse de redoubler de gentillesse et de flatteries envers moi. Même s'il n'arrête pas de vouloir charmer les dames, je sens qu'il m'est dévoué. Je pense que nous allons bien ensemble.

Ta sœur qui se marie bientôt,
Dora

18

— Dora, va me chercher deux cuillères en bois avec des longs manches, pis graisse-les comme i' faut avec du suif.

M'ame B. était assise à côté du lit, une main glissée entre les cuisses de Grace Hutner.

— Veux-tu ben me dire quoi-ce t'as mis là-dedans ?

Grace retenait son souffle tandis que M'ame B. insérait doucement les cuillères et retirait l'objet.

— R'garde donc qui-ce qui me sourit là.

M'ame B. tenait dans sa main une petite pièce de porcelaine ornée de fleurs roses, avec en son centre le portrait souriant d'une impératrice chinoise. C'était le couvercle arrondi d'une des tasses du service en motif fleur de lotus de Mme Hutner.

— Ché pas avec qui tu prends le thé, mais là...

Grace a saisi le couvercle que tenait M'ame B.

— Je vais le reprendre. C'est à ma mère.

— En tout cas, ça va pas où c'est tu l'avais mis. I' est peut-être le plus bel homme au monde, faut pas tu mettes des choses de même dans tes parties secrètes.

Grace s'est assise sur le bord du lit et a soupiré.

— Y a des hommes à qui ça se fait pas de refuser.

Elle m'a souri en battant des cils.

— Pis y'en a d'zeux à qui tu *veux* pas dire non. Pas vrai, Dora ?

— Ça fait pas de tort à un homme d'attendre, ai-je rétorqué en serrant les dents.

Grace a remonté ses bas en riant et les a fixé à ses jarretières.

— Tu trouves ? Moi, c'est autre chose qu'i me racontent.

M'ame B. était allée à la cuisine, d'où elle a crié :

— Tu vas avoir un tit brin mal pour une couple de jours, mais dans pas long ça sera revenu comme avant.

J'ai rejoint M'ame B. et l'ai regardée ouvrir l'armoire et en sortir un gros pot rempli de ce qui semblait être des racines brunes trempant dans un liquide. Sur l'étiquette, il était écrit : *Gin aux rognons de castor*.

— J'vas te donner dequoi qui va te garder jusqu'à temps que la prochaine lune arrive. Ça sera juste pour c'te fois-citte par exemple.

— Qu'est-ce que vous faites là ? lui ai-je sifflé à l'oreille.

M'ame B. vidait le mélange dans un petit pot.

— Un cadeau de noces pour toi. Pose pu de question avant qu'a soit partie.

Grace a examiné le bocal que lui tendait M'ame B.

— Qu'est-ce qu'y a là-dedans ?

— Bâdre-toi pas de t'ça.

— Ça sent vraiment mauvais.

— Fais sûr de tout boire, sinon ça marchera pas.

— Ça marche vraiment ? a-t-elle chuchoté. J'vas pas tomber en famille ?

— Bois-le toute.

Grace a pris une gorgée et failli s'étouffer.

— C'est plus facile si tu le bois d'un coup, lui a dit M'ame B. en riant.

Grace a but le reste du mélange puis s'est dirigée vers la porte en m'adressant un sourire narquois.

— On se voit à l'église, Mesdames.

Je me suis installée à la table de la cuisine avec M'ame B. et j'ai versé des larmes de rage.

— Comment avez-vous pu lui donner ça ? Vous savez qu'elle va aller après Archer maintenant.

— Tu sais qu'alle aurait couru après lui pareil, lui pis n'importe quel autre qui l'aurait regardée à deux fois.

Je regardais le plancher.

— M'en voulez-vous tant que ça de vous quitter ? Vous voulez pas que je sois heureuse ?

Elle s'est placée derrière moi et m'a enlacée.

— Ta douleur serait ben plus grande si Gracie se r'trouvait enceinte de ton homme.

⁝

M'ame B. a beaucoup ralenti, elle est de plus en plus voûtée et sa démarche semble plus pénible de jour en jour. Le matin, elle se lève en se lamentant et se plaint qu'elle ne goûte plus son café, ne sent plus son amertume. « J'sais pas pourquoi j'me bâdre de boire ça. »

Elle dit pourtant qu'elle ne cessera pas de porter secours aux femmes de la Baie tant qu'elle ne sera pas dans sa tombe. Depuis la conférence du docteur Thomas aux membres de la Société des Roses blanches, par contre, c'est comme si les femmes de la Baie avaient abandonné M'ame B. Il leur arrive encore de demander un remède pour soulager leurs crampes menstruelles ou un sirop pour les maux de gorge d'un enfant, mais le plus souvent, quand elles la voient passer, elles font semblant d'être en pleine conversation.

Les femmes qui viennent d'ailleurs, quant à elles, lui sont toujours aussi fidèles. Mabel Thorpe, Bertine Tupper et Sadie Loomer laissent des offrandes sur son perron plusieurs fois par semaine : des miches de pain brun, des pintes de crème, de la compote de pommes, des cornichons. Ce matin, j'ai vu Sadie qui se promenait sur la route en se dandinant, le ventre lourd ; elle s'était retournée à quelques reprises pour voir si l'accoucheuse était sortie cueillir ses offrandes. M'ame B. avait aligné les pots de conserve sur le comptoir de la cuisine.

— C'est beau, hein ? J'ose à peine les ouvrir ; j'ai peur d'avaler les remords que porte c'te pauvre tite maman-là.

Elle a secoué la tête et porté la main aux perles de son chapelet.

— Alle est pas mal p'tite, la Sadie. Ses bébés ont toujours été pas mal gros. Je prie à Marie pis au tit Jésus que le docteur sait ce qu'i fait.

Peu après la conférence qu'il avait donnée aux femmes de la Baie, le docteur Thomas était devenu membre de plein droit de l'Ordre de la tempérance. Depuis, il offrait son esprit de fraternité et ses conseils à ses collègues. Bien des hommes de la Baie étaient membres du regroupement, le plus souvent de nom seulement : Papa, mon oncle Irwin, M. Hutner, Laird Jessup. Comme Laird l'avait imposé à Ginny, Wes, le mari de Sadie, avait fait comprendre à sa femme qu'elle allait devoir accoucher à la maternité de Canning. C'était devenu une question de fierté pour ces hommes, qui se targuaient de pouvoir payer pour que les choses soient « bien » faites. Celui qui veut acheter la meilleure selle pour son cheval se rend à Canning au magasin de sellerie des Pauley ; celui qui veut une bonne hache s'achète une Blenkhorn ; et celui qui souhaite que ses enfants naissent « forts et en santé » fait appel au docteur Thomas.

M'ame B. dort de plus en plus le jour. Quand elle ne prie pas pour Sadie, elle prie à Louis Faire, lui demandant de la « guider su' le chemin de la maison ». Parfois, elle se réveille en sursaut, en me suppliant de l'aider : « Aide l'enfant à sortir, Dora. Chante pour le guider su' l'bon chemin. Chante pour faire descendre la lune. Descends-la en chantant. » Elle me parle sans cesse des choses qu'il reste à faire, des racines à cultiver avant la nouvelle lune, des plantes qui fleurissent en juin, en juillet, en août. Elle a même tenu à me montrer comment récolter la première rosée de mai. « Icitte, ça peut tout aussi ben tomber en neige, en frimas ou en brouillard... tu sais jamais. Mais peu importe comment ça timbe, faut tu cueilles les larmes de Marie, que tu les mettes en bouteille, pis que tu t'en serves pour bénir les malades. » Sous son regard attentif, j'ai tendu un bout de toile à voile entre quatre pommiers et l'ai fixé à la base des troncs. Ensuite, elle m'a remis une pierre lourde et lisse. « Pose ça au mitan de la toile, comme ça la rosée pourra s'écouler. » Après, elle s'est faufilée en-dessous et a placé son grand bol à pain en bois sous l'endroit où la pierre était posée, de manière à y recueillir les gouttelettes de rosée.

Elle m'a accompagnée de près pendant que j'aménageais un jardin sur la butte aux Araignées. À côté des petits pois, des choux et des autres légumes, nous avons planté des boutures de toutes les herbes du jardin de M'ame B. *Œillet de Dieu, Herbe sainte, Herbe sacrée, Julienne des dames, Gants-de-Notre-Dame,*

Menthe de Notre-Dame, Chardon-Marie, Cœur de Marie, Violette de Marie, Manchette de la Vierge, Rose de la Vierge, Sabot de la Vierge, Lys de la Madone. « Pis t'oublieras pas de récolter les graines avant l'automne. Tu croirais que c'est le fruit qu'est la récompense, ou même les feuilles ou les racines… mais c'est les graines qui gardont les secrets. Comme toutes les mères, la plante passe toute sa vie à apprendre la terre. C'est les graines qui se chargeont de se rappeler ce qu'alle a appris. Tout est dans la graine. »

Pendant que nous travaillions, une bonne dizaine d'hommes s'affairaient autour de la cave que Papa et mon oncle Irwin avaient creusée sur la butte aux Araignées. La charrette de Laird Jessup était remplie de roches qu'il avait déterrées en labourant la terre au printemps, et les hommes les montaient une à une jusqu'au sommet de la butte. Le chantier naval était en pleine activité, avec les hommes qui travaillaient dur pour monter la charpente d'une nouvelle goélette, et pourtant ils passaient leurs soirées et toute la journée du dimanche sur la butte avec Papa pendant qu'il traçait les plans de la maison en mesurant avec ses pieds. Ils se tenaient tous ensemble et hochaient de la tête, une pipe dans la main ou se grattant la barbe.

Un coup de main, voilà comment M'ame B. appelle ça. « Les hommes se rassemblont pour en aider un premier, pis un autre après. C'te maison-citte est pas mal spéciale. A réussit à nous rassembler pendant qu'autour de nous-autres le monde fait rien que se diviser. »

M'ame B. a pardonné à la veuve Bigelow et semble s'être résignée à l'inévitable, même si elle ne se réjouit toujours pas à l'idée de me savoir bientôt mariée à Archer. Le jour de mes dix-huit ans, elle a lu mes feuilles de thé et s'est prononcée sur l'avenir de ma nouvelle demeure. « Je vois tout ce qu'i devrait y avoir dans une maison : de la joie, de la musique, des larmes itou. Pis des bébés... plein de bébés à garder dans tes bras. » Sa déclaration m'a rendue heureuse. Plus qu'être en amour ou être une épouse, j'ai toujours voulu être une maman.

J'ai promis à M'ame B. que je continuerais de travailler à ses côtés si elle pouvait me jurer qu'elle vivrait à tout jamais, qu'elle serait là quand j'accoucherais de mes bébés, puis quand leurs bébés à eux naîtraient, puis leurs bébés à eux ensuite.

— Raconte-moi pas de menteries, a-t-elle dit en faisant la moue. Je sais que tu crois pu en moi, toi non plus, pareil comme les autres.

Je lui ai dit qu'elle se trompait, mais elle a continué :

— Voyons, Dora, c'est pas grave. J'ai quasiment perdu courage, moi itou. C'est pas la peine d'accrocher tous mes espoirs su' mes vieux os. Y a rien qui va arrêter c'te corps-citte de faire son chemin jusqu'à sa tombe. Le temps a sa façon de faire les choses. C'est comme ça.

Je n'ai pas pu me résoudre à lui dire qu'Archer veut que je cesse de travailler comme sage-femme quand nous serons mariés. « Un mari a besoin que sa femme fasse attention à lui. Tu peux pas passer ton temps à faire le travail des vieilles filles pis des grands-mères pis t'attendre à ce que ça fasse mon bonheur. De toute façon, tu l'as dit toi-même : le docteur Thomas est prêt à prendre la place de M'ame B. » Je n'ai pas acquiescé à sa demande, pas plus que je l'ai refusée. Je ne lui ai rien dit du tout.

~ Le 1er juillet 1917

Cet après-midi, je suis allée piqueniquer à l'anse Lady avec Archer. Les vagues lapaient le rivage au loin et la batture exposée brillait au soleil. Je me suis promenée pieds nus dans la boue tiède qui m'allait jusqu'aux chevilles, à pêcher des moules et des coques. Archer a fait un feu en sifflant joyeusement ; sa musique résonnait dans les flaques laissées par la marée et contre les parois des falaises.

Après le repas, il a sorti un médaillon de sa poche de chemise (un beau bijou en or sur lequel était gravé un cercle de lys) et me l'a tendu, en me disant que sa mère voulait que je le porte le jour de notre mariage.

Quand je lui ai dit que c'était bien trop généreux de sa part, il s'est levé, a détaché sa ceinture et, tout en me souriant à pleines dents, a laissé tomber son pantalon. Il a caressé son membre nu, me proposant de remercier un peu le futur marié.

Cette façon de lui communiquer ma gratitude avait commencé le lendemain de la visite de Grace Hutner chez M'ame B. Je ne m'étais pas attendue à le voir à demi nu devant moi avant la nuit de nos noces, mais ça me semblait être le seul moyen de garder ma vertu – condition, heureusement pour moi, rattachée à l'héritage d'Archer – tout en le gardant loin de Grace. Depuis, je le rejoins à l'église ou dans une des cavernes creuses à l'anse Lady aussi souvent que je peux.

J'ai souvent vu mes frères, les fesses à l'air et sans pudeur, courir jusqu'au ruisseau en riant bien innocemment. Mais Archer ne rit jamais, et ce qui pend entre ses jambes n'a rien d'innocent. *Allez, Dora. Mets-toi donc à genoux. Ça prendra pas long. Personne a besoin de le savoir. Ouvre ta belle bouche, là, puis prends-moi.* Je me demande si, pour les autres filles, c'est comme ça que naît l'amour. Pas par dévotion, mais par la volonté de rendre un homme heureux. *Des fois, ça prend plus que des baisers pour dire merci. Dis-toi que c'est une façon pour moi de te montrer que je te fais confiance. Que je te veux toi plus que toutes les autres. Je suis à ta merci, ma chérie.*

Il a des préférences quant à la manière de procéder. *Faut toujours, toujours que tu sois à genoux.* Cheveux tirés dégageant mon visage, ses mains qui tiennent mes tresses et qui me guident... lentement au début, puis *plus vite, plus vite.* Ça me donne mal à la mâchoire et ça me laisse un goût aigre et salé dans la bouche, mais ça le transforme. Il y a alors une tendresse chez lui qu'il ne montre à aucun autre moment. *Ma chérie, t'es ma douce petite chérie.* Il me cajole et gémit, on dirait que c'est lui qui cède. J'espère seulement que ce sera suffisant.

Alors qu'il posait sa main sur ma joue et qu'il approchait mon visage de son odeur musquée, la voix de Hart a retenti depuis la falaise au-dessus de nous.

— Garde-toi dequoi pour ta nuit de noces, Archie, si tu veux pas que Maman te déshérite !

Archer s'est rhabillé en vitesse, le visage rouge de colère, tandis que son frère descendait jusque dans l'anse. Je me suis relevée et me suis affairée à jeter du sable sur le feu sans regarder vers Hart. J'aurais préféré qu'il ne nous voie pas comme ça. Ce n'est pas que je crains d'aller en enfer à cause de ce que je fais ni que Hart pense que je suis comme Grace. Seulement, quand je m'agenouille devant Archer, je me sens comme si le Bon Dieu sera déçu si je ne fais pas ce qu'Archer me demande, comme si je dois remercier le ciel qu'il m'ait choisie. Le fait que quelqu'un ait pu voir ça ne fait qu'empirer la situation. La seule chose qui me console, c'est ce que M'ame B. m'a dit un jour : « Ç'a été prouvé plus d'une fois, aussi vrai que chus là : la façon qu'ils avont été faits par le Bon Djeu, les hommes pouvont juste pas s'empêcher. »

~ Le 5 juillet 1917

Tout le matériel pour la maison est arrivé aujourd'hui. Cinq charrettes étaient alignées sur la route et des dizaines d'hommes se sont chargés de transporter des boîtes et des caisses jusqu'en haut de la butte. Toutes les femmes étaient là. La veuve Bigelow disait aux hommes où poser les meubles et ma tante Francine échangeait des potins avec Mme Hutner.

— Ma cousine Clara, à Halifax, a commandé sa maison dans le catalogue Sears. Le kit Aladdin. Tout le matériel est arrivé en train, jusqu'aux bardeaux et aux poignées de porte !

Archer m'a fait un clin d'œil en passant à côté de moi avec notre cadre de lit en fer. Plus moyen maintenant de faire marche arrière.

19

Épousailles Rare-Bigelow

M. et Mme Judah Rare de Scots Bay sont heureux d'annoncer le mariage de leur fille Dora Marie à M. Archer Bigelow. Les noces furent célébrées par le révérend Claude Pineau à l'église unie de Scots Bay le vendredi 11 juillet en après-midi. La mariée était accompagnée de sa cousine, Mlle Précieuse Jeffers, et le marié, par son frère, M. Hart Bigelow. Mme Francine Jeffers, la tante de la mariée, a mis son talent au service de la cérémonie en offrant une magnifique interprétation du chant « Le jour du mariage ». Les dames de la Société de tempérance des Roses blanches et la veuve Simone Bigelow, mère du marié, ont organisé une grande fête pour l'occasion à l'anse Lady, à laquelle ont assisté de nombreux résidents de la région. Les heureux mariés s'installent sur la butte aux Araignées et accueilleront dès maintenant les gens qui souhaitent leur transmettre leurs meilleurs vœux.

La Gazette de Canning
le 25 juillet 1917

Tulle de soie brodée ; perles de culture et billes de verre soufflé ; fine dentelle transformée par l'aiguille magique de ma tante Althéa en roses et en myosotis.

Trois semaines plus tôt, les dames auxiliaires avaient chanté une chanson et prononcé leur serment, puis ma tante Pauline Rare avait lu le procès-verbal de la réunion précédente. Ensuite, elle avait annoncé à ma grande surprise que le prochain point à l'ordre du jour concernait « le mariage de Dora Rare et d'Archer Bigelow ». Les femmes s'étaient toutes tournées vers moi en souriant. Maman m'avait tapoté le genou et m'avait regardée d'un air amusé.

Pendant les heures qui avaient suivi, les femmes s'étaient disputées et avaient ri en tentant de décider qui faisait le meilleur glaçage au beurre et qui avait la plus belle voix pour interpréter l'« Escaouette ». En fin de compte, le 11 juillet avait été retenu comme jour le plus favorable pour mon mariage, étant donné que les hommes ne partent jamais en mer le vendredi. La messe aurait lieu au soleil couchant à l'église unie sous les offices du révérend Pineau, et les invités se rassembleraient ensuite autour d'un feu de joie et d'un repas de homard et de moules à l'anse Lady.

— Et pour le rhum, qu'est-ce qu'on va faire ? a demandé ma tante Francine. Vous savez toutes comme moi que les hommes tiennent à en boire aux noces et aux funérailles...

— Tant qu'à moi, a dit ma mère, faudrait qu'on leur dise pas une goutte avant le coucher du soleil pis qu'on range les bouteilles avant l'aube. Qu'on les voye pas toucher le feu ou les flambeaux non plus, sinon on risque d'y perdre au moins un bateau, une grange ou, pire, une maison.

Des bruits d'assentiment ont fusé de part et d'autre de la pièce.

— Faudra que chacune s'occupe de son mari, par exemple, a précisé Bertine Tupper. J'veux pas en trouver un d'épâré dans mon jardin quand-ce que je me lève le lendemain. Hardy fait assez de chaffrail à lui tout seul entre les choux pis les tits pois.

Après que les femmes ont cessé de rire, ma tante Francine a repris la parole sur un ton plus sérieux.

— Et la robe de mariage ? Est-ce qu'elle va pouvoir porter la tienne, Charlotte ?

— C'est un problème, ça, a soupiré ma mère, tout en s'affairant à repriser un bas. Quand j'ai marié Judah, jamais j'aurais pensé avoir une fille. Vous savez ce qu'on dit : *les Rare ont toujours des garçons.* En cent ans, à la Baie, ç'avait jamais été démenti… avant Dora.

Elle m'a adressé un regard triste avant de poursuivre.

— Chérie, je me suis servie de ma robe pour coudre des robes de baptême à tes frères. Je suis tellement désolée.

Ma tante Francine a secoué la tête.

— Dans ce cas-là, a dit ma tante d'un air dépité, je suppose qu'elle pourra porter la mienne.

— Elle flotterait dans ta robe, Francine, a riposté ma mère. De toute façon, tu serais la première à dire qu'elle est démodée.

— T'en fais pas, Charlotte, j'ai fait la même chose avec ma robe, a dit ma tante Althéa.

Les épouses des frères de mon père ont tenté tour à tour de consoler ma mère. Ma tante Irène, ma tante Lili, ma tante Pauline et ma tante Tilly ont toutes avoué s'être servi de leur robe de mariage pour en faire des robes de baptême. Ma tante Lili a ajouté en gloussant :

— Moi, j'me suis servi de ma traîne pour coudre des belles taies d'oreiller. Le satin est tellement doux sous la joue. Qui-ce qui aurait cru que j'en aurais besoin pour autre chose ?

Ma tante Althéa s'est tournée vers ma tante Francine.

— As-tu apporté les magazines ?

Ma tante Francine s'est penchée sous sa chaise et m'a tendu une pile de *Ladies' Home Journals* et de livres de patrons *Butterick*.

— C'est pour quoi ? ai-je demandé.

— Choisis-toi une robe que t'aimes là-dedans, a dit ma tante Althéa, puis on trouvera le moyen de te la faire. Pauline pis Tilly sont les meilleures couturières des environs ; elles seraient capables de filer de l'or avec de la paille.

Le jour de mon mariage, mes pieds ont dansé sous les ourlets dentelés de quatorze robes de baptême finement ouvragées. Coiffée d'une couronne de fausses fleurs d'oranger et enveloppée d'ondes de tulle de soie, j'ai épousé Archer Bigelow.

Alors que le soleil entamait sa descente, nous nous sommes tous dirigés vers l'anse Lady. Hart, Charlie, Sam Gower et mon oncle Web m'ont portée, telle la reine de Saba, sur un bout de tissu à voile. Archer courait à leur suite, menaçant de piquer la part de rhum de quiconque tenterait de lui voler sa femme. Il m'a fait manger de la queue de homard rôti, des framboises et du gâteau de noces. Il m'a serré la taille en dansant avec moi et en me disant qu'il m'aimerait pour toujours. Quant à moi, je lui ai dit que je lui ferais toujours confiance. Entre deux airs de violon et une gigue à l'accordéon, j'ai observé mes parents qui dansaient un reel. Maman souriait chaque fois qu'ils se croisaient, et Papa s'est penché légèrement vers elle quand leurs mains se sont jointes pour former une arche. L'amour qu'ils se vouent est comme un vieux vêtement facile à porter. Je me demande comment ils ont fait. Nouvelle mariée, Maman a-t-elle connu un peu de félicité ? Un jour ou deux, peut-être même une semaine, où elle n'a eu qu'à penser à ce petit monde fragile qu'ils se construisaient à deux ?

Papa s'apprêtait à porter le cinquième ou le sixième toast de la soirée quand Bertine Tupper a dévalé des falaises en courant.

— Dora, faut tu viennes nous aider. Sadie est dans le trouble. A dit que le bébé s'en vient ben vite.

— Il est où, Wes ?

— I' est parti qu'ri le docteur Thomas. Sadie a pas voulu descendre à Canning. A pensait pas pouvoir s'y rendre.

— Et M'ame B. ? ai-je demandé.

— J'la trouve pas. J'ai été voir à sa cabane puis à l'église avant de venir icitte.

J'ai embrassé mon nouveau mari en lui souhaitant bonne nuit et je lui ai demandé de passer voir M'ame B. en rentrant pour s'assurer que tout allait bien.

Faut que t'aies deux têtes plutôt qu'une. C'que je veux dire par là, c'est que t'as besoin de penser pis voir deux choses en même temps.

Où était passée M'ame B. ? Elle avait assisté au mariage. Elle était venue me voir par la suite et avait pris mes mains entre ses phalanges osseuses que je connaissais si bien et m'avait dit tout bas qu'elle était fatiguée : « C'est point une place pour une vieille aveugle comme moi… Chus pu capable de danser, mes pieds sont dans le chemin. » J'avais demandé à Charlie de la raccompagner, mais M'ame B. avait dit qu'elle souhaitait rentrer seule, profiter du coucher de soleil et du temps clément. Je l'avais embrassée sur les joues. Avant de s'éloigner, elle avait chuchoté : « Prends garde à ses os. » Je pensais que c'était sa façon à elle de bénir ma nuit de noces. Je me trompais.

L'épaule du bébé était coincée, et Sadie était de plus en plus épuisée. Où était passée M'ame B. ? Si ça ne débloquait pas bientôt, j'allais devoir fracturer la clavicule du bébé pour le sortir. *Prends garde à ses os. Fais-le descendre tranquillement. Chantes-y une chanson pour l'aider à faire son chemin.* J'ai fait le signe de la croix et me suis demandé ce que dirait M'ame B. J'ai craché sur mon doigt et j'ai tracé une croix sur le ventre de Sadie en chantant : « Sainte Marie mère de Dieu, bénissez cette mère, bénissez son enfant, bénissez cette maison. » J'ai demandé à Sadie de s'avancer jusqu'au bord du lit, de sorte qu'elle s'y appuyait à peine. Bertine s'est assise derrière elle pour la soutenir tout en l'encourageant : « Allez, Sadie. Encore un peu. T'acheuves, là. »

Lentement, mais fermement, j'ai tourné le bébé de manière à appuyer son épaule contre la partie la plus souple du bassin. Ensuite, avec Bertine, j'ai encouragé Sadie : « Pousse ! Pousse ! ». Le bébé est sorti tout seul. Un beau petit garçon.

Quand le docteur Thomas est enfin arrivé, il était trop tard pour attraper le bébé ou assister à l'expulsion de l'arrière-faix. Il a enlevé son manteau et a fait les cent pas autour de la maison en râlant contre les femmes qui ne savent pas ce qu'il y a de mieux pour elles.

— Comme elle a décidé d'accoucher à la maison, j'ai bien peur que je ne pourrai offrir que des soins limités. J'examinerai rapidement Mme Loomer et l'enfant, mais je vais devoir partir ensuite.

Wes a pris le docteur à part. Ses deux fillettes fatiguées s'accrochaient à ses jambes.

— Vous reviendrez pas la voir ? On vous a déjà payé.

— C'est vrai, mais il est clairement indiqué sur le certificat d'assurance que la mère doit loger et accoucher à la maternité de Canning pour bénéficier de nos soins.

Bertine est entrée dans la cuisine où se tenaient les deux hommes.

— On va garder après elle, Dora pis moi. Quand M'ame B. se pointera de nouveau, chus sûre qu'elle viendra faire son tour elle itou.

— Êtes-vous une parente de Mme Loomer ?

— Non, mais...

— Comme le sait Mlle Rare, je n'autorise pas de visiteurs à la clinique de maternité. Je conseille le même protocole pour les accouchements à domicile. Pour des raisons de santé, vous comprenez.

Il s'est tourné vers Wes.

— Il faut vraiment que je me mette en route bientôt.

Bertine se tenait dans l'embrasure de la porte de la chambre, bras croisés sur sa poitrine. Elle a bloqué le passage au médecin, qu'elle a dévisagé en tapant du pied.

— Dora a fait une bonne job icitte, Docteur. Je pense pas que Sadie pis son bébé ont besoin que tu les tripotes.

Le docteur Thomas n'a pas fait attention à elle et s'est frayé un passage jusqu'à Sadie.

Sadie tenait son enfant contre elle.

— Vous voyez bien que tout va bien. C'est pas la peine de vous approcher.

Le docteur Thomas a secoué la tête.

— Dans ce cas-là, ne me reste plus qu'à vous souhaiter bonne chance à tous les deux.

Il s'est tourné vers moi.

— Bonsoir, Mademoiselle Rare.

— C'est Mme Bigelow asteure, a dit Bertine. Dora s'a mariée à soir.

— J'aurais bien aimé pouvoir vous féliciter en des circonstances plus favorables, m'a-t-il dit. Je suis sûr que vous étiez ravissante.

Il m'a regardée de haut en bas, remarquant que ma robe était maculée de sang et de placenta.

— Bonsoir, a-t-il dit en levant son chapeau avant de sortir.

Après avoir préparé du thé et du gruau pour Sadie, Bertine et moi avons mis les enfants au lit. Alors que je m'apprêtais à partir, Wes m'attendait à la porte.

— Désolé pour ta robe.

— Allez donc voir votre beau petit garçon, lui ai-je dit en souriant. Je reviendrai demain.

Le jour n'allait pas tarder à se lever quand je suis arrivée à la butte aux Araignées. Mon cher mari ronflait dans notre lit, encore tout habillé, poignets et chevilles ligotés. Hart dormait dans une chaise berçante, la tête inclinée vers l'arrière, serrant dans ses bras la poignée usée d'une hache de bûcheron.

— C'est-tu toi, Dora ? a-t-il marmonné en entrouvrant les yeux.

— Oui.

J'ai montré le lit du doigt.

— T'essaies d'éviter qu'il s'enfuie ?

— J'essaie plutôt d'empêcher Grace Hutner d'entrer.

Il a bâillé et s'est étiré les jambes.

— Ça, c'est une fille qu'est pas capable de tenir sa boisson. A nous a fait tout un spectacle. A battait sur la porte, criait après Archie en le traitant de trouillard, disait qu'il avait marié une sorcière, pis alle arrêtait pas de dire que ç'aurait dû être sa maison à elle.

— Oh mon Dieu !

— T'en fais pas pour ça. A reviendra pas. Son père

est venu la chercher en jurant qu'il allait l'envoyer vivre avec sa tante à Halifax.

Je me suis agenouillée à côté du lit, m'apprêtant à libérer Archie.

— Je ferais pas ça à ta place. I' va être en beau maudit quand-ce qu'i va reprendre connaissance. On fait mieux d'le laisser dormir pis se réveiller tout seul dans ses beaux draps.

Si je n'avais pas senti sa mauvaise haleine et vu ses traits bouger, je l'aurais cru mort.

— Sais-tu s'il est allé voir chez M'ame B. ?

— Non. Il a pas pu se rendre tout seul à maison, encore moins chez Madame Babineau.

J'ai abandonné ma robe souillée sur le dossier d'une chaise dans la cuisine, enfilé des vêtements propres et me suis rendue à pied chez M'ame B.

~ Le 12 juillet 1917

Avant même d'ouvrir la porte de la cabane, je savais que quelque chose n'allait pas. Une lettre m'attendait sur la table, à côté du Livre des saules et des cinq colliers de perles de M'ame B.

Ma chère Dora,
Toi pis moi, on s'a fait beaucoup de bien. Sans toi, j'aurais jamais connu mam'selle Austen ni su

comment me sentir chez moi ici. T'as fait de la musique entre ces murs modestes.

I' s'a passé bien des années depuis que j'ai quitté le Bayou pour venir jusqu'icitte. Asteure, le temps est venu pour moi d'aller me promener jusqu'à ma prochaine place, ma dernière ; je m'en retourne chez moi. Si j'ai ben fait les choses, tu vas pu me revoir.

Faut pas tu pleures pour moi. Faut tu fasses une prière à place. C'est comme ça qu'on fait quand qu'on est traiteur : on transforme nos larmes en prières. Pas pour supplier le Bon Djeu ou plaider avec lui, mais pour se souvenir de quoi on est fait. Comme la Vierge Marie ou ta tite dame Austen si futée, on est toutes pareilles ; pareilles à la lune, aux étoiles pis à la mer.

Offert ou pas, le Bon Djeu est icitte.
Invité ou pas, le Bon Djeu est icitte.
Marie Babineau

Il est possible, je pense, que M'ame B. se soit simplement volatilisée. Chaque jour, elle s'en approchait de plus en plus : elle priait, appelait au Paradis, levait les yeux au ciel, se faisant de plus en plus légère, sa robe traînant derrière elle comme autant de plumes. Jusqu'à ce que, peut-être, elle s'envole tout simplement.

Souvent, je m'étais dit que je ferais n'importe quoi pour éviter de finir comme elle, mise de côté comme une pauvre démunie, contrainte de vivre seule dans une misérable baraque. C'était avant que j'apprenne à la connaître. Plus d'une fois, ces dernières semaines, alors que tout semblait tirer à sa fin pour elle et commencer pour moi, je souhaitais que la lune qu'elle chérissait tant veuille bien mettre un peu de M'ame B. en moi… Que je puisse me lever de bon matin et constater que j'étais devenue sage comme elle, des prières argentées sur les lèvres, prête à dire tout ce qui me pesait sur le cœur chaque fois que je le voulais. Si Maman est une femme sensible, M'ame B. était à mes yeux à moitié ange, à moitié frayeur. Elle avait toujours su deviner ce dont j'avais besoin.

Après avoir lu sa note, je me suis sentie triste, mais surtout, j'étais épuisée. Épuisée par la journée, épuisée d'avoir dû accoucher Sadie toute seule, d'avoir eu à tenir tête au docteur Thomas ; épuisée à l'idée de devoir quitter cette maison et d'agir comme l'épouse de quelqu'un. J'ai allumé des chandelles autour de la Sainte Vierge en chantant l'*Ave Maria* et j'ai prié pour que l'âme de M'ame B. repose en paix. J'ai enfilé ses colliers autour de mon cou, me suis installée dans sa vieille chaise berçante en m'enveloppant dans sa courtepointe et me suis endormie en pleurant.

Dans mes rêves, je l'entendais rire et je sentais l'odeur du café qu'elle faisait infuser le matin ; je voyais son écriture maladroite qui s'alignait sur les pages du Livre des saules ; j'imaginais que toutes ses statues et ses effigies de Marie chantaient leurs prières pendant que je dormais. Je rêvais que j'étais revenue à ce qui restait de ce lieu et que j'y avais mis le feu. Les flammes s'élevaient dans la nuit et des hommes, en silhouette, empilaient du varech à la pelle pour éviter que le feu se propage. Ils mettaient dans le feu des choses dont ils ne voulaient plus – un siège de boghei, des tonneaux de pommes pourris, des casiers à homard brisés. Puis les femmes étaient venues. Elles pleuraient M'ame B. en serrant leurs enfants dans leurs bras. Debout côte à côte, elles se racontaient les accouchements qu'elles avaient vécus avec elle. Je tenais la main de ma mère, ma tête posée sur son épaule, pendant que le fantôme de M'ame B. voletait autour de nous en chantant :

I' allont avoir besoin de toi, Dora.

I' avont besoin de toi. Faut tu gardes après zeux.

Le don de l'accoucheuse

tiré du Livre des saules

Le long du Bayou Blaize LeJeune vivait une accoucheuse, ou une chasse-femme comme qu'i en a qui les appelont. Une nuit qu'a se préparait à quitter se coucher, un homme des bassières est venu cogner à sa porte. A l'avait jamais vu avant, pis a le verrait pu jamais non plus. I' l'a appelée par son nom en chantant : « Bonne Mamie, y'a une femme au bas d'la rivière qu'est après t'appeler. Est après hucher pis horler, son bébé est après s'en venir. » Bonne Mamie a voulu mettre une robe, mais l'homme des bassières l'a pas laissée faire. Tout ça qu'i l'aurait quitté apporter, c'est une pelote de coton pour amarrer le cordon. I' l'a ôté de sus sa galerie pis l'a portée jusqu'à sa barque qui les espérait dessus le bayou.

Le plus souvent, Bonne Mamie connaissait ayoù elle était partie. Alle avait arpenté c'te bayou-là toute seule en pirogue des centaines de fois pour aider les bébés pour naître. Mais y'avait point de lune c'te nuit-là, pis le bayou était noir comme sous terre. Alle a demandé ayoù-ce qu'i s'en alliont. I' répondit point. Quand-ce qu'i sont arrivés à la cabane, alle a trouvé que la place avait bonne mine. Y avait un feu dans la cheminée pis un fanal à la fenêtre. Bonne Mamie est entrée pis alle a trouvé une femme qu'était déjà dessus la paille. Le bébé a point tardé à venir. Un beau petit, pis la maman a point eu de misère. Le papa a joué le violon, les tantes ont arrivé pour danser, pis la maman a chanté tout doucement. Bonne Mamie s'apprêtait à langer l'enfant quand-ce qu'une des tantes est entrée avec un pot d'onguent. La tante l'a débouché pis un parfum de magnolia en est sorti. C'est là qu'a l'a enseigné une comptine à Bonne Mamie :

C'est un onguent que j'ai pour vous
Aussi précieux qu'une rose
Pour oindre l'enfant qui vient de naître
De bord en bord, de bout en bout.

Là, avant que la tante pouvit dire non, une mite lunaire a atterri sur la joue à Bonne Mamie pis ses ailes ont laissé une miette de poussière dans ses yeux. A l'a éloignée du revers de la main pis a s'a mis à gratter son œil. Quoi d'autre qu'a pouvit faire ? C'est là qu'à son plus grand étonnement, alle a réalisé que d'un œil, a voyait les choses comme d'habitude pis de l'autre... a voyait quèque chose de plus magique. La place où l'homme l'avait traînée, c'était point une cabane. C'était un trou de fées, là-bas dessous les saules. Des miettes de mousse pendaient dessus les murs pis la lumière venit des mouches à feu pis des feux-follets. Des farfadets s'étiont assemblés tout autour d'elle : elle en avait un dessus chaque épaule qui souriait pis trois autres dessus ses genoux, après chatouiller les oreilles au petit. Bonne Mamie a huché pis alle a échappé le pot d'onguent par terre. La tante a su tout de suite ça qu'avait arrivé pis alle a dit à Bonne Mamie que si qu'a promettrait de jamais rien souffler à personne ayoù-ce que les fées se cachaient, a lui exaucerait un vœu.

Bonne Mamie jonglait pis jonglait. A voulit point des richesses ou des habits de reine. A voulit même pas une grande maison ou une belle terre parce qu'a connaissait qu'on pouvit les ôter. Ça fait, alle a tendi ses mains à la tante après dire : « C'est tout ça moi j'ai. Faites qu'a soient toujours utiles. » La tante a soufflé dedans ses mains du confort et de la bonté, des récits pis des sanglots, pis c'est comme ça que le vœu à Bonne Mamie s'a réalisé.

PARTIE 2

20

La première chose que j'ai faite, en aménageant sur la butte aux Araignées, ç'a été de déplacer tout ce que contenait la maison, ne serait-ce qu'en décalant de quelques centimètres le lit, le canapé, la table de cuisine, les chaises, les lampes, les porte-plantes, les tapis, les vases, tout ce que la veuve Bigelow avait arrangé à son goût. Ensuite, j'ai fait plusieurs allers-retours entre ma maison et celle de M'ame B. en rapportant autant de souvenirs que pouvait contenir la vieille charrette à brancards de M'ame B. Archer s'est plaint que nous n'avions pas suffisamment d'espace pour tout garder. Quand j'ai voulu mettre la chaise berçante de M'ame B. dans le salon, il a dit « Mets-la au moins dans une pièce où les autres la verront pas. C'est une insulte à la générosité de ma mère. »

Archer est devenu particulièrement acerbe quand il m'a vue ranger des pots de remèdes et d'herbes séchées dans une armoire.

— Me semble que je t'avais dit d'abandonner ça.

— Qu'est-ce que je fais si quelqu'un a besoin d'aide ?

— Sont là pour ça, les médecins.

— Mais s'ils ont besoin d'aide au milieu de la nuit ? M'ame B. avait toujours des remèdes à la portée de la main au cas où.

— Arrête de te faire des accroires que c'te vieille femme-là a fait une miette de différence. J'ai goûté au remède qu'elle donnait à ma mère pour ses rhumatismes. C'était juste du vin sucré. La moitié du temps, les gens s'imaginent qu'ils sont malades. Surtout les femmes. Ma mère garde souvent le lit pour un oui ou un non. C'est une excuse pour avoir de l'attention.

— Si je me débarrasse de ces remèdes, ils aideront personne. Qu'est-ce que je fais si quelqu'un peut pas se rendre chez le médecin ? Si un enfant attrape la croupe ou une femme enceinte a des nausées ? M'ame B. est plus là pour...

Voyant que j'allais me mettre à pleurer, il m'a prise dans ses bras.

— Bon, tu peux garder tes tites potions. Garde-les cachées par exemple.

En dégageant ma nuque, il m'a dit tout bas :

— J'espère que t'as fait comprendre aux femmes que t'es plus là pour les aider à accoucher.

Il a pris ma main et l'a glissée dans son pantalon.

— Y'a d'autres choses dont tu dois t'occuper maintenant.

Avant de partager un lit avec mon mari, je savais peu de choses à son sujet. Au début, tous les soirs, dans le noir, ses lèvres cherchaient les miennes, ses mains tâtaient mon corps. Bientôt, il n'y avait plus rien de tendre entre nous, rien ne l'empêchait de presser son corps moite et cruel contre le mien. « C'est censé faire mal la première fois. C'est comme ça qu'un homme fait pour prendre une femme. Il la dresse, puis après elle est toute à lui. » D'après Archer, une épouse doit être disposée à accueillir son mari quand bon lui semble. Il est exigeant, ne me donne pas une seule journée de répit, même quand j'ai mal ou que j'ai mes règles. J'ai essayé de lui donner du lait chaud et de lui faire couler un bon bain le soir dans l'espoir qu'il oublie ses *besoins* et s'endorme, mais il persiste en disant que c'est dans sa nature. « C'est ça qui fait que j'suis un homme », m'affirme-t-il. Rien ne m'a préparée à ça, à la honte que je ressens de ne pas toujours vouloir répondre à ses désirs, de ne pas savoir comment être une bonne épouse, de souhaiter qu'il me laisse tranquille des fois. Je finis par céder à ses demandes même quand je n'en ai pas envie et je me retrouve, les bras levés au-dessus de la tête, les jambes grandes ouvertes, prise d'un mal de mer et d'un sentiment de vide. Quand il a fini, je cherche les roses dans l'ombre du papier peint en écoutant ses ronflements qui me rappellent qu'il est repu.

J'ai essayé d'en parler avec Maman, mais c'est sorti tout croche. Elle a cru que je lui demandais s'il était possible pour une femme de vouloir des relations conjugales trop souvent.

— Dora, chérie, a-t-elle dit en rougissant, t'en fais pas pour ça. T'es aussi bien d'en profiter pendant que vous avez pas d'enfants.

À moitié dissimulée derrière son tricot, elle m'a chuchoté :

— Ton père puis moi, on se lâchait pas au début. Y a des jours où on faisait ça partout sauf au lit... dans la tasserie, dans la cale d'un skiff abandonné, à l'anse Lady...

Elle s'est tue quand elle a vu que j'avais laissé tomber plusieurs mailles et que la manchette de ma mitaine commençait à se détricoter.

Je me suis mise à inventer des prétextes, à veiller si tard qu'Archer était trop fatigué pour s'intéresser à moi. Je tricotais des bas pour l'effort de guerre, je reprisais des vêtements, je faisais du pain. Grâce à ce manège, je parvenais à m'épargner un ou deux soirs d'« obligations conjugales » par semaine. Mon mari s'en plaignait, mais les autres jours de la semaine devenaient plus tolérables pour moi.

Que je lui fausse compagnie une fois par semaine

était devenu « excusable », surtout si j'avais mes règles. Deux fois par semaine, ça pouvait aller, mais jamais deux soirs d'affilée. À tenter le coup trois soirs en une semaine, je me suis retrouvée sans mari.

Nous étions mariés depuis un peu moins de trois mois le soir où j'ai trouvé Archer dans le salon, les jambes allongées sur l'accoudoir du canapé. Du bout des doigts, il faisait rouler une bouteille de cornichons vide sur le plancher.

— Eh ben r'garde donc qui-ce qu'est là. Si c'est pas Mme Dora Bigelow.

Il s'est levé et a voulu m'attirer vers lui pour m'embrasser.

— Viens-t'en donc en haut avec moi, Dora. Je vais te montrer comment-ce qu'une femme devrait faire avec son mari.

— S'il te plaît, Archer, pas quand t'es dans cet état-là.

Il m'a saisi le bras et a tenté de déboutonner ma chemise.

— Allez, tite salope ingrate.

Il a approché son visage du mien. Son haleine empestait l'odeur amère et putride de la piquette que brassent les frères Ketch.

— Ah oui, j'oubliais... tu sais pas agir comme une salope, encore moins comme une bonne épouse. J'aurais dû marier Grace Hutner à place.

Il m'a pris par la taille et m'a fait valser maladroitement autour de la pièce.

— Tu te souviens de Grace, Dora ? La belle tite Grace… En v'là une qui savait comment s'y prendre avec un homme.

J'ai fait un geste pour m'éloigner, mais il est revenu vers moi en criant.

— Ma mère m'aurait déshérité puis j'aurais fini sans un sou, mais elle au moins m'aurait laissé embarquer sur elle tous les soirs puis elle aurait su comment me faire sentir comme un homme.

Il a levé un poing dans ma direction mais a raté sa cible et a fait un trou dans le mur du salon.

J'ai couru vers notre chambre, fermé la porte et coincé le dossier de la chaise de M'ame B. sous la poignée. Il a frappé la porte à coups de poing et de pied et fait trembler les murs.

— Dis-moi dequoi, Mme Bigelow… Comment ça se fait qu'une femme arrive pas à trouver un peu de plaisir avec son propre mari ?

Je l'ai entendu faire les cent pas dans toute la maison avant de reprendre son manège à la porte.

— Ouvre… moi… la porte, a-t-il crié en la martelant à coups de poing. Je vais te fourrer ben dur puis on verra si tu oses aller brailler.

Au bout d'un moment, j'ai entendu claquer la porte d'entrée. Peu après, des claquements de fouet, des sifflements et les galops d'un cheval sont parvenus jusqu'à mes oreilles.

⋮

À l'église, plusieurs personnes m'ont demandé des nouvelles d'Archer : Maman, la veuve Bigelow, ma tante Francine et Précieuse, même le révérend Pineau. J'avais pensé rester à la maison, tout simplement, mais je savais que Maman passerait me voir après la messe si je n'y étais pas. J'avais décidé de dire aux gens qu'Archer ne se sentait pas bien ; c'était certainement le cas la dernière fois que je l'avais vu. J'avais même dressé une liste de symptômes imaginaires : mal de gorge, petite fièvre, sueurs nocturnes, frissons… juste un rhume, sans doute. J'ai fini par inventer une histoire compliquée en m'inspirant d'une publicité que j'avais lue dans un exemplaire du *Vaughn's Almanac*, qu'Archer avait rapporté à la maison. Mon cher mari parcourait toute la Nouvelle-Écosse pour colporter des bibles.

La BIBLE : *le livre le plus vendu dans le monde*

Déjà, la plupart des gens vouent un grand respect à cet ouvrage, vous n'aurez donc pas à recourir à des moyens de pression pour le vendre. C'est d'autant plus vrai avec cette nouvelle

BIBLE ANALYTIQUE.

Où qu'il passe, le vendeur de Bibles inspire le respect. On lui attribue invariablement des idéaux et des vertus qu'il ne possède peut-être pas.

— Je pense vraiment que c'est la meilleure chose qu'il puisse faire. Plus qu'un travail, il rend service à l'humanité : il offre de l'espoir aux gens... en ces temps si difficiles.

Le révérend Pineau a hoché la tête d'un air solennel, glissé sa bible sous son bras et pris doucement mes mains dans les siennes.

— Les Saintes Écritures sont un baume pour l'âme. Je garderai votre mari dans mes prières, Dora. Je prierai pour que les gens l'accueillent et lui ouvrent la porte, pour qu'il nous revienne sain et sauf.

Je m'en vais droit en enfer.

L'idée qu'Archer soit parti faire du porte-à-porte n'est pas si farfelue. Depuis que nous sommes mariés, il ne s'est pas passé une semaine sans qu'il étale les pages du *Halifax Journal* ou du *Vaughn's Almanac* sur la table de cuisine à l'heure du repas en pointant des annonces du bout de sa cuillère dégoulinante de soupe. « Regarde ça, Dora, c'est le prochain grand succès ! » Peu importe qu'il s'agisse de transistors, d'appareils électriques, d'assurance incendie, de balais ou de brosses, il se voyait les vendre. Sitôt les échantillons et les manuels arrivés, il les rangeait avec les autres dans une pièce à l'étage, chaque coup de cœur bientôt remplacé par le suivant. L'avantage du prétexte que j'avais imaginé, c'est que personne ne s'attend à le revoir de sitôt. Quand Archer se décidera à revenir, je serai aussi étonnée que les autres.

Maman, bien sûr, se fait du souci en me sachant seule ici. Elle m'a proposé de revenir vivre à la maison en attendant le retour d'Archer, mais je m'imagine mal quitter ce lieu tranquille et spacieux pour me retrouver à l'étroit avec Papa et les garçons. *Pourquoi tu viendrais pas t'installer un peu chez nous, Dora* ? Maman a perdu espoir, pense qu'il est parti pour de bon. Son départ date d'il y a à peine trois jours et déjà elle s'imagine que j'ai dû être trop exigeante, trop ambitieuse. Je me sens plus mal pour elle que pour moi. Elle avait fondé tellement d'espoir sur ce mariage. Chaque jour qu'il n'est pas là, une autre femme du village commencera à se poser des questions. Elle en parlera à la personne assise à côté d'elle à l'église, au cercle de tricot, au marché ; elle dira qu'elle avait toujours su que ça finirait comme ça : Dora Rare n'est pas assez belle, débrouillarde ni confiante, elle ne vient pas d'un milieu assez riche pour faire le bonheur d'Archer Bigelow. Comme M'ame B. l'a toujours dit, *Peu importe ce que tu fais, tchequ'un a toujours su que ça se passerait de même.* J'étais mariée depuis à peine trois mois et déjà, je ne pouvais pas me contenter de ce que j'avais. Quand Archer rentrera à la maison – s'il se décide un jour à rentrer –, j'aurai trouvé la solution, c'est sûr, et je n'aurai plus à me faire du souci.

21

Bertine Tupper est débarquée à la maison avec sa plus jeune, qu'elle tenait par la main. La petite traînait dans l'autre main une poupée de chiffon. Toutes trois formaient une guirlande de poupées asymétrique, chacune portant une tuque de laine rouge. Bertine est entrée sans frapper et a lancé un « hallô » jovial avant de me rejoindre dans la cuisine. Elle a posé sa fillette et un sac de farine défraîchi sur la table, et m'a souri.

— J'emmenais son lunch à Hardy, pis la tite Lucie s'a décidé qu'on pouvait pas rentrer che' nous avant de venir voir ta belle nouvelle maison. J'peux pas croire qu'on est déjà rendus en octobre pis que chus pas encore venue te visiter. J'ai pensé que ce serait un bon temps pour remédier à ça.

Elle a tiré sur la tuque de son enfant pour l'enlever et a tenté de lisser ses boucles qui partaient dans tous les sens.

— On dirait quasiment que je l'ai trouvée dans le fond des bois, tu trouves pas ?

Bertine a pris le sac qu'elle avait apporté et en a retiré une miche de pain au levain qui dégageait une odeur sucrée.

— Me semble que ça va être bon pour le goûter, non ? C'est encore tout chaud en plus.

Elle a pris Lucie dans ses bras et est allée s'installer dans le salon. L'enfant a tiré sur le devant du gilet de Bertine pour indiquer qu'elle voulait téter.

— Reste pas plantée là, Dora. Combien de mains tu penses que j'ai ?

— Désolée, c'est juste que je m'attendais pas...

— C'est pas ça que t'es censée dire.

Elle a froncé les sourcils puis souri à pleines dents.

— La première personne dit « Combien de mains tu penses que j'ai ? », pis l'autre y répond « Une de moins que t'as besoin, ma chère. Laisse-moi te faire du thé. » Ta mère t'a pas enseigné les bonnes manières ?

Bertine s'est mise à rire de bon cœur, et son corps tout entier en fut tant secoué que Lucie devait téter plus fort pour garder le mamelon de sa mère dans la bouche.

— Doux Jésus, Lucie ! Prends garde avec c'tes dents-là.

J'ai enlevé la bouilloire du poêle et versé de l'eau chaude dans la théière.

— De la feuille de framboisier, ça te va ?

— Mmmm... Ça sent exactement comme chez M'ame B.

Elle a glissé le bout de son petit doigt dans la bouche de Lucie pour rompre la succion et a chatouillé doucement le petit menton grassouillet de l'enfant.

— Va falloir que je commence à la sevrer, celle-là. A va avoir deux ans le mois prochain.

Lucie a regardé sa mère en clignant des yeux et lui a souri.

— Tu sais ben que la minute que je fais ça, c'est le prochain qui s'en viendra. Une fois que mon lait sèchera, je vais de nouveau être féconde.

Bertine buvait son thé en tricotant une paire de mitaines tandis que Lucie faisait l'aller-retour entre mes genoux et ceux de sa mère en passant derrière les rideaux. La petite était montée sur la chaise d'Archer sans que je m'en rende compte et promenait sa poupée de chiffon sur le haut dossier de la chaise. Bientôt, elle a passé le bras mou de la poupée dans le trou qu'Archer avait fait dans le mur. Après, ce fut au tour de la tête. Lucie riait aux éclats en voyant sa poupée ainsi installée, comme si elle partait à l'aventure ou cherchait un trésor caché.

Bertine s'est excusée et a tenté d'extirper Lucie de la chaise.

— Descends de d'là, Lucie. Je pense que c'est le temps que ta catin fasse un tit somme.

Elle a installé Lucie dans un coin du canapé avec sa poupée puis est retournée à la chaise dans laquelle elle s'était assise.

— J'ai jamais vu un trou de souris haut comme ça. Y est pas mal gros en plus. As-tu un rat dans la maison ?

J'ai ri nerveusement.

— Tu le croiras pas, mais j'étais en train d'accrocher un cadre...

J'ai fait une grimace à Lucie dans l'espoir qu'elle se remettrait à rire et que Bertine oublierait sa question.

Bertine s'est mise à taper du pied sous les plis de sa jupe.

— Et...

J'ai levé mon tablier pour cacher mon visage tout en faisant un grand sourire à Lucie.

— Et le marteau est passé tout droit à travers le plâtre.

Lucie riait à gorge déployée.

Bertine m'a enlevé le tablier des mains.

— Dora, y'a jamais personne qu'a commencé une histoire vraie en disant « Tu le croiras pas ». C'est juste pour les récits de pêche pis les maris qu'arrivont en retard à maison pour le souper. De toute façon, c'est ton père qu'a bâti c'te maison-citte pis qu'a monté les murs. Ça prendrait plus qu'un marteau pis un clou dans la main d'une fille pour défaire son travail.

Elle a posé la poupée dans le creux du bras de Lucie.

— Dodo, les filles.

Lucie s'est tortillée un peu avant de se rouler sagement en boule. Bertine m'a adressé un regard sévère.

— Tu mets ta tête entre les jambes des femmes pour sortir leur bébé pis le Bon Djeu sait quoi d'autre. Tu nous as vues de plus proche que nos maris oseraient le faire, pis ej me dis que ça doit faire de toi une personne plutôt honnête.

Elle a compté ses mailles à voix basse avant de poursuivre.

— Essaie donc de me raconter ça de nouveau, mais comme i' faut c'te fois-citte.

De toutes les femmes venues d'ailleurs, Bertine avait toujours été celle que M'ame B. préférait. Quand le docteur Thomas avait livré sa conférence aux Roses blanches et aux autres femmes de la Baie, Bertine avait fait rire M'ame B. à chaudes larmes en remarquant : « J'ai jamais vu un homme aussi propre. On dirait qu'i croit pas au travail. C'est quasiment péché, tu trouves pas ? » Elle est trop jeune encore pour être aussi sage que M'ame B., mais elle est d'une honnêteté à toute épreuve. Alors je lui ai tout raconté en pleurant : que je voulais qu'Archer rentre à la maison et que j'étais en grande partie responsable de ce qui s'était passé – de ses paroles blessantes, du trou dans le mur, de son besoin de boire comme un trou jusqu'à s'emporter.

— J'en avais assez de lui, je suppose. J'ai été froide, je l'ai repoussé. Il s'est fâché contre moi. C'est pas de sa faute. Je sais pas... Peut-être que je suis pas faite pour être l'épouse de quelqu'un. Il est pas heureux avec moi. Excuse-moi, je voulais pas pleurer. C'est pas de sa faute.

— C'est terrible. Terrible.

Elle m'a tendu un mouchoir et a passé un bras autour de mon épaule.

— Je sais. J'aurais dû le laisser faire.

Bertine a reniflé.

— Si je t'entends dire ça de nouveau, ma chérie, j'te garantis qu'ej vas te laver la bouche au savon.

— Tu penses que j'ai raison de me sentir comme ça ? J'ai essayé d'en parler à Maman, mais...

— Tant qu'à moi, t'as le droit de te sentir comme tu l'entends. Y a pas un homme qui va comprendre ça, par exemple.

— Hardy était comme ça, lui aussi ?

— Hardy est doux asteure, mais au début qu'on était mariés, i' se fâchait souvent ben noir, surtout quand-ce qu'ej brûlais le souper ou que j'avais mis trop d'amidon su' les draps. I' a changé de ton quand j'ai accouché du premier, par exemple.

— Tu penses qu'Archer se calmerait si on avait un bébé ?

— On sait jamais. C'est sûr que c'est pas la peine de vouloir changer un homme, mais y a toujours un bon côté à tout. Faut juste prendre la peine de le chercher. Ma mère disait tout le temps : *Si ton mari fume, réjouis-toi qu'i chique pas du tabac ; si ton mari fume pis qu'i chique du tabac, réjouis-toi qu'i boit pas ; pis si qu'i fume, pis qu'i chique pis qu'i boit, réjouis-toi qu'i va pas durer longtemps.*

Elle a commencé à emmitoufler Lucie pour la ramener à la maison.

— Ça te va si je repasse jeudi soir, vers sept heures disons ?

— J'aimerais ça.

— Ce sera quoi, notre excuse ?

— Hmm ?

— Hardy s'énerve tout le temps quand je veux faire dequoi *pour pas de sainte bonne raison.* I' a pour son dire qu'une femme, pour faire dequoi, doit avoir une *sainte bonne raison* pour le faire.

— Tu pourrais lui dire qu'on tricote des bas pour les soldats ?

— C'est parfait. Quand Dinah Moore veut aller retrouver son cousin Hank en secret, a dit à son père qu'a s'en va chez sa sœur faire des colis pour les soldats. Jusqu'asteure, ça marche à tous les coups. Qu'est-ce que tu dirais si on s'appelait la Société des brocheuses occasionnelles ?

— Dinah va voir Hank en secret ?

— Seigneur, oui ! Depuis que la guerre a commencé. Tout le monde pense qu'a court après Émery Steele, mais alle a le beau Hank pour la garder au chaud. J'te raconterai tout ça jeudi. Faut que je rentre à maison préparer à souper.

⁝

Hart est passé à la maison ce soir-là pour me dire qu'il compte me donner un coup de main pendant qu'Archer est parti. Mon premier réflexe a été de refuser, mais j'ai fini par accepter qu'il s'occupe des chevaux, qu'il nettoie l'étable et qu'il donne à manger à la vache. C'est moi qui la trairai ; de toute façon, Archer oubliait toujours de le faire et la pauvre Buttercup n'aimait pas son manque de ponctualité ni la façon brutale qu'il avait de manipuler ses mamelles. J'ai peur que le simple fait d'entendre une voix d'homme tarisse son lait.

J'ai parfois du mal à croire que Hart est l'aîné des deux frères. Il a beau avoir perdu l'usage d'une main et avoir plus de trente ans, on sent une volonté dans son corps, sa démarche et son caractère qui le rajeunit. Il passe ses journées à sillonner la Baie en accomplissant le travail de deux ou trois hommes, donnant un coup de main partout où il en voit le besoin. Le plus souvent, sa tête brune et bouclée est couverte de poussière de foin. C'est en travaillant qu'il est le plus heureux et il n'a pas de patience pour « les gens qui prennent pas soin pis ceux qui parlent pour rien dire ».

Hart était accompagné de Pepper, son colley.

— Elle boite depuis la semaine dernière, puis je comprends pas pourquoi. Ça te dérangerait d'y jeter un coup d'œil ? A me laisse pas m'approcher d'elle pour voir ce qui se passe.

Je me suis assise sur le plancher de la cuisine et j'ai examiné la chienne. Une petite touffe de piquants s'était emmêlée dans la fourrure entre les coussinets de sa patte et formait un nœud que la chienne n'arrivait pas à déloger. Elle avait tant essayé qu'elle s'était râpé le pied pratiquement jusqu'au sang. La chienne a tourné la tête dans ma direction et a essayé de me mordiller, mais Hart a réussi à la calmer. D'un coup de ciseaux, j'ai réussi à la débarrasser de ce qui la gênait.

Il a tapoté sa chienne sur la tête.

— On dirait que je viens d'assister à la première guérison miraculeuse de Dora Bigelow à la butte aux Araignées. Madame Babineau serait fière de toi.

Je suis allée en riant à l'armoire du vaisselier où j'avais rangé les choses de M'ame B. : le Livre des saules, ses pots de remèdes, ses bottes d'herbes, ses bougies de suif, ses statuettes de la Sainte Vierge et une petite boîte en bois dans laquelle étaient rangés des chapelets. J'avais posé dessus la pochette qui contenait ma coiffe.

— Dis-le pas à personne. J'ai promis à Archer que je mettrais de côté ma sorcellerie.

J'ai sorti un pot d'onguent à la fleur de souci et au miel, et me suis assurée de bien refermer l'armoire. *Guérit les brûlures pis les blessures.*

— Désolé qu'elle s'est un peu impatientée avec toi.

— J'ai vu pire.

J'ai étalé de l'onguent sur la blessure de la chienne.

— Elle va peut-être boiter pendant quelques jours encore. Faudrait que tu la gardes à l'intérieur en attendant que ça guérisse.

Pepper a bondi sur ses pattes et a gémi un peu en se promenant dans la cuisine à la recherche de miettes.

Hart s'est gratté le menton et a passé ses doigts dans les poils drus de sa barbe, qu'il laissait pousser avec l'arrivée des temps froids.

— Ma mère voudra rien savoir. Pepper est pas mieux qu'un cochon à ses yeux.

J'ai posé un bol d'eau et un os à soupe par terre pour le chien.

— Elle va rester ici, d'abord. C'est le médecin qui l'ordonne.

En prenant le thé avec Hart, je lui ai montré la plus récente lettre de Borden, oubliant que mon frère avait dit des choses désobligeantes au sujet d'Archer.

J'ai dit à Albert que tu as marié Archer Bigelow. Sa réaction a été plus tranchée que la mienne : « Tu diras à Dora qu'elle est mieux d'être heureuse quand on va rentrer, sinon on va devoir emmener Archer chasser dans le bois avec nous autres. » Faudrait que tu dises à Hart qu'il est dans l'eau chaude pour avoir négligé de garder un œil sur toi !

— Tu diras à Borden de pas s'en faire avec ça, a grommelé Hart. Paraît qu'Archer est un homme changé depuis qu'il est marié. Je l'aurais jamais imaginé après gagner sa vie en vendant des bibles aux bonnes genses du comté de Kings.

Il a gratté Pepper derrière l'oreille et m'a regardée.

— C'est bien des bibles qu'il vend ?

J'ai ouvert grand les yeux et tenté d'afficher un air convaincant.

— Oui, c'est ça.

Il a enfilé son manteau et s'est dirigé vers la porte.

— Dieu sait qu'Archer pourrait vendre de la glace aux Esquimaux.

— C'est vrai.

J'ai l'impression qu'il ne m'a pas crue.

~ Le 25 octobre 1917

Une femme peut devenir enceinte quelques mois seulement après s'être mariée. Quand j'ai vu que mes règles tardaient à venir, je me suis mise à rêver que c'était peut-être mon cas. Mais j'avais beau imaginer un foyer heureux, le sang s'est mis à couler.

Archer est absent depuis bientôt trois semaines. Il va sûrement manquer d'argent avant longtemps et devoir rentrer à la maison. Même s'il ne m'aime plus, sa mère tient toujours les cordons de la bourse. Je suis contente pour une fois qu'elle veuille garder Archer à portée de sa main.

Selon Bertine, « c'est pas le premier mari à se sauver de sa femme. I' va venir tanné de chercher toujours un endroit où poser la tête, d'expliquer qui il est, pis de penser tout le temps à ce qu'i faut faire. Tu vas voir, i' va finir par rentrer à maison. »

Peu importe ce qui le ramène à mes côtés, je vais l'accueillir en lui donnant mon affection et mon corps. Ce n'est pas que je pense pouvoir le changer : il est libre de faire ce qu'il veut du moment que je peux avoir ce que j'ai toujours souhaité. Dès que j'aurai un enfant en moi, tout le reste sera sans importance.

22

La première rencontre officielle de la Société des brocheuses occasionnelles a rassemblé non seulement Bertine et moi, mais aussi Mabel et Sadie. Chacune a emmené ses enfants et un panier rempli de laine et d'aiguilles. Bertine a décidé de nous montrer comment sa grand-mère tricotait des bas. Elle nous a expliqué que sa famille avait apporté la technique des îles Orkney. De Terre-Neuve, elle la transmettait à présent aux Brocheuses occasionnelles de Scots Bay.

— Mame appelait ça des crochets d'amour, mais les autres femmes de par che' nous appellont ça du lardage. Peu importe comment-ce tu veux la nommer, la technique donne des bas, des mitaines pis des tuques deux fois plus chaudes. Mame en a broché avec mes tantes pour la compagnie à mon frère, pis c'est rendu qu'le régiment tout entier en demande. Les gars au front payont ou échangeont tout ce qu'i pouvont pour s'en bailler une paire.

Bertine a retourné une des chaussettes pour montrer l'intérieur. Les lardons de laine cardée formaient des rangées pelucheuses.

— Y en a comme ça qui s'avont rendus là-bas en Égypte. Chus prête à gager que les femmes de la Baie pouvont pas dire ça des bas brochés par icitte.

Mabel nous a proposé de broder les initiales S.B.O. dans les chaussettes « juste pour laisser notre marque ». J'ai ajouté une bande de blanc sur le dessus des miennes, une prière secrète pour la paix. À force d'enfiler des mailles à l'endroit puis à l'envers, les femmes venues d'ailleurs ont commencé à se sentir à l'aise, et les sujets de conversation ont pris un tournant plutôt croustillant que ma tante Francine n'aurait pas approuvé. Quand les enfants ont commencé à s'endormir, les femmes ont cessé de se lamenter des rafales de pluie qui s'abattaient sur la Baie cet automne et se sont mises à parler plutôt de la façon la plus efficace de « tomber en famille ».

— Le plus important, c'est de rester couchée jusqu'au matin.

Sadie berçait son bébé qu'elle avait couché à ses pieds dans un gros panier à fond arrondi.

— Quoi que tu fasses, reste couchée aussi longtemps que tu peux pour pas perdre la semence.

Sadie a beau être toute menue, c'est une femme d'une grande vigueur. Ses yeux rieurs sont d'un bleu vert-de-gris, elle a l'esprit de répartie, et son sens de l'humour est parfois assez grivois. Elle a le tour, aussi, de faire dire aux gens des choses qu'ils comptaient garder pour eux.

— En parlant d'amoureux, comment-ce qu'i se porte su' les chemins, ton nouveau mari ?

J'ai penché la tête et fait semblant d'avoir perdu le compte de mes mailles.

— Il va bien.

— Tu dois t'ennuyer de lui pas mal.

Le bébé de Sadie succombait doucement au sommeil au son des aiguilles de sa mère.

— En tout cas, si j'avais un mari qu'était beau comme lui...

Bertine a regardé Sadie en fronçant les sourcils et secoué la tête.

— Pourquoi-ce que tu me fais c'te face-là, Bertine ? J'ai rien dit de travers. J'voulais juste dire qu'Archer Bigelow est beau. Fais pas semblant que tu l'as jamais remarqué.

Bertine a rougi.

— M'semble que j't'ai déjà entendu dire plus qu'une fois qu'i devait être tellement propre qu'on pourrait manger dessus.

— Arrête donc, Sadie, a dit Mabel en gloussant. Tu vas énarver Dora pour rien pis me faire pisser dans mes tchulottes.

Bertine m'a tapoté le genou pour attirer mon attention et soulevé sa vaste poitrine dans ses mains.

— T'inquiète pas, Dora, Sadie a beau pas avoir grand-chose su' l'dessus, la tite salope compense avec sa couenne dure.

— Traite-moi de salope tant-ce que tu voudras, Mme Tupper. Ma mémère a toujours dit que les mauvaises filles pis les salopes sont les seules à aimer ça, pis moi, ça fait depuis que j'ai quatorze ans que j'y trouve mon compte.

Mabel a cessé de rire et fait bondir son bébé sur ses genoux.

— Le soir avant que j'me marie, ma mère m'a pris à part pis a m'a dit : « Mabel, ma chère, quand-ce le mariage sera fini, ton mari va t'apporter à maison pis i' va te faire dequoi que t'aimeras pas. » J'avais pas le tchœur d'y dire qu'a me disait ça un tit brin trop tard.

Bertine a soupiré.

— Moi, ça me dérange pas trop, j'cré ben, mais j'ai arrêté de faire trop d'efforts. Avec Hardy, c'est un peu comme aller sur un manège : t'embarques, pis un coup que tu te fais à l'idée que t'aimes la musique, que t'as du fun pis que t'aimerais que ça continue un peu… juste comme ça, i' a fini.

Prise d'un élan d'audace, j'ai demandé :

— On doit pas quand même faire un effort si on veut faire un enfant ?

— C't'es temps-citte, je fais juste un effort quand je veux que ça finisse vite. Comme quand-ce que la vaisselle m'attend dans la cuisine ou que ça risque de réveiller un des p'tits avec qui je serais pognée toute la nuit. Mais moi, peu importe ce que je fais, une fois que mes règles reviennent, Hardy a juste à me serrer la main pis à me r'garder du coin de l'œil, je tombe en famille juste de même.

Mabel a pris une gorgée de thé et a rougi.

— J'espère que le Bon Djeu me pardonnera de dire ça, mais y a pas un homme qui peut répondre à tes besoins mieux que toi. Si tu penses qu'i va te rendre heureuse avant que tu portes son enfant, tu vas être pognée comme Sarah à attendre un ange. Alle était trop difficile, la pauvre, pis le vieux Abraham avait beau tout essayer, y a rien qui faisait son affaire. C'te boutte-là de l'histoire s'a perdu avec le temps.

Bertine a opiné de la tête.

— C'est vrai. J'ai déjà connu une femme comme ça. Alle a été voir une sorcière à grigris qui y a dit de prendre un cordon rouge, de faire trois nœuds dedans avant de l'attacher autour de sa taille pis de laisser son mari la prendre par en arrière comme un chien.

— Puis ça a marché ?

— Aussi vrai que chus là. Alle est morte longtemps passé, mais alle a eu trois sets de jumeaux de son vivant.

Sadie a secoué la tête, incrédule.

— Si tu veux avoir du plaisir, monte à cheval su' ton homme. Tu verras, c'est quèque chose. Mais si c'est un bébé que tu veux, c'est mieux d'être sous lui.

Fais-toi un oreiller pis remplis-le de blé noir jusqu'à tant qu'i soit ben ferme. Tu mets l'oreiller sous tes hanches, pis quand-ce qu'il embarque sur toi, i' va rentrer ben creux. Quand-ce qu'i se met à grogner, tu le tires vers toi. C'est un peu comme une danse : tu l'attires vers toi, mais par en-dedans. Pense un peu à la dernière fois que t'as été surprise pour de vrai ; tu te surprendras peut-être à voir que t'aimes ça. Le plus important dans tout ça, c'est de rester couchée jusqu'au matin.

23

Quand ma tante Francine a eu vent des activités de la Société des brocheuses occasionnelles, elle a décidé de nous inviter, Maman, Précieuse et moi, à prendre le thé chez elle les dimanches après-midi. Autant je refusais ses invitations, autant je ne pouvais pas supporter l'idée de briser le cœur de Précieuse, dont c'était le quinzième anniversaire ce jour-là.

J'ai apporté à ma cousine mon exemplaire de *Heart Throbs 1905: The Old Scrapbook*. Mlle Gertrude Coffill, l'institutrice de Scots Bay, me l'avait offert en cadeau quand j'avais terminé mes études.

> Parlons des coups de cœur. Ces choses qui vous rendent fous de joie, qui vous encouragent, qui agissent comme un baume. Si elles vous attirent, c'est qu'elles doivent bien plaire aux autres aussi ! Nous voulons faire de cette revue une publication qui parle le langage du cœur et celui de l'esprit. Montrez-nous ce qui vous intéresse, ce qui interpelle votre mère, vos sœurs, vos frères, vos enfants. Si vous

aviez le choix, quels genres de textes publieriez-vous ? Vous qui lisez sans arrêt des revues, des livres, des journaux ou des tracts, peut-être avez-vous découpé des articles ou des récits qui vous ont marqué ? C'est ce genre de textes que nous aimerions voir.

Nous avons déposé dix mille dollars en fiducie à la First National Bank of Boston, somme qui sera répartie parmi ceux d'entre vous qui êtes prêts à nous porter secours. Les dix personnes qui nous remettront les meilleures contributions gagneront

UNE PILE DE DOLLARS EN ARGENT AUSSI HAUTE QUE LA PERSONNE GAGNANTE !

La sœur de Mlle Coffill, Annabelle, figurait parmi les dix heureux lauréats du concours. Elle s'est mariée il y a bien des années et a quitté la Baie pour s'installer au New Hampshire, mais chaque année, Mlle Coffill raconte à ses élèves l'aventure de sa sœur. « Annabelle était une belle jeune fille toute menue. Le jour où le télégramme est arrivé, elle aurait voulu être aussi grande que sa sœur. » Le fait qu'Annabelle n'ait pas la hauteur souhaitée sert de prétexte à Mlle Coffill pour initier tous les enfants de la Baie à la résolution de problèmes mathématiques :

> Si un pouce vaut quinze dollars en argent
> et si Annabelle fait quatre pieds trois pouces et demi,
> combien d'argent lui a-t-on remis ?

Une fois la réponse trouvée, les enfants se mesurent les uns les autres puis rentrent chez eux mesurer leurs parents. Charlie est même allé jusqu'à mesurer notre vieille truie de bout en bout – du bout des oreilles au bout des orteils, du bout du groin au bout de la queue. Ensuite, il est monté sur le toit de la grange pour en déterminer la hauteur. Mlle Coffill était trop polie pour le dire, mais nous savions tous ce qu'elle souhaitait nous faire comprendre : si nous valions plus cher qu'Annabelle, tout irait bien pour nous. À soixante-dix ans, Gertrude Coffill se tient toujours bien droite, étalant de tout son long sa charpente de cinq pieds onze pouces. Elle ne s'est jamais mariée, mais au moins elle sait qu'elle vaut 1 065 dollars.

Heart Throbs est le seul livre en ma possession auquel ma tante Francine ne saurait s'objecter et dont je suis prête à me départir. C'est un recueil de poèmes lapidaires et d'hommages intarissables – à Abe Lincoln, aux chiens de chasse loyaux et aux vieux canots – dans lequel se trouvent tout de même quelques bijoux : les soliloques de Hamlet, le poème « O May I Join the Choir Invisible » de George Eliot et le « Recessional » de Kipling. J'ai marqué ces passages avec des bouts de ficelle rouge en espérant que Précieuse les découvrira. (Le reste du fil est noué à ma taille en attendant le retour d'Archer.)

J'ai aussi offert à ma cousine un nouveau panier à ouvrage, celui que la mère d'Archer m'a donné après notre mariage. Le mien est encore en bon état, alors ça ne m'a pas du tout dérangée de lui donner le nouveau. J'ai passé un bout de ruban rose entre les tresses du couvercle et autour de la poignée du panier dans l'espoir que la veuve Bigelow ne le reconnaîtra pas si jamais elle croise Précieuse à un cercle de couture ou à une rencontre sociale. J'ai l'impression que ma tante Francine n'a pas été impressionnée par mes cadeaux, mais Précieuse en a fait tout un cas et n'a pas cessé de me remercier. J'aurais voulu lui acheter quelque chose, mais je suis toujours sans nouvelles d'Archer et je continue de faire comme si tout allait bien, alors je dois garder mes sous en prévision de l'hiver.

Ma tante Francine était polie avec moi, mais sa gentillesse n'est jamais gratuite. Elle ne dit jamais rien de manière directe, évidemment. Ça s'entend dans la note joyeuse qui s'insinue dans sa voix quand elle glisse un *on dit* ou un *j'ai entendu dire* juste au bon moment. Ses mots ont l'effet de la teinture d'iode sur une blessure et nous rappellent nos défauts et les fautes qu'elle nous impute.

— On dit que bien des hommes qui font du porte-à-porte ces jours-ci sont pires que des matelots. Ils boivent tous leurs profits, laissant leur femme seule et sans le sou. Du moins, c'est ce que j'ai entendu. J'espère que ton mari ne croise pas de gens comme ça pendant qu'il est sur la route à vendre ses bibles. Quand est-ce qu'il revient, chérie ?

— Bientôt, matante.

— Je pense qu'elle devrait aller voir le docteur Thomas, a annoncé ma tante Francine. On peut pas s'attendre à ce qu'une femme se prenne en charge quand elle est en famille, même si elle a habité chez une accoucheuse.

— Mais je suis pas...

— Je veux pas entendre un autre mot, Dora. Je suis certaine que le docteur acceptera de te voir si je le lui demande. Irwin doit descendre à Canning cette semaine, tu pourras y aller avec lui. Je m'occupe du reste. J'insiste.

Elle a insisté aussi pour qu'oncle Irwin attèle le boghei et me raccompagne. Celui-ci a pris le chemin le plus long, sifflant aux chevaux et leur parlant du temps qu'il faisait. Les longs ombrages de l'hiver arrivaient, l'épaule de la montagne s'étirait, sombre et noire, Glooscap l'imposant était endormi, tournant son dos à la Baie et à nos petites vies. Le croissant de lune flottait sur son dos, entre les ténèbres et la mer. Un fanal posé près d'une fenêtre éclairait doucement deux enfants qui suppliaient leur mère pour un dernier petit bout à manger. L'air était imprégné du parfum des feux de sapin sur lesquels veillaient des maris prévenants. Si seulement je pouvais voler toutes ces choses et les faire miennes, je le ferais.

⋮

Selon le docteur Thomas, je souffre de neurasthénie, « un trouble féminin qui se manifeste par des tendances à l'hystérie ». Il m'a dit que ce n'est pas rare chez les jeunes filles d'aujourd'hui et m'a expliqué qu'« il existe un traitement pour soulager les symptômes, mais pas la maladie elle-même ».

— J'ai parlé à votre tante, Mme Jeffers. C'est une bien gentille dame. Elle m'a raconté que vous avez eu un malaise chez elle dernièrement qui l'a beaucoup inquiétée. Vous êtes bien certaine que vous n'êtes pas enceinte ?

— Oui. Absolument certaine.

— Mais vous aimeriez avoir un enfant, n'est-ce pas ?

— Bien sûr.

Après m'avoir examinée brièvement et m'avoir posé quelques questions, il a annoncé :

— Le fait de vous être exposée prématurément aux aspects primitifs et parfois indécents de la condition féminine, et de vouloir en ce moment un enfant vous a précipitée dans un état de nervosité constante. Votre psyché fragile a provoqué un affaissement de vos organes féminins, vous laissant stérile et dépérissante.

Il a secoué la tête et soupiré.

— Vous n'avez pas assisté à d'autres accouchements ?

— Non, pas depuis celui de Sadie Loomer, le jour de mon mariage.

— C'est bien. Veuillez vous en abstenir. Tant que votre état ne se sera pas amélioré, vous ne pourrez pas concevoir.

Il s'est levé et est allé à une armoire à l'autre bout de la pièce.

Outre l'ajout de plusieurs diagrammes illustrant l'anatomie humaine et divers traitements d'ordre médical, le cabinet du docteur Thomas avait peu changé depuis le jour où les femmes de la Baie lui avaient rendu visite. Sur le mur devant moi était fixée une grande affiche promotionnelle.

Vous êtes anxieuse ? Fatiguée ?
Vous avez les émotions à fleur de peau ?

Vous n'êtes pas la seule. La modernisation de la société a provoqué une hausse du nombre de cas de neurasthénie, de chlorose et d'hystérie. Parmi les symptômes de la neurasthénie, citons : pleurs, mélancolie, anxiété, irascibilité, dépression, extravagance, insomnie, épuisement mental et physique, discours décousus, fièvres soudaines, peurs morbides, excitation, oublis, palpitations cardiaques, maux de tête, crampes aux mains, confusion mentale, inquiétude constante et crainte de sombrer dans la folie.

Parlez-en à votre médecin.
Il saura vous aider.

Dans un coin de la pièce, un petit poêle chauffait en émettant des craquements qui faisaient écho aux battements nerveux de mon cœur.

— Allongez-vous sur la table, Mme Bigelow, je vais administrer la thérapie. Elle prépare la matrice à accueillir une précieuse petite âme.

Le docteur Thomas a relevé ma robe, que j'avais gardée par pudeur. J'avais choisi de n'enlever que mes bas et mes sous-vêtements, en espérant qu'il ne verrait pas la ficelle rouge nouée autour de ma taille. Il a approché de la table un petit chariot sur lequel était posée une grande boîte noire qu'il a ouverte. J'ai aperçu l'étiquette : *Vibromasseur santé style suédois*. À l'intérieur se trouvait un étrange appareil en argent brillant, d'apparence lourde et muni d'un long cordon d'alimentation noir. Il était posé sur un coussin de velours rouge. Plusieurs accessoires étaient nichés dans des cavités tout autour de la machine, chacun ressemblant au museau mécanique d'un animal ou au bec lustré d'un oiseau exotique.

— Une véritable merveille de la médecine, a-t-il dit.

Il a choisi un large embout arrondi, qu'il a fixé à la machine.

— Le traitement prendra à peine quelques minutes. Il dirigera un flot de sang vers vos parties congestionnées, libérant vos tensions nerveuses et vous soulageant de vos souffrances. Quand vous quitterez la clinique aujourd'hui, vous aurez le regard pétillant et vous aurez repris des couleurs. Vous dormirez comme un bébé ce soir, Mme Bigelow.

Le docteur Thomas a actionné l'interrupteur sur la poignée et l'appareil a émis un bourdonnement puissant. L'expression du médecin était calme et déterminée.

— Écartez les jambes, a-t-il dit au-dessus du bruit. Et essayez de vous détendre.

J'ai fermé les yeux et tenté de m'imaginer que j'étais ailleurs. J'avais des vêtements à repriser à la maison. Avais-je tricoté assez de bas pour Archer en prévision de l'hiver ? Il restait peut-être encore assez de pommes au sous-sol pour faire quelques pots de compote. Il faudrait voir si elles ont commencé à ramollir. Il ne faudrait surtout pas qu'elles pourrissent. J'ai vu dans le *Ladies' Rural Companion* que c'est bon d'y ajouter de la cannelle : *Ça donne un peu de piquant à ce plat d'hiver que tout le monde aime, surtout lorsqu'il est servi chaud.*

Le docteur Thomas a tracé des cercles du bout de sa baguette, la faisant pénétrer peu et peu dans les replis roses et frémissants de mon entrecuisse. À mesure qu'elle explorait mes entrailles, je sentais les battements de mon cœur s'accélérer et j'avais du mal à me concentrer. La sensation était plus forte que tout ce que j'avais pu vivre dans les bras de mon mari, plus forte même que ce que j'avais connu, adolescente, sous mes couvertures. Le docteur Thomas avait raison : tandis que je luttais pour occuper mon cerveau à des pensées innocentes, mon sang chauffait, prenait de la force, circulait avec vigueur. J'essayais de me remémorer les paroles d'un cantique, le passage d'un livre digne. J'imaginais Maman cherchant un passage sur les derviches tourneurs de Constantinople, tenant dans ses mains un livre qu'elle avait trouvé sur l'étagère, son titre tout en dorures – *Good Words For 1866* – sur le dos du livre.

> Les derviches semblaient être des gens de basse classe et ordinaires. Leurs visages pâles affichaient un regard mi-sensuel, mi-nerveux et hystérique.

J'étais fiévreuse et tendue. Mes hanches se soulevaient et retombaient au rythme des mouvements du docteur Thomas. Mes genoux tremblaient. Le chapelet de M'ame B., que je portais au cou, me paraissait soudain trop serré, je n'arrivais pas à reprendre mon souffle. Je me suis mordu la lèvre et j'ai senti le goût sucré et alarmant du sang sur le bout de ma langue.

> La tendance à exprimer ou à libérer une agitation ou les tumultes de l'âme par des signes extérieurs de joie – en chantant, en criant ou en dansant, par exemple –, est tout à fait naturelle mais peut souvent mener à l'hystérie.

— C'est bien, Mme Bigelow. Une respiration rapide et laborieuse, voilà ce que j'aime voir. Ça excite le système nerveux, ça nettoie la maladie.

Le passage d'un état animal dépourvu de tout sentiment moral à celui d'une sensualité grossière est tout à fait naturel.

Si tu veux avoir du plaisir, monte à cheval su' ton homme... C'est un peu comme une danse : tu l'attires vers toi, mais par en-dedans. Pense à la dernière fois que t'as été surprise pour de vrai...

— Laissez aller la douleur, Mme Bigelow, nettoyez le sang, laissez aller la douleur.

Mes yeux se sont ouverts soudain et j'ai émis un cri strident. Le traitement avait été un succès.

Le bourdonnement a cessé. Le Vibromasseur santé style suédois s'est arrêté. Le docteur Thomas a souri ; il avait réussi. Je me suis remise peu à peu des élans de ma danse céleste et vertigineuse et j'ai été prise d'un fou rire.

— Mme Bigelow ? Mme Bigelow ! Un peu de calme, Mme Bigelow. Maîtrisez-vous, je vous en prie ! Mme Bigelow, écoutez-moi.

Des larmes coulaient sur mon visage et je ne pouvais pas cesser de rire. J'ai posé mon manteau sur mes épaules et je suis sortie à toute vitesse du cabinet.

Parmi les symptômes secondaires, citons : bâillements, démangeaisons, maux d'estomac, spasmes musculaires et chatouillements.

Le docteur Thomas est sorti à ma suite en courant, mes bas de soie du dimanche à la main.

— Mme Bigelow ! a-t-il crié. Je vous conseillerais de suivre ce traitement une fois par semaine ! Votre maladie est très avancée et vous risquez de sombrer dans une débilitation importante !

Le plus souvent, les troubles hystéroneurasthéniques surviennent chez les femmes célibataires et les jeunes veuves, et tendent à se manifester par des « crises » de névrose. À la suite d'un épisode, la personne affectée a honte de ses actions, au point de les nier ou de s'offusquer lorsqu'on lui rappelle son comportement.

Dr Gilbert Thomas
124, rue Pleasant
Canning, Nouvelle-Écosse

Le 6 novembre 1917

Madame Dora Bigelow
Scots Bay, Nouvelle-Écosse

Madame Bigelow,
Mon diagnostic récent vous a sans doute prise par surprise. Je dois tout de même vous enjoindre à suivre mes conseils sans plus tarder. Votre comportement lors de votre dernière visite m'a convaincu que votre état mérite d'être observé de près. Comme vous avez pu le constater, il existe un remède efficace contre vos maux. Je serais tout disposé à vous offrir les traitements dont vous avez besoin pour que vous vous sentiez de nouveau entière et en santé.

Vous n'avez pas à vous soucier du coût de cette thérapie, puisque j'ai discuté avec votre tante si bienveillante, Mme Francine Jeffers, qui est prête à prendre en charge vos frais. Je tiens à vous assurer qu'elle ne connaît pas la nature délicate de votre état ; elle se soucie simplement, tout comme moi, de votre bonheur et de votre bien-être.

Je vous enjoins donc encore une fois à vous faire soigner au plus vite. Ce genre de situation peut dégénérer rapidement et laisser même la plus forte des femmes dans un état de détresse tel qu'elle doit être hospitalisée.

Cordialement,
Dr Gilbert Thomas

~ Le 8 novembre 1917

Voilà bientôt un mois qu'Archer est parti.

La plupart des symptômes de ma neurasthénie persistent : insomnie, mélancolie, crises de larmes soudaines et fatigue générale. Le docteur Thomas m'a écrit plusieurs fois pour me rappeler gentiment qu'il est toujours disposé à m'offrir un traitement. Je comprends qu'il craint que mon état s'aggrave et me rende « inutile à ma famille et à ma communauté », mais je ne peux pas me résoudre à le revoir. De toute façon, j'ai peut-être trouvé un traitement dont je pourrai me charger moi-même.

J'ai trouvé dans les toutes dernières pages du *Ladies' Rural Companion* que ma tante Francine m'a prêté une publicité annonçant le vibromasseur White Cross pour usage à domicile. Je compte me servir de mes économies pour l'acheter – le peu d'argent que des mères généreuses avaient offert à M'ame B., le solde qui me reste après ma commande à l'épicerie Newcomb, les sous que Papa glisse dans mes souliers chaque fois que je vais souper chez mes parents.

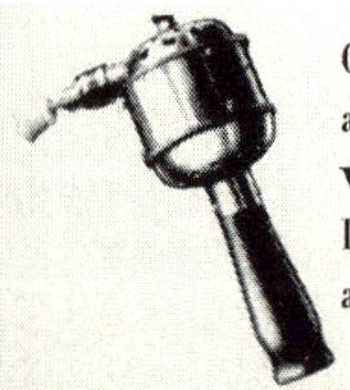

Offrez-vous une thérapie de conception suédoise
aux vertus merveilleusement rafraichissantes avec le
vibromasseur électrique White Cross
Le même traitement chez un médecin vous coûterait
au moins 2 $ chaque fois.

Vibrez de jeunesse !

Effacez les années comme par magie et faites revivre chaque fibre de votre corps. Savourez les plaisirs de la jeunesse qui jailliront en vous quand le sang rouge et riche coulera dans vos veines. Retrouvez votre joie de vivre ! Votre estime de soi sera multipliée au centuple.

Au moyen de vibrations et de courants électriques excitants et enrichissants, cette merveille technologique soulage la douleur, la raideur et la faiblesse et redonne du volume à votre corps. En quelques minutes seulement, vous vous sentirez revivifiée, forte et en santé.

~ Le 25 novembre 1917

Un colis est arrivé aujourd'hui en provenance de la compagnie Lindstrom-Smith, située au 253, rue LaSalle, Chicago, Illinois : le vibromasseur White Cross pour usage à domicile. Avec l'arrivée de cette « merveille de la médecine », j'estime avoir fait bon usage de mes économies.

Je prendrai bonne note des résultats de mon utilisation de la machine. Si mon état neurasthénique persiste, je prendrai un nouveau rendez-vous avec le docteur Thomas.

~ Midi

J'ai eu du mal à brancher le vibromasseur White Cross à sa source d'alimentation, mais c'est fait et j'ai pu entamer mon traitement à domicile. Je suis satisfaite des résultats obtenus jusqu'à présent. Cette machine est peut-être la réponse à toutes mes prières !

(La première tentative a produit des résultats semblables à ceux que j'ai connus dans le cabinet du docteur Thomas, mais j'ai fait bien attention de ne pas aller au-delà des tourbillonnements célestes et vertigineux dignes des derviches.)

~ Quatorze heures trente

Je me sentais anxieuse et triste après le dîner. Alors que j'accomplissais mes tâches, je me suis mise à penser qu'Archer ne rentrerait peut-être jamais et j'ai commencé à souffrir de solitude. J'ai décidé de faire un deuxième traitement pour me changer les idées et tester les pouvoirs de la machine. Encore une fois, ça m'a revigorée, à un tel point que je me sentais très heureuse. J'en souris encore, en fait, et je me réjouis de voir qu'une humble accoucheuse comme moi peut s'aventurer si facilement dans un « domaine médical ». Ai-je découvert par hasard un autre exercice qui gagnerait à être confié au beau sexe ? Les savants et les spécialistes ne seraient-ils pas étonnés par cette découverte ?

~ Vingt-deux heures

Après un troisième traitement, j'étais radieuse mais épuisée, et peut-être un peu fiévreuse. Ça me rend tellement heureuse que j'ai du mal à savoir combien il faut en faire. (Trois traitements en une journée, c'est peut-être un peu trop ?) J'étais tellement fatiguée que je me suis étendue avant le souper et j'ai dormi jusqu'à vingt et une heures ! Je me sens merveilleusement bien. Pour le souper, j'ai mangé du bacon, de la compote de pomme, de la crème et du pain brun. Avec les remèdes de M'ame B. et ce traitement, j'ai confiance que je serai prête (et plus que disposée) à accueillir Archer quand il reviendra.

24

Ma chère Dora,

Tu m'excuseras d'être parti si longtemps.
Je rentre dès que je peux, avant Noël.
J'ai bien des choses à te raconter.

Je t'embrasse.

Ton mari,
Archie

La carte postale d'Archer a suffi à me renvoyer au Livre des saules pour voir si j'avais oublié des conseils ou des prières qui pourraient m'aider à tomber enceinte. À mesure que je coche des remèdes sur ma liste, j'ai de plus en plus hâte à son retour (je suis tellement égoïste que je n'ai annoncé la nouvelle à personne). Si je veux que ça marche, je dois l'avoir à moi toute seule.

Je me suis imposé un régime strict. Une bonne dose du tonique de lune de M'ame B. au moins quatre fois par jour : une au déjeuner, une autre au dîner, une en après-midi, une au souper et une double dose au coucher avec un traitement au vibromasseur. Je dors sur le dos avec un coussin sous les hanches pour garder ma matrice inclinée jusqu'au matin.

Le bain de lune recommandé par M'ame B. a été une expérience frigorifiante et troublante. J'avais choisi de m'étendre à la croisée du chemin des Trois-Ruisseaux et du chemin forestier qui passe derrière chez M'ame B. Le temps de le dire, j'étais gelée jusqu'aux os.

Papa m'a toujours avertie de ne jamais dormir la tête dans les rayons de lune. *Garde toujours tes rideaux fermés quand c'est la pleine lune, pis couvre-toi la tête quand tu dois sortir... surtout quand-ce qu'a brille fort su' l'eau. Si qu'i fait assez clair la nuit pour faire les foins, tu risques de pogner un coup de lune. Ça fait pardre la tête au monde. C'est mille fois pire qu'un coup de soleil.* J'ai sursauté plusieurs fois en croyant entendre des pas sur la route. Chaque fois, c'était le vent qui faisait bruisser les feuilles mortes encore aux arbres. J'ai même cru entendre le fantôme de M'ame B. qui m'appelait et voir ses jupes qui volaient dans le ciel au-dessus de ma tête, mais j'ai fini par découvrir qu'une des vaches de Laird Jessup s'était échappée et renâclait derrière les aulnes. J'avais peut-être trop bu d'élixir ce soir-là.

J'ai l'impression que les remèdes de M'ame B. fonctionnent. L'élixir surtout. Quand j'en prends avant mes traitements, je me sens toute chaude et je ressens un grand manque à l'intérieur. Je me surprends à avoir hâte au soir et à vouloir trouver des prétextes pour éviter les pratiques de chorale, ou les soupers avec Maman, ou les rencontres des Brocheuses occasionnelles, de manière à rester toute seule à la maison. Je prends alors une dose de tonique (ou deux) et je rêve au retour d'Archer, m'imaginant le désir que j'éprouverai pour lui.

Hart est rentré dans la maison après s'être occupé des animaux. La patte de Pepper était guérie depuis longtemps et il avait décidé qu'il était temps de ramener sa chienne chez lui.

— I' va se mettre à neiger dans pas long, pis j'ai besoin qu'elle m'aide à ramener le troupeau plus près des étables.

La chienne se comportait comme si tout allait bien, mais dès qu'elle a entendu Hart l'appeler, elle s'est remise à boiter.

Hart s'est accroupi et l'a appelée de nouveau.

— Ici, Pepper. Allez, viens-t'en.

La chienne s'est cachée sous la table.

Je me suis assise par terre et j'ai tenté de la faire sortir en lui présentant un demi biscuit.

— C'est de ma faute qu'elle veut pas y aller. Je la laisse lécher mon assiette après les repas, puis elle s'est habituée à dormir au pied de mon lit.

Il a tapé dans ses mains et a ordonné :

— Ici.

Oreilles aplaties, queue baissée, la chienne s'est avancée vers lui, tête basse, et s'est couchée à ses pieds, sur le dos. Il a ri et lui a frotté la panse à deux mains.

— Bonne fille, a-t-il dit doucement. Viens, Pepper, on rentre à la maison. On a une grosse journée demain.

Pepper s'est levée d'un bond en remuant la queue, comme si tout était déjà pardonné.

À peine Hart avait-il refermé la porte derrière lui qu'il l'a rouverte de nouveau, a décroché mon manteau et me l'a tendu.

— Viens-t'en avec moi.

J'ai mis mes bottes et j'ai posé mon manteau sur mes épaules.

— Qu'est-ce qu'il y a ?

Il m'a prise par la main et m'a fait sortir.

— On s'en va pas loin.

Pepper était-elle partie à la poursuite d'un raton laveur ou d'un porc-épic ? J'ai scruté la noirceur en espérant la repérer. Je l'ai vue qui attendait patiemment sur les marches du perron en remuant la queue, alors j'ai donné une tape sur le bras de Hart et l'ai montrée du doigt.

— Elle est juste là, Hart. Il fait froid, je vais rentrer. Sors de la lune, prends ton chien puis va-t'en chez toi.

Il a serré mon bras.

— Lève la tête, Dora.

Des aurores boréales s'élevaient au-dessus des épinettes sur la crête de la montagne, leurs lueurs frémissantes tournant du bleu scintillant au vert chatoyant et même au rose foncé. C'est un phénomène rare, à la Baie, et jamais je ne les avais vues aussi lumineuses. M'ame B. m'avait dit un jour qu'elle avait l'impression que les aurores étaient toujours là. « Comme un arc-en-ciel ou un ami qui veut ton bien, i' sont tout le temps là, mais on a juste la chance de les voir quand-ce qu'on en a besoin. Leu' danse nous raconte comment-ce que la Terre a été faite. A siffle c'te secret-là des fois. C't'es lumières-là racontent l'histoire du monde, mais le Bon Djeu nous a pas encore donné les mots qu'i nous faut pour la dire tout haut. Si jamais i' finit par se décider à me la dire, c't'histoire-là, j'te la conterai. »

Autant Hart et Archer sont différents, autant ils se ressemblent : dans la façon qu'ils ont de respirer lourdement, d'appuyer, en parlant, sur les tonalités les plus basses, la façon qu'ils ont de me rendre nerveuse sans le vouloir. S'ils m'effraient tous les deux, c'est seulement parce que je n'arrive jamais à savoir si le premier est heureux ni à saisir où je me situe par rapport au deuxième. Bien sûr, ils sont différents l'un de l'autre et il ne faut surtout pas les confondre.

— Il sait pas ce qu'il fait. Il va revenir, puis quand il sera là, il va se moquer des gens qui oseront lui dire qu'il est parti trop longtemps.

— Je le sais.

J'étais sur le point de lui dire qu'Archer m'avait écrit, mais il a continué.

— Si tu veux que j'aille le chercher pis que je le ramène à la maison, je le ferai.

Je me suis ravisée.

— Non. Mieux vaut le laisser rentrer par lui-même.

25

Mon arrière-grand-mère, Mamie Mae Loveless, disait souvent : *Quand-ce tu y prends pas garde, les asticots pognont dedans.* Ceux qui ne la connaissaient pas pouvaient croire qu'elle parlait de l'alose, du hareng ou du maquereau, mais Mamie Mae sortait cette phrase-là à tout bout de champ. Le plus souvent, elle pensait à la bonne manière d'éduquer un enfant ou au fait qu'une vie trop dure pouvait creuser des rides dans le visage d'une jeune maman. Si tu n'y prends pas garde, si tu ne fais pas attention à ce qui compte... *surveille tes manières, surveille le chaudron, garde un œil ouvert, fais attention à ton mari sinon i' s'en ira.* Mamie Mae se plaisait à dire aussi que sa mère, Mme Dahlia Woodall, était un personnage légendaire à qui l'on devait la défaite de la Grande Alosière de Scots Bay. « C't'es hommes-là ont été obligés de rendre des comptes à Dahlia, pis ça l'a fini là. »

À l'époque, un groupe d'hommes fortunés d'Halifax avait eu vent des grandes quantités d'aloses qui frayaient dans la baie. Ils étaient donc venus, avaient fait toutes sortes de promesses et fondé la Grande Alosière de Scots Bay. Aux dires de certains, l'entreprise devait être tout aussi grandiose que le chemin de fer qui reliait Halifax et la vallée d'Annapolis, et à ce titre elle faisait les frais de la conversation dans tous les villages des environs. Les hommes de la Baie se sont empressés de s'engager en tant que travailleurs. Les femmes, elles, se sont chargées de fabriquer de grands bouts de filet de leurs mains habiles, maniant des aiguilles de bouleau et formant des nœuds. Au printemps, chaque foyer a apporté son bout de filet à fixer aux autres, et les femmes se sont installées dans le chemin pour les coudre en place.

Une grande senne a été fabriquée, et un dortoir bâti pour héberger le contremaître et les travailleurs. Mais, au lieu d'offrir aux hommes une rémunération convenable, le patron avait cru bon de les payer en rhum et faisait souvent circuler la paye pendant que les hommes attrapaient le poisson. En un rien de temps, les pêcheurs peinaient à se tenir debout ; certains étaient si ivres qu'il fallait les jeter dans les barques avec les poissons. D'autres partaient en titubant dans le brouillard ou tombaient à l'eau les uns par-dessus les autres en s'éclaboussant et en criant comme des gamins. En fin de compte, le plus gros de la prise finissait par pourrir sur la berge.

Voyant les hommes ainsi empêtrés, renversant les prises d'alose, incapables de distinguer entre la bouche et la queue du poisson, bref ne comprenant plus rien à rien, Dahlia a mobilisé les femmes du village. Armées de corbeilles à linge et de charrettes à bras, elles sont descendues à la baie ramasser autant de poisson qu'elles le pouvaient et l'ont ramené à la maison pour le nettoyer et le saler afin d'en nourrir leurs familles. Mamie Mae était fière de dire que *Dans tout le chafrail qui régnait à ce temps-là, c't'es femmes-là allaient pas laisser leu' gamins mourir de faim.* Avec le temps, les gens des environs se sont mis à parler des bons à rien de soûlons à moitié fous qui vivaient à Scots Bay. Les femmes se sont vite lassées de devoir déployer tant d'efforts pour sauver l'alose et la réputation de leurs maris. Dahlia savait que les hommes de la Baie allaient bientôt mettre leur vie et leur gagne-pain en péril à cause de la « boisson du diable ».

Le 1er août 1800, les femmes de Scots Bay se sont rassemblées en soirée à la ferme des Woodall, où Dahlia les attendait. Le temps était venu, leur a-t-elle annoncé, de se débarrasser une fois pour toutes de cet « élixir de paresse de Satan ». « De souère, leur a-t-elle dit, on ramène nos hommes à la maison pis on les remet su' l'droit chemin. » Elle a enfermé les enfants dans la cabane et a tendu une torche à chacune des femmes. Armées de haches et de flambeaux, les femmes, Dahlia en tête, sont descendues à l'Aloserie et ont encerclé le dortoir en chantant en chœur. Quand les hommes sont sortis voir ce qui se passait, les femmes se sont précipitées à l'intérieur où elles ont éventré tous les contenants de rhum, laissant le liquide ambré s'écouler entre les lattes du plancher et s'infiltrer dans le sol. C'était leur tour, à présent, de pousser des cris en mettant le feu aux murs avec leurs flambeaux. Le toit a été engouffré par des flammes rouges et orangées avant de tomber en poussière.

Si je voulais ravoir mon mari, j'allais devoir le ramener moi-même à la maison.

— Je l'ai vu à' taverne deux soirs passés. J'y ai pas fait attention par rapport que la plupart des hommes s'arrêtont là-bas pour prendre un repas ou dequoi à boire quand-ce qu'y passont par là. Mais là, quand-ce que j'ai vu qu'Archie s'était mis dans le trouble, j'm'ai dit qu'y fallait p't-être qu'ej te mette au courant.

Jack Tupper était installé à ma table de cuisine et engouffrait ce qui restait d'une grosse pointe de tarte aux pommes. Frisant la cinquantaine, mince comme un pic et célibataire, Jack avait l'habitude d'entamer la conversation dès qu'on lui offrait une tasse de café, mais n'arrivait jamais au véritable but de sa visite avant d'avoir mangé la moitié du contenu de tes armoires.

— Ej suppose que tu sais aussi ben qu'un autre qu'Archie aime ben sa boisson. Si qu'il en prend juste un verre ou deux, i' est ben correct. Mais c'te fois-citte, i' était arrivé au fond de sa bouteille pis i' avait pas des bonnes cartes dans sa main. Pire encore, i' avait pas assez d'argent dans sa poche pour payer c'qu'i devait au vieux Georgie Wickwire. Archie avait beau i' supplier d'y donner une deuxième chance, quitte ou double, Wickwire donne pas de deuxième chance à parsonne, pis i' a pas de patience pour les mauvais payeurs non plus.

— Est-ce qu'Archie a été blessé ? Il est où maintenant ?

— Wickwire a payé quelqu'un pour le sortir par en arrière pis le faire cracher sa dette. I' peut se permettre de pas se salir les mains. Le gars y a sacré une bonne volée : Archie a des doigts cassés pis des côtes fêlées, i' s'a fait boxer les oreilles pis i'a les deux yeux au beurre noir. D.P. Gordon, l'apothicaire, tu le connais ? I'a dit qu'i le panserait pis le laisserait loger dans la chambre au-dessus de sa shoppe en attendant qu'i dégrise pis qu'i se remette de ses blessures avant de le renvoyer à maison.

J'ai posé le reste de la tarte devant lui ; il en restait encore les trois-quarts.

— Prends-en autant que tu veux, Jack. Il y a du pain frais sur le comptoir puis de la crème dans la glacière pour aller avec. Merci d'être passé me voir. Je m'occupe du reste.

— Ça te dérange-tu si je mange direct dans l'assiette à tarte ?

— Pas de problème. Quand t'as fini, tu laisseras la vaisselle sur le comptoir.

J'ai glissé quelques articles de voyage dans le sac de M'ame B. et me suis apprêtée à partir.

— Tu pourrais peut-être rien dire à personne pour l'instant au sujet d'Archer, d'accord ?

Jack a levé les yeux vers moi et a hoché la tête en souriant, la bouche pleine de tarte.

Charlie avait accepté de me conduire au magasin de M. Gordon à Kentville. Comme on met une demi-journée à s'y rendre, nous y sommes arrivés tard. Archie dormait à l'étage.

M'ame B. m'avait souvent parlé de M. Gordon, mais elle ne l'avait jamais rencontré. Il lui envoyait par la poste le matériel dont elle avait besoin – de l'huile de ricin, du désinfectant Jayes, du fil de coton et ainsi de suite – sans jamais lui demander grand-chose en échange. Trois autres pharmaciens se trouvaient plus près de Scots Bay, mais M'ame B. ne voulait rien savoir de faire affaire avec eux. « Faut que ça vienne d'un homme croyant. Sais-tu ce que ça veut dire, le D.P. de son nom ? *Divine Providence*. Louée soit la Vierge, c'est la *Divine Providence* ! Ça le dit juste là sur ses factures. Si sa maman a cru bon l'appeler comme ça, i'a pas le choix d'être un croyant. »

Archer se plaignait encore un peu des ecchymoses mais il était charmant et plein de remords.

— Si c'est pas ma charmante épouse ! Tu pouvais pas supporter l'idée d'être loin de moi une journée de plus, c'est ça ?

— Après deux mois sans toi, on aurait pu s'imaginer qu'elle a oublié ton existence, a répliqué Charlie, les bras croisés sur sa poitrine, l'air fatigué et furieux.

Je me suis assise sur le lit à côté d'Archer et j'ai ajusté ses bandages. J'étais du même avis que Charlie, mais je ne pouvais pas m'empêcher de le plaindre un peu, vu le triste état dans lequel il se trouvait, et même de m'en sentir un peu responsable. J'aurais dit n'importe quoi pour m'assurer qu'il rentre à la maison.

— Il a déjà assez souffert, Charlie. T'as pas besoin d'en rajouter.

Voyant qu'il se faisait tard, M. Gordon a gentiment proposé de nous héberger.

— C'est pas la peine de vous en retourner comme ça dans le noir. Y'a de la place en masse pour que vous restiez ici ce soir.

26

La boutique de M. Gordon était le lieu de grandes agitations en ce matin du 6 décembre. Un homme est entré en courant, annonçant qu'un terrible désastre venait de se produire à Halifax. D'autres personnes ont confirmé la nouvelle sans toutefois savoir ce qui s'était produit au juste. Deux médecins de la région sont venus demander à M. Gordon s'il pouvait leur donner autant de fournitures que possible. Les médecins, infirmières, sages-femmes et autres personnes qui voulaient prêter main-forte étaient priés de se présenter à la gare avant midi.

— Ma sœur Dora est une accoucheuse puis une guérisseuse, s'est empressé de dire Charlie. Elle pourra vous donner un coup de main.

— Je sais pas, Charlie. Faudrait que je ramène Archer à la maison. De toute façon, je sais pas à quel point je pourrais aider.

— Ils ont désespérément besoin de renforts là-bas,

a dit l'un des médecins. Si vous savez panser des blessures, soigner les malades...

— J'irai, moi, a repris Charlie.

— Non, Charlie.

— J'y vais, Dora. Même si tu y vas pas.

Charlie a regardé Archer comme s'il s'attendait à ce qu'il dise qu'il irait, lui aussi. Archer a secoué la tête, levé son bras pansé et dit :

— J'ai mes propres blessures à soigner.

M. Gordon a rempli quelques boîtes, qu'il a posées sur le comptoir à l'intention du médecin, puis m'a tendu une petite trousse de médecin.

— Allez-y, vous deux. Je garderai un œil sur lui.

L'automne, les rafales peuvent arracher un quai tout entier de la rive, et une tempête de neige et de verglas peut fracasser le toit d'une étable. Mais ce sont là des ravages causés par la nature. Jamais je n'ai eu si peur ni été aussi bouleversée qu'en voyant la dévastation causée par l'explosion d'Halifax : des kilomètres et des kilomètres de paysage en ruine provoqués par le culte que voue l'homme à la guerre.

Il nous a fallu quelques heures pour atteindre Halifax. (Mon premier voyage en train. Ma première fois si loin de chez moi.) Avant même d'apercevoir les premiers signes du désastre, nous avons vu, à la gare de Falmouth puis à celle de Windsor, des masses d'hommes, de femmes et d'enfants attendant d'être transportés à l'hôpital de Truro. Nombre d'entre eux pleuraient, saignaient ou se trouvaient à l'article de la mort. Au moins un médecin et une infirmière de notre délégation sont descendus leur venir en aide. Je me souviens d'avoir tenu la main de Charlie alors que nous nous approchions de la ville. Je l'ai serrée fort en apercevant au loin des cheminées effondrées, des piles de débris, puis une infinité de maisons noircies et de vies ruinées. Des nuages gris pendaient au ras du sol alors que des morceaux de papier goudronné voltigeaient dans le ciel, légers comme des graines de pissenlit, avant de retomber et de se fondre dans le paysage crasseux. Quand le train n'a plus été en mesure d'avancer, nous avons poursuivi le trajet à pied jusqu'à Richmond ; là, le chemin de fer traçait une boucle le long des Narrows avant de déboucher juste à l'est du port. Autour de nous, la dévastation était telle qu'elle dépassait les pires visions que je m'étais faites de l'enfer. Des maisons étaient fendues en deux et de grands trous béants se trouvaient là où les murs se dressaient auparavant. J'ai vu une mère et son enfant tapis dans un coin de leur maison, les mains tendues au-dessus d'un tas de charbons ardents dans l'espoir d'y trouver ne serait-ce qu'un peu de chaleur. En route vers l'hôpital de Camp Hill, nous avons vu des cadavres coincés sous des lattes de plancher, transpercés par des bouts de métal. Les corps, les maisons, les vies, tout était noirci. La mort brûlait, son odeur flottant dans l'air lourd et poisseux, et écorchait mes poumons. Pires que les morts, il y avait ceux qui erraient dans les rues en cherchant quelqu'un ou quelque chose de familier. Vêtements déchirés, visages maculés de sang et de suie, ils formaient malgré eux une armée endeuillée, tous aussi perdus et démunis les uns que les autres.

On ne comptait pas les heures à Camp Hill alors que les corps entraient et sortaient de l'hôpital. Je n'avais même pas le loisir de me préparer à ce qui venait ni de le voir venir, pas plus que de compter le nombre de morts. Au deuxième étage où je travaillais, l'espace était ouvert ; je voyais les médecins qui amputaient à la scie des membres ensanglantés et en lambeaux, des infirmières qui recouvraient des corps d'un drap ; j'entendais des voix qui s'élevaient des rangées de civières. *S'il vous plaît, quelqu'un, aidez-moi. Je suis vivant. Maman...* Nous faisions tout en notre pouvoir pour réconforter ceux qui nous entouraient, mais ça ne suffisait jamais.

J'étais chargée de voir aux femmes enceintes. Celles-ci arrivaient en se tenant le ventre à deux mains ou avec une main entre les jambes, comme si elles pensaient pouvoir ainsi garder leur enfant à l'intérieur. L'ampleur de la détonation avait déclenché leur travail et je ne pouvais pas faire grand-chose pour l'arrêter. Un enfant après l'autre naissait trop tôt, plus d'une dizaine comme Darcy mourant dans les bras de leur mère. Un plus grand nombre encore naissaient à peine humains et déjà morts. Un journaliste du *Halifax Journal*, qui rassemblait les noms pour alimenter le tableau quotidien des décès, m'a raconté que des ancres pesant 500 kilos avaient été projetées dans les airs et s'étaient écrasées sur des usines et des écoles. C'était un miracle que des bébés et des mamans aient survécu. Pour chaque enfant perdu, il y en avait un qui survivait, pour ensuite devenir orphelin quand sa mère succombait au choc.

— C'est important de noter leur nom, m'a expliqué le journaliste, surtout si vous pensez que la personne ne survivra pas. Les corps s'empilent à la morgue et on n'arrive pas à les identifier tous. Fouillez dans leurs poches s'il le faut.

Dans toute la confusion, il ne m'était pas venu à l'esprit de demander leur nom aux gens. Jamais je n'avais vécu une chose pareille et, à Scots Bay, tout le monde connaissait tout le monde, alors il n'y avait jamais de doute quant à l'identité et à l'appartenance d'une personne.

Le journaliste a retiré une enveloppe de sa poche et me l'a tendue. Elle contenait des étiquettes en papier, du genre qu'on fixerait à un paquet avant de l'expédier.

— Quand vous perdez quelqu'un, notez les renseignements que vous pourrez là-dessus. Ça facilitera les choses quand ce sera le temps de mettre les corps dans des sacs puis de les envoyer à la morgue. Y a tellement de morts qu'on sait plus où les mettre ; pour l'instant, on les envoie à l'école sur le chemin Chebucto.

Plusieurs fois par jour, j'ai dû diriger vers la morgue des gens venus à l'hôpital chercher un être cher, et qui apprenaient que la personne était décédée.

> Lara, ou Laura ? Cheveux châtain clair, yeux bleus, une vingtaine d'années. Chemisier rose, jupe marron, bas de laine noirs et bottes à lacets en cuir verni noir, modèle 4. Porte un médaillon en or avec la photo d'un soldat à l'intérieur. Morte en couches. Enfant mâle, mort-né.
>
> Mme Hannah Jones. Cheveux châtains, yeux marron, 25 à 30 ans. Robe d'intérieur bleue, pardessus marron muni d'un brassard noir. Porte une bague de mariage et des pantoufles. Morte en couches. Enfant de sexe féminin toujours vivant, transporté à l'orphelinat. Veuillez tenter de retrouver le père ou la famille de Mme Jones, domiciliée au 1245, rue Gottingen.

L'une des naissances auxquelles j'ai assisté a été une expérience à la fois triste et pleine d'espoir. Charlie et un jeune soldat m'avaient emmené la mère sur une civière, le visage couvert de bandages ensanglantés et un bras immobilisé à son côté. Si j'ai pu me retenir de m'enfuir à toutes jambes de l'hôpital et de me jeter dans les eaux sales et dévastées du port, c'est grâce à cette femme, Colleen O'Brien. Malgré tout ce qu'elle avait subi, elle se réjouissait de voir naître son enfant. Elle a même ri en gémissant pendant son travail et se plaignait davantage de ses blessures que de la douleur des contractions. Son travail progressait si vite que j'ai dû lui dire que nous verrions plus tard au bandage sur son visage.

Colleen a accouché d'un garçon tout rose et en santé. Elle se portait bien et avait même commencé à bavarder un peu avec moi en travaillant pour expulser l'arrière-faix. Quand tout a été terminé, je l'ai installée sur un lit dans un coin de la pièce pour lui permettre de mieux tenir son enfant.

— Peux-tu enlever le bandage sur mes yeux ? Je pense que le sang séché m'empêche de les ouvrir.

J'ai posé des serviettes tièdes sur son visage avant de retirer doucement le pansement. Je voyais dans la plaie sanglante plusieurs éclats de vitre qui s'étaient incrustés dans sa peau tuméfiée. Ses yeux étaient à peine reconnaissables ; jamais on n'allait pouvoir les réparer.

— Je ne vais jamais être capable de le voir.

J'étais contente qu'elle ne puisse pas voir mes larmes.

— Vous êtes ensemble. C'est ça qui compte.

— À quoi il ressemble ?

Je lui ai pris la main et l'ai posée sur la chevelure noire et soyeuse de son enfant.

— Il a toute une tête de cheveux… ils sont noirs comme du charbon.

Elle a promené doucement la main sur son corps, a compté ses doigts, a frotté sa joue contre la sienne.

— Je t'en prie, continue.

— Il a les joues rouges et une poitrine bien large. On voit déjà que ce sera un garçon bien fort.

— Comme son papa, a-t-elle dit d'une voix émue. J'aurais tellement aimé qu'il soit là.

— Tu sais où il est ?

Je craignais qu'il ne soit mort.

— En France. Qui aurait cru que les tranchées seraient plus sûres que la ville d'Halifax ?

~ Le 26 décembre 1917

Le temps des Fêtes a été difficile cette année. Même si Archer est de retour, même dans notre maison chaleureuse et joyeuse, je me sens seule. Je pourrais mettre mon état d'âme sur le compte de ce qui s'est passé à Halifax, mais je sais bien que, pour moi, même sans ces souvenirs pénibles, le mois de décembre est depuis longtemps une période sombre, effrayante. Les lampions, les oranges, les bas de Noël, les rubans et le houx… Que les chrétiens se réjouissent ou pas, c'est la réalité du temps des Fêtes. Depuis que je suis petite, je vis en moi le choc de l'Annonciation, j'ai mal au ventre en entendant l'archange Gabriel menacer Marie : *Le Saint-Esprit viendra en toi, et la puissance du Très-Haut te recouvrira de son ombre...* Pas pour moi, la veille de Noël, la bonne fée perchée sur le rebord de ma fenêtre. Mes rêves sont plutôt peuplés par les chuchotements de Gabriel murmurant à mon oreille qu'ils ont commis une terrible erreur là-haut, et que c'est *moi* qui dois prendre la place de la Sainte Vierge. Je passe la nuit la tête enfouie sous mes couvertures à attendre le lever du jour, en sachant que la pauvre Marie doit souffrir beaucoup plus qu'on pense. À *cette heure-là*, elle a dû recevoir l'esprit de l'Enfant Jésus dans son ventre, puis pleurer toute la nuit, consciente qu'il allait devoir mourir. Ma tante Francine et même le révérend Pineau m'auraient sans doute dit que c'est un blasphème, mais quand j'en ai parlé avec M'ame B., elle a répondu simplement : « C'est un rêve sacré que t'as fait là. Le sang que tu partages avec la Sainte Vierge, le même sang qu'a partagé avec toutes les femmes, c'est ça qui te fait pâtir de même. »

Cette année, j'ai rassemblé tout le matériel que je pouvais me permettre d'acheter et je l'ai envoyé à ceux qui souffraient toujours des séquelles de l'explosion. La lueur des chandelles et le son des cloches de l'église me semblaient plus sombres que jamais et me faisaient douter de mes efforts. J'ai pourtant lu dans les journaux que les enfants logés dans les orphelinats à Halifax chantent des cantiques de Noël et font des souhaits pour la nouvelle année. Peut-être que les histoires racontées par Maman à ce temps-ci de l'année sont vraies, et que le sombre mime masqué a perdu la bataille. Archer a promis de modérer ses ardeurs avec la boisson et je me suis promis d'être plus dévouée. J'espère toujours avoir un enfant.

27

J'ai demandé à Archer de lire les réflexions du docteur John Cowan sur les relations sexuelles dans l'espoir de créer les meilleures conditions possibles pour la conception.

Conseils du docteur John Cowan pour la création d'une vie nouvelle

Le mari et l'épouse, unis dans l'amour, en parfaite santé et vigoureux, souhaitent faire naître un enfant d'amour pur, lumineux, heureux et en santé, et insuffler dans leur union les qualités de génie, de chasteté et de sainteté. S'ils n'ont jamais exercé jusqu'ici le côté spirituel de leur nature, qu'ils s'agenouillent ce matin devant le trône de la grâce et expriment avec sincérité leur reconnaissance et leurs désirs.

Une promenade agréable d'une heure ou plus sous le soleil matinal, suivie d'un petit-déjeuner simple vers huit heures. Les aliments peu stimulants seront privilégiés. Après une deuxième sortie en plein air au grand soleil, les époux échangeront pendant quelques heures, avec amour et enthousiasme, leurs pensées, leurs espoirs et leurs désirs. Ils veilleront ensuite à maintenir une humeur d'une brillance pareille au soleil, de manière à ce qu'aucun nuage ne vienne obscurcir la chambre. Et, dans la clarté du jour, une vie nouvelle sera conçue et engendrée : une nouvelle âme qui commencera son voyage vers l'éternité.

Bien sûr, mon mari avait ses propres idées sur la question.

Conseils d'Archer Bigelow quant au bien-fondé de la persévérance

— Disons que tu vas faire un tour à la foire. Tu décides de tenter ta chance à un des kiosques, celui avec les poupées au visage souriant debout sur une base arrondie. Le but du jeu, c'est de lancer la balle puis de faire tomber les poupées, tu comprends ? T'en fais tomber une, t'as la chance de réessayer. T'en fais tomber une autre, tu gagnes la poupée. T'en fais tomber une troisième, tu choisis le prix que tu veux : un vire-vent, une toupie, une théière, une poupée en porcelaine. T'as trois balles pour une cenne ou un plein panier de balles pour trois cennes. Plus t'en lances, plus t'as de chances de remporter un prix. À force d'essayer, tu finis par viser juste. En suivant cette logique, ça me semble évident que si tu me laissais te mettre plus souvent, ma chère épouse, on y arriverait, pas de problème. C'est pas pour rien qu'on appelle ça être pleine.

Il a beau avoir une théorie, sa démarche n'est pas scientifique pour autant. Au cours d'une semaine, il va m'accoter sur le cadre de porte dans le salon, me culbuter dans la tasserie, me monter dessus en se réveillant le matin puis me prendre par-derrière à quelques reprises. Si ça finit par fonctionner, je ne saurai jamais comment, quand, ni pourquoi c'est arrivé.

Tant que je suis disposée, je ne vois pas pourquoi je le repousserais. De toute façon, ça ne fait presque plus mal. C'est peut-être à cause de la double dose de l'élixir de M'ame B. que je prends le soir et, pendant l'acte, si je me dis que ça peut engendrer un enfant, faire de moi une mère, j'en oublie la douleur. J'arrive à presque tout oublier de cette façon : le fait qu'Archer soit parti, qu'il ne m'ait jamais expliqué pourquoi. Le fait que je ne lui aie jamais demandé d'explications non plus. Pendant que je reste allongée là, j'imagine qu'il est un vendeur de bibles honnête et gentil et que je suis une maman souriante au ventre gros et aux hanches bien larges. Je ferme les yeux et j'essaie de me faire accroire que les choses sont mieux qu'elles le sont, dans l'espoir qu'à force de persévérer, ce sera vrai.

L'envie me prend des fois de prier, de demander à la Vierge Marie de bien vouloir me donner un bébé. J'ai toujours eu du mal à apprendre les psaumes par cœur, alors j'ai des petites conversations dans ma tête avec M'ame B. à la place. Plutôt que de m'adresser à la Vierge Marie, je prie M'ame B. d'intervenir auprès d'elle afin qu'elle intercède auprès de Dieu. Ça me semble la seule sorte de prière appropriée pendant des relations intimes.

28

À la première rencontre de la nouvelle année des Brocheuses occasionnelles, Sadie nous a annoncé que quelque chose n'allait pas chez Ginny Jessup.

— Chus passée chez elle pour la voir pis y laisser des pommes. Le bébé était assis en dessous de la table après se lamenter, pis sa face était noire de suie. Ginny réagissait pas. Alle était assise à table avec la tête dans les mains, ses yeux étaient cernés pis alle avait pas l'air contente. Quand j'y ai demandé ce qui allait pas, alle a dit qu'a savait pas pis a s'a mis à brailler. J'ai essayé de l'aider, mais a m'a mis à porte en disant qu'a voulait pas de mes pommes ou de ma pitié. Ça fait que chus retournée chez nous... mais j'y ai laissé les pommes, ben sûr.

Quand je me suis enfin présentée chez Ginny, la situation n'avait fait qu'empirer. La table de cuisine était recouverte de farine et une masse de pâte à pain levée depuis longtemps était collée au centre. Trois corbeilles reposaient dans un coin ; les deux premières étaient pleines de vêtements, la troisième hébergeait le bébé qui dormait. À demi emmailloté dans une chemise de son père, l'enfant sentait la couche sale et le lait caillé.

La pauvre Ginny semblait à la fois heureuse et gênée de me voir. Elle m'a invitée à entrer et m'a offert du thé tout en s'agitant dans la cuisine, versant les restes du déjeuner dans un chaudron dans lequel le gruau du matin avait débordé. Elle a ouvert les portes d'armoires et a cherché en vain quelque chose à m'offrir.

— J'ai rien de préparé tout de suite, mais si tu restes un tit bout de temps, je peux faire des biscuits à la mélasse.

Le petit a bâillé et a ouvert les yeux. Je lui ai adressé un sourire et il s'est levé puis s'est mis à avancer d'un pas chancelant vers moi.

— Eh ben, regarde donc ça ! Il a même pas un an, puis le petit Jessup peut déjà marcher ! Il a donc ben grandi !

Je lui ai tendu les bras et il a grimpé sur mes genoux.

— Ça fait un bout que je t'ai pas vue, Ginny. Depuis avant Noël, je pense ? C'est fou comme il est capable de se déplacer maintenant. Quand est-ce qu'il a appris à faire ça ?

— Il a commencé avant Noël, je pense.

Elle a pris un torchon et s'est mise à épousseter la farine sur la table, a froncé les sourcils en voyant que les débris tombaient par terre puis les a piétinés dans l'espoir de tout faire disparaître.

— Tu croirais que les choses seraient plus simples asteure qu'il a appris à marcher, mais c'est pas le cas.

— Ginny, est-ce que je peux faire quelque chose pour t'aider ? Sadie Loomer m'a dit...

—Sadie ? Qu'est-ce qu'a raconte encore, celle-là ? Juste parce qu'alle a trois p'tits à la maison, a pense qu'a sait toute.

— Je pense pas qu'elle te voulait de mal, Ginny. Elle voulait juste t'aider.

— Eh ben, a peut se mêler de ses affaires pis s'occuper de ses pommes. Celles qu'a m'a apportées étaient à moitié pourrites, tu sauras.

Des larmes coulaient lentement sur ses joues et tombaient sur sa robe tachée.

— Pour qui-ce qu'a se prend à m'juger de même ? Alle est pas mieux qu'une autre. Les pommes qu'a m'a données feront même pas trois pintes de sauce, pis ça va probablement virer mauvais pis péter les couvercles sur mes contenants avant le printemps. Alle a pas le droit de m'juger.

Je lui ai dégagé les cheveux du visage et j'ai séché ses larmes avec mon mouchoir. Les plis sombres autour de ses yeux laissaient des taches de saleté sur le tissu blanc. Ginny n'est pas beaucoup plus âgée que moi, mais elle a l'air d'une vieille femme usée. Elle a gardé sa silhouette de jeune fille, mais elle se promène le dos voûté et la tête baissée, comme si elle croyait qu'il n'est pas convenable de sourire ou qu'elle n'en a pas la force.

— C'est quand la dernière fois que t'as eu une bonne nuit de sommeil, Ginny ?

Elle a caché son visage dans ses mains.

— Le bébé est dans mes pattes à longueur de journée, à vouloir tout le temps téter ou se faire porter. J'te jure, quand-ce qu'i est pas dans mes bras ou après dormir, i' est après brailler.

— Qu'est-ce que Laird dit de tout ça ?

— C'est sûr que ça le met de mauvaise humeur d'entendre le p'tit qui chiale tout le temps. I' l'endure autant qu'i peut, mais i' finit toujours par partir en disant qu'i serait aussi ben de s'en aller à' guerre pour avoir un peu la paix. Après, i' m'embrasse en disant qu'i fait juste m'attiner, qu'i s'en va juste faire un petit tour chez Jack Tupper pis i' me demande de l'attendre parce qu'i voudrait ben avoir un autre garçon avant qu'i soit trop vieux pour le faire bondir sur ses genoux. Un autre garçon... comme si je pouvais en commander un dans le catalogue Eaton's. Un autre bébé. I' veut un autre bébé !

— Y a pas quelqu'un de ta famille qui peut venir te donner un coup de main ?

— J'ai été envoyée chez ma tante à Fredericton quand-ce que j'étais juste un bébé. Alle est rendue moins mobile asteure, a peut à peine faire les marches dans sa maison.

— La mère de Laird, elle ? Elle habite pas loin de la Baie. Je suis sûre que ça lui ferait plaisir de t'aider.

— Ah, non, jamais de la vie ! Quand-ce qu'a vient icitte, a prend le p'tit dans ses bras comme si qu'i était à elle pis a l'appelle *mon beau tit garçon* comme si c'était elle qui l'avait porté pis qui avait accouché de lui. J'aimerais ben voir comment-ce qu'a se sentirait si c'est elle qui devait rester deboutte toute la nuit pis se faire téter après.

— À l'âge qu'il a, il est assez vieux pour qu'elle le garde des fois. Juste le temps que tu te reposes un peu, que tu viennes prendre le thé chez moi ?

— Pis lui donner la chance de me traiter de mauvaise mère pis de mauvaise femme ? Alle aimerait rien de mieux, la maudite chipie. J'aimerais mieux laisser ma maison tomber en ruines que lui demander de me donner un coup de main. Laird arrête pas de chanter ses louanges : *Ma mère fait le meilleur pâté, je peux quasiment le goûter rien qu'à y penser. Alle a élevé cinq enfants pis sa maison était tout le temps rangée ; comment ça s'fait que c'est si dur pour toi* ? Sais-tu que c't'homme-là sent toujours la bouse de vache, même quand-ce qu'i s'est lavé ? C'est pas étonnant que sa première femme s'a sauvée.

Elle riait et pleurait tout à la fois.

— T'inquiète pas, Ginny, on va trouver une solution. C'est moi qui serai ta famille.

⋮

D'après ce que Ginny m'avait dit et ce que je me souvenais des conseils de M'ame B., le bébé devait souffrir de coliques. *Souvent, si que l'bébé arrive pas à dormir, c'est parce qu'i a un feu dans le ventre. Un bébé avec des coliques peut pousser même la plus douce des mamans à perdre patience. Fais-y penser à tout ce qu'elle met dans sa bouche.* Ginny avait préparé tous les plats préférés de Laird ces derniers temps : de la soupe aux choux, des saucisses avec de la choucroute, du foie et des oignons. *Faut pas que la maman mange du chou, de l'ail, des oignons ou des épices pendant qu'alle allaite. Frotte la bedaine du bébé avec de l'huile de graine d'aneth. Une fois qu'il aura percé ses premières dents, donne-s-y des biscuits arrow-root pis de la compote aux pommes. Pour la maman, qu'a prenne du thé de fenouil, du maquereau fumé pis des toasts au lait en attendant que la bedaine au bébé se remette en place.*

J'ai envoyé Ginny se coucher et j'ai donné un bain au bébé. J'ai fait le ménage et me suis hâtée de préparer une marmite de soupe aux patates et une fournée de biscuits à la mélasse avant que Laird soit de retour pour le souper. Au moment de partir, j'ai fait ma meilleure imitation de M'ame B. en disant à Ginny qu'elle avait besoin de « boire du thé et se reposer, puis boire d'autre thé et se reposer encore ». J'ai promis de revenir le lendemain pour lui donner un coup de main.

Mme Dora Bigelow
Scots Bay, Nouvelle-Écosse

Le 10 janvier 1918

M. Borden Rare
Charpentier de navire
La Juste Cause
Sydney, Cap-Breton

Cher Borden,
Tout le monde s'est ennuyé de toi et d'Albert à Noël. Je suis contente que vous n'êtes pas très loin de chez nous. Je ne sais pas si Maman t'a écrit pour te le dire, mais Charlie est parti. Depuis l'explosion à Halifax, il faisait l'aller-retour jusqu'à Boston pour aider avec les opérations de secours ; là, il a décidé de rester là-bas. (Je ne suis pas certaine, mais je pense qu'une fille a peut-être quelque chose à voir avec sa décision.) Je préfère de loin l'idée de perdre un frère à une fille que d'en perdre un à la guerre.

Je t'envoie assez de chaussettes et de mitaines pour garder ton équipage au chaud cet hiver. C'est un nouvel organisme à Scots Bay qui vous les offre : la Société des brocheuses occasionnelles. Je suis la secrétaire du groupe.

Ta sœur qui t'aime et qui espère te voir bientôt,
Dora

29

Les longues nuits de février font naître des envies de sucreries chaudes et de camaraderie. Une tasse de thé à la lavande et un plateau de bons beignets au sucre de M'ame B. à partager, par exemple. Depuis que Ginny Jessup s'est jointe à nous, les Brocheuses occasionnelles sont maintenant cinq à se rassembler chez moi. Les rencontres ont lieu le mercredi soir pendant que nos maris sont sortis jouer aux cartes et aux fléchettes avec les autres membres de la Ligue de tempérance. Au cœur de cet hiver froid, je me suis transformée en amie, en nourrice et parfois même en gitane, comme Mabel aime m'appeler, lisant l'avenir dans les feuilles de thé et tenant dans mes bras les enfants des autres. Le mercredi soir, on trouve souvent des traînées de sucre glacé dans mon salon et dans ma cuisine, traces laissées par des enfants bien dodus maintenant blottis sous le couvre-lit.

Quand nous ne sommes pas en train de tricoter des chaussettes pour les soldats, les Brocheuses occasionnelles participent à d'autres causes nobles, confectionnant des poupées de chiffon pour les enfants à Halifax ou livrant aux personnes dans le besoin ou confinées dans leur maison des colis-surprise : conserves, pain, compote de pomme, beurre, porc salé, hareng salé, foulards, chaussettes et mitaines de laine, ainsi qu'une bouteille de sirop contre la toux au tussilage de M'ame B. Nous déposons le tout sur le pas de la porte, puis nous cognons et nous nous enfuyons. Mabel a suggéré que nous gardions notre projet secret : « Juste parce que t'es pauvre, ça veut pas dire tu peux pas être fier. »

Nos actions ont beau être vertueuses, nos discussions le sont beaucoup moins. Elles sont animées et salées à souhait, assez enflammées pour faire rougir un marin.

Aprés avoir fait le tour des meilleurs moyens de « tomber en famille », Bertine a proposé d'échanger sur ce qu'il fallait faire pour *éviter* de faire un enfant.

— Ça sera pas long que Lucie aura fini de se sevrer… Chus aussi ben me préparer pour l'arrivée du troisième.

— Tu peux pas compter tes journées pis dire à ton mari de prendre son mal en patience quand t'es au mitan de ton cycle ?

— J'ai jamais pu me fier sur mon cycle. I' est jamais régulier. De toute façon, Hardy est pas capable de prendre son mal en patience.

— Fais-y mettre une capote, a dit Sadie, sourire en coin.

— Te v'là encore avec tes solutions juste bonnes pour les putains. Tu connais ça, toi, un mari qui va mettre un chapeau su' sa quéquette quand-ce qu'i couche avec sa femme ? Quand-ce qu'i court pas le risque de finir syphileux ? T'en fais-tu mettre une à Wes ?

— Non, mais c'est pas moi qui se plaint d'être tout le temps enceinte. T'as qu'à prendre un bout d'éponge de mer pis le laisser tremper dans du jus de poivre. Après, tu le sauces dans du miel pis tu le fourres dans ton...

— Y a d'autres façons, tu sais..., a dit Mabel en baissant les yeux sur son tricot.

Bertine a ricané.

— Vous savez ce que la mère à Hardy m'a dit d'essayer à un moment donné ? *Bois l'eau que les pinces trempent dedans*, qu'a m'a dit. La bouillasse qui reste dans le siau à la forge après que les pinces ont passé la journée à tremper dedans pour refroidir. *Un conseil de femme de forgeron*, qu'a m'a dit, comme si c'était un secret qu'on allait pouvoir garder entre nous deux. Pas étonnant qu'alle avait la langue mauve, la pauvre femme. Alle avait tout le temps l'air comme si qu'alle était ajeuve de tomber. A disait itou que tu pouvais *desserrer le bourgeon* si tu pensais que t'étais déjà en famille. T'avais juste à frotter de la poudre à fusil su' tes totons.

— Si t'as quèque chose qui marche, faudrait tu nous le dises ! a dit Bertine en joignant ses mains en prière.

— La seule chose que je connais qui marche pour sûr, c'est pour après le fait. Ma cousine Penny a pris les pilules lunaires à madame Drunette après avoir vu une annonce dans le *Ladies' Rural Companion*, pis a pensait qu'alle allait mourir. Alle a fini avec un mal de tête terrible, pis tout ce qu'a mangeait y sortait par les deux bouts en même temps. Les pilules ont marché, mais alle a dit que si c'était à refaire, alle aimerait mieux prendre ses chances pis se jeter en bas d'un cheval.

Ginny a déposé deux cubes de sucre dans sa tasse, qu'elle fixait en remuant son thé.

— Ma cousine m'a envoyé dequoi qu'alle appelle un nœud de pêcheux, a-t-elle dit. Ça ressemble à un bout de fil tout emmêlé, mais i' paraît que si tu le montes assez haut par en-dedans, un bébé pourra pas s'installer.

— L'as-tu essayé ? a demandé Sadie.

— Pas encore. Laird veut que j'y fasse un autre garçon.

— Oui, mais c'est toi qui auras besoin de le porter pis de t'en occuper, lui ai-je rappelé.

— J'ai juste peur qu'i remarque dequoi, ou pire, que ça reste pris pis qu'ej puisse pas le sortir de nouveau.

Bertine s'est servi un autre beignet, balayant de la main les grains de sucre qui étaient tombés sur ses genoux.

— Faudrait p't-être qu'on arrête d'en parler, les filles. Pauvre Dora icitte est tellement décidée à avoir un bébé, pis j'ai peur qu'on va y porter malchance avec nos histoires. La prière va m'aider aussi ben qu'autre chose.

Elle a levé les yeux au plafond avant de poursuivre.

— Mon Dieu, donnez-moi juste une couple de mois de plus. Un an, peut-être, si ça te fait rien.

Je suis allée à mon vaisselier et en ai sorti le gin aux rognons de castor que M'ame B. avait donné à Grace Hutner quand cette dernière l'avait consultée.

— M'ame B. avait dequoi qui pourrait peut-être t'aider, Bertine. Mais je t'avertis, ça goûtera pas mieux que la bouillasse à ta belle-mère.

— Comment ça se fait que t'as rien dit avant ? m'a reproché Bertine.

— M'ame B. avait comme règle qu'il fallait qu'on lui demande. Je sais que c'est idiot, mais...

— Je pensais que t'avais arrêté ton travail d'accoucheuse, a dit Mabel, l'air inquiète.

— C'est vrai. Là, je fais juste rendre service à une amie.

Bertine a regardé le bocal comme si le contenu l'effrayait un peu.

— Mais je t'ai pas demandé de m'aider.

— Non, mais t'as prié pour de l'aide, par exemple. Ça me suffit. Tiens, prends-le avec ton thé. Ça descendra mieux.

J'ai versé du mélange dans sa tasse et Bertine a humé son odeur.

— Whooo, Dora ! Ça sent la bagosse ! Quoi-ce t'as mis là-dedans ?

— Tu veux pas le savoir. De toute façon, M'ame B. reviendrait me hanter si je te le disais. Je peux te dire par contre que tu risques pas de tomber en famille pendant un bon mois au moins.

Sadie m'a tendu sa tasse.

— Aubergiste, j'en prendrais une shotte moi aussi.

Mabel m'a tendu sa tasse en souriant.

— Moi avec !

J'ai rempli leurs tasses et j'ai demandé à Ginny :

— T'en veux, toi aussi ?

Ginny a baissé la tête.

— Je bois pas d'alcool.

Sadie lui a donné un coup de coude.

— Ça te mordra pas... pas trop fort, en tout cas. C'est pas comme si tu vidais une bouteille de rhum à toi toute seule, là. C'est juste du thé punché – ma grand-mère appelait ça de même. *Du thé punché.*

As-tu vraiment envie d'avoir un autre p'tit qui te garde réveillée la nuit ?

Ginny s'est mordu la lèvre puis a fait glisser sa tasse vers moi. Après l'avoir servie, je me suis versé une dose d'élixir de lune et j'ai levé ma tasse bien haut en disant :

— Un toast : à vous qui voulez rien savoir, pis à moi qui en veux à tout prix.

— Au thé punché !

— Au thé punché.

— Au thé punché !

Le samedi suivant, j'ai croisé le docteur Thomas à Canning. Ce dernier se trouvait entre les cornichons et le comptoir à viande à l'épicerie Newcomb en compagnie d'une femme qui, à en juger par ses habits, était plutôt riche.

— J'aimerais pouvoir être des vôtres, mais j'ai bien peur de devoir décliner l'invitation. Je dois faire un voyage imprévu à Scots Bay, et mon horaire m'oblige à le faire ce dimanche.

La femme a secoué la tête, tout en montrant du doigt une meule de fromage et en faisant signe à Mme Newcomb qu'elle en voulait une tranche.

— Une demi-livre, s'il vous plaît. Oui, de celle-là.

Elle a montré du doigt un saucisson de mortadelle.

— Et une demi-livre de celui-là.

Elle a porté son doigt à son menton et réfléchissait, indécise.

— C'est vraiment dommage, Gilbert. Ce sera pour une autre fois, j'imagine.

Elle a tapoté la vitrine du présentoir et a désigné une assiette remplie de côtelettes de porc.

— Scots Bay, le dimanche en plein milieu de l'hiver. Vous avez pas de chance.

Le docteur Thomas a tambouriné contre un baril avec ses doigts.

— Ce n'est pas par choix que j'y vais. À part quelques rares exceptions, on trouve peu de gens civilisés là-bas. Trop de mariages, trop peu de familles, on dirait...

Les deux ont été pris d'un fou rire. La femme peinait à signer le registre de comptes tant son corps était secoué de soubresauts. Au moment de partir, le docteur Thomas lui a tendu le bras et s'est dirigé vers la porte avec elle.

— Bonjour, Docteur Thomas.

— Bonjour.

Il a regardé dans ma direction mais a évité mon regard. Ses yeux se sont posés sur mon cou, sur ma poitrine, sur mes chaussures, comme s'il souhaitait oublier qu'il me connaissait.

— Mme Bigelow, c'est bien de vous voir. Notre dernière rencontre remonte au mois de... novembre, c'est ça ? Vous allez bien, je présume ?

— Très bien, merci. Votre femme et votre enfant vont bien, eux aussi ?

— Oui, bien sûr.

La femme a tiré sur la manche du docteur Thomas.

— Oui, désolée. Mme Bigelow, je vous présente ma voisine, Mme Florence Hatfield. Mme Hatfield, voici Mme Dora Bigelow de Scots Bay.

Mme Hatfield a souri et a tendu la main.

— Vous êtes de Scots Bay ? Nous en parlions justement. N'est-ce pas, Gilbert ? Est-ce qu'il vente bien fort là-bas à ce temps-ci de l'année ? J'imagine mal devoir passer tout un hiver là-haut. Vous êtes bien plus courageuse que moi ! C'est vrai qu'il y a de très beaux endroits pour piqueniquer.

— Si vous voulez bien nous excuser, Florence, a coupé le docteur Thomas, interrompant ainsi le babillage nerveux de sa voisine. Je pourrais peut-être me charger tout de suite de l'obligation dont je vous parlais et être libre dimanche, finalement.

— Merveilleux ! Je vous laisse, donc.

Elle nous a salués de la main et s'est frayé rapidement un chemin vers la porte, qu'elle a ouvert en faisant tinter les clochettes accrochées à la poignée.

— Ravie de faire votre connaissance, Mme Bigelow. À dimanche, Gilbert !

Le docteur Thomas m'a prise par le bras et m'a entraînée derrière un étalage.

— Vous allez laisser Mme Jessup tranquille, a-t-il dit à voix basse.

— Ginny est mon amie.

— C'est ma patiente, et vous n'avez pas d'affaire à lui donner des remèdes douteux, encore moins des remèdes du genre qui envoient son mari à ma porte, prêt à m'arracher la tête. Je dois vous avertir, Mme Bigelow, que l'utilisation de tout moyen de contraception est interdit par la loi. Même le fait de mentionner ces méthodes est interdit. Si vous n'arrêtez pas, vous allez vous attirer des ennuis.

— Pourquoi vous vous intéressez tant aux femmes de la Baie, Docteur Thomas ?

— Je me soucie du bien-être de toutes mes patientes, Mme Bigelow. De toutes les femmes. C'est mon devoir de leur offrir les meilleurs soins que la médecine moderne peut leur offrir. Les soins qu'elles méritent.

— Vous vous en souciez tellement que vous les abandonnez dès qu'elles sont à plus de deux kilomètres de votre bureau, c'est ça ? Je dirais plutôt que vous voulez remplir vos poches avec leur argent, sans penser à deux fois à ce que ça leur coûte de payer pour vos services.

Le docteur Thomas s'est redressé.

— Le salaire d'un homme, c'est l'affaire de personne.

— Et ce qu'une femme choisit de garder pour elle dans le secret de son lit, c'est pas de vos affaires non plus.

Il a jeté un rapide coup d'œil vers Mme Newcomb, qui nous regardait à présent depuis son poste derrière le comptoir. Il lui a adressé un sourire et a sifflé tout bas à mon intention :

— Dans ce cas-là, c'est peut-être l'affaire de tout le monde de savoir qu'une femme hystérique et téméraire encourage les femmes à décevoir leur mari.

Mme Newcomb a quitté son poste et s'est éclipsée dans son armoire à viande. Le docteur Thomas s'est penché vers moi, si près que ses lèvres ont effleuré mon oreille.

— Vous sentez-vous bien, Mme Bigelow ? Vous êtes un peu pâle, on dirait.

Il m'a caressé la joue du revers de la main.

— Vous semblez un peu fiévreuse, aussi... Votre mari ne voit-il pas à votre bien-être, Mme Bigelow ? Ne travaille-t-il pas à vous faire cet enfant que vous désirez tant ? Je pourrais lui en glisser un mot si vous le souhaitez, Mme Bigelow. Lui dire ce dont vous avez besoin. Je pourrais le dire à n'importe qui, vraiment.

Une femme hystérique attaque un médecin de la région

Un incident malheureux s'est déroulé à l'épicerie Newcomb samedi dernier, un peu après midi. Selon les témoins, une cliente qui y était afin d'acheter des biens et des articles de première nécessité pour sa famille est devenue soudainement agitée pour des raisons qui demeurent mystérieuses. Prise d'une crise hystérique, elle a versé deux gallons de mélasse Sainte-Constance sur la tête du docteur Gilbert Thomas de Canning.

Aucun autre client n'a été agressé au cours de l'incident.

« Je sais pas ce qui s'est passé exactement, explique Mme Lila Newcomb, épouse du propriétaire de l'établissement. Ils avaient l'air d'avoir une conversation amicale, pis là, tout d'un coup, le docteur Thomas était après s'essuyer le nez pour le dégager de la mélasse pis reprendre son souffle. On aurait dit qu'il avait été trempé dans le goudron. »

Le docteur Thomas, un médecin bien connu dans les domaines de l'hygiène et de l'obstétrique féminines, ne compte pas alerter les autorités. « Malheureusement, c'est un comportement auquel on peut s'attendre d'une femme hystérique. Les troubles nerveux chez les femmes sont de plus en plus répandus de nos jours. J'espère que nous pourrons tous en tirer une bonne leçon sur ce qui peut se produire quand une femme n'arrive plus à maîtriser ses émotions. J'espère aussi que cette femme jugera bon de revenir me consulter pour que je puisse lui porter secours avant qu'il ne lui arrive quelque chose de terrible. »

La femme, qui s'est rapidement enfuie du magasin pour rentrer chez elle à Scots Bay, n'a pas voulu nous accorder d'entretien. Le docteur Thomas a payé 25 cennes pour la mélasse, un geste aimable et généreux.

La Gazette de Canning
le 19 février 1918

30

Archer, Hart, la veuve et moi avons soupé ensemble dimanche à la maison Bigelow. La veuve s'est efforcée de nous montrer à quel point elle est comblée quand ses deux « garçons » sont auprès d'elle. Fidèle à son habitude, elle a tenu salon et m'a laissé le soin de servir tout le monde. J'étais bien contente de le faire quand c'était juste du thé et des gâteaux pour la veuve et M'ame B., mais depuis qu'Archer et moi sommes mariés, je suis déçue de voir que ma belle-mère me prend encore pour une domestique. J'imagine qu'elle se sent justifiée d'agir ainsi depuis que la nouvelle s'est ébruitée sur ce qui s'est passé à Canning avec « la folle de Scots Bay et sa mélasse ». Ce matin à l'église, la plupart des dames de la Société des Roses blanches pouvaient à peine me regarder dans les yeux. Ma tante Francine s'est contentée de dire « Honnêtement, Dora. Comment t'as pu faire ça ? » Bertine, quant à elle, m'a glissé un bout de papier sur lequel elle avait écrit : « Vive les docteurs à la mélasse pis le thé punché ! »

Je me suis pliée à toutes les demandes de la veuve sans protester, sa voix me talonnant toute la soirée. « N'oublie pas la sauce, chérie, elle est encore dans la cuisine. Mets-la dans ma bonne saucière, la Royal Albert avec la bordure dorée puis les belles fleurs bleues. La sauce, Dora ? S'il te plaît ? Mon doux, pensez-vous qu'elle m'a entendue ? Dora ? »

J'ai apporté la sauce, dans la bonne saucière, et j'ai entrepris de servir la veuve en premier. Comme j'avais tout fait pour l'éviter quand Archer n'était pas là, je sentais bien que je lui devais cette délicatesse. De son côté, elle n'est jamais venue me voir à la maison, pas une seule fois, alors elle méritait sans doute un petit service ou deux… Que ce soit la courtoisie que doit une femme à une autre quand celle-ci est coupable d'avoir gardé un secret… Ou encore le sourire pincé que s'échangent très souvent une jeune épouse et sa belle-mère chérie.

Archer en faisait largement assez pour nous deux, avec les petites attentions qu'il lui portait. Il ne cessait de multiplier les compliments sur son apparence, sur sa belle robe neuve, sur la coupe de viande qu'elle avait choisie, le repas qu'elle avait préparé… À l'entendre, on aurait cru qu'il n'avait rien mangé de décent depuis des mois. Archer n'est jamais aussi gentil avec moi à la table, même les soirs où il compte bien me faire des avances plus tard. J'espère que les choses changeront quand j'attendrai son enfant, qu'il deviendra attentif et aimable et se fera du souci pour moi. Quant à la veuve, le fait de porter son premier petit-enfant lui donnera sans doute une raison suffisante pour me rendre service à son tour.

Le repas tirait à sa fin quand les véritables motifs d'Archer se sont enfin manifestés. Alors qu'il déposait les dernières cuillerées de patates dans son assiette, sa mère lui a demandé à quels projets il comptait se consacrer au printemps.

— Je suis content que tu me poses la question. J'allais justement te parler de ça.

Hart a ramassé le bol de service vide et a passé son pouce sur les rebords pour racler les derniers bouts de patate.

— Qu'est-ce que tu comptes faire c'te fois-ci pour extorquer de l'argent des vaillantes gens du comté de Kings ? a demandé Hart. J'imagine que t'as rien trouvé de plus honnête que vendre la parole du Bon Dieu, à moins que t'aies décidé de vendre des laissez-passer aux portes du paradis ? Dans ce cas-là, oublie pas d'en garder un pour toi. Tu vas en avoir besoin.

Archer a fait mine de ne pas avoir entendu les remarques de son frère et s'est mis à déplacer les assiettes sur la table, à plisser la nappe par endroits pour créer des montagnes et des vallées douces et froissées.

— Imaginons que le plateau représente la baie, puis que le pli juste ici, c'est la montagne.

Il a désigné l'espace entre les deux éléments.

— La plupart des maisons à la Baie sont construites juste ici.

Il a parcouru de la main une pente douce de tissu menant au sommet.

— Les champs qu'on a défrichés ici, ils servent à quoi ? Au pâturage, à faire pousser du foin ? On peut rien cultiver de bon là-dessus.

— Laird Jessup a fait pousser des choux dans ce coin-là sans problèmes l'année passée, a riposté Hart.

— Des choux, a fait Archer en riant. Combien de choux on a besoin dans un p'tit village comme Scots Bay ? Pis combien de gens aiment ça manger du chou ? Ça pue tellement. Les cochons sont les seuls à en vouloir, puis ça leur donne des gaz. Après tout l'effort que ça prend pour en faire pousser, tu finis avec quelques sous puis une horde de porcs en colère.

— I' vente ben trop fort là-bas pour faire pousser autre chose, a dit Hart en secouant la tête.

Archer a claqué des doigts.

— Exactement ! Puis le vent, c'est dequoi qu'on a en quantité à la Baie. Pourquoi pas l'exploiter ? On pourrait construire des moulins à vent ici, tout plein de moulins. Puis au lieu d'être pognés à prier pour qu'une crue vienne pas démolir la roue à la scierie qu'on a bâtie au ruisseau Ells, on pourrait l'alimenter avec les moulins. Encore mieux, on pourrait se servir directement de nos moulins pour produire de l'électricité ! Les gens à Canning essaient depuis des années d'en avoir assez pour leurs lampadaires puis pour leurs maisons, alors c'est sûr qu'on n'en aura pas en haut de la montagne pour un bon bout de temps encore. Pourquoi il faudrait qu'on attende ? Si on montait des moulins à vent ici et là, on pourrait alimenter nous-mêmes tout ce bord-ci de la montagne.

Il a balayé les airs de la main comme si un arc-en-ciel s'était formé au-dessus de sa tête.

— La compagnie Bigelow Électrique, avec des clients à Scots Bay... à Halls Harbour, Arlington, Blomidon, Medford, Ross Creek, Delhaven...

J'ai montré du doigt le paysage imaginaire qu'il avait étalé sur la table.

— Je sais pas trop ce que t'as en tête, mais le cimetière puis notre maison sont en plein milieu de ton parc à vent.

Il m'a tapoté la main.

— Ces gens-là sont morts, chérie. Ça les dérangera pas.

Il a tracé un cercle autour du saucier avec son doigt.

— On construira les moulins autour de la maison. Ce sera comme si on vivait dans un champ de marguerites géantes qui tourbillonnent. Pis *toi*, ma chérie, tu seras la première femme à Scots Bay à avoir de l'électricité dans ta maison.

Hart a grimacé.

— Veux-tu ben me dire pourquoi on a besoin d'électricité ? Tu peux tirer toute l'eau que t'as besoin pour ta maison avec un petit moulin à vent ou une pompe manuelle, puis des lampes à huile suffisent pour l'éclairer. Me semble qu'on est capables de se débrouiller sans ça.

Archer a soupiré et a adressé à sa mère un regard suppliant.

— Tu vois, c'est pour ça que je devais en parler avec toi. Hart est pas le seul à la Baie qui souffre d'un manque de vision. J'ai essayé d'en parler avec d'autres hommes au village, mais ils ont tous dit la même chose que lui.

Il a pris la main de sa mère dans la sienne.

— Les poules pondent seulement pendant les mois de l'année où il fait le plus soleil. Quand l'automne arrive puis que les journées raccourcissent, c'est fini pour elles jusqu'au printemps. Mais si on avait de l'électricité, on pourrait leur mettre de la lumière puis les faire pondre tout l'hiver.

Il lui a adressé un grand sourire avant de conclure :

— T'as toujours dit que les poules étaient plus vaillantes que les coqs.

Convaincue, la veuve a accepté de donner à Archer le reste de son héritage et de lui confier une partie de ses propres économies. Elle a promis aussi de le faire inviter comme conférencier à l'assemblée de la Société de tempérance des Roses blanches au printemps. Mon mari est au septième ciel. Quant à moi, je ne peux pas m'empêcher de me demander s'il n'avait pas encore fait une promesse qu'il ne sera pas en mesure de tenir.

~ Le 26 février 1918

Depuis des siècles, les fermiers exploitent la puissance du vent.

De majestueux moulins à vent parsèment depuis longtemps le paysage européen. Ici, en Amérique, nos prairies sont belles et luxuriantes ces dernières années grâce à des moulins à vent robustes et imposants qui pompent sans relâche l'eau qu'il faut pour les arroser. Le vent transforme nos céréales en farine et nos forêts en bois d'œuvre, et ce, pour le plus grand bien de tous.

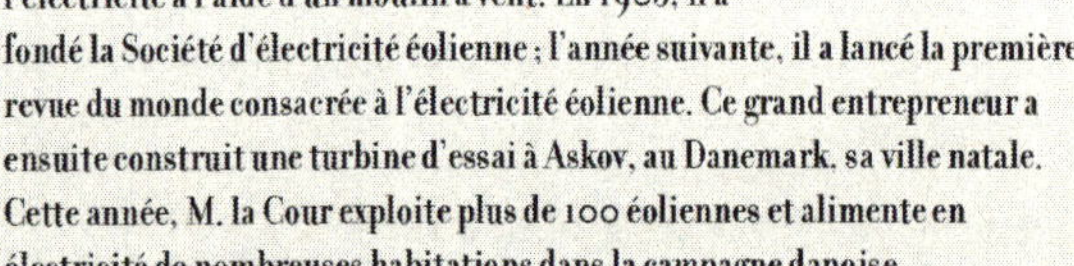

Il semble que le vent tient encore une fois lieu de grands progrès pour l'humanité. En 1892, l'inventeur danois Poul la Cour a été le premier à produire de l'électricité à l'aide d'un moulin à vent. En 1903, il a fondé la Société d'électricité éolienne ; l'année suivante, il a lancé la première revue du monde consacrée à l'électricité éolienne. Ce grand entrepreneur a ensuite construit une turbine d'essai à Askov, au Danemark, sa ville natale. Cette année, M. la Cour exploite plus de 100 éoliennes et alimente en électricité de nombreuses habitations dans la campagne danoise.

À l'Almanach Vaughn, nous sommes heureux de vous offrir en exclusivité un ensemble de plans **qui vous permettront de construire votre propre réplique** de la formidable éolienne de M. la Cour. Pour en obtenir un exemplaire, veuillez envoyer la somme de 13,75 $ à nos bureaux situés à Plaistow, dans l'État du New Hampshire.

Un gros colis est arrivé pour Archer aujourd'hui en provenance de l'*Almanach Vaughn*. Après le dîner, il s'est enfermé dans la grange et, malgré le temps froid et humide, il est toujours là à compléter son projet. À l'heure du souper, je lui ai apporté une assiette et une veste chaude. Il m'a fait signe de poser l'assiette dans le coin sur un tonneau de pommes et a continué de tourner autour d'une table de fortune, qu'il a fabriquée avec quelques planches larges posées sur deux chevalets. Sur la stalle de Buttercup étaient épinglées trois grandes feuilles de papier bleu sur lesquelles fourmillaient des schémas, des diagrammes et des chiffres. Quand je suis allée le voir à la grange à minuit, sa table était toujours vide.

~ Le 27 février 1918

En allant porter son déjeuner à Archer tout à l'heure, j'ai vu que la porte de la grange était barrée. De l'intérieur, je l'ai entendu grommeler :

— Laisse ça à la porte, je le prendrai tantôt.

J'ai approché mon œil d'un trou de nœud dans la porte en disant :

— Oublie pas de traire la vache.

Vers l'heure du dîner, j'ai entendu les mugissements mécontents de Buttercup. J'ai regardé par la fenêtre juste à temps pour apercevoir Archer qui fouettait la malheureuse créature en la menant au pâturage. Il est retourné à la grange d'un pas contrarié puis a jeté le tabouret et le seau de traite dehors avant de claquer la porte.

J'ai attrapé la vache par son harnais et l'ai emmenée du côté sud de la grange, là où le toit surplombe la pile de bois. Je lui ai caressé le flanc avant de traire complètement ses pis enflés, puis je l'ai conduite chez la veuve Bigelow, où j'ai demandé à Hart s'il pouvait la loger dans sa grange.

Une fois la vache installée, Hart a proposé de me ramener en boghei. J'ai refusé, mais il a tout de même tenu à me raccompagner à pied. Il voulait jeter un coup d'œil sur le travail d'Archer. Pepper a gambadé devant nous dans les fossés et le long des clôtures, reniflant tout sur son passage. Devant la grange, elle a flairé la nourriture dans la gamelle qui se trouvait toujours à la porte et s'est précipitée dessus. Je ne l'ai pas grondée : le petit-déjeuner d'Archer avait refroidi depuis longtemps et ne valait plus rien. J'ai fait des remontrances à Hart, par contre, quand il s'est mis à dire qu'il allait défoncer la porte pour voir si Archer était encore en vie. On a préféré faire le tour de la grange et jeter un coup d'œil à travers les fentes dans le mur.

À l'avoir vu faire les cent pas en attendant l'arrivée de cette grande invention, je me l'étais imaginée grande comme une église. Quand Jack Tupper l'avait livrée à la maison, Archer avait entouré la caisse en bois de ses bras et avait jeté un coup d'œil à l'intérieur en souriant, comme un enfant le matin de Noël. La taille de la boîte m'avait fait croire à quelque chose d'au moins aussi grand que mon mari, un objet formidable qui allait pouvoir résister aux vents de la baie.

— C'est p'tit en titi, chuchota Hart en riant. Une famille de souris pourrait se mettre en dessous pour faire un piquenique.

Archer était penché sur sa table de travail, le bras appuyé sur le toit d'une maison de poupée, et il fignolait en sifflotant sa construction miniature, lui parlant sporadiquement, proclamant son aptitude à manier vis et boulons, louant l'ingéniosité de l'homme, promettant de « la faire voir à tout le monde ».

C'était la toute première fois que je voyais mon mari se dévouer réellement pour quelque chose. Bien sûr, il y a notre mariage, mais en le voyant agir comme il le faisait, j'ai compris que ses efforts et ses désirs ne m'avaient jamais été destinés. Que je porte ou non son enfant, jamais je ne lui inspirerai les mots doux et hypnotiques des amants de Shakespeare ni les sourires conquérants et les délicieuses conversations des héros de Jane Austen. Jamais je ne serai une raison suffisante pour lui de grelotter dans le froid ou de se priver de souper.

~ Le 28 février 1918

Il est rentré juste avant l'aube.

— Dora, viens voir ! J'ai fini de la monter !

Il m'a prise dans ses bras et m'a portée du lit à la grange, les couvertures traînant par terre.

— Assis-toi juste ici.

Il m'a laissée choir dans un tas de foin et s'est empressé d'ouvrir toutes grandes les portes de la grange.

— Garde les yeux sur la maison de poupée.

Le vent froid entrait dans la grange par rafales, soulevant des brins de foin et secouant les pales du moulin, les faisant tourner à toute vitesse. À l'intérieur de la petite maison, des lumières se sont mises à clignoter. Un chandelier, une lampe posée sur l'escalier, une lumière dans la fenêtre avant.

— Que la lumière soit ! s'est exclamé Archer avant de me prendre dans ses bras et de me faire virevolter.

Tout tournait autour de moi et, dans la tiédeur des premiers rayons de soleil, notre souffle restait suspendu dans les airs.

31

Les dames de la Société de tempérance des Roses blanches
vous invitent à
une conférence de M. Archer Bigelow
intitulée « L'électricité, grande alliée de la ménagère »
le dimanche 3 mars 1918 à 14 h
au Centre maritime

Nous avons installé la petite éolienne au Centre maritime après la messe. J'avais emprunté une nappe à ma tante Francine et demandé à Précieuse de nous prêter des poupées et des meubles miniatures afin de compléter le tableau.

Malgré tous les problèmes de comportement et de boisson qu'Archer a eus dans la dernière année, il réussit toujours à convaincre les femmes de faire ses quatre volontés. Les fenêtres de la salle avaient beau être grandes ouvertes, aucune des dames ne s'est plainte (même pas sa mère). L'assistance, béate d'étonnement, se pressait autour de la maison de poupées pour regarder les petites pièces illuminées. Une fois les fenêtres de la salle refermées, les femmes ont regagné leur place. Archer leur a alors parlé de son parc à vent et a souligné la supériorité des poules sur les coqs. Les femmes n'ont pas tardé à en redemander en piaillant.

À ce temps-ci de l'année, le printemps a déjà commencé à se manifester tranquillement. Le soleil réchauffe la terre, les perce-neige sont sortis, mais dès qu'on commence à parler du ciel bleu et de planter les petits pois, il tombe un autre trois à cinq centimètres d'engrais des pauvres. Quand Archer a déclaré que l'hiver, cette année, serait le plus long jamais enregistré, toutes les femmes ont hoché la tête pour exprimer leur accord.

— Y a fait froid quèque chose de rare aussi, a-t-il rajouté.

Il s'est approché de sa mère et a pris ses mains dans les siennes.

— Mains froides, cœur chaud... C'est sans doute à des dames comme vous qu'on pensait quand ce proverbe a été inventé.

Même ma tante Francine a rougi.

Archer a ouvert le catalogue Sears à une page où était écrit en grosses lettres noires : *Aids that Every Woman Appreciates.*

— Mesdames, l'électricité peut faire autre chose

pour vous que convaincre vos poules de pondre des œufs.

Il a souri.

— Combien de fois avez-vous souhaité qu'il y ait plus d'heures dans une journée ? Vous est-il déjà arrivé de vouloir une autre paire de bras ?

Il a fait claquer ses doigts.

— Si vous aviez de l'électricité, vous auriez l'impression que vos rêves sont devenus réalité.

Il a tendu le catalogue à sa mère et à moi.

— Regardez cette annonce et dites-moi si vous n'y voyez rien qui vous rendrait la vie plus facile.

Des électroménagers qui feront le bonheur de toutes

Ce MAJESTUEUX RADIATEUR ÉLECTRIQUE *chauffera votre chambre à coucher, votre bureau, etc.*

Son revêtement étincelant en cuivre et en acier nickelé en fait un objet très attrayant.

Ce moteur domestique peut actionner une machine à coudre. Facile à installer, il fera de la couture une activité agréable.

Les nombreux accessoires (non représentés) actionnés par ce moteur peuvent alléger les travaux ménagers : mixeur, baratte, fouet, ventilateur, brunissoir et vibromasseur portable.

Simplifiez vos travaux de couture

à l'aide de ce moteur électrique.

Il s'installe facilement sur votre machine, sans l'abîmer. Son fonctionnement à deux vitesses très simple à régler vous permettra d'accroître votre production sans vous épuiser. Ne convient pas aux ménages sans électricité, car il n'est pas conçu pour fonctionner à l'aide de piles sèches.

— Si vous appuyez cette entreprise, je vous jure que vous aurez l'électricité dans votre maison avant que les journées soient à leur plus court et que les nuits soient devenues fraîches.

Le lendemain matin, des pots à cornichons pleins à ras bord de sous occupaient notre perron. Après le déjeuner, Archer a rangé son parc éolien miniature dans une vieille malle, veillant à ce que tous les morceaux soient bien emballés, puis il m'a annoncé qu'il partait pour Kentville déposer l'argent à la banque – la contribution de sa mère, puis l'argent des femmes du village. Il comptait ensuite poursuivre sa route jusqu'à Halifax.

— J'ai besoin d'argent pour que ça marche, un financement sérieux. Faut que j'aille en ville trouver des investisseurs.

— C'est aujourd'hui que tu dois partir ?

— Je peux plus rester ici à attendre que ça démarre. De toute façon, je voudrais pas que les gens se mettent à penser que je peux pas subvenir aux besoins de ma chère petite épouse. On voudrait pas que les femmes se mettent à venir accoucher dans notre salon et nous payer en choux puis en cosses parce qu'ils te prennent en pitié, pas vrai ?

Il m'a embrassée sur la bouche et m'a pincé une fesse.

— Si j'étais pour attendre que tu te décides à me laisser partir, je m'en irais jamais.

— Combien de temps tu comptes être parti ?

— Je sais pas. Mais si je pars pas bientôt...

J'ai senti des larmes me monter aux yeux.

— Archer, je pense que je suis...

Il a fait mine de ne pas voir ma tristesse et m'a adressé un grand sourire en ouvrant la porte.

— Oblige-moi pas à m'inquiéter pour toi, Dora. Ça serait égoïste de ta part, puis je t'ai jamais imaginée comme ça.

~ Le 15 avril 1918

Mes règles ont commencé aujourd'hui. Pas de bébé. Pas encore.

Le départ d'Archer remonte à plus d'un mois déjà, la guerre fait toujours rage et j'ai l'impression que tout est plongé dans les ténèbres autour de moi. On dit que les Allemands ont pris le dessus en mars 1918. Beaucoup de soldats ont été capturés ; ils sont plus nombreux encore à avoir été tués.

Maman a eu des nouvelles d'Albert et de Borden. Ils vont bien. Je me demande ce qui se passe avec Tom Ketch, le pauvre, où qu'il soit. Il n'a jamais répondu à la lettre que je lui ai écrite, on dirait qu'il y a des siècles de ça.

J'ai reçu un colis de Charlie aujourd'hui. Comme je m'en doutais, il y a une fille derrière son déménagement à Boston (ou plutôt une femme, à en juger par la photo qu'il m'a envoyée). Elle s'appelle Maxine Cabott et j'ai rarement vu une personne aussi belle et sophistiquée. Sur la photo, Charlie se tient à côté d'elle et sourit à pleines dents comme un chat qui vient d'attraper une souris. Il prétend être à son service, mais j'ai l'impression que l'histoire est plus compliquée.

Mon frère m'a même offert un recueil de poèmes d'Emily Dickinson. Le geste est tellement attentionné que je me demande s'il n'est pas amoureux !

J'espère que ce petit livre de poèmes te plaira. C'est Max qui m'a donné l'idée de t'en faire cadeau quand elle a su que tu as toujours le nez dans les livres : « Elle aimerait sans doute quelque chose de plus osé, du Balzac ou du Lawrence par exemple, mais elle se le ferait sans doute confisquer par un employé de la poste au nom de la vertu morale. On ne serait pas plus avancés alors. Elle devra se contenter de lire Dickinson pour l'instant. Tu lui demanderas pardon de ma part. »

32

La lune rose, en avril, fait surgir le vert de la terre à partir des racines. Lune des dames, elle trace de grands anneaux argentés dans le ciel. Son visage brillant se hisse au-dessus des épinettes en chantant *Trois jours de pluie, jour et nuit. Trois jours de pluie pis des visiteurs que t'attends point.*

Précieuse est venue souper à la maison. J'ai fait un jambon bouilli avec des patates, du chou et des carottes. J'ai gardé le feu allumé dans la cuisine pour couper la fraîcheur du soir. Après le repas, nous avons flâné à la table en trempant du pain brun dans de la crème et du sirop d'érable. Tout en léchant le bout de ses doigts comme un enfant, Précieuse m'a suppliée de lui lire les feuilles de thé.

— S'te plaît, Dora ! Je l'dirai pas à ma mère. J'en parlerai pas à personne.

À quinze ans, ma cousine vit quelque chose d'à la fois très beau et d'extrêmement difficile en ce moment. Le lundi après Pâques, Sam Gower est parti à la guerre pour « faire sa part ». Quant à Précieuse, elle a promis de lui écrire, de conserver ses lettres sous son oreiller et de tenir compagnie à sa mère jusqu'à son retour. C'est difficile de la voir donner son cœur à quelqu'un pour la première fois. Tous ceux qui la connaissent et qui lui veulent du bien – ma tante Francine, mon oncle Irwin, Mme Gower, le révérend Pineau – gardent un œil sur elle. Quelque chose dans sa façon d'attendre, triste et patiente, nous met en alerte : « Si le cœur de cette fille devait se briser, le monde entier pourrait s'effondrer du même coup. »

— Regarde bien... Je prends la tasse dans ma main gauche. Celle la plus près du cœur, tu vois ? Je la retourne à l'envers puis je laisse tomber les dernières gouttes.

Précieuse m'observait en se tortillant sur sa chaise avec impatience.

— Après, je redresse la tasse et je pose la soucoupe dessus. Puis là, je prends la tasse et la soucoupe et je les retourne aussi vite que possible pour que la tasse soit sur le dessus.

— On peut regarder ? On peut-tu regarder maintenant ?

— Non, attends... Faut attendre un peu.

J'ai posé doucement mes mains sur la tasse et l'ai tournée lentement, avec cérémonie, dans le sens des aiguilles de l'horloge, comme l'a toujours fait

M'ame B. *Une fois, deux fois, trois fois l'tour.*

— On la prend dans la main gauche et on la retourne. Toujours la main gauche.

Elle a caché son visage derrière ses mains et a regardé entre ses doigts.

— J'ai peur de regarder, Dora. C'est-tu des bonnes nouvelles ?

— Je vois... une main. Quelqu'un va avoir besoin d'un coup de main. Assure-toi de les aider, ça te portera chance.

Précieuse a soupiré, déçue.

— Mais j'aide toujours les autres, Dora. C'est rien de nouveau, ça. Tu vois pas autre chose ?

— Attends... ah oui, je vois un ruban puis une oreille. Tu auras des nouvelles bientôt qui viennent de loin, de quelqu'un qui t'admire beaucoup.

Précieuse a souri puis fermé les yeux.

— Sam, a-t-elle chuchoté.

— Peut-être.

— Je devrais le marier quand il reviendra.

— T'es trop jeune pour penser à te marier.

— T'avais seulement dix-huit ans quand t'as marié Archer, toi.

— Mais c'est pas pareil.

— Pourquoi ?

— Quand tu viens d'une famille de six garçons puis que tes parents ont pas beaucoup d'argent, une demande en mariage, c'est un cadeau qu'on t'offre, pas un choix que tu fais. Compte-toi chanceuse, ma chérie. T'es fille unique puis tes parents sont fortunés. T'as le temps de décider qui tu vas marier.

Précieuse a refait la boucle du ruban qui retenait sa tresse.

— T'as pas hâte qu'Archer rentre à la maison ? T'es pas follement amoureuse de lui ? T'aimerais pas qu'il soit à la maison ?

— J'ai beau vouloir qu'il soit à la maison, c'est pas comme ça que ça marche. L'amour, c'est bien connu, ça fait ce que ça veut. Viens, aide-moi à débarrasser la table.

Elle est restée assise sans bouger, les mains posées sur les genoux.

— Pas avant qu'on regarde ce qu'il y a dans ta tasse, a-t-elle dit en faisant la moue.

— Très bien.

J'ai tourné ma tasse sans m'attendre à y trouver quoi que ce soit d'important. *Une fois, deux fois, trois fois l'tour. Après tu la prends dans ta main gauche, toujours la gauche. C'est celle qu'est plus proche du tchœur, tu connais* ?

— Un merle noir qui s'envole. Une poignée de main. Un coffre à trésor.

Des bruits de voix et de sabots devant la maison ont mis fin à la séance. Il était trop tard pour que ce soit Hart et bien trop tôt pour que ce soit Archer. Je suis allée à la porte en tentant de cacher mon inquiétude.

J'ai vu un homme qui poussait une jeune fille pour la faire avancer. Les silhouettes bougeaient ensemble puis se séparaient. C'était difficile de savoir si la peur ou la maladie les faisait avancer d'un pas si maladroit.

— T'es-tu la fille à Judah Rare ? a appelé l'homme. Mme Archer Bigelow, j'veux dire.

La voix de Brady Ketch était rendue pâteuse par l'alcool. Son visage et ses vêtements étaient souillés.

— Oui, mais...

— Avance, ma Rose sauvage... Mme Bigelow, a saura quoi faire avec toi.

Il a donné une poussée à sa fille pour la faire monter l'escalier. Celle-ci est tombée dans mes bras en franchissant le seuil de ma porte, gémissant.

— Prends-la.

— Si elle est malade, vaut mieux l'emmener voir le docteur Thomas. Je pourrai pas l'aider.

— C'te tite gedaye-citte ? A m'coûterait plus cher qu'a vaut. Après tout le trouble qu'a m'a causé, ej payerai pas une cenne de plus pour elle.

Le foulard de laine élimé qui enveloppait la tête d'Iris Rose, en tombant autour de son cou, a dévoilé un visage tendre tout boursoufflé. La jeune fille avait une ecchymose au-dessus d'une arcade sourcilière et un coin de sa bouche enflée était maculé de sang. Je l'ai entourée de mon bras pour la soutenir.

— C'est lui qui t'a fait ça ?

— Mets-en que c'est moi qu'a fait ça, a dit

M. Ketch en se dirigeant lentement vers son chariot délabré monté sur patins. Arrange-la ou acheuve-la, ça m'est égal.

J'ai voulu lui dire de revenir, mais il était déjà installé sur le siège et fouettait ses chevaux mal assortis pour les faire avancer. Tandis que la voiture s'éloignait en chancelant, M. Ketch a cessé de marmonner des propos insensés et s'est mis à chanter.

Yann-la-goutte a une bonne âme
Il soigne bien ses animaux
Mais il caresse sa femme
Et ses gars à coup d'sabots

Le corps de la fille s'est affaissé contre moi. Elle pleurait à présent et gémissait de douleur. Précieuse se tenait derrière moi et observait la scène sans bouger.

— Va mettre la chaise berçante à côté du poêle, lui ai-je dit. On va voir si elle est capable de s'asseoir.

Précieuse s'est activée et a traîné la lourde chaise en chêne de M'ame B. à travers la cuisine. Ses mains tremblaient.

— Qu'est-ce qu'elle a ?

— Je sais pas encore. Tiens, aide-moi à dégager ses vêtements.

Le corps de la jeune fille était enveloppé dans des retailles de vieux manteau et de couvertures. Elle était secouée de sanglots et tremblait de frayeur.

— Peux-tu me dire ce qui va pas, ma chérie ? lui

ai-je demandé doucement. J'espérais pouvoir la convaincre de me dire ce qui s'était passé.

Iris Rose a rentré son menton dans sa poitrine et serré ses bras autour de son ventre. Ses sanglots se sont transformés en une longue plainte tourmentée. J'ai glissé la main sous son manteau pour y découvrir un ventre rond et tendu sous l'effet des contractions.

— Je la connais cette fille-là, a chuchoté Précieuse à mon oreille. C'est Iris Rose Ketch. Elle habite en haut de la montagne. Maman dit que son père vend son corps pour faire de l'argent.

Combien de temps s'était-il écoulé depuis que j'avais vu cette fillette à Deer Glen s'inquiéter du sort de sa mère ? Un an ? Non, plus que ça. C'était à l'automne et j'accompagnais M'ame B. pour la première fois. J'avais vu ces grands yeux fatigués qui m'observaient du haut de la cage d'un escalier bringuebalant, espérant un miracle. Cette enfant, délaissée par une mère qui n'avait jamais assez de nourriture, de vêtements ni d'amour à donner, allait bientôt devenir maman à son tour. Je me suis agenouillée à ses pieds.

— T'es en sécurité ici, Iris Rose. Je vais m'occuper de toi.

Précieuse, pantelante de frayeur, n'a pas tardé à proposer d'aller chercher ma tante Francine.

— S'il te plaît, Dora. Je reviendrai tout de suite. Laisse-moi aller chercher Maman.

Une rumeur circule parmi les coureuses de partys selon laquelle il existe une « malédiction de sage-femme », ou une « marque de sorcière », et que M'ame B. me l'aurait transmise. On dit que c'est pour ça que mon mari est parti et que je suis incapable de tomber enceinte. Une jeune fille célibataire peut « attraper » cette malédiction si elle boit mon thé, passe le pas de ma porte, prend place à ma table, s'assied à côté de moi à l'église, touche de la laine que j'ai filée, mange des aliments que j'ai préparés et ainsi de suite. Précieuse et moi en avons ri plus d'une fois en nous disant que l'affection qu'elle a pour moi la protège contre la malédiction. En ce moment, elle a l'air de vouloir s'enfuir, comme si le fait d'assister à un accouchement à mes côtés pouvait la condamner une fois pour toutes. *Plus longtemps les mots circulent, à se pogner dans les aiguilles à brocher ou les pinces à linge, plus c'est facile d'y croire, même quand tu sais que tu devrais pas.*

— Je vais aller chercher Maman. Elle saura quoi faire.

— Non, Précieuse. J'ai besoin que tu restes avec moi. Je vais ouvrir la chambre à côté pour laisser l'air chaud y rentrer. Toi, tu vas monter chercher une robe de chambre dans mon armoire puis descendre autant de draps que possible de la lingerie.

Iris Rose tremblait dans la chaise berçante. J'ai pris sa main dans la mienne.

— T'es dans le pire de la tempête tout de suite, ma chérie. Essaie de te détendre un peu. On a pas mal de travail devant nous.

Je l'ai aidée à enfiler une robe de nuit propre et à s'installer sur le lit. Précieuse s'est activée dans la cuisine, mettant l'eau à bouillir pour le thé, déchirant les draps en lambeaux, disposant de la laine d'agneau et des carrés de flanelle dans un panier. Iris Rose a sombré dans un sommeil agité, épuisée par la douleur qui s'emparait de son corps par intervalles.

Ciseaux, aiguilles, fil de coton, crochets, mousseline roussie. Onguent de souci, peroxyde, poivre de cayenne, écorce d'hamamélis, huile de castor, ergot, désinfectant, tisane arrête-sang, tisane de mère. Racine de mandragore : baume pour la femme meurtrie. Quand-ce tu la cueilles, prends garde d'avoir le dos au vent. Du bout d'un couteau, trace trois arcs autour de la plante dans le sens des aiguilles d'une montre. Arrose-la avec des Larmes de Marie. Déterre la plante en la tournant vers l'ouest. Salve nos, Stella Maris. *Étoile des remous, sauvez-nous.*

Iris Rose a poussé un cri pendant qu'une nouvelle vague de douleur la submergeait.

— C'est presque le temps de pousser pour mettre cet enfant-là au monde. Quand ça se calmera un peu, je t'aiderai à te mettre à genoux.

Je suis allée chercher une chaise dans la cuisine.

— On va mettre une chaise en avant de toi, comme ça t'auras quelque chose à t'appuyer dessus. Précieuse, tu glisseras la courtepointe sous ses jambes pour que ce soit plus confortable quand j'attraperai le bébé.

L'horloge dans le salon avait sonné douze coups au début de l'accouchement. À deux heures du matin, Iris Rose était toujours en travail et manquait défaillir tellement elle était épuisée. Bientôt, la mère et l'enfant seraient en danger.

— Précieuse, va me chercher l'aile de corneille accrochée au-dessus de la porte puis amène-moi le poivre de Cayenne que j'ai mis sur la table.

M'ame B. m'avait expliqué le principe du dardage, mais je ne l'avais jamais vu en action et encore moins eu l'occasion de le mettre en pratique. Elle disait l'avoir appris des derniers survivants de la tribu des Chitimacha qui vivaient dans le bassin de l'Atchafalaya. *Sa face va virer rouge pis a va penser que sa tête est en flammes, mais quand-ce qu'a va éternuer, a va lâcher aller le bébé en même temps. Des fois, c'est la seule façon de faire. Les épines de porc-épic sont les meilleures, mais tu peux utiliser une plume de corbeau ou de goéland si c'est juste ça que t'as.*

Sous l'œil attentif de Précieuse, j'ai retiré une plume de l'aile et j'ai nettoyé le bout à l'aide d'un couteau. J'ai ensuite trempé l'embout dans le poivre de Cayenne, de sorte à remplir la pointe creuse de poudre rouge.

— Bouge-pas, lui ai-je dit en effleurant doucement la joue d'Iris Rose du bout de la plume. Aussitôt qu'on sent venir la prochaine contraction, je vais souffler. Ça devrait faire l'affaire.

Trop faible pour répondre, Iris Rose a enfoncé ses ongles dans les barreaux de la chaise en anticipant la douleur qui n'allait pas tarder à revenir. J'ai soufflé un grand coup et le poivre a traversé la plume pour lui rentrer dans le nez. Elle a ouvert grand les yeux, son visage est devenu écarlate puis elle s'est mise à éternuer violemment, le corps secoué de spasmes pendant qu'elle pleurait et criait des propos incompréhensibles. *A braille comme si qu'alle a le Bon Djeu dans le corps ou ben qu'a cherche à se repentir pis qu'alle appelle tous les saints du ciel.* Iris Rose a mis au monde un bébé que j'ai accueilli dans mes bras.

Heure de naissance : 2 h 30 du matin.

Une petite fille.

33

Chaque naissance apporte une leçon.

J'imaginais déjà tous les soins et l'affection que j'offrirais à Iris Rose et à son bébé. Des journées entières de repos, de soupe claire, de gruau, d'œufs à la coque et de gâteau à la mélasse. Des journées entières pendant lesquelles la mère allait pouvoir dormir avec son bébé blotti contre son sein. Des journées entières passées à parler, à chanter, des journées de béatitude. Comme Archer n'était pas revenu, j'avais amplement d'espace dans la maison pour les accueillir chez moi pendant toute une semaine, voire neuf ou dix jours si Iris Rose le souhaitait.

Elle avait treize ans.

Que le responsable ait été son père, un de ses frères ou un autre homme, elle n'y était pour rien.

Les vents rudes secouent les chers boutons de mai.

Avant que n'éclosent les narcisses et les boutons d'or, avant que fleurissent les rosiers sauvages, les cœurs-saignants et les delphiniums, Iris Rose est décédée… laissant un vaste silence dans son sillage. Plus jamais l'été ne lui réchaufferait le visage.

La chemise de nuit en coton blanc et les draps sur lesquels elle reposait étaient imbibés de sang. J'avais parcouru le Livre des saules dans l'espoir d'y trouver un conseil qui m'aurait échappé. *Salve nos, Stella Maris. Étoile des remous, sauvez-nous.*

Quand-ce tu croises une femme qui pense que ça lui donnit rien de prier, tu sais que son sang va se mettre à couler à flots. A sera pas capable de le retenir. On l'a fait perdre son espoir à force de la brutaliser. Pour rendre l'accouchement plus facile puis aider le placenta à sortir : basilic, miel, muscade.

L'expulsion de l'arrière-faix avait été aussi difficile que l'accouchement du bébé. Iris Rose était déjà à bout de forces. Avant même que débute l'accouchement, elle était épuisée physiquement et mentalement. J'avais essayé de lui faire boire une infusion de racine de mûrier à laquelle j'avais ajouté des Larmes de Marie et de l'arrête-sang, mais elle avait tout recraché comme si c'était du poison. J'avais beau lui expliquer que c'était pour son propre bien, Iris Rose avait déjà baissé les bras, anéantie par la douleur. Un instant, elle me repoussait, celui d'après, elle s'accrochait à mon cou en criant « Maman ! Maman ! Aide-moi, Maman ! » *Ça qui se passe dans la tête d'une femme fait toute la différence quand-ce qu'alle accouche. Soit qu'alle est avec toi, soit qu'alle l'est pas. Pis que le Bon Djeu la garde si qu'alle l'est pas.*

Précieuse avait langé le poupon dans une couverture de flanelle avant de le placer dans un panier à linge posé dans la chaleur irradiante du poêle. Elle se tenait dans l'embrasure de la porte, le regard rempli de terreur, observant Iris Rose qui se débattait. Je savais que je devais la tenir occupée si je voulais qu'elle reste calme.

— Précieuse, j'ai besoin que t'ailles chercher un gros bol pour le placenta puis des serviettes propres.

Après l'arrière-faix, le sang était venu. Lentement au début, puis dans un flot régulier et sombre qui s'accumulait dans mes mains, s'écoulait entre mes doigts. Précieuse m'avait tiré le bras.

— Est-ce qu'elle va mourir ? avait-elle demandé d'une voix tremblante.

Je lui ai jeté un regard sévère en espérant lui faire comprendre que même si Iris ne répondait pas à mes mots d'encouragement, elle pouvait entendre ce que nous disions. D'une voix enjouée, je lui ai assigné une nouvelle tâche inspirée d'une histoire que m'avait racontée M'ame B. J'espérais ainsi l'aider à se sentir utile.

— Faudrait qu'on s'occupe de donner au délivre une fin convenable. Dans des cas comme celui-ci, *il faut brûler le sang* pour le faire arrêter.

J'ai tendu à Précieuse le bol dans lequel reposaient le placenta, les membranes expulsées et une grande quantité de sang.

— Saupoudre du gros sel sur le placenta, enveloppe-le dans du papier journal puis jette-le dans le feu. Ça aidera à ralentir ses saignements.

Pendant que Précieuse vaquait à sa tâche, j'essayais de faire boire un peu de tisane à Iris Rose, qui ne voulait rien savoir. J'ai placé ma main sur son ventre en souhaitant sentir que la matrice avait commencé à se resserrer, mais comme son ventre était encore tout mou, je savais que la matrice refusait de se refermer. *Si son corps met pas fin au travail, a va perdre tout son sang pis mourir.*

— Va falloir que je pousse sur ton ventre pour voir si je peux arrêter le sang. Couche-toi puis essaie de te détendre. Imagine que tes entrailles sont en train de former un poing serré.

Faut tu te mettes à le pétrir. Repousse-le, taise-le. Sainte Marie, fais-le descendre. Repousse-le, taise-le...

Elle a fermé les yeux et son cœur s'est mis à battre plus lentement, plus faiblement, avant de s'arrêter complètement. Je l'ai secouée, j'ai crié son nom. *Tout c'que tu peux faire, c'est la garder en sécurité jusqu'à temps que son ange vienne la qu'ri.* J'ai prié au Bon Dieu, à Jésus, à Marie, à M'ame B. en faisant des signes de croix au-dessus d'elle et sur moi, mais Iris

Rose avait baissé les bras depuis longtemps : avant que son enfant prenne son premier souffle, avant d'être traînée jusqu'à ma porte, avant que la douleur de l'enfantement ne la fasse pleurer. Elle souffrait depuis le jour où un père colérique avait levé la main sur elle la première fois, depuis le jour où elle avait dû apprendre à feindre l'innocence. Iris Rose était née en portant en elle une âme qui souhaitait mourir.

Je suis allée au vaisselier chercher mon pot à aiguilles et j'en ai examiné une poignée à la lumière de la lampe avant de choisir la plus brillante. Je suis retournée à ses côtés en priant qu'elle soit toujours vivante. J'aurais voulu m'épargner la prochaine étape. Précieuse s'est approchée.

— L'épingle de la mort, a-t-elle chuchoté, solennelle. C'est la première fois que je vois ça. Je crois bien qu'il faut le faire, juste par précaution. Pépère Jeffers m'a raconté que tu peux attraper la maladie du sommeil puis te faire enterrer vivant si on prend pas le temps de vérifier. L'épingle de la mort, des fois, c'est la seule façon d'avoir la certitude.

J'ai hoché la tête. Je savais qu'Iris Rose n'était plus parmi nous, mais que l'aiguille faciliterait la suite des choses. Si la nouvelle de sa mort devait s'ébruiter, les gens se mettraient à poser des questions. Si je ne prenais pas le temps de vérifier, nous allions être tenues responsables.

— Si c'est noir quand ça sort, elle est vivante ; si l'épingle sort propre, elle est morte.

J'ai enfoncé l'aiguille dans la chair de son bras et l'en ai ressortie. Dans la paume de ma main tachée de sang, l'aiguille luisait.

34

À l'aube, j'ai envoyé Précieuse chez elle avec des consignes bien précises.

— Rends-toi chez Bertine Tupper puis dis-lui que j'ai besoin qu'elle vienne ici avec les autres Brocheuses occasionnelles. Et garde-toi bien de souffler un mot à ta mère de ce qui s'est passé.

Moins d'une heure plus tard, toutes les Brocheuses étaient chez moi. Une fois les tristes détails de la mort d'Iris Rose relatés, nous avons entrepris de régler tous les détails. Comme Sadie et Ginny produisaient encore du lait, elles ont offert d'allaiter la petite. Je sentais ma poitrine s'alourdir chaque fois que je la prenais dans mes bras, mais j'avais beau la poser au sein en attendant qu'elles arrivent, je n'avais pas ce qu'il faut pour la contenter.

— Les nourrices de Scots Bay à votre service, chère dame ! a lancé Sadie à la blague en relevant sa chemise pour nourrir l'enfant.

Elle ne peut pas savoir à quel point j'étais soulagée de voir la petite prendre des couleurs en tétant avec contentement.

Précieuse n'a pas tardé à revenir, armée d'un grand panier.

— J'ai expliqué à Maman que tu te sens pas bien puis que t'as besoin de compagnie, a-t-elle affirmé en m'adressant un clin d'œil. T'en fais pas, je lui ai dit que c'est juste un petit rhume puis que je soupçonne que c'est surtout parce que tu t'ennuies d'Archer.

— Ce serait peut-être mieux que tu rentres chez toi, Précieuse. La nuit a été longue, tu dois être épuisée.

— S'il te plaît, Dora, laisse-moi rester. J'ai pas arrêté de penser à tout ce qui s'est passé. Je peux vous donner un coup de main avec quelque chose ? Je pourrais tenir le bébé, lui chanter des berceuses, faire du thé, des biscuits... Même si je rentrais tout de suite puis que je montais directement me coucher, je pense pas que j'arriverais à dormir. Puis si je finissais par m'endormir, j'ai peur que je me mette à parler dans mon sommeil. Tu sais que j'ai tendance à raconter tous mes secrets quand je suis énervée.

Elle m'a tendu le panier et s'est dirigée vers la cuisine, où elle a enfilé un tablier et s'est mise à casser des œufs dans un bol pour préparer du pain brun.

— Tu fouilleras dans le panier pour voir ce que j'ai apporté.

Je me suis assise dans une chaise et j'ai vidé le contenu du panier sur la table de la cuisine. Sous un exemplaire du *Ladies' Rural Companion*, j'ai trouvé un colis enveloppé dans du papier délicat. Je l'ai déballé et j'ai découvert une robe de soie et de dentelle couleur lavande. C'était celle que Précieuse avait fait venir pour Pâques du magasin Eaton's à Toronto. Elle l'avait portée une seule fois, le jour où elle avait fait ses adieux à Sam Gowell. Elle était si ravissante en arpentant les allées de l'église, mais elle avait l'air si triste.

Précieuse a caressé le ruban, qui avait été noué autour de sa taille ce jour-là.

— Je veux la donner à Iris Rose. Ce serait bien qu'elle ait quelque chose de beau à porter.

J'ai détourné la tête et versé des larmes tandis que Ginny montrait la robe aux autres.

— Elle est absolument parfaite.

Après avoir découpé en morceaux la robe de nuit et les draps de lit souillés pour les mettre à brûler, je me suis chargée de laver le corps d'Iris Rose. J'épongeais le sang sur sa peau et, chaque fois que j'essorais le chiffon, l'eau du bassin rougissait. Précieuse m'a aidée à vêtir Iris Rose puis s'est installée à côté du lit pour peigner ses cheveux en faisant de longs mouvements réguliers.

— Trouves-tu pas qu'elle est belle, Dora ? On dirait une princesse qui s'en va au bal, ou une fiancée la veille de son mariage.

Mabel a façonné un bouquet à partir des quelques fleurs qu'elle a pu trouver et l'a placé tendrement entre les mains d'Iris Rose : des crocus pourpres, des étoiles de Bethléem, quelques tulipes précoces, des branches de forsythia et des chatons.

— Le moins qu'on puisse faire, on dirait, c'est de lui donner un peu de beauté dans sa mort.

En serrant des nœuds de potence sur notre cœur, nous avons prêté serment entre sœurs de garder le secret. Et, chaque fois que la petite se mettait à pleurer, nous pleurions à notre tour. Les yeux pleins de larmes, nous avons chanté des berceuses à l'enfant et à sa mère.

Ce n'est pas que nous n'avions jamais connu la mort ; c'était plutôt que nous l'avions toutes connue trop souvent.

Bertine s'est enfin risquée à demander ce que nous allions faire de la dépouille.

— On pourrait l'enterrer dans le cimetière des Ells, a proposé Mabel. Y a pu personne qui s'aventure par là. À ce temps-ci de l'année, l'herbe serait pas tellement haute.

Bertine a fait non de la tête.

— On pourra jamais se rendre là sans se faire voir, pis même si on y arrivait, l'hiver a été rude. La terre est encore gelée dur, on aura du mal à creuser une fosse.

— Ma mémère est morte au début du printemps, a

dit Ginny d'une petite voix. Papa a mis un tas de broussailles su' l'fait du lot où alle allait être enterrée pis il l'a laissé brûler jusqu'à tant que la terre dégèle.

— Tu veux me dire que personne va venir voir quand-ce qu'i verront brûler un gros feu ? a fait Sadie.

— Oh, a répondu Ginny.

— Je connais un endroit, ai-je interjeté. On va devoir y aller à la noirceur, par exemple, puis je vais avoir besoin de votre aide pour m'y rendre.

Précieuse et Ginny sont restées à la maison avec le bébé. Nous avons enveloppé la dépouille d'Iris Rose dans une couverture, que nous avons ensuite recouverte d'une toile à voile et que nous avons attachée solidement. Puis Bertine, Mabel, Sadie et moi avons traîné la dépouille dans les bois.

— Enlevez vos souliers.

Sadie a ri.

— T'es-tu ben, Dora ?

Faut pas laisser rentrer le monde extérieur sur les terres à Marie.

— Emmenez-la ici, près de l'arbre. On pourra déposer son corps là-dessous.

— Seigneur de la vie, tu parles d'un trou creux !

— On dirait que c'est pas la première qu'on met là.

— C'est quoi c'te place-citte ?

— Posez-moi pas de questions. Faites juste ce que je vous demande.

Dans le jardin des morts, les âmes perdues partont

vers leu' repos éternel. Leu' repos mérité. Y s'en vont che' zeux rejoindre les anges.

— Sainte Marie, Étoile des remous, emmenez cette âme avec vous. *Salve nos, Stella Maris.* Sauvez-nous, Vierge Marie. Sauve-la, Darcy. Viens la sauver. Viens chercher ta sœur.

Trois jours après le décès d'Iris Rose, j'ai emmitouflé la petite dans des couvertures chaudes et je suis descendue avec elle à Deer Glen. Bien décidée à faire ce qu'il fallait, je m'étais résignée à la remettre à sa famille. J'avais même préparé un discours : *Je suis tellement désolée. On a fait tout ce qu'on a pu. Avec la petite, il vous reste au moins un peu d'Iris Rose.* Pour ce qui était d'avoir enterré Iris Rose dans les bois... ce qui était fait était fait. Nous avions surtout agi par respect pour la famille Ketch, qui n'avait pas les moyens de payer une pierre tombale. Nous savions aussi que l'Église avait adopté certains règlements pour déterminer qui était digne de voir son corps pourrir en terre sacrée. *Je peux vous emmener à l'endroit où on l'a enterrée si vous voulez, comme ça vous pourrez lui faire vos adieux.* Mais je n'ai pas pu prononcer un seul mot de mes discours. Brady Ketch m'attendait devant la porte qui battait dans le vent et il me regardait de ses yeux cruels.

— Quoi-ce tu fais icitte ?

— Je suis venue voir Mme Ketch.

— Pourquoi faire ?

— C'est au sujet d'Iris Rose.

— J'ai jamais entendu ce nom-là.

— Mais j'ai apporté son bébé, puis…

— Ça nous regarde pas, ça, a-t-il dit d'une voix forte, son visage s'empourprant. Va-t'en d'icitte tout de suite. Je veux pu te voir sur mes terres. Enwèye, avant que je sorte mon fusil !

J'ai ramené la petite à la maison tout en composant dans ma tête un récit mettant en scène une nuit de pleine lune, une épouse esseulée et un bébé abandonné.

C'était un soir de pleine lune en avril et je prenais le thé avec du pain brun en compagnie de Précieuse quand j'ai entendu pleurnicher à la porte. Je suis sortie sur le perron avec un bol de crème, m'attendant à trouver un chat de grange, et c'est là que j'ai découvert un bébé emmitouflé dans une couverture de laine. Il avait été déposé dans une vieille trappe à homard. Je l'ai tout de suite rentré pour le réchauffer, bien sûr, et je l'ai examiné des pieds à la tête. J'avais peur que l'enfant ait attrapé un coup de froid. La petite était parfaite : des pommettes rouges, des lèvres en bouton de rose, une masse de boucles rousses sur la tête. Je sais pas d'où elle vient ni comment elle a atterri là. C'est comme si les fées l'avaient cueillie dans les bois pour la poser sur le pas de ma porte. Un p'tit esprit des bois. Les rainettes chantent tous les soirs depuis qu'elle est arrivée, puis elle chante avec elles en ouvrant grand la bouche comme un oiseau affamé. Je l'ai nommée Wrennie.

Mes consœurs de la S.B.O. sont toutes d'avis que c'est une belle histoire. Le dimanche après la messe, elles prennent beaucoup de plaisir à la raconter à qui veut l'entendre, devant les dames de la Société des Roses blanches, d'autant plus si la personne à qui elles s'adressent vient de l'extérieur. Elles se tortillent et roucoulent, en font tout un spectacle, sans jamais oublier le moindre détail.

Dora était tellement surprise de la trouver là qu'alle a renversé la crème partout. Alle en avait jusqu'à dans ses souliers !

A s'a mis à bucher tout autour en montant pis en descendant la route devant che' zeux, mais j'vous jure su' la tête du Bon Djeu, alle a jamais vu parsonne.

Alle est tellement bonne, la petite. Tellement bonne.

Un vrai p'tit esprit des bois.

J'vous le jure su' la tête du Bon Djeu.

Nous faisons bien attention de ne rien changer à l'histoire et nous évitons de broder, mais comme c'est le cas avec tous les autres mystères de la Baie, une histoire en faire pousser une autre, qui en fait pousser une autre et ainsi de suite et, le temps de le dire, on se retrouve au milieu d'une forêt entière de *c'est pas ça que j'ai entendu dire, moi.*

J'ai entendu dire qu'Archie Bigelow y avait envoyé la p'tite par la poste.

J'ai entendu dire qu'alle l'a volée à une femme à Delhaven.

J'ai entendu dire que c'est l'esprit à Marie Babineau qu'est venu su' l'eau avec la brume y porter la petite. Un bébé fantôme, un esprit des bois. A va se réveiller un bon matin pis la p'tite sera pu là.

35

Archer est réapparu un dimanche matin pendant la messe. Je l'ai aperçu au fond de la nef alors que le dernier cantique tirait à sa fin, Grace Hutner pendue à son bras. Les deux formaient une belle image, de celles que j'avais vues dans les magazines de ma tante Francine ou sur les cartes postales à l'épicerie Newcomb, sur lesquelles des couples souriants marchent sur un trottoir en ville, l'air hautain comme si le monde entier leur appartenait.

Alors que les membres de la congrégation quittaient leurs bancs et se dirigeaient vers la sortie, les femmes chuchotaient entre elles, les hommes semblaient embarrassés et plusieurs filles se sont arrêtées pour admirer la robe voyante et coûteuse de Grace. Lucie, la petite de Bertine, a tendu la main et caressé du bout des doigts le tissu drapé sur sa hanche. La fillette a soupiré comme si elle n'avait jamais rien touché d'aussi doux – ni le duvet léger d'un jeune poussin, ni même la joue soyeuse de Wrennie.

En me voyant approcher, Archer m'a souri à pleines dents.

— Regarde qui j'ai trouvé sous une roche dans le port d'Halifax, a-t-il lancé.

J'ai hoché poliment la tête.

— Bonjour, Grace.

Elle a lâché le bras d'Archer comme si elle ne s'était pas attendue à me voir.

— Salut, Dora.

Wrennie gigotait dans mes bras, alors j'ai éloigné la couverture de son visage. Grace l'a fixée.

— Quel beau bébé ! Je vois que t'es encore après aider les autres à accoucher. Il est à qui celui-là ?

Je lui ai adressé un sourire.

— À moi.

Le visage d'Archer s'est empourpré et il a jeté à Grace un regard suppliant.

— J'étais pas au courant, j'te jure ! I' me semble que ça fait pas si longtemps que ça que j'suis parti. Tu m'as rien dit avant que je parte, hein, Dora ?

Il s'est tourné vers moi et m'a attrapé le bras.

— Pourquoi tu m'as pas écrit pour me le dire ?

J'ai dégagé mon bras de son emprise et me suis dirigée vers la porte.

— T'es pas un homme facile à rejoindre.

Archer m'a suivie jusqu'à la maison, collé à mes

talons, se grattant la tête et proférant des jurons tout le long de la route. Quand je lui ai expliqué que Wrennie n'était pas notre fille biologique, qu'elle avait été abandonnée à notre porte, il s'est emporté et m'a accusée d'avoir été cruelle envers lui et Grace.

— Ah ! et c'était pas cruel de ta part d'entrer en valsant dans l'église où on s'est mariés, Grace Hutner pendue à ton bras comme si c'était un prix que t'avais remporté ?

Il était assis à la table de la cuisine, tête baissée, et se nettoyait les ongles.

— Je m'excuse pour Grace, a-t-il dit d'une voix tremblante. Elle avait besoin de rentrer, puis...

— On va arrêter de parler d'elle.

— Alors tu me pardonnes ?

— Non.

— Pourquoi pas ?

La voix basse pour ne pas réveiller Wrennie, je lui ai répondu :

— Tu oses te montrer la face icitte, où-ce que les gens ont à peine de quoi survivre, où-ce que des familles ont perdu des fils à la guerre puis que le monde a donné leur vie à trimer, en te faisant accroire que t'es meilleur que les autres !

J'ai saisi le chapeau qu'il avait posé sur la table et l'ai aplati entre mes mains. Il l'a repris et a tenté de lui redonner sa forme, le tapotant et le brossant délicatement du bout des doigts.

— Je voulais juste leur montrer que ça va bien, mes affaires.

— Tu voulais juste te donner en spectacle.

— Je voulais que les gens sachent que j'ai fait quelque chose de bien avec leur investissement.

— Dans ce cas-là, donne-leur donc quelque chose de concret, donne-leur ce que tu leur as promis. Fais-leur pas une performance burlesque avec Grace Hutner.

— J'ai rencontré quelqu'un à Halifax. Un homme du Delaware, à moins que ce soit du New Jersey ? En tout cas, il a promis de m'aider à trouver tout ce qu'il faut pour construire les machines à vent et de l'expédier directement à Scots Bay. Je suis surpris que c'est pas arrivé avant moi. Il m'a remis un bon de commande...

Je commençais à m'éloigner.

— Maudit, Dora... Reviens ici puis écoute-moi.

— Faut que j'aille jeter un coup d'œil à la petite.

— Je pensais que t'étais plus smarte que le reste du monde par ici.

— Quand ça vient à toi, on dirait que c'est pas le cas.

Les gens ont tôt fait de cesser d'appuyer le projet de parc éolien. Ils comptaient les jours qui passaient sans qu'Archer n'entreprenne son grand projet. Ils se sont mis à l'accuser d'être tombé dans un piège tendu par des escrocs et des charlatans, d'avoir pris leur argent et de l'avoir laissé s'évaporer. Archer dit qu'il ne comprend pas pourquoi le matériel n'est pas arrivé. *Ça devrait pas tarder. Je suis sûr que ça va arriver d'un jour à l'autre.* Ce qui est sûr, c'est que peu importe si la marchandise arrive ou non, mon mari sera toujours un homme qui ne sait pas se contenter de ce qu'il a et qui souhaitera toujours avoir plus et autre. Il répète sans cesse qu'il veut ouvrir la Baie au monde en y apportant l'électricité, le chemin de fer, le téléphone, des tours en montgolfière... À présent que je dois m'occuper de Wrennie, j'ai peu de patience pour ses discours. Nous sommes mariés depuis moins d'un an et, déjà, ses actions et ses propos ne me semblent plus ni justes ni vrais.

Il dort à l'étage maintenant. Je lui ai dit que c'est mieux comme ça parce que Wrennie se réveille encore la nuit. La vérité, c'est que je ne suis pas prête à renoncer à la douce communion de nos souffles qui s'unissent quand nous nous installons pour dormir, elle et moi. Je prépare toujours les repas d'Archer, je nettoie après lui, je lave ses vêtements, je lui offre à manger, comme s'il était un visiteur de passage. Je me demande bien comment Maman s'y prend pour sourire encore quand Papa lui fait des coups croches. Quand il agit comme mes frères et qu'il oublie d'enlever ses bottes pleines de boue avant d'entrer dans la maison. Ou quand il la surprend alors qu'elle met les vêtements à sécher sur la corde, lui faisant renverser son panier. Les cris de Maman deviennent vite des éclats de rire, qui invitent Papa à la prendre dans ses bras.

Les moments de joie (le peu que nous ayons eu) sont finis pour Archer et moi. Même Grace Hutner semble avoir abandonné mon mari : j'ai entendu dire qu'elle était repartie à Halifax – mais c'est un peu trop tard pour mon mariage. Les seuls sourires qu'Archer réussit à faire naître maintenant, les seules joues qu'il réussit à faire rougir, sont celles des jeunes filles qui s'assoient tout à l'arrière de l'église et qui se mettent à glousser quand il leur frôle l'oreille avec le bord de son chapeau. C'est à peine si elles ont dix-sept ans.

Tous les matins, Papa et Hart arrivent chez nous à l'aube et traînent Archer en bas, les yeux encore pleins de sommeil et à moitié habillé. La conversation est toujours la même.

— Je suis pas mal fatigué, les gars... Ça serait peut-être mieux si je restais à la maison au cas où les moulins à vent arrivent aujourd'hui.

Il met son pantalon et remplit la cafetière avant de continuer :

— Ça devrait pas tarder, vous savez. Y vont les monter en chariot ou se pointer au quai en bateau. Vous prendriez pas un p'tit café avant de partir ?

Papa pose une main sur l'épaule d'Archer et le regarde de haut en bas.

— C't'une bien bonne nouvelle, mon garçon, mais tu-suite, j'ai d'la job qui m'attend pis tu vas m'aider à la faire.

Archer le regarde à son tour, le visage blafard.

— Tu pourrais pas me donner jusqu'à demain ? Un homme a besoin d'une journée pour se reposer de temps en temps.

Papa mâchouille l'intérieur de sa joue et bougonne :

— C'est à ça que ça sert, le dimanche. I' me manque trois gars pis j'ai un trois-mâts qui se construira pas tout seul. Viens-t'en, ton travail te permettra de me rembourser ma part de l'argent que t'as dépensé sur un costume flambant neu'.

Hart prend les bottes d'Archer et les jette dehors. Papa le pousse dans le dos pour le faire sortir à leur suite.

— Allez, on va faire un honnête homme de toi.

Il se tourne vers moi en partant et m'adresse un sourire.

— J'te l'ramène à maison à temps pour le souper, Dora.

J'ai cessé de vouloir faire la conversation avec Archer. Je prépare ses repas, et c'est à peu près tout. *D'autres patates ? Le souper est prêt. Mon père a besoin d'un coup de main avec les chevaux ce matin.*

Il a recommencé à boire, mais il se garde bien de le faire à la maison. Il rentre souvent tard le soir et s'offusque si je lui demande où il était passé. Mon bras porte les marques de sa déception, une série de bleus qu'il a laissés en me pinçant durement. Il les embrasse par la suite, comme s'il regrettait de s'être emporté. Mais il ne s'excuse jamais. Je sais comment peuvent être les garçons quand ils jouent, alors qu'ils ne sont pas toujours conscients de ce qu'ils font... J'ai des cicatrices sur le devant des jambes, des suites de blessures subies quand mes frères m'ont bousculée ou fait trébucher sans faire exprès. Je comprends qu'Archer soit faible, je comprends qu'il soit déçu, mais la pauvre Wrennie a besoin d'un père. Chaque fois que je lui fais remarquer les sourires qu'elle esquisse ou ses premières bouchées de gruau, il fait la sourde oreille et passe son chemin.

Ce soir, après le souper, il a jeté par terre la poupée de chiffon que je suis en train de coudre pour la petite. Quand je lui ai montré qu'il avait sali son visage tendre et vide, il m'a giflée.

— Veux-tu ben la fermer ?

Il m'a saisie par la taille et a tenté de me gifler de nouveau, empoignant la ceinture de ma jupe pour m'empêcher de m'éloigner.

— M'as-tu entendu ? T'as besoin d'apprendre à te la fermer.

Je ne sais pas ce qu'il m'aurait fait si son frère ne s'était pas présenté à notre porte à ce moment-là pour demander à Archer de descendre au quai lui donner un coup de main.

— Salut ben, Mme Bigelow. Comment va ma nièce ? A se porte bien, la plus belle petite fille de la Baie ?

J'ai fait semblant de chercher quelque chose dans le vaisselier.

— Elle est tellement fine, comme toujours. Tu connais notre p'tite Wrennie.

En voyant dans le reflet de la vitre que la main d'Archer avait laissé une marque vive sur ma joue, j'ai défait mon chignon et laissé mes cheveux retomber sur mon visage.

— I' te reste-tu un bout de ta coiffe, Dora ? Tu devrais peut-être la donner à Archie ; i' a pas c'qu'i faut dans la tête ni dans les tripes pour aller sur l'eau.

Archer a enfilé ses bottes de caoutchouc en tapant des pieds.

— Ta yeule, toi.

— Tu vois, Dora ? Tu fais mieux d'y donner ça tout de suite. L'orgueil précède la chute.

Je suis allée chercher le médaillon que m'avait offert la veuve Bigelow pour notre mariage et je l'ai glissé autour du cou d'Archer, sous son collet.

— Pour te porter chance.

Il a déposé un baiser sur ma joue, là où elle était toujours chaude et douloureuse au toucher.

— Bon Djeu, Archie, lâche ta femme pis viens-t'en.

Hart m'a saluée gaiement de la main comme si de rien n'était.

— Tu donneras un bec à Wrennie pour moi.

— Sans faute.

36

Pleine lune, ciels dégagés. C'est la saison des basses mers de vives-eaux. Le jour, les hommes sortent sur la batture récolter le petit goémon, remplissant leurs barques de longs rubans rouges. En rentrant, ils étendent les algues sur les roches ou sur le toit des cabanes à pêche où elles sécheront en lanières froissées. *Ça met du sel dans les veines pis ça garde le sang fort tout le reste de l'année.* Le soir, ils sortent sur l'eau pêcher le hareng au flambeau. Avec leurs torches fixées à la proue des barques, on dirait une flottille de dragons sur la baie. Dans la lueur du feu, les filets brillent comme s'ils étaient fabriqués de fils d'argent. Quand j'étais petite, Maman me racontait que les rayons de la lune, pendant les marées du petit goémon, appelaient les sirènes. *Regarde bien, Dora. Si tu fais bien attention, tu les verras peut-être bondir hors de l'eau pour voler des becs.* Les basses mers des vives-eaux, c'est aussi la saison des foins, des bleuets sauvages et des mess de moules à l'anse Lady. La saison où je me suis mariée. Celle où j'ai été heureuse. Le bruit des vagues qui rentre par la fenêtre ouverte de la cuisine, de la marée qui bat en retraite. La voix de la lune. Les basses mers de vives-eaux.

Quand on devient mère, on apprend à attendre patiemment. Attendre que le souper ait refroidi, que le bébé dorme et que le fanal ait été posé à la fenêtre avant de laisser l'inquiétude prendre racine. Il aurait fallu que je m'alarme, que je fasse les cent pas en me demandant où mon mari était passé, mais ça ne m'est jamais venu à l'esprit. Je n'y ai même pas pensé quand les chiens se sont mis à japper, après les bourrasques du sud qui leur soufflaient dans la gueule, ni quand j'ai entendu claquer la porte si fort que j'ai cru qu'Archer rentrait. Trois fois. *Ça vient trois fois dans la nuit, pis ça te secoue l'âme jusqu'à ce qu'a sorte de ton corps. Un homme de l'ombre, un présage.*

— Archer ? C'est toi ?

La porte de côté s'était ouverte. Normalement, je l'aurais verrouillée avant d'aller au lit, mais je ne voulais pas qu'Archer reste dehors dans le froid si je finissais par m'endormir.

— Archer ?

Une grande silhouette se profilait dans l'embrasure de la porte. Ses vêtements mouillés pendaient lourdement, l'eau salée qui en dégouttait formait une flaque autour de ses pieds, des algues sortaient de ses bottes.

— Archer ? Non... Hart ? Mon Dieu, t'es trempé jusqu'aux os ! Viens, assis-toi ici.

Je me suis accroupie devant lui, j'ai retiré ses bottes et les épaisseurs de papier journal et de bas de laine mouillés.

— Archer est-tu loin derrière toi ? Vous êtes pas rentrés ensemble ?

— Dora, je...

— Laisse-moi deviner. C'est juste toi qui es tombé à l'eau, pas lui. Est-ce qu'il s'est arrêté chez Jack Tupper prendre un verre ? Il aurait dû te raccompagner. Eh ben, c'est Archer tout craché, ça. Toutes les raisons sont bonnes pour pas rentrer chez lui, surtout quand il fait nuit.

— Dora...

Trois fois. *Un présage.* La porte avait claqué trois fois. Je l'ai regardé de près.

— On dirait que t'as mangé un gros coup sur l'œil. Tu devrais enlever ta salopette, elle est toute trempée. Je suis sûre qu'Archer en a une qui te fait. Les jambes seront un peu courtes, mais...

Il a pris mes mains dans les siennes et m'a regardée.

— Archer est parti, Dora. I' jouait avec la torche, ses vêtements ont pogné en feu pis i' a sauté dans l'eau. I' a dû se cogner la tête après le fond de la barque.

— T'avais pas moyen de le sauver ?

— J'ai tendu la main pour essayer de l'attraper,

mais j'ai pas réussi. J'ai eu sa main une couple de fois, mais i' a fini par s'éloigner. Tu connais la baie, la nuit : elle est noire comme chez l' diable. Je l'ai perdu. I' est disparu.

Un homme a perdu la vie au large de Scots Bay

C'est avec grand regret que nous annonçons la disparition d'Archer Bigelow de Scots Bay. M. Bigelow a quitté son domicile la nuit du 24 juin pour sortir en mer, avec son frère, Hart Bigelow, pêcher le hareng au flambeau. Il est tombé pardessus bord et n'a pas pu être secouru. Des équipes sont sorties tous les jours dans la baie et sur la grève chercher le corps, mais aucune trace n'a été retrouvée. Le défunt laisse dans le deuil une épouse et une fille, à qui toute la communauté voue sa sympathie à l'issue de cette terrible fatalité.

La Gazette de Canning
le 30 juin 1918

J'ai mis fin aux recherches.

Après une semaine, je ne pouvais pas demander à ma famille, à mes amis ou aux bonnes âmes de la communauté d'en faire plus. Archer n'a jamais rien fait pour eux. Il passait son temps à parler dans leur dos, à dire qu'ils étaient idiots de se contenter de leur « petite existence misérable ». En fin de compte, c'est moi qui ai soupesé ce que valait sa vie et estimé que nous en avions fait assez.

Depuis ce jour-là, Maman m'a livré presque tous mes repas à la maison. Ma tante Althéa est venue tous les jours m'apporter des œufs frais et du pain brun. Mes autres tantes (même ma tante Francine) m'ont fait des biscuits et des tartes et Précieuse m'a donné un coup de main avec Wrennie. Mes chères consœurs de la S.B.O. ont cuisiné et nettoyé en me tenant compagnie jour et nuit, se livrant au travail de celles qui restent mais qui ne pleurent pas. Elles savent se rendre utiles quand survient une mort qu'elles n'ont pas à pleurer.

Les hommes du village sont tous sortis sur la baie et ont exploré les anses des environs, craignant de découvrir quelque chose. Chacun se demandant si sa propre vie serait considérée digne d'être sauvée. Un à un, ils sont revenus bredouille sur la grève et ils ont tracé au charbon le nom d'Archer sur un galet, qu'ils ont ensuite déposé sur un tas pour former une tombe de marin.

Son corps a été enregistré comme étant « introuvable ». Pas de corps gorgé d'eau à rapporter, comme un rappel morbide. J'ai honte de l'avouer, mais je me sens soulagée. Il y a longtemps que j'imagine son décès. Chaque fois qu'il me quittait, je jouais la veuve : j'occupais son côté du lit, je rangeais ses vêtements dans le tiroir du bas, je mettais ses souliers à la cave et, dans ma tête, je me voyais poser des fleurs sur sa tombe. *Archer Fales Bigelow, époux bien-aimé.* Il est de nouveau parti, mais cette fois, c'est pour de bon.

37

Veuve à dix-neuf ans.

J'en ai déjà marre de m'habiller en noir pour aller à la messe ou au village. Ça me fait me sentir vieille et inutile. Ma tante Francine me rappelle sans cesse que la mère d'Archer a subi une perte plus importante que la mienne. « Que le Bon Dieu la bénisse. Elle se plaint jamais, pourtant, Simone Bigelow a déjà perdu deux maris et un prétendant, presque mari, et voilà qu'elle perd son fils aîné. La pauvre va devoir porter du noir jour et nuit, beau temps mauvais temps, pour le restant de ses jours ! » Je ne suis pas une autorité en matière de mode, mais j'ai l'impression que la Grande Guerre va contraindre même ceux qui insistent pour suivre à la lettre les règles d'étiquette à en assouplir les exigences. Jamais il n'y aura assez de crêpe et de lainage pour couvrir les portes de toutes les maisons touchées par la mort, et encore moins pour vêtir toutes les épouses et les mères endeuillées.

Le monde est déjà assez sombre et accablant, le fait de me parader en morte-vivante n'y améliorera pas grand-chose.

Cette fois, Maman est du même avis que ma tante Francine. Elle m'a disputée quand je lui ai demandé de m'aider à coudre une nouvelle robe. « C'est trop vite. Si tu arrêtes de porter le deuil puis que tu commences à porter du neuf, les gens de la Baie vont se mettre à jaser puis à penser en mal de toi. Faut que tu t'habilles en grand deuil pour un an et un jour. Après, tu pourras chercher un nouveau mari. Tu pourrais peut-être même finir par avoir des enfants à toi. »

Wrennie, *c'est* mon enfant à moi, peu importe comment je l'ai eue. C'est mon p'tit esprit des bois. *Un bébé de lune bleue*, comme dirait M'ame B. *Les bébés de lune bleue pleuront point pis chignont jamais. C'est Marie yelle-même qui les envoie aux tites mamans qui ont pu de place dans leu' cœur pour d'la misère. Ej les reconnais au premier coup d'œil quand-ce qu'i naissont : c'est comme si qu'i leu' restait une miette dequoi d'encore amarré au paradis.* Quand elle sera plus grande et qu'elle apprendra à se tenir debout toute seule, quand elle s'accrochera à mes jambes et qu'elle cachera son visage dans ma jupe, ma fille portera du jaune soleil et des bleus éclatants. Elle verra que sa mère n'a pas peur de rire, qu'elle n'a peur de rien. C'est comme ça qu'on élève un enfant heureux, une fille que tout le monde aime.

Maman et la plupart des femmes de la Baie agissent avec moi comme si elles ont peur que je m'effondre. Elles me font constamment signe de me taire, me caressent sans cesse le genou et m'apportent du lait chaud. Bertine comprend, elle : elle est au courant de ce qui s'est passé avec Archer l'automne dernier. Sadie et Mabel et même Ginny m'écouteraient si je leur en parlais. Mais dire du mal d'un homme mort à une femme mariée de la Baie, ce serait tenter le destin.

Depuis le décès d'Archer, Hart est la seule personne avec qui j'ai pu partager mes vrais sentiments. Il vient nourrir les chevaux, nettoyer l'étable et corder le bois à la cave en prévision de l'hiver, comme il le faisait chaque fois qu'Archer n'était pas là. Wrennie l'adore. Il la serre dans ses bras et danse doucement avec elle en chantant « *T'es la plus belle tite qu'i a pas* », puis elle s'endort blottie contre lui. Une fois qu'elle est couchée, nous prenons le thé ensemble ; il lui arrive même parfois de rester souper. C'est un grand soulagement de pouvoir admirer la beauté d'un coucher de soleil ou de maudire les taches tenaces de jus de framboise sous mes ongles sans me sentir coupable d'être vivante.

— Je lui ai pas donné ma coiffe.

— Tu y as donné ton médaillon. Je t'ai vue y mettre autour du cou.

— Y avait rien dedans.

Je me sentais coupable. Mes mains tremblaient.

— Peut-être que si j'avais... Crois-tu, toi, à des choses comme ça ?

— Archer a toujours eu plus que sa part, Dora. Surtout quand ça venait de toi.

— Ma coiffe, c'est tout ce que j'ai qui vaut quelque chose. C'est à ça que je pensais quand il est parti avec toi ce soir-là. Je pensais que j'en aurais peut-être besoin, de ma coiffe, plus que j'aurais besoin de lui.

— I' en a qui diraient que t'avais raison. Du moins, i' le penseraient.

— Mais c'est épouvantable ! C'est comme si j'avais souhaité sa mort, et ensuite c'est arrivé.

— C'est pas comme ça que ça s'est passé.

Il m'a regardée.

— Je l'ai laissé aller. J'aurais pu sauter à l'eau pour l'attraper. J'aurais pu le sauver...

— Ou vous auriez pu vous noyer tous les deux.

— J'ai vu ce qu'i t'avait fait, Dora. Puis je pouvais pas arrêter d'y penser. La dernière fois qu'i a voulu m'attraper la main, la dernière fois qu'i a monté pour prendre une bouffée d'air... j'ai pensé à toi. Puis je l'ai laissé aller.

PARTIE 3

38

Nous étions le 1er août en fin d'après-midi, quand Mme Ketch s'est présentée chez moi. En la voyant sur le pas de ma porte, j'en ai eu le souffle coupé. Wrennie avait plus de trois mois ; était-elle venue pour reprendre la petite et l'élever elle-même ? Même si elle avait eu les moyens de le faire – j'étais pourtant persuadée qu'elle n'avait pas un sou à son nom –, son mari avait le diable dans le corps. Je n'avais aucun doute qu'il battait toute sa famille, jusqu'au plus jeune de ses enfants.

Mme Ketch se tenait sur le perron, le visage marqué des traces de la plus récente colère de son mari : une paupière tombante, les oreilles rouges et enflées, le nez courbé légèrement d'un côté, tous des signes caractéristiques d'un crochet de gauche alimenté au rhum. Si elle comptait me prendre Wrennie, elle devrait me passer sur le corps pour y arriver.

— Mme Bigelow ?

— Entrez, je vous en prie, et appelez-moi Dora.

— Merci, Dora, a-t-elle dit d'une voix faible et monocorde.

L'air craintif, Mme Ketch s'est assise bien droite dans la chaise, les mains repliées sur les genoux. Ses yeux larmoyaient derrière ses cheveux bruns et grichés.

— Vous prendriez bien une tisane, Mme Ketch ? L'eau est déjà chaude, la bouilloire est sur le feu. Êtes-vous venue à pied jusqu'ici ?

— Oui, j'voulais pas... j'veux dire oui, j'ai marché.

— C'est pas la porte d'à côté.

— C'est vrai.

Elle a pris la tasse dans ses mains, et ses doigts fins et gercés ont rougi au contact de la chaleur. Elle l'a portée à son visage, en a humé l'infusion de feuilles de framboisier et d'églantier avant d'y tremper ses lèvres fendillées.

J'ai relancé la conversation, espérant me défaire du malaise qui me gagnait et de l'impression que j'avais de lui avoir volé quelque chose.

— Comment va la famille ? Et Tom ? Avez-vous eu de ses nouvelles ?

— Tom est mort.

— Oh. Je...

— Explosé dans les tranchées. Restait pu rien. I' nous ont envoyé sa dernière paye, sa deuxième paire de souliers... pis que'ques lettres qu'i gardait dans son casier. Y en avait une de toi, je pense.

— Oui, je lui ai écrit une fois. Je suis désolée. Je savais pas.

Pour combler le silence, je lui ai dit :

— Voulez-vous voir la petite ? Elle dort tout de suite, mais je pourrais...

— Non, dérange-toi pas pour ça. De toute façon, c'est toi que je suis venue voir.

Elle a bu sa tisane à grandes gorgées nerveuses. Après avoir terminé, elle a essuyé le coin de sa bouche sur sa manche élimée puis a fixé sa tasse vide avant de poursuivre.

— Chus en famille.

— Ah bon.

Je lui ai versé d'autre tisane tout en me demandant comment j'allais bien pouvoir éviter de lui venir en aide. Rien de bon n'a jamais résulté de fréquenter Mme Ketch ou sa famille. Rien sauf Wrennie.

— Dans ce cas-là, vous devriez aller voir le docteur Thomas. Je suis sûre que M. Ketch aimerait mieux ça. De toute façon, je travaille plus tellement comme accoucheuse.

— Brady est pas au courant. J'ai déjà essayé une couple de choses pour le perdre, tout ce qu'on dit qu'i faut pas faire quand t'es en famille : lever les bras au-dessus de la tête, passer trop de temps au rouet... J'ai même essayé de me garrocher en bas du perron l'autre jour. Mais y'a rien qui marche. J'ai déjà trop d'enfants à nourrir pis à garder après, pis tu connais Brady avec ses colères. Ej sais ben qu'on va me dire qu'i faudrait qu'ej seye reconnaissante, que si c'est une fille, ej pourrions l'appeler Iris Rose, pis si c'est un garçon, ça pourrait être Tom. Que c'est la façon au Bon Djeu d'essayer de me faire oublier ceuzes que j'ai perdus.

« Ma mère a eu trois petites qu'elle a appelées Expérience : Expérience Ruth, Expérience Esther pis Expérience Espoir. La dernière, c'est moi. Chus la seule qu'a resté… D'après ma mère, c'est à cause de l'*Espoir*. Mais ça fait pu une miette de différence asteure. J'ai les mains pleines.

Elle m'a regardée d'un air las et suppliant.

— Tu pourrais le faire partir, non ?

Mme Ketch avait eu plus que son lot d'enfants. *C'te femme-là a plus d'enfants à sa charge qu'a peut compter sur ses doigts. Alle en a tellement qu'alle est rendue à faire des débordés.* Je ne pouvais pas lui reprocher de ne plus vouloir d'enfants, mais autant j'avais pitié d'elle, autant je voulais lui dire que je ne pouvais rien faire pour l'aider.

— Je vous l'ai dit, je travaille plus tellement…

— Que tu m'aides ou pas, j'vas pas avoir c't'enfant-là.

Si je refusais de l'aider, elle finirait par se jeter dans l'escalier de la cave ou s'empoisonner au thé à l'écorce d'if. Si elle et l'enfant survivaient à l'épreuve, qu'en serait-il ? Une autre bouche à nourrir, un autre corps à garder au chaud, un autre enfant comme Darcy, ou Iris Rose, ou Tom... une autre victime pour la main de Brady Ketch. *C'est juste son cœur qui peut savoir ce qu'alle a à pardre. Tu comprends ? Moi, chus juste là pour soulager la douleur. C'est aussi simple que ça.*

J'ai pris une profonde inspiration. Les colliers de M'ame B. pendaient lourdement à mon cou.

— Commençons par voir comment avancée vous êtes. Venez vous allonger sur le lit que je vous examine.

Elle m'a suivie jusqu'à la chambre sans dire un mot et s'est allongée, la nuque appuyée contre la tête du lit de fer, les jambes écartées et les mains posées sur sa poitrine. J'ai tâté son ventre du bout des doigts en cherchant la saillie de sa matrice. Mme Ketch s'enfonçait nerveusement dans les courtepointes. Sa peau blanche était meurtrie et ses seins pendaient sous l'effet de trop de grossesses et d'une crainte constante.

— C'est quand la dernière fois que vous avez eu vos règles ?

— Ben... on est au mois d'août, là. C'était... à la fin d'avril, je pense. Oui, en avril. Y'avait des têtes de violon dans le bois en arrière de la maison.

Sa grossesse était plus avancée que je ne l'aurais voulu. Pas comme quand ma tante Francine était venue demander à M'ame B. de faire bouger les choses. Je suis allée chercher le Livre des saules et j'ai retrouvé le passage qui expliquait comment rappeler un ange. Les consignes étaient claires.

Un cycle en retard : tu y donnes la chandelle de Marie pis de la tisane des grandes marées.

Deux cycles en retard : tu y donnes la chandelle de Marie pis de l'eau des anges.

Trois cycles en retard : c'est trop tard.

Mme Ketch en était presque à trois cycles de retard, mais elle semblait tellement désespérée que je ne pouvais pas refuser de l'aider. Suivant les étapes que M'ame B. m'avait apprises, j'ai enduit d'huile d'orme rouge une chandelle mince et l'ai introduite doucement entre les jambes de Mme Ketch. Celle-ci a grimaçé mais ne s'est pas plainte. Quand j'ai voulu lui expliquer qu'elle devait l'allumer trois soirs d'affilée et faire une prière, elle m'a regardée en fronçant des sourcils et a secoué la tête.

— J'ai pas besoin de sorcellerie. J'ai juste besoin que ça marche. C'est tout ?

J'ai repassé dans ma tête la liste des ingrédients dans la recette d'eau des anges de M'ame B. *De la menthe pouliot, de l'emplâtre de plomb, une pincée de borax...*

— Je peux vous donner autre chose, mais c'est assez puissant. Il faudra que vous passiez la nuit ici pour que je puisse garder un œil sur vous.

Elle s'est rassise et a laissé pendre ses jambes sur le bord du lit.

— J'peux pas laisser les p'tits tout seuls à' maison avec Brady, surtout pas le soir. I' est mauvais le soir d'habitude. Les p'tits auraient pas de souper, pis si qu'un d'entre eux osait se plaindre, i' le battrait pratiquement à mort. Fais juste me préparer ce qu'i me faut pis je vas rentrer.

— Laissez-moi au moins demander à Hart Bigelow de vous ramener. Il sera ici bientôt pour nourrir les chevaux. Il pourra vous laisser au bout du chemin qui mène à Deer Glen si vous le souhaitez.

J'ai préparé la mixture en suivant la recette de M'ame B. et l'ai versée dans une bouteille que j'ai tendue à Mme Ketch.

— Vous en mettrez dans votre thé. Une cuillère à table aux quatre heures. Videz la bouteille au complet. Vos saignements vont être abondants par bouts puis vous allez avoir des grosses crampes. Envoyez quelqu'un me chercher si ça arrête pas ou si vous sentez que ça se passe pas comme il faut.

Elle a hoché la tête, et semblait toujours aussi nerveuse.

— Tu diras pas à personne pourquoi j'étais icitte ?

— Si quelqu'un le demande, je leur dirai que vous êtes venue chercher du sirop contre la toux pour les enfants.

Ma chienne Daisy a eu sa première portée quand j'avais dix ans. Cinq colleys au ventre dodu qui jappaient aussi fort que le meilleur beagle de chasse de Laird Jessup. Papa en a gardé deux, Nip et Tuck, pour l'aider à chasser les faisans et à faire rentrer les vaches. Les autres sont allés vivre avec trois des frères à Papa – mon oncle John, mon oncle Homer et mon oncle Web. Daisy a eu sa deuxième portée le lendemain de mes onze ans. Je l'ai vue se faufiler de peine et de misère sous le perron en passant par un trou dans le treillis sur le côté de la maison. Je craignais qu'elle reste prise, alors j'ai tenté de me glisser sous le perron à sa suite, mais elle a grogné et a fait mine de me mordre pour me faire comprendre que je ne devais pas l'approcher. J'ai gardé un œil sur elle toute la journée alors qu'elle accouchait en geignant de six petits aux yeux plissés et au nez rose.

Quand Maman m'a appelée pour le souper, j'étais encore étendue à plat ventre sous le perron à regarder les chiots qui grimpaient les uns par-dessus les autres pour atteindre les mamelles de Daisy. Papa rentrait du chantier naval, fatigué et couvert de sueur après une journée de travail. Il a secoué la tête en s'approchant, sachant très bien ce qui me captivait. « Metstoi pas dans l'idée de garder ces chiots-là, Dora. »

Pendant le repas, j'ai plaidé ma cause comme j'ai pu. J'ai même promis d'annoncer à l'église que nous avions six beaux chiots à donner dès qu'ils seraient sevrés, en précisant que je le referais tous les dimanches jusqu'à ce qu'ils aient tous trouvé une maison. Mais Papa n'a rien voulu savoir. Il a dit que si son souvenir était bon, c'était la faute de Charlie que nous avions des chiots dont on ne voulait pas, parce qu'il avait laissé sortir Daisy pendant qu'elle était en chaleur. C'était donc à Charlie de « s'en occuper ». Charlie a hoché la tête d'un air solennel. Maman a dit qu'elle y verrait avec lui dès le lendemain matin. Nous savions tous ce qu'ils entendaient par là. Dans mon lit ce soir-là, j'ai pleuré en silence dans mon oreiller. Je savais qu'il valait mieux ne plus en parler.

Le lendemain, après le déjeuner, Maman a persuadé Daisy de quitter sa cachette en lui offrant un bol de viande à ragoût fumante encore accroché aux os. Pendant qu'elle enfermait la chienne dans la grange, Charlie s'est faufilé sous le perron avec un sac à patates vide. Quand il est ressorti, le sac pendait lourdement et des cris étouffés en jaillissaient. Maman m'a dit :

— Rentre dans la maison, Dora. On revient bientôt, Charlie puis moi.

J'ai attendu qu'ils soient à mi-chemin du sentier qui menait jusqu'au ruisseau Jess avant de sortir en catimini et de les suivre en silence, cachée parmi les aulnes.

Maman a observé Charlie pendant qu'il s'agenouillait près de la partie la plus profonde du ruisseau. Avant qu'il plonge le sac dans l'eau, elle le lui a arraché des mains et lui a dit : « Rentre à' maison,

Charlie. Allez, vas-y. » J'ai entendu les larmes dans sa voix. Elle ne s'est pas retournée pour le regarder s'enfuir ; elle a simplement attendu que le bruit de ses pas s'estompe. Puis, elle a fermé les yeux et a plongé le sac dans le ruisseau jusqu'aux coudes, le gardant submergé d'un air triste et résigné.

Je n'ai jamais compris pourquoi elle avait dû s'en charger ni pourquoi elle avait senti que Papa avait raison de vouloir tuer ces chiots-là. À partir de ce jour-là, j'ai commencé à croire que ma mère n'était pas celle que j'avais toujours imaginée. Son visage est devenu moins beau à mes yeux, et son étreinte, moins chaleureuse.

Je me demande si Wrennie peut sentir la froideur qui me gagne quand je pense à Mme Ketch, les frissons qui me traversent de part et d'autre. *Ça fait pas une miette de différence, tu comprends ? Chus pas le Bon Djeu. C'est juste la femme qui peut savoir si qu'alle a assez d'amour dans son cœur pour faire une vie.* Quand je pense à elle, j'ai beau m'emmitoufler dans toutes les vieilles courtepointes à M'ame B., je n'arrive pas à me réchauffer.

39

Une famille pleure le départ de leur mère

Mme Expérience Hope Ketch est décédée chez elle le mardi 2 août. Elle laisse dans le deuil son époux, M. Brady Ketch, de même que ses nombreux enfants. Elle a été précédée dans la tombe par son fils aîné, le soldat Thomas H. Ketch, qui a perdu la vie dans la bataille de Cambrai. Mme Ketch a été inhumée au cimetière de l'église unie de Scots Bay suite à un service funèbre célébré par les dames de la Société des Roses blanches. Les membres de la paroisse se sont rassemblés le même jour au Centre maritime, où des dons de nourriture et de vêtements destinés à la famille Ketch ont été accueillis avec reconnaissance.

La Gazette de Canning
le 6 août 1918

Je ne suis pas allée aux funérailles. Mais j'ai confié Wrennie à Maman le temps d'entrer en douce dans la cuisine du Centre maritime pour y laisser de la nourriture et quelques petits articles à la famille Ketch.

J'aurais mieux fait de rester chez moi, mais c'était plus fort que moi : j'avais besoin de m'informer des circonstances du décès de Mme Ketch.

— Je n'ai jamais vu un homme aussi pressé d'enterrer sa femme.

Mme Gertrude Hutner se tenait à l'extérieur de la salle avec ma tante Francine et pliait des robes ayant appartenu à Grace avant de les poser sur une table avec les autres dons destinés à la famille Ketch.

— Pas de cercueil ouvert, pas de visite au salon. C'est étrange, je trouve. Je me demande même si elle s'est pas enfuie, la pauvre. On a peut-être mis un cercueil vide dans la terre aujourd'hui.

Ma tante Francine sortait des assiettes pour ceux qui voudraient manger quelque chose.

— Oh, j'ai pas de doute qu'elle est morte, la pauvre. Ce que je me demande, moi, c'est *comment* elle est morte.

— Penses-tu que c'est *lui* qui l'a tuée ? a demandé Mme Hutner à voix basse.

— C'est possible. Je sais seulement qu'Irwin est descendu à Canning, puis quand il est rentré, il m'a dit que le constable McKinnon s'en allait voir Brady Ketch pour lui parler.

— En tout cas, il agit pas comme quelqu'un qui se sent coupable pour quoi que ce soit. L'as-tu vu aller ? Il est en arrière du centre avec son chariot, à distribuer de l'alcool à ses amis puis à ses cousins. Il se soûle comme une botte et porte des toasts à la mémoire de sa femme pendant que les paroissiennes nourrissent ses enfants puis les habillent.

Mme Newcomb s'est jointe aux deux femmes, ayant apporté une boîte de denrées de son épicerie à Canning.

— J'pense qu'elle en pouvait peut-être juste plus. Combien d'enfants elle a eus ? Quinze ? Seize ? Ça use une femme après un boutte. À mener une vie comme celle-là, une femme peut finir par se tuer.

Ma tante Francine a hoché la tête.

— T'as sans doute raison. La pauvre... Elle est dans un monde meilleur maintenant.

Mme Hutner a lissé la chevelure d'une des poupées de porcelaine ayant appartenu à Grace.

— Dieu la garde.

Depuis qu'elle avait quitté ma maison, je n'avais pas cessé de penser à Expérience Ketch. Allait-elle se rappeler des consignes que je lui avais données ? Tout s'était-il bien passé ? Je ne mettais pas en doute les directives de M'ame B. ni même le fait d'avoir décidé de venir en aide à Mme Ketch, mais quand j'ai appris la nouvelle de son décès, je n'ai pas pu m'empêcher de penser que c'était de ma faute.

Je me suis cachée derrière la porte de la cuisine pour pleurer en silence, soulagée de constater que je n'étais pas l'objet des ragots cette fois. Alors que je m'apprêtais à partir, Bertine est entrée en coup de vent dans la cuisine avec deux gros paniers de nourriture dans les bras. Quand la porte a heurté mon orteil, j'ai fait de mon mieux pour étouffer un grognement. Bertine m'a repérée.

— Franchement, Dora Bigelow. Jouer à la cachette à ton âge ! Sors de d'là pis viens nous donner un coup de main. Les tits Ketch font la file, pis faudrait qu'on leur donne dequoi de mieux à manger que les biscuits secs à ta tante.

— Faut que j'y aille. Je suis juste passée laisser quelques petites choses. Wrennie est chez ma mère, puis elle a en masse de choses à faire sans s'occuper de la petite en plus. Je...

Bertine m'a tendu le torchon qui couvrait la nourriture dans un des paniers.

— C'est triste pour les pauvres p'tits, ce qui s'a passé. Viens, sèche tes larmes pis allons leur mettre dequoi dans le ventre.

J'ai rejoint les autres femmes qui faisaient la file pour exprimer leur sympathie puis distribuer des louchées de purée de navets et des tranches de pain brun. Brady et les autres hommes de sa famille n'ont pas tardé à entrer en titubant. Lorsqu'il s'est trouvé face à moi, il a déclaré d'une voix forte :

— J'en prendrai pas de c'que tu sers, pis je conseillerais aux autres de faire comme moi. On sait jamais, ça pourrait être du poison.

— M. Ketch, lui ai-je dit d'une voix posée, je suis

vraiment désolée pour votre femme. On l'est tous. Je sais bien que vous pensez pas ce que vous dites. Vous vivez un moment difficile...

— Alle entraîne la mort partout où a passe. C'est à cause d'elle que j'ai pu de femme. J'ai dit la même chose au constable. I' connaît la vérité asteure.

Laird Jessup, qui est un cousin des frères Ketch, avait bu plus que sa part d'alcool et se tenait juste derrière Brady.

— Y est temps que quelqu'un y règle son cas, à celle-là. Depuis le temps qu'alle est petite, a fait juste semer le trouble che' nous. Quand alle était jeune, a venait ensorceler mes vaches. J'ai perdu un veau à cause d'elle, pis j'ai dû abattre la mère en plus – j'pouvais pas l'accoupler après dequoi de même. Ç'aurait été tenter le djâbe.

Les femmes à mes côtés se sont mises à chuchoter entre elles. Certaines se demandaient si elles devaient envoyer quelqu'un chercher mon père au quai ou un des hommes du village. D'autres se sont demandé si Brady Ketch disait vrai.

Mme Hutner s'est tournée vers les autres femmes.

— Sa propre famille sait pas quoi faire d'elle. Sa pauvre tante m'en a parlé plus d'une fois.

Mme Hutner a marqué une pause puis ouvert grand les yeux, l'air à moitié folle.

— Le docteur dit qu'elle est hystérique, vous savez.

— Hystérique ? Tu me dis pas !

— Alle a toujours été bizarre.

— Le fait que sa mère l'ait laissé vivre chez la sorcière, ç'a rien aidé.

— I' a raison, vous savez. Chaque fois qu'a se mêle de quèque chose...

— C'est vrai.

— Pis a met tout le temps des idées dans la tête à ma Ginny, a lancé Laird, qui refusait d'avancer dans la file. Tu penses que chus pas au courant de c'que t'as fait ? J'étais rendu à blâmer un homme honnête, moi. J'aurais dû le savoir que l'docteur Thomas donnerait rien à ma femme sans demander ma permission avant. Alle a manqué faire pour que ma femme peuve pu avoir d'enfants, comme elle, avec une de ses potions qu'a lui a données. Vas-y, Ginny, dis-leur. Faut qu'i savent.

Ginny a baissé la tête et regardé ses pieds.

M. Ketch s'est penché au-dessus de la table et m'a adressé un rictus.

— Tu fais mieux d'aller faire tes valises pis dire tes adieux, ma belle. Ça sera pas long que la police va v'nir te traîner en bas d'la montagne.

Il a porté ses mains à son cou et fait mine de s'étrangler, son visage s'empourprant.

— Avant qu'i te passont la corde au cou.

Bertine tapait du pied depuis que Brady avait ouvert la bouche. C'est à peine si elle s'est retenue de renverser la table en se dirigeant vers lui.

— T'es chanceux en maudit que j't'amarre pas les pieds en arrière de mon boghei pis que j'te traîne pas jusqu'en bas d'la montagne.

Elle a redressé le col en dentelle de sa robe avant de poursuivre.

— Mais chus une bonne chrétienne, ça fait que j'vas me retenir de faire ça le jour même où ta femme a été enterrée, que Dieu ait son âme. À partir de demain, par exemple, t'es mieux de prendre garde à c'que tu fais, Brady Ketch.

Ma tante Francine est venue à mes côtés.

— Il faut que tu partes. C'est pour ton propre bien.

Elle m'a prise par le bras et m'a conduite vers la sortie.

— Enwèye, va-t'en, a lancé Brady Ketch à ma suite, mais la police s'en vient te qu'ri. Ça sera pas long qu'i seront à ta porte pour te passer la corde au cou.

Je me suis immobilisée devant la porte et m'apprêtais à lancer à Brady, devant tous les autres, qu'il était rien qu'un maudit ivrogne qui vendait sa fille et qui battait sa femme, mais ma tante, qui avait vu la colère monter en moi, m'a arrêtée.

— Tu veux pas faire ça tout de suite, a-t-elle chuchoté à mon oreille. Tout ira mieux si tu rentres chez toi te reposer un peu.

Elle m'a embrassée sur la joue et a refermé la porte derrière moi.

40

Je suis arrivée en courant à la butte aux Araignées, où j'ai trouvé le docteur Thomas assis dans ma cuisine. Le Livre des saules était ouvert sur la table devant lui. Plusieurs bouteilles de remèdes étaient éparpillées de part et d'autre sur la table.

— Tout va bien, Mme Bigelow ? On dirait que vous n'êtes pas dans votre assiette.

— Sortez de chez moi.

— J'ai bien peur d'avoir des choses à discuter avec vous. Des choses plutôt urgentes.

— Sortez. Tout de suite.

— Si ce n'était de moi, je reviendrais volontiers un autre jour. Malheureusement, le constable McKinnon m'a demandé… Venez, asseyez-vous.

— Je vais rester debout, merci.

— Très bien.

Il a frôlé les pages du livre du bout des doigts.

— Il est intéressant, cet ouvrage. C'est votre main d'écriture ?

Il a pris une des bouteilles de sirop contre la toux de M'ame B. et l'a examinée attentivement à la lumière.

— Vous avez une belle collection d'herbes et de remèdes. De quoi rendre un apothicaire jaloux.

Il a posé la bouteille sur la table.

— Selon ce que m'a dit le constable au sujet du décès de Mme Ketch, vous vous êtes mise dans un sacré pétrin, Mme Bigelow. Vous risquez de tout perdre... cette maison, votre réputation, votre enfant.

Je pensais à M'ame B. et à la façon dont elle s'y était prise quand le docteur Thomas était venue la voir après le décès de Darcy. Quand je lui avais demandé pourquoi elle lui avait menti, elle m'avait dit : « Des fois, avec un homme, c'est mieux de faire le mort en attendant de saouère ce qu'i veut. »

— J'ai aucune idée de quoi vous parlez. J'ai rien fait de mal.

— Si j'en crois ce que je vois ici, c'est clair que c'est le contraire qui est vrai. Mais je peux vous aider. Si vous avouez votre rôle dans le décès de Mme Ketch, je pourrai expliquer, en tant que médecin traitant, que vous viviez énormément de stress, que vous souffrez d'hystérie et que vous n'êtes pas consciente du danger que posent vos remèdes de grand-mère.

Pensez-y comme un moyen de vous libérer de la culpabilité et de rendre service à tant de femmes ; vous pourrez mettre un terme aux ennuis de votre métier et remettre les pendules à l'heure. Bien sûr, vous serez envoyée dans une institution où vous serez observée et où vous participerez à un programme de réadaptation. Il y a un beau sanatorium pour femmes à Saint John, au Nouveau-Brunswick. On vous dorlotera là-bas, on vous donnera des aliments sains, on vous aidera à vous détendre. Vous reviendrez toute renouvelée, une femme meilleure, une mère meilleure. De toute façon, vous n'avez pas tellement le choix.

Je me demandais si ce qu'il racontait était vrai. *Toute peut être vrai du moment qu'assez de monde y croit.* J'étais prête à trahir tous les secrets de M'ame B., à renier tout ce qu'elle m'avait appris, si seulement je pouvais garder Wrennie.

— Je pourrais emmener ma fille avec moi ?

— Eh bien, non. Il faudra la laisser ici, avec quelqu'un de sa famille.

Il a froncé les sourcils.

— Mais j'y pense... Ça posera un problème, n'est-ce pas ? Parce que vous n'êtes pas sa mère biologique...

Les coins de sa bouche ont tressailli, comme s'il se retenait de sourire.

— Si je me fie aux histoires sans queue ni tête qui

circulent sur la façon qu'elle est arrivée chez vous, vous ne savez pas du tout quelle est sa *vraie* famille. L'orphelinat de Kentville est une institution tout à fait adéquate. Comme vous n'avez pas de preuve écrite qu'elle est à vous, j'imagine que vous devrez la laisser là-bas en attendant que tout soit réglé.

— Et combien de temps il faudrait que j'y reste ?

— Aussi peu qu'un mois, peut-être, mais vous pourriez y être jusqu'à un an. Dans certains cas, le séjour est même plus long. C'est difficile à dire... Le temps qu'il faudra pour qu'on déclare que vous êtes guérie.

Avec ce genre d'aide, aussi bien mourir.

— Je vais me débrouiller toute seule.

— Pensez à ce que vous dites, Mme Bigelow.

— Merci, mais non. C'est décidé.

Il a mis son chapeau et s'est rendu à la porte.

— Vous pensez peut-être que vous êtes entourée d'amis ici, de gens qui vous veulent du bien, mais je vous garantis qu'à chaque jour, de plus en plus de gens détourneront la tête quand vous les saluerez et feront semblant de ne pas vous connaître.

— Au revoir, Docteur Thomas.

Ce qu'en dit Maman

— Francine m'a raconté ce qui s'est passé avec Brady Ketch au Centre maritime. À ta place, je m'en ferais pas trop. Tout le monde sait qu'il est soûl les trois quarts du temps puis qu'il maltraitait sa femme. T'es une bonne fille, t'as rien fait de mal. Le Bon Djeu le voit, sinon il t'aurait pas envoyé la belle tite Wrennie. Il sait que t'es une bonne fille, une bonne maman. Elle a été tellement bonne toute l'après-midi. Veux-tu passer la nuit ici ? Non ? T'es certaine ? T'as peut-être raison. C'est mieux de coucher la p'tite dans son propre lit à côté de celui de sa maman. J'irai vous voir demain. Dormez bien, mes deux tites filles d'amour.

Ce qu'en dit Hart

— J'en crois pas un mot, mais tu sais aussi ben que moi que les gens d'en dehors de la Baie nous ont jamais assez respectés pour nous laisser faire les choses comme on l'entend. Me r'semble que le docteur s'a monté une théorie qu'a rien à voir avec la réalité, pis qu'i s'a mis dans' tête que c'est toi qui vas payer. En attendant qu'on démêle tout ça, tu fais mieux de t'en aller voir Charlie pour un bout. J't'emmènerai au *Bluebird* dans ma barque tantôt. I' partent pour Boston quand la marée descend.

Ce qu'en dit Bertine

— Ben sûr que je m'occuperai de Wrennie, pis j'm'occuperai de Brady Ketch aussi, le maudit soulon. T'en fais pas, je laisserai pas personne poser la main sur la p'tite. Je t'écrirai pour te raconter chaque tit bruit qu'a fait pis tous ses gestes.

— Je la laisserais bien avec Maman, je sais qu'elle refuserait pas, mais elle est tellement occupée à garder après les garçons.

— Je vais m'assurer qu'a puisse voir Wrennie autant qu'a voudra. As-tu besoin que je fasse autre chose ?

— Je t'ai jamais vu baisser les bras devant personne, Bertine. Reste fidèle à toi-même puis tout va bien se passer.

— J'te souhaite d'avoir du vent dans les voiles, Dora. Du vent dans les voiles.

41

Le voyage de Scots Bay à Boston s'est déroulé sans incident : j'ai passé le plus clair du temps dans ma cabine, assise sur le bord de ma couchette, la tête entre les jambes et un seau à mes pieds. Papa aurait ri s'il m'avait vue dans cet état qui lui aurait prouvé – une fois de plus – que les femmes n'ont pas le pied marin.

Le premier lieutenant connaissait bien le quartier de Charlie, le North End, et bien qu'il ne pouvait pas m'accompagner jusqu'à ma destination, il avait eu la gentillesse de m'indiquer comment me rendre au 23 Charter Street. « *De Fleet Street jusqu'à Hanover. Direction nord sur Hanover jusqu'à Charter. Puis vers l'ouest sur Charter jusqu'au numéro 23* », m'avait-t-il dit.

Ce soir-là, seule et fatiguée, j'ai quitté le port, portant un des vieux sacs de voyage de M'ame B. Le

Livre des saules y reposait tout au fond et il renfermait une jupe et un chemisier de rechange, une robe du dimanche, une des couvertures de Wrennie – j'espérais qu'elle garde l'empreinte de son odeur et du savon de lavande – et une bourse pleine de pièces de monnaie que m'avait tendue Hart juste avant que je monte sur le bateau. En voyant défiler devant moi les rues inconnues et les visages étrangers, j'ai été prise de vertige et j'ai dû résister à la tentation de m'agripper au lampadaire le plus proche. Mon rêve de jeunesse, m'enfuir vers une grande ville, m'a paru tout à coup péniblement imprudent et je me suis demandé comment j'allais faire pour me retrouver. J'ai pris une grande inspiration, en espérant y trouver les mêmes brises salines que celles auxquelles j'étais habituée à la Baie, mais l'air était plus humide et beaucoup plus chaud ici. Mes vêtements et mes cheveux – que je portais en tresse dans mon dos – me semblaient lourds et sales, et me collaient au corps.

Le coucher du soleil avait presque atteint son apogée, le ciel d'un magnifique rouge orangé servant de toile de fond à une masse compacte de mâts de bateaux et à des rangées de maisons, d'édifices et de clochers d'églises qui s'étendaient à perte de vue. Les rues pavées partaient dans toutes les directions et grouillaient d'activité : des camions de livraison se frayaient un chemin en crachotant et en klaxonnant parmi les cyclistes, les enfants jouant à la balle et les chevaux tirant avec peine des chariots pleins de fruits ou de poisson.

À mesure que je m'éloignais du port, les rues sont devenues plus étroites et plus sombres. J'ai pressé le pas, espérant ainsi passer inaperçue et arriver plus rapidement chez Charlie. Les lourds bâtiments de brique collés les uns aux autres libéraient la chaleur emmagasinée au courant de la journée et concentraient les odeurs – celles du port, du travail, de la sueur et de la nuit, celles aussi des centaines de cuisines d'où se dégageait une forte odeur d'ail et d'oignon. Çà et là, des lampadaires fixés aux murs traçaient un halo orangé sur le trottoir. Des enfants s'attroupaient aux portes et aux coins des rues, donnant des coups de pied aux journaux froissés qui traînaient et aux boîtes de conserve qu'on avait jetées dans la rue. Jamais je n'avais croisé en un seul endroit autant de visages sales et souriants. Les filles sautaient à la corde ou jouaient aux osselets alors que les garçons se pourchassaient les uns les autres ou s'attroupaient sur les marches devant les maisons en se lançant des taquineries et en mâchonnant des bâtons de réglisse.

Tout chez ces enfants trahissait leur pauvreté – les chaussures usées, les vêtements sales, le fait qu'ils se disputaient une pomme à moitié mangée –, et pourtant, je me sentais si simple et naïve à côté d'eux. Les plus petits me jetaient des regards curieux remplis de confiance, et j'ai senti qu'il serait impoli de m'apitoyer sur leur sort. Au-dessus de nous, leurs mères s'interpelaient les unes les autres depuis les fenêtres des immeubles. D'après ce que j'avais retenu d'un disque sur les langues d'Europe que m'avait fait jouer ma tante Francine, la plupart d'entre elles parlaient l'italien. Malgré les « o » et les « a » qui ponctuaient leurs conversations, elles me rappelaient Maman et toutes les autres mères que j'avais connues. Comme elles, la cadence de leur parler et de leurs berceuses était la même, mais elles mettaient leurs vêtements à sécher sur des cordes à linge tendues entre les édifices, au-dessus des trottoirs et des gouttières, et les mots dont elles se servaient pour appeler leurs enfants ou échanger avec leurs voisins m'étaient complètement étrangers.

Pour la première fois de ma vie, je me trouvais dans un endroit où ma mère n'avait jamais mis les pieds. Plus jeune, elle s'était rendue à Halifax avec ma tante Francine pour l'aider à choisir sa robe de mariée, mais elle ne s'était jamais aventurée plus loin. Plus je marchais, plus je souhaitais poser la main sur le visage de Maman ou l'entendre chanter une berceuse à Wrennie. C'était comme si je redevenais enfant et que je sentais ce vertige qui nous prend quand on s'éloigne trop de notre mère et qu'on ne peut plus l'entendre nous appeler, si loin qu'on a l'impression de disparaître.

Quand je suis arrivée au coin des rues Fleet et North, je ne savais plus si le premier lieutenant m'avait dit de prendre la North pour rejoindre la Hanover ou de continuer en direction nord jusqu'à Hanover. Quoi qu'il en soit, un tel tapage régnait sur la rue North que j'ai décidé d'aller voir de ce côté. Le bruit de trompettes et de tambours noyait les autres sons de la ville et annonçait un défilé, tandis que le long du trottoir, des marchands de saucisses et de friandises tentaient d'attirer les passants. Des drapeaux rouge, blanc et vert pendaient aux portes et aux fenêtres, et des centaines de personnes s'étaient amassées sous les guirlandes lumineuses suspendues au-dessus de la rue.

Épuisée et confuse, je me suis laissée entraîner par la foule qui se pressait autour de l'objet qui les réunissait tous et qui les appelait à célébrer : une statue de la Sainte Vierge. Décorée de manière plus vive que toutes les figurines de M'ame B., la madone aux cheveux noirs était presque aussi grande que Sadie Loomer. Vêtue d'une robe blanche et dorée, elle était installée sur un trône imposant surmonté d'un baldaquin en bois sculpté recouvert de dorures. Des rubans blancs et bleus traînaient derrière la vingtaine d'hommes qui portaient la statue sur leurs épaules et se déplaçaient lentement. Devant le calme de son visage peint et la douceur de ses yeux, je me suis sentie en sécurité. Comme si nous étions tous égaux.

Puis, la foule s'est immobilisée devant un grand édifice. Tout est devenu silencieux alors que deux jeunes filles en costume d'ange se sont avancées, ont gravi les marches de l'édifice et prononcé des prières et des *Ave Maria* à la Vierge Marie. Après un moment, la foule a levé les yeux. Les mères ont porté une main à leur cœur alors que les pères, avec de jeunes enfants sur leurs épaules, montraient du doigt une fenêtre au troisième étage. Une jeune fille coiffée d'une couronne de chandelles et vêtue de satin blanc était perchée sur le rebord, sa robe ondoyant dans la brise. Sans crier gare, elle a tendu les bras et plongé dans le vide tandis que deux hommes à la carrure imposante, debout sur le toit de l'édifice, maniaient les câbles auxquels elle était attachée. La fillette a plané lentement au-dessus de la foule, entonnant des bénédictions à la Vierge avant de retourner à son perchoir. Les trompettes se sont remises à jouer, la foule a applaudi et une pluie de confettis est tombée tout autour de nous.

C'est alors, entourée de voix et d'individus qui ne m'étaient pas familiers, que j'ai commencé à me sentir faible et étourdie. Je ne m'étais pas encore réhabituée à la terre ferme, j'étais restée trop longtemps sans manger, et dans cette foule de corps étrangers qui se pressaient autour de moi, la peur et l'étonnement me coupaient le souffle. Craignant de tomber et de me faire piétiner, j'ai tendu une main tremblante vers la personne la plus proche de moi, un jeune garçon aux yeux noirs qui devait bien avoir treize ou quatorze ans. Celui-ci m'a aidée à me redresser avant de s'adresser à moi en italien. Devant mon air confus, il m'a demandé :

— Vous ne parlez pas italien ?

J'ai secoué la tête.

Il m'a guidée jusqu'aux marches d'un magasin qui se trouvait tout près.

— Vous êtes perdue, *señorita* ?

Tout en hochant la tête, j'ai sorti la carte postale de mon sac et lui ai montré l'adresse de Charlie du doigt. Il a souri et m'a prise par la main.

— Je vous mène là-bas.

L'espace d'un instant, je me suis dit qu'il n'était peut-être pas bien avisé de suivre un étranger. Mais quelque chose chez ce garçon, vêtu d'un pantalon trop ample maintenu par des bretelles, m'a fait penser à mes frères et à la Baie, et mon hésitation a disparu. L'honnêteté. La bonté. La joie.

Nous avons descendu la rue Hanover. Les édifices étaient ornés d'auvents et d'enseignes à grosses lettres, et toutes les vitrines donnaient à voir des quantités de paniers et de tonneaux remplis de poisson, de fromages, de cornichons, de tomates bien mûres, de pêches, de longues nouilles fines mises à sécher sur des étagères. Mon guide m'a montré la devanture d'une grande épicerie – Pastene's –, avant de se désigner lui-même du doigt.

— Lorenzo Pastene, a-t-il déclaré en souriant à pleines dents.

En route vers Charter Street, Lorenzo m'a expliqué, en pesant bien ses mots, que j'étais tombée par hasard sur la Fête de la *Madonna del Soccorso*, la Madone du Secours. Non seulement les pêcheurs de Sciacca, en Sicile, y sont-ils dévoués, mais elle brandit dans sa main droite une grande massue dont elle s'est servie pour éloigner un démon qui avait voulu enlever un petit garçon à sa mère. La Madone a caché l'enfant dans son manteau et, ensemble, ils sont restés debout sur la bête jusqu'à ce qu'elle meure. M'ame B. l'aurait adorée.

Le 23, rue Charter se dressait devant moi tel un grand mystère : l'imposante demeure surmontée de trois magnifiques lucarnes était recouverte de lierre et ses portes étaient ornées de vitraux. J'étais loin de m'imaginer qu'un p'tit gars de Scots Bay s'y retrouverait en arrivant à Boston. D'une certaine manière, la maison ne semblait pas, elle non plus, être à sa place. Proprette et fraîchement repeinte, elle ne ressemblait en rien aux autres maisons que nous avions croisées sur le chemin. Telle une beauté gracieuse et bien vêtue, elle était posée parmi des immeubles et des magasins en grand manque de soins.

Mademoiselle Maxine Cabott nous a accueilli à la porte. L'air intrépide, et plus magnifique encore que dans la photo que Charlie m'avait envoyée, elle était vêtue, à la manière d'un homme, d'une veste chic et d'un pantalon ajusté ; ses cheveux lisses, couleur châtain, étaient coupés court et ramenés derrière ses oreilles. Maxine est beaucoup plus âgée que Charlie – elle doit bien avoir trente ans. Mis à part ceux de Wrennie, ses yeux sont les plus beaux qu'il m'a jamais été donné de voir. Ils sont pénétrants et vacillent entre le gris et le bleu.

— Ah, Lorenzo ! Qu'est-ce que tu m'as apporté ? a-t-elle taquiné en l'embrassant sur les deux joues et en passant doucement son doigt au-dessus de la lèvre supérieure du jeune garçon.

— Tu gardes toutes les pêches pour toi ?

Le jeune homme a rougi puis enlevé son chapeau avant de répondre.

— C'est Dora, Madame, pour Charlie. Je l'ai aidée à trouver son chemin.

Maxine a glissé quelques pièces de monnaie dans la poche de sa chemise.

— *Grazie*, Lorenzo. Tu diras bonjour à ta maman de ma part.

Il l'a saluée d'un geste de la main et descendu l'escalier d'un bond, couvrant sa poche pour éviter que les pièces ne s'échappent.

— *Grazie*, Maxine. *Ciao*, *bella* !

Maxine m'a fait entrer et nous avons traversé un

vaste foyer avant d'arriver au salon, où elle a pris mes mains dans les siennes et m'a fait la bise.

— Bienvenue dans notre humble demeure, Dora. Je suis ravie que tu sois là.

Une jeune femme était assise sur le canapé, le nez plongé dans un livre posé devant elle. Elle avait la peau basanée, un peu comme le teint café au lait de M'ame B., et elle portait ses cheveux noirs en nattes remontées sur sa tête. À la manière gracieuse dont elle se tenait, on aurait dit une reine. Elle me rappelait Néfertiti qui ornait la manche d'une des cuillères argentées de ma tante Francine.

Maxine a fait les présentations.

— Judith, chérie, je te présente Dora, la sœur de Charlie.

Judith a levé le nez de son livre pour me saluer poliment et l'y a replongé aussitôt. Elle parlait d'une voix si timide et douce que j'ai dû me contenter d'imaginer sa réponse, qui n'était pas parvenue jusqu'à mes oreilles. J'entendais résonner dans la maison les voix d'autres femmes qui riaient, chantaient et s'interpelaient d'une pièce à l'autre.

Maxine m'a fait signe de m'asseoir à côté d'elle sur un canapé de velours vert.

— On a reçu un télégramme hier, d'un M. Hart Bigelow, qui annonçait ton arrivée. Charlie a tellement hâte de te voir. Il parle de toi tous les jours.

J'ai jeté un coup d'œil autour de la pièce en cherchant des indices de la présence de mon frère.

— Est-ce qu'il sera là bientôt ?

Dans le salon, des étagères pleines de livres bordaient des murs tapissés de toiles, et des rideaux de tissu et de dentelle pendaient aux fenêtres. Pas une seule trace de saleté sur le tapis ou sur le carrelage dans l'entrée. Rien de ce que j'avais vu jusque-là ne me portait à croire que Charlie vivait au 23 Charter Street, ni aucun autre homme d'ailleurs.

— Je sais que Charlie travaille pour toi, mais est-ce qu'il habite ici aussi ?

— N'aie pas l'air si surprise ! a-t-elle dit en riant à gorge déployée. Charlie est un homme très bien et il nous aide beaucoup. On peut dire que c'est l'homme de la maison. N'est-ce pas, Judith ?

Judith a levé les yeux de son livre.

— Hmm ?

Maxine lui a adressé un clin d'œil plein de sous-entendus.

— Charles Rare est l'homme de la maison ici, n'est-ce pas ?

Judith a caché son visage derrière son livre.

— Oui, Max. C'est certain.

Maxine a porté un fume-cigarette à sa bouche, tiré quelques coups puis formé trois ronds de fumée au-dessus de sa tête.

— Aimerais-tu boire quelque chose ? Je pense qu'on a de la limonade dans la glacière. J'ai quelque chose d'un peu plus fort aussi si t'en as besoin.

Cette fois, c'est à moi qu'elle a fait un clin d'œil.

— Personne t'en tiendrait rigueur si c'était le cas, ma chérie. La Nouvelle-Écosse, c'est pas la porte d'à côté.

Maxine et les autres femmes de la demeure n'ont pas tardé à me trouver tout ce dont j'avais besoin. Une jeune femme élancée en salopette tachée de peinture a posé devant moi une assiette de viandes froides et un bol de pêches recouvertes de crème épaisse.

— Moi, c'est Rachel. J'fais de la peinture.

Elle s'est essuyé les mains sur un coin de la nappe avant de me tendre la main.

— Judith, Charlie pis moi, on loge *full time* avec Max. Les autres partent pis reviennent quand i' veulent.

— À temps plein, a corrigé Maxine. Prends la serviette au-dessus de l'évier pour sécher tes mains, ma chérie.

Maxine a décroché la serviette et l'a posée sur la table.

— Ça me plaît de penser que cette maison sert à loger une communauté d'artistes, a dit Maxine. Des écrivains, des peintres, des photographes, des musiciens et même une actrice ou deux sont venus ici se consacrer à leur métier.

— J'ai bien peur que j'ai rien d'une artiste. Je veux pas gêner personne non plus. Je pourrais peut-être dormir dans la chambre de Charlie ?

— La maison est assez grande pour que tu aies ta propre chambre. Et tu peux rester ici aussi longtemps que tu voudras. J'insiste. Une femme a toujours besoin d'un sanctuaire.

Ma chambre est au troisième étage, à l'arrière de la maison. Un rosier grimpant monte sur un treillis jusqu'à ma fenêtre et son parfum sucré embaume ma chambre, même la nuit. N'eut été la « salle de spectacle » juste à côté, j'oublierais peut-être que je suis en ville. Rachel l'appelle La Trappe. *C'est silencieux le jour, mais une fois que les lampadaires sont allumés, la musique entre à flots par les fenêtres pis fait vibrer les planchers. C'est assez amusant une fois qu'on s'y habitue.* J'ai soulevé un coin du store recouvrant la fenêtre qui donnait sur la ruelle. Les édifices sont construits si près les uns des autres que je pourrais serrer la main aux clients et partager un repas avec eux sans même quitter ma chambre.

— Tu garderas le store fermé du côté de la Trappe, sinon t'en auras plein la vue.

J'ai laissé retomber le store de papier contre le cadre de la fenêtre.

— Comment ça ?

Rachel a fait claquer un doigt à l'intérieur de sa joue et sifflé un coup.

— Les chambres en haut sont réservées aux filles de mauvaise vie. Celles-là font n'importe quoi si ça paie. Le vieux Paddy Malloy, propriétaire de la boîte, leur fait toutes sortes de promesses pour les amener à travailler comme danseuses. Et une fois qu'elles ont fait une couple de visites dans les chambres en arrière, elles comprennent qu'elles ont fait le bon choix. C'est ben plus vite comme moyen de faire de l'argent que de se battre avec les veuves de guerre pour un logement.

Rachel a fait glisser ses mains le long de son corps et sous ses seins de manière provocante.

— Pourquoi apprendre à faire de la poterie pis les bonnes manières quand t'as déjà tout ce qu'il faut pour exercer ton *métier* ?

Sur un article de journal placé dans un cadre et accroché au mur, la manchette titrait « *Woman Bares All for the Vote !* ». Juste à côté se trouvait une photo de Maxine devant un édifice imposant, nue sous une écharpe sur laquelle était écrit « *Votes for Women* ».

— Max aime ça faire parler le monde. La photo a été prise le mois dernier, devant la Chambre des représentants. On devinerait jamais qu'elle vient d'une famille riche.

J'ai souri, tout en me demandant avec quel genre de femme Charlie se trouvait mêlé.

— Max est peut-être un peu folle sur les bords, mais elle a un grand cœur. Si c'était pas d'elle, on serait peut-être à la Trappe, Judith pis moi. Un jour, elle s'est pointée à l'orphelinat où on était et elle a demandé à la matrone de lui confier ses deux filles les plus âgées. « Pis faites ça vite, qu'elle a dit, avant que vous ayez à les mettre à la rue. » Personne n'a osé discuter avec elle. On nous a juste dit de la suivre, puis, sans même nous saluer, avec juste un coup de pied dans l'cul, c'était fait. On savait même pas qui elle était ni où elle nous emmenait, mais personne s'était occupé de nous depuis si longtemps qu'on s'en foutait. Une chance du Bon Dieu que Max est arrivée dans nos vies.

Mme Dora Bigelow
23 Charter Street
North End, Boston
Massachusetts
U.S.A.

Le 11 août 1918

Mme Bertine Tupper
Scots Bay, Nouvelle-Écosse
Canada

Ma chère Bertine,
Merci d'avoir accueilli Wrennie chez toi sans poser de questions et sans même avoir eu à y penser à deux fois.

Je m'ennuie de la Baie. Je m'ennuie de Wrennie, de la porter sur ma hanche, de son odeur de poudre à bébé, de sa petite main qui me serre le doigt.

Je sais que la plupart des mamans enverraient des consignes, établiraient une liste de choses dont leur enfant a besoin ou de choses à faire. Je ne peux pas faire ça. T'es une bonne amie, Bertine, et une bonne mère. Je sais que tu lui donneras tout ce dont elle a besoin, et plus encore.

Je vais au contraire te faire une liste de choses à ne pas faire :

– La sortir sur le perron pour lui faire sentir la brume sur son visage.

– Attacher un bouquet de lavande au-dessus de son lit.

– Valser avec elle dans tes bras en lui chantant ma chanson préférée.

– L'embrasser sur la joue une fois qu'elle est endormie en disant « Fais des beaux rêves, ma belle ».

– Lui dire « Maman arrive bientôt ».

Je ne sais pas si je me suis occupée d'elle assez longtemps pour pouvoir dire que j'étais une bonne mère. Je ne sais même pas si je suis la mère qu'il lui faut, ni même si je rentrerai un jour à la maison. Mais je me dis que si tu évites de faire toutes ces choses-là, la petite finira bien par ne plus me chercher. Si tu lui donnes assez d'amour, à ta façon, elle finira par oublier que j'étais sa mère. Je n'arrive pas, moi, à m'y résigner.

Si M'ame B. était là, elle me dirait que ce n'est pas la peine de m'apitoyer sur mon sort. Que je devrais plutôt me mettre à genoux et prier. « C'est en mettant le front par terre que tu finis par ouère le paradis », qu'elle me dirait. Mais je suis tellement loin de chez nous et de tout ce que je connais que même en priant, j'aurais l'impression de commettre un sacrilège.

Occupe-toi bien de Wrennie. Je sais qu'elle est entre bonnes mains avec toi.

Je t'embrasse,
Dora

~ Le 16 août 1918

Je suis allée rejoindre Charlie dans sa chambre au milieu de la nuit et je me suis blottie contre lui, comme je le faisais quand nous étions petits. En attendant qu'il se réveille, j'ai posé la main sur ses cheveux moites et j'ai compté les taches de rousseur sur son nez. Endormi, il me rappelait le petit garçon tant aimé qui depuis toujours était mon camarade de jeu et mon confident.

Quand nous étions petits, Charlie me racontait que nous étions des jumeaux, mais que Maman avait dû me porter un an de plus afin de faire de moi une personne douce. Je suis reconnaissante qu'il se soit seulement enfui jusqu'à Boston et qu'il ait renoncé à l'idée de partir à la guerre. Il serait mort déjà, j'en suis convaincue. Il a le cœur trop gros et le sourire trop radieux pour y survivre.

— Dora ?

— J'arrive pas à dormir. À chaque fois que je ferme les yeux, je vois les visages des personnes mortes à Halifax, le corps d'Archer qui s'enfonce dans l'eau, le sang d'Iris Rose sur mes bras, sur les draps, dans mon lit. Ils me cherchent, Charlie. Brady Ketch, Laird Jessup, Gertrude Hutner, le docteur Thomas... Ils racontent tous que j'ai tué Mme Ketch.

« Le pire, c'est que je sais pas si je l'ai fait ou non. J'ai pas réussi à sauver personne: ni Darcy, ni Iris

Rose, ni Mme Ketch. J'ai tout repassé mille fois dans ma tête, me suis revue consulter le Livre des saules de M'ame B., préparer l'infusion, demander à Mme Ketch de me laisser veiller sur elle pour m'assurer que tout irait bien. Jamais j'aurais pensé qu'elle en mourrait.

Je me suis enfin endormie avec le bras de Charlie serré autour de moi.

— C'est pas de ta faute, ce qu'est venu après. T'as fait ce que M'ame B. t'a montré. C'est pas de ta faute. Faut que tu le croies.

Mme Bertine Tupper
Scots Bay, Nouvelle-Écosse
Canada

Le 18 août 1918

Mme Dora Bigelow
23 Charter Street
North End, Boston
Massachusetts
U.S.A.

Chère Dora,
On espère que cette lettre se rendra et on pense fort à toi.

C'est sûr qu'on est triste que t'es pas là avec nous.
C'est sûr qu'on s'inquiète de ce qui se dit autour de nous
C'est sûr qu'on trouvera un moyen de te ramener à la Baie
Puis de donner une claque à ce maudit docteur taré.

Tout cela étant dit, on a découvert quelques petites choses à travers les branches à force de tendre l'oreille. Il paraît que quand Expérience Ketch a déboulé les escaliers, M. Ketch a envoyé un de ses garçons chercher le docteur Thomas à Canning. Le temps qu'il arrive, la pauvre Mme Ketch était déjà morte.

Brady Ketch (le maudit ivrogne) prétend que t'as donné à sa femme une « potion » qui l'a « rendue toute étourdie ». D'après lui, c'est pour ça qu'elle est tombée. Il paraît qu'il leur a même montré une bouteille vide. (Il doit bien y en avoir plein che' zeux.)

Dans un article publié dans la Gazette de Canning, le docteur Thomas dit que « C'est une perte tragique pour notre communauté et pour l'ensemble de la gent féminine. La coupable doit être traduite en justice avant qu'elle ne nuise à d'autres femmes et enfants. C'est le genre de tragédie, triste et inexcusable, qui se produit quand on rejette la théorie scientifique pour s'accrocher aux croyances ignorantes du passé. »

Ginny s'est portée volontaire pour aller au cabinet du docteur Thomas en prétextant qu'elle veut qu'il la suive durant sa grossesse. Eh oui, elle est encore en famille ! Faut croire qu'elle a confessé ses péchés à Laird pour rien : elle avait juste avalé la moitié de sa tasse de thé punché avant de cracher le reste dans sa serviette. Sadie lui a dit qu'avec toute la misère qu'elle a causée, il va falloir qu'elle trouve un moyen de t'aider.

Wrennie fait sa bonne fille comme toujours. T'as pas à t'en faire pour elle.

Dis-nous ce qu'on peut faire.

Bertie puis tes sœurs de la S.B.O., qui attendent ta réponse avec impatience.

Mme Dora Bigelow
23 Charter Street
North End, Boston
Massachusetts
U.S.A.

Le 28 août 1918

Mme Bertine Tupper
Scots Bay, Nouvelle-Écosse
Canada

Chère Bertine, estimées membres de la S.B.O.,
Merci de m'avoir donné de vos nouvelles.

Je ne sais pas trop quoi penser de ce que raconte M. Ketch. C'est vrai que j'ai donné à Expérience Ketch un remède en bouteille. Une teinture à base d'herbes qui devait l'aider à perdre un bébé qu'elle ne voulait pas garder. Je lui ai conseillé de rester chez moi pour m'assurer que le remède agisse comme il faut, mais elle a insisté pour rentrer chez elle le jour même. J'ai du mal à imaginer que la teinture l'aurait étourdie au point où elle serait tombée et en serait morte. Le risque était plutôt qu'elle se vide de son sang. Il aurait fallu que quelqu'un regarde entre ses jambes pour savoir si mon remède était en cause, mais il est trop tard.

C'est tout ce que je peux dire. À voir à quel point ces explications semblent pointer vers ma culpabilité quand je les couche sur papier, je suppose que je ne rentrerai pas à la Baie de sitôt. Ne mettez pas vos réputations et vos familles en danger pour moi. Si on vient cogner à votre porte, mieux vaut « oublier » que nous étions amies.

Embrassez Wrennie de ma part.

Bien à vous, Dora

42

Le lendemain de mon arrivée, Maxine a déclaré qu'il fallait organiser une journée pour fêter mon « indépendance » et me permettre de « partir à la découverte de Boston ». D'abord, on m'a proposé de prendre un long bain dans la baignoire la plus luxueuse que j'ai jamais vue. Toute lisse et en porcelaine blanche, elle repose sur quatre coquilles Saint-Jacques dorées. Elle est si vaste qu'on peut s'y allonger sans toucher l'extrémité opposée du bout des orteils. Un robinet raccordé à l'eau courante, des savons français parfumés à la lavande et à la rose… Pendant un moment, j'en ai oublié tous mes soucis. Rachel m'a fait une coupe au carré juste sous les oreilles. Judith m'a prêté une robe fleurie à l'allure très moderne et au tissu presque transparent. La jupe étroite avait de longues fentes de chaque côté. Maxine m'a expliqué qu'elle était faite pour danser : « On ne sait jamais quand tu vas vouloir faire le Turkey-trot ! » Elle a posé un chapeau chic flambant neuf sur ma tête et m'a mis du rouge sur les lèvres avant de déclarer que nous étions prêtes pour sortir en ville avec Charlie.

Mon frère a réagi à toute cette agitation exactement comme je m'y attendais :

— Eh ben, Dora, on dirait une vraie tite femme. J't'ai quasiment pas reconnue ! m'a-t-il taquinée.

— C'est ça l'idée, Charlie, a répondu Maxine du tac au tac. Ta sœur peut être qui elle veut aujourd'hui.

Elle a pris mon menton dans sa main et m'a scrutée des pieds à la tête.

— De grâce, Dora, appelle-toi autre chose que Bigelow. T'as un visage bien trop curieux pour l'affubler d'un nom roturier.

— Ordurier, tu veux dire, a corrigé Judith.

Maxine m'a adressé un clin d'œil.

— Non, roturier. Ça te dirait peut-être de faire comme les autres à Boston et de reprendre ton nom de fille ? Dora Rare, ça te va à merveille, je trouve.

Et c'est ainsi qu'on m'a connue dans les rues de Boston, comme Mlle Dora Rare. Depuis le seuil de Christ Church jusqu'à l'église St. Stephen, des deux côtés de la rue Hanover, c'est ainsi qu'on m'a présentée. Maxine avait jeté au rebut ma robe noire élimée et mes bas noirs. Qu'en penserait Maman ?

J'aimerais tellement être aussi confiante que Maxine. C'est clair qu'elle ne doute pas de qui elle est. Ça se voit dans sa façon de s'habiller, dans tout ce qui lui sort de la bouche. Elle porte cette ville en elle, et cette ville le lui rend bien. Se peut-il que Boston me transmette un peu de sa démarche assurée ? Jusqu'ici, j'arrive à peine à me maintenir à flot.

Je suis ici depuis quelques semaines et plus j'entends mon ancien nom, plus je me demande si c'est toujours le mien. À part le Livre des saules que j'ai glissé sous mon sommier et Charlie qui dort dans sa chambre à l'autre bout du corridor, il ne reste rien, ou presque, de tout ce qui était à moi. Ce qui reste se trouve à une telle distance que c'est comme si ça ne m'appartenait plus. Les premières nuits ici, je restais éveillée dans mon lit à écouter les bruits qui entraient par les fenêtres grandes ouvertes. Un soir, j'ai cru entendre le bruit du ressac, la voix douce et familière de la lune, mais ce n'était que le bourdonnement constant qui résonne entre les bâtiments et le grondement mécanique du train surélevé.

Cet après-midi, nous sommes allées piqueniquer à Copp Hill, un des plus anciens cimetières de Boston. L'endroit est joli, peuplé d'arbres et aux pelouses bien entretenues. Il n'a pas le charme des paysages de la Baie, où tout est tellement vert – l'herbe, les arbres, la mousse sur les pierres. À la Baie, les champs moissonnés ne sont jamais carrés. Nous semons en contournant les arbres et nous laissons les ruisseaux suivre leur cours. Les maisons bougent au gré du vent, les femmes dansent au clair de lune. Ici, le port est entouré de murs et les édifices poussent plus vite que les arbres. Les gens se déplacent à toute vitesse, ils sont toujours occupés, toujours pressés. La marée, c'est eux.

J'ai d'abord cru que c'était étrange de dîner parmi les pierres tombales et les anges de pierre, mais Maxine m'a expliqué qu'il s'agissait d'une tradition de longue date. « Ça porte chance de visiter les morts, à condition d'apporter de la gaieté et de quoi à boire. » Sur ces entrefaites, elle a tiré de son panier à provisions un grand flacon argenté, a versé quelques gouttes de son contenu par terre et l'a fait cliquer contre une pierre tombale inclinée.

— À la santé du p'tit Thomas Copp, qu'il repose en paix.

THOMAS
FILS DE DAVID COPP ET D'OBÉDIENCE, SON ÉPOUSE
ÂGÉ DE 2 ANS ET 3/4
DÉCÉDÉ LE 25 JUILLET
1678

Elle a porté le flacon à ses lèvres et pris une gorgée avant de le tendre à Rachel.

— Entre les sociétés de tempérance et les censeurs du Watch and Ward Society, cette pauvre ville a perdu de son piquant. *Gött in Himmel*, jamais j'aurais cru qu'un jour on ne pourrait pas trouver une bonne bouteille de bière à Beantown !

Elle a levé son verre en direction d'un édifice au loin.

— À la défunte brasserie de M. Burkardt, fermée pour le bien de la patrie.

Elle s'est tournée vers moi.

— Est-ce que Charles t'a raconté comment il est devenu mon employé ?

— Non, et je me posais justement la question.

Maxine a souri.

— Tu vois, je l'savais qu'elle avait l'allure d'une grande curieuse !

Elle s'est tournée vers Charlie.

— Veux-tu le raconter, Charles, ou tu veux que je le fasse ?

— Vas-y, toi, lui a dit Charlie, la bouche pleine de pain.

Maxine a pris place entre Charlie et moi, a posé une main sur le genou de mon frère et saisi ma main dans l'autre.

— C'était en février, et ma chère amie Helen Ruth, qui savait que j'avais pas quitté la ville depuis longtemps, m'avait invitée à passer la fin de semaine dans le bois avec elle. Alors qu'on s'apprêtait à communier avec les fantômes d'Emerson et de Thoreau, Babe, le mari de Helen, s'est pointé à la cabane sur l'étang Willis avec une dizaine de ses comparses.

Max a adressé un clin d'œil à Charlie.

— Charles est arrivé peu après avec une quantité

de bière Red Sox de la brasserie Burkardt, puisée à même la réserve personnelle de M. Ruth. En hôte gracieux qu'il était, M. Ruth a invité Charlie à rester. Au bout de quelques heures et de plusieurs bières, on m'a demandé d'honorer l'assistance en chantant une chanson ou deux. L'instant d'après, Babe m'avait déposée sur le piano mécanique et avait actionné la manivelle. Au moment où je me lançais dans une interprétation bien sentie de « Somebody Stole My Gal », quatre de ses compères se sont mis en tête de sortir l'instrument dehors et de le poser au beau milieu de l'étang gelé.

Maxine a fermé les yeux.

— Il faisait tellement beau ce soir-là. Je chantais d'une voix claire et la pleine lune brillait d'un blanc éclatant à travers les arbres. Des invités se sont mis à danser autour du piano tandis que j'y allais d'une interprétation de « Goodbye Broadway, Hello France ».

— C'était « Take Me Out to the Ball Game », l'a corrigée Charlie en souriant, et je suis pas sûr que tu « chantais d'une voix claire ».

Rachel a éclaté de rire, éclaboussant la terre de sa gorgée de whiskey. Judith lui a tapé le bras tandis que Rachel lui donnait un coup de coude en retour :

— Ben quoi ? C'est vrai qu'a chante mal !

Maxine a roulé des yeux et poursuivi son récit d'un air dramatique.

— Alors que j'arrivais au refrain, Charlie a crié « Enlevez-vous tous de la glace, ça va lâcher ! » Ça été la folie : dans leur effort pour rejoindre la berge, les gens glissaient partout pendant que moi, je restais prise sur le dessus du piano.

— Elle a même pas remarqué ce qui se passait, a chuchoté Charlie à mon intention. Elle a juste continué à chanter.

Maxine s'est éclairci la gorge avant de continuer.

— Ton cher frère est venu à ma rescousse, me prenant dans ses bras et me ramenant sur la terre ferme, tout ça en patins, comme s'il était Hans Brinker en personne. Le piano, malheureusement, n'a pas été aussi chanceux : il a sombré dans les fonds vaseux de l'étang Willis.

Elle a embrassé Charlie fermement sur les lèvres.

— Je dois ma vie à cet homme-ci. Le moins que je puisse faire, c'était lui donner un emploi et un endroit où rester. C'est lui, ma bonne étoile.

Au moment de rentrer à la maison, Maxine nous a montré trois enfants qui dansaient autour d'une pierre porte-bonheur posée dans un coin du cimetière. Nous les avons regardés sauter, danser et chanter gaiement autour de la roche. Puis, chacun à tour de rôle s'est assis dessus et, les yeux fermés, un doigt levé vers le ciel et l'autre posé sur la pierre de granite, a formulé son souhait.

Maxine a insisté pour que nous les imitions.

Charlie a souhaité que Maxine l'embrasse de nouveau.

Maxine a souhaité que Rudolph Valentino l'embrasse, mais c'est Charlie qui l'a embrassée.

Rachel a souhaité que l'équipe de M. Ruth, les Red Sox, remporte la série mondiale.

Judith a souhaité que nous passions d'autres journées comme celle-ci ensemble.

Quant à moi, j'ai souhaité que Wrennie soit toujours heureuse.

Mme Bertine Tupper
Scots Bay, Nouvelle-Écosse
Canada

Le 5 septembre 1918

Mme Dora Bigelow
23 Charter Street
North End, Boston
Massachusetts
U.S.A.

Chère Dora,
On serait partantes pour déterrer Mme Ketch si c'est le seul moyen de prouver ton innocence. On garde les oreilles grandes ouvertes dans l'espoir de découvrir autre chose. On est prêtes à tout pour toi, ma chère.

Ginny est revenue de Canning avec une drôle d'histoire. Je lui passe la plume pour qu'elle te raconte ça.

Chère Dora,
Comment ça se passe dans la grande ville de Boston ? Tu me manques beaucoup. J'espère vraiment que tu seras de retour à temps pour l'arrivée de mon nouveau bébé, parce que le docteur Thomas se fie beaucoup plus sur ses livres et sur ses tableaux qu'à son instinct. Je suis allée le voir la semaine passée parce que j'ai des grosses nausées le matin. (C'est rendu tellement grave que j'arrive à

peine à manger quoi que ce soit sans vomir.) Il m'a dit qu'il allait régler ça vite fait avec « une méthode dernier cri en obstétrique », une technique appelée « la méthode suggestive ».

Il est venu à la maison et a demandé à tout le monde de partir, même Laird. Après, il a fait la chose la plus étrange : il est allé chercher la soupière en porcelaine à ma grand-mère, la seule chose de valeur que j'ai emmenée avec moi quand je suis venue à la Baie, puis il l'a posée au milieu du lit et m'a dit de vomir dedans. Eh bien, je n'allais certainement pas l'écouter. Tu t'imagines ce que ça aurait fait aux dorures ! ? Au lieu de l'écouter, je me suis tournée de côté et j'ai vomi sur ses souliers !

D'après le docteur, mes nausées sont rien d'autre qu'une névrose, une façon pour une femme enceinte d'avoir l'attention de son mari qui se sent mal à l'aise devant la condition de sa femme. « Elles sont très communes et n'ont rien de préoccupant. »

Laird lui a dit qu'« une femme enceinte, c'est rien comparé à une vache enceinte ». J'ai pas trop compris ce qu'il voulait dire par là.

En tout cas, je me sens beaucoup mieux maintenant. Y'a que mes chevilles et mes mains enflées qui me dérangent, puis j'ai des maux de tête de temps en temps. D'après le docteur Thomas, « C'est très commun, rien pour vous inquiéter. Il suffit de manger plus de pain et moins de viande. »

En passant, même si le docteur finit par avoir raison par rapport aux choses médicales, je suis encore assez saine d'esprit pour voir qu'il est de connivence avec Brady Ketch. Laird a mentionné que Brady et le docteur Thomas étaient allés à la chasse, mais ça m'était sorti de l'idée jusqu'à l'autre jour, quand je suis descendue à Canning puis que Mme Thomas m'a invitée à prendre le thé chez elle. J'ai été étonnée et triste de voir la tête de la biche blanche de M'ame B. montée au-dessus de la cheminée dans son salon. On se demande ce que Brady a bien pu demander en retour.

On t'embrasse fort,
Tes sœurs de sang, Ginny et Bertine

~ Le 12 septembre 1918

La nouvelle de la mort de la biche blanche m'a fait monter les larmes aux yeux. J'imagine que le docteur Thomas ne sera pas heureux tant et aussi longtemps qu'il n'aura pas détruit tout ce qui importait à M'ame B. Mon cœur est rempli de tristesse ce soir, comme si je venais de la perdre de nouveau.

Ce que Ginny m'a écrit au sujet des soins apportés par le docteur Thomas me préoccupe beaucoup. Je ne vois vraiment pas comment ses conseils aideront Ginny. J'ai même l'impression qu'ils pourraient empirer les choses. Mais Ginny s'inquiète facilement, alors je vais m'en tenir pour l'instant à lui transmettre un ou deux conseils de M'ame B.

Mme Dora Rare
23 Charter Street
North End, Boston
Massachusetts
U.S.A.

Le 14 septembre 1918

Mme Bertine Tupper
Scots Bay, Nouvelle-Écosse
Canada

Chère Bertine, chères consœurs de la S.B.O.,
Merci de vos mots d'encouragement et du soutien que vous m'apportez tout au long de mon exil. Merci surtout à Ginny de m'avoir raconté la « méthode suggestive » du docteur Thomas. J'ai bien ri en pensant à la surprise qu'il a dû avoir devant la « réaction » de Ginny à son traitement. J'ai l'impression qu'il ne sait pas quoi faire quand les résultats ne sont pas ce qu'il attend. Il faut espérer que cette mésaventure le poussera à remettre sa méthode en question. La curiosité est indispensable en médecine (et dans la vie !) ; elle prend le relais là où la doctrine fait défaut. Bois du thé et repose-toi, Ginny, et n'oublie pas de relever tes jambes.

La ville de Boston déborde d'activité. Les femmes avec qui j'habite mènent une vie plutôt débridée (et parlent sans retenue). C'est surtout le cas de la propriétaire des lieux, Mlle Maxine Cabott, qui vient d'une famille riche et nous donne tout ce dont on a besoin, et même plus. La maison est remplie de magnifiques bouquets de fleurs, nos panses sont pleines de bonne nourriture et nos esprits regorgent d'œuvres littéraires. Comment Charlie en est venu à être son homme à tout faire, c'est une autre histoire, que je vous raconterai en personne si je veux y rendre justice. Je ne sais pas ce qu'elle fait au juste dans la vie, mais je peux vous dire qu'elle s'est fait briser le cœur une fois au moins, qu'elle est d'une beauté à la fois éclatante et sombre, qu'elle est toujours en train de « manigancer quèque chose », comme dirait M'ame B.

Ce soir, Maxine accueille des suffragettes chez elle. Nous préparons des centaines de cartes postales, que nous enverrons aux sénateurs qui continuent de s'opposer au droit de vote des femmes. J'avoue que je m'enorgueillis un peu du fait que les femmes peuvent déjà voter en Nouvelle-Écosse, mais je m'aperçois maintenant que j'ai contribué trop peu à ces efforts pour en revendiquer la victoire. Comment se fait-il que j'ai souvent déploré les injustices que vivent les femmes, ou même celles que subissent les hommes envoyés dans les tranchées, mais que je n'ai jamais osé exprimer tout haut mes opinions ? Des femmes ont été emprisonnées, sont mortes pour ces droits, alors que moi, je me contentais de rester tranquillement à la maison à tricoter.

Même quand on a des enfants dans les bras, on peut toujours en faire plus.

Embrassez Wrennie pour moi.

Votre consœur, Dora

P.S. Vous avez peut-être remarqué que j'ai repris mon nom de fille.

43

Un groupe de femmes, dont Rachel et Judith faisaient partie, ont lu un extrait de la pièce *Lysistrata* lors d'une soirée littéraire tenue au 23 Charter Street. Maxine a lu des poèmes du recueil *Feuilles d'herbe* de Walt Whitman et j'ai choisi quelques passages du *Tess d'Urberville* de Judith à partager. C'est terrible de devoir cacher ces œuvres et de ne les sortir en secret qu'avec nos amis les plus proches. Les censeurs du Watch and Ward Society les ont bannies à Boston et ceux qui se font prendre avec ces œuvres en leur possession sont passibles d'une amende et même d'une peine d'emprisonnement. Maxine s'est mise en tête de sauver tous les livres, les pièces et les œuvres d'art sur lesquelles elle peut mettre la main. La sélection de ce soir est le fruit d'un raid à la demeure de sa mère, où Maxine a récupéré plusieurs boîtes de livres destinés au bûcher.

— On a remercié Maman de son accueil puis on a filé vers le garage à voitures, où on a chargé la marchandise dans ma fidèle Hupmobile et pris la poudre d'escampette. Après nous avoir fait subir ses tirades sur les fléaux de la musique *moderne*, ma mère nous devait bien ça. Selon elle, les gens qui cherchent à s'amuser un peu dans la vie s'en vont droit en enfer. C'est pas étonnant que Papa passe tout son temps enfermé dans sa salle de billard (à boire plus que sa part de rhum). J'aimerais bien être un petit oiseau pour voir sa tête quand elle constatera que le combustible pour son feu de joie a disparu.

Le soir, je suis heureuse de pouvoir m'étendre sur mon lit et écrire des lettres ou prendre des notes dans mon journal. La nuit dernière, une brise humide agitait les stores et les faisait bouger, comme s'ils étaient animés par une respiration. Celle qui donne sur la Trappe avait une teinte rougeâtre. Suivant les conseils de Rachel, je ne soulève jamais le store de ce côté-là de la pièce, d'autant plus que les barreaux de ma tête de lit reposent contre la fenêtre. Maxine adore me taquiner à ce sujet-là : elle arrive dans ma chambre en catimini et essaie de me faire soulever le coin du store comme un voyeur. Je refuse, me contentant de m'allonger sur mes couvertures et de laisser entrer avec la brume des bribes de parfum, de musique et de Miss Chérie.

Depuis mon arrivée, Miss Chérie est bien occupée. De toutes les filles qui travaillent à la Trappe, c'est elle qui accueille le plus de visiteurs. Et si j'en crois mes oreilles, c'est chaque fois ou presque un homme différent. Celui d'hier soir exprimait son appréciation d'une voix de ténor.

— Chérie, tu sais toujours ce qu'i m'faut...

— C'est vrai, avait-elle riposté, et c'est *Miss* Chérie. Tâche de pas oublier que c'est moi qui mène ici.

— C'est ça, bébé, c'est ça.

Le reste de l'échange avait été enterré par le vacarme des autres activités qui se déroulaient à la Trappe ce soir-là – les chaussures des danseuses qui glissaient et claquaient sur la scène au rez-de-chaussée, le piano qui roulait et qui donnait la réplique à grands coups de blues.

Un bon homme est dur pour trouver
Vous toujours trouver l'autre qualité
Et quand tu crois c'est votre bon homme
Vous trouvez lui après faire l'amour avec un autre femme
Vous criez, vous veni' chagrin
Vous voudrez l'homme lit de mort

Un coup de vent avait soulevé le store à ce moment-là. Miss Chérie avait laissé la lumière allumée et son ombre dansait sensuellement au-dessus de celle de son client. Celui-ci soulevait les hanches de sa compagne et tentait d'enlever sa jarretière et ses sous-vêtements de dentelle.

— Mmmmm, c'est bon, Miss Chérie, c'est bon.

Mais si votre homme est bon
Eh bien 'tendez-moi
Donne-li l'amour le matin
Donne-li l'amour le soir
Donne-li beaucoup l'amour
Et fait l'amour-là bon
Parce qu'un bon homme est dur pour trouver 'jordi

Le plus souvent, c'est ainsi que ça se passe dans la chambre de Miss Chérie le soir : c'est *elle* qui prend les commandes, qui prend tout son temps pendant que se balancent doucement les perles de verre sur la frange de sa lampe de chevet. À force de l'entendre ces dernières semaines mener ses affaires (avec beaucoup plus de doigté que toutes les autres filles de l'établissement), j'en suis à me demander si sa situation est aussi peu enviable qu'on le dit. Elle semble être si fière d'elle-même, et on dirait qu'elle n'a pas de regrets. Peut-être que celles d'entre nous qui se précipitent vers le mariage simplement pour être mariées, avoir un nom, un semblant de vie ou même une maison… c'est peut-être nous qui perdons au change.

En parlant d'amour et du beau sexe, j'ai appris dernièrement que Judith et Rachel forment un couple. Je les ai surprises l'autre jour dans la baignoire en riant sur un ton qui n'était pas celui qu'emploieraient deux sœurs. En les voyant s'embrasser et se toucher avec autant de tendresse, je suis restée clouée sur place à les observer à travers une fente dans la porte jusqu'à ce que Maxine m'en éloigne.

— Laissons-les donc avoir leur mariage de Boston. Même la mère du mouvement de tempérance, Mlle Frances Willard, avait une fidèle compagne, sa chère amie Anna. Je suppose que la bicyclette dont elle parlait tout le temps ne répondait pas à tous ses besoins.

Des rires et des bruits d'éclaboussures ont résonné dans le couloir. Max a levé un sourcil et a souri.

— Qu'importe la forme que ça prend, l'amour est une chose si glorieuse. N'est-ce pas, Mlle Rare ?

J'ai souri à mon tour et opiné de la tête en me disant que jamais je n'aurais dû gaspiller mon énergie avec Archer. Je ne peux pas m'empêcher de vouloir aimer et être aimée, mais j'ai peu d'espoir de trouver de l'amour ou même de l'affection maintenant que l'époque des robes blanches est révolue.

Mlle Dora Rare
23 Charter Street
North End, Boston
Massachusetts
U.S.A.

Le 16 septembre 1918

Mme Bertine Tupper
Scots Bay, Nouvelle-Écosse
Canada

Chère Bertine,
Comme tu le sais peut-être déjà, la grippe est en train de faire des victimes à Boston et se propager vers d'autres endroits en Amérique. Si ce n'est pas déjà fait, j'imagine que le virus se rendra bientôt en Nouvelle-Écosse. Je suis inquiète en pensant aux enfants de la Baie, à Wrennie. Aussitôt que vous entendez dire que quelqu'un dans la région en est atteint, assurez-vous de mettre ces mesures en place :

– Fermez la route qui mène à la Baie.

– Ne laissez pas entrer des gens de l'extérieur.

– Fabriquez des masques de gaze ou de mousseline pour les hommes qui travaillent au port et pour ceux qui doivent descendre à Canning.

– Dites aux hommes de se dévêtir avant d'entrer dans la maison.

– Lavez vos mains à l'eau chaude et au savon.

Ces précautions peuvent vous sembler démesurées, mais si vous voyiez combien de dépouilles sortent des maisons chaque jour dans cette ville, vous comprendriez mon inquiétude. Si quelqu'un à la Baie attrape le virus, servez-vous de ma maison pour l'héberger. Ce n'est pas la peine de mettre des familles entières à risque d'attraper cette terrible maladie.

Je vous embrasse,
Dora

44

Je m'étais retrouvée chez M'ame B. un jour à cause de la grippe. La fièvre était tellement tenace que Maman n'arrivait pas à la couper. Elle avait tout essayé, y compris mettre du hareng salé sur ma nuque comme mon père le lui avait suggéré (c'est un marin à la jambe de bois du comté d'Inverness qui lui avait proposé ce remède). Quand, malgré le hareng, la fièvre continuait de s'aggraver, Maman m'avait enveloppée dans des couvertures et m'avait emmenée chez M'ame B.

— Pour commencer, faudra y donner un bain froid pour choquer la fièvre. Après, on va y donner une dose de sirop d'oignon pis la frictionner comme i' faut avec de l'huile de castor.

M'ame B. avait dit à ma mère de rentrer chez nous et de revenir le lendemain.

— Ça donne arien de rester icitte à te ronger les sangs. A sait que tu l'aimes, c'est tout ça qu'alle a besoin. Tu fais mieux t'en aller che' vous.

Maman s'était tordu les mains et avait posé un baiser sur mon front brûlant avant de partir.

M'ame B. était sortie dans la cour chercher une grande cuve qu'elle avait placée devant le poêle à bois. Je l'avais observée, les yeux mi-clos, pendant qu'elle versait seau d'eau après seau d'eau dans la cuve, notant ses épaules voutées, ses doigts crochus mais forts.

— C'est rien, tu connais, c'te maladie-citte.

Elle avait versé du sel d'Epsom dans le bain en souriant.

— T'as eu quatorze ans au printemps, non ?

Elle avait remué l'eau pour faire dissoudre le sel puis s'était secoué les mains au-dessus de l'eau trouble pour les sécher.

— Oui, j'ai eu ma fête...

— Le premier de mai. Je me rappelle. Je ramassais l'eau de mai c'te journée-là. Quand-ce que t'as sorti, t'avais une coiffe su' tes yeux. Tu parles d'un beau bébé : t'avais les cheveux noirs pis le teint rose, et t'étais pas toute plissée comme les autres. Y a pas de doute, t'avais une bénédiction su' toi.

Elle m'avait fait signe de m'installer dans la baignoire.

— Une fièvre, c'est un cadeau, une tite tape sur l'épaule pour dire qu'i se passe dequoi. C'est quand-ce que tu y prends pas garde qu'a peut t'acheuver.

J'avais plongé lentement mes membres tremblants dans l'eau et mes poils s'étaient hérissés. Elle m'avait versé de grands bols d'eau sur la tête et le visage et je m'étais mise à cracher et à manquer d'air. Ça faisait mal tellement c'était froid, je sentais mon cœur s'ouvrir et se refermer, rapetisser encore et encore jusqu'à devenir un poing serré. Les yeux écarquillés, la bouche grande ouverte, j'avais exhalé toute la chaleur de mon corps. M'ame B. m'avait incliné la tête vers l'arrière et m'avait versé deux grandes cuillerées de sirop d'oignon dans la bouche. Le goût du mélange de mélasse, d'oignon et d'ail était immonde, mais j'étais trop faible pour le recracher. Elle m'avait prise par la main et m'avait guidée jusqu'à son lit où elle m'avait massée avec de l'huile de ricin tiède en chantant doucement.

Mes mains sont Ses mains,
Mes mains sont Ses mains,
Palma-Christi,
Palma-Christi,
Les mains du Christ.

Le massage terminé, elle avait craché sur son doigt et tracé un signe de la croix sur ma poitrine. Ensuite, elle m'avait donné du café de farine brune et m'avait enveloppée dans une courtepointe épaisse faite d'étoffes de laine et de velours élimées cousues les unes aux autres par des points de chausson. On aurait dit une véritable carte céleste formée de motifs à fleurs, de tourterelles et de mains sages montrant du doigt la divinité.

~ Le 19 septembre 1918

La grippe espagnole est en train de dévaster la ville de Boston. Chaque jour, de nouveaux avis sont affichés aux portes ou de tristes rideaux de crêpe noir aux fenêtres. Comme ça avait été le cas après l'explosion d'Halifax, les gens ont voulu jeter le blâme sur les Allemands. Des rumeurs circulent comme quoi des agents secrets errent dans la ville et libèrent les microbes dans des théâtres et des salles de danse. On cherche à nommer la source de notre peur et de notre chagrin, mais la vérité est pire que tout ce que nous pouvons imaginer : il n'y a personne à blâmer, aucun moyen de mettre fin à la menace ni de savoir qui sera la prochaine victime. Chaque jour, les journaux publient un nouvel avis venant des autorités publiques : « Évitez les foules, notamment les salles de cinéma, les salles de danse et les tavernes. Évitez de fréquenter les personnes atteintes d'un rhume ou qui toussent. Évitez l'épuisement nerveux et physique. Évitez de porter des vêtements trop ajustés ou des chaussures trop serrées. Évitez de danser. Couvrez votre bouche quand vous toussez ou que vous éternuez. Ne crachez pas en public. Mastiquez bien votre nourriture. »

Le fléau se propage parmi les filles qui travaillent à la Trappe. Il y a trois jours, un avis a été cloué à la porte de l'établissement.

AVERTISSEMENT :

CAS DE GRIPPE À L'INTÉRIEUR !

Défense d'enlever cet avis sans autorisation.

Livraisons de lait suspendues jusqu'à nouvel ordre.

Aujourd'hui, j'ai entendu par la fenêtre Miss Chérie tousser. J'ai soulevé le store pour voir si tout allait bien et j'ai vu un plumeau de fumée bleuâtre sortir de sa chambre. J'ai tout de suite craint qu'un incendie se soit déclaré.

— Miss Chérie, as-tu besoin d'aide ?

Elle a ouvert la fenêtre, et un nuage de fumée s'en est échappé.

— Ouan, envoie donc quelqu'un pour m'achever.

— Pourquoi il y a autant de fumée dans ta chambre ? Est-ce que le feu est pris ?

— Nah, c'est juste le vieux Paddy qui a entendu dire qu'on peut chasser la grippe en mettant du soufre pis du sucre dans le tiroir à cendres pendant que le charbon est encore chaud. Je sais pas si ça marche, mais ça coûte rien d'essayer. La moitié des filles ici sont malades, puis le docteur refuse de venir nous voir.

— Personne vient vous aider ?

— On a demandé à deux trois docteurs, puis i' ont tous dit la même chose : « Des places *de même* avec des filles *de même*, y a rien de pire pour répandre la maladie. » Y a personne qui va brailler si une putain comme moi finit six pieds sous terre.

Je lui ai conseillé de dire à M. Malloy d'arrêter son traitement à la fumée et de laisser entrer de l'air frais. En lisant les avis de décès dans le journal, j'ai compris que ce n'est pas la grippe qui tue les gens, mais la pneumonie qui s'installe à sa suite. J'ai fait une marmite de fricot au poulet cet après-midi et je l'ai passée par la fenêtre à Miss Chérie. En ce moment, c'est le seul moyen auquel je peux penser pour les aider sans risquer de m'exposer aux microbes. Je continuerai d'offrir des conseils et de leur envoyer des provisions dans l'espoir qu'elles parviendront à s'en sortir.

~ Le 23 septembre 1918

Maxine est clouée au lit. Elle a attrapé la grippe avant-hier après avoir assisté, en soirée, à une réunion pour le droit de vote dans le quartier de Back Bay. Comme ni Judith ni Rachel n'ont jamais eu à veiller sur des malades, j'ai insisté pour être la seule à m'occuper d'elle. Charlie sera le seul à s'aventurer en dehors de la maison pour aller chercher nos provisions et il devra suivre mes consignes à la lettre : toujours porter un masque, ne jamais serrer la main de personne, se dévêtir à la porte arrière et demander un seau d'eau chaude et du savon pour se laver avant d'entrer dans la maison.

Les filles de la Trappe se remettent peu à peu de la grippe. Une d'entre elles est décédée – son cœur lui est pratiquement sorti de la poitrine après que la fièvre ait fait son œuvre. J'ai été soulagée d'apprendre que Miss Chérie se sent mieux. Elle est venue à la porte aujourd'hui avec un bouquet d'asters et de rudbeckias. Comme je ne l'ai pas laissée entrer, elle s'est postée sous la fenêtre de Maxine et lui a chanté chanson après chanson. Maxine a surtout aimé son « Sugar Blues », et malgré qu'elle se sente faible et fiévreuse, elle a réussi à siffler et à applaudir les efforts de Miss Chérie. Charlie rentre à la maison tous les soirs avec un nouveau remède qu'il a trouvé à la pharmacie. Ils sont tous inefficaces, composés surtout d'eau gazeuse et d'acide borique.

Je suis les conseils de M'ame B. : *Donne-leu' de l'aspirine si la fièvre monte assez qu'i peuvent avoir des convulsions. Tu peux toujours dire si ça s'en vient... leu' peau est chaude puis sec comme du papier. Si ça marche pas, plonge-les dans l'eau froide.* Jusqu'ici, Maxine survit. Elle alterne entre un état fiévreux et des frissons, et elle n'arrive à consommer que du thé et du bouillon sans vomir. Elle dit qu'elle a mal partout « comme si le train m'avait passé sur le corps ». Je lui ai demandé si elle préférerait qu'on appelle un médecin, mais elle ne veut rien savoir. « Charlie dit que t'es une guérisseuse née ; ça me suffit. » J'ai envoyé Charlie chez Pastene's acheter une cruche d'huile de ricin. *Faut que ça vienne d'un croyant. Prends-le pas nulle part d'autre.*

— Dis à Mme Pastene qu'on a besoin d'une bouteille d'huile pressée à froid, du *Palma-Christi*, pas de l'huile qui sert de sirop.

~ Le 25 septembre 1918

Maxine souffre beaucoup aujourd'hui. Dès que sa fièvre a commencé à baisser, elle s'est mise à tousser et avait peine à respirer. J'applique des emplâtres de moutarde sur sa gorge et sa poitrine, je lui fais des cataplasmes d'huile de ricin, je me suis même mise à chanter et à réciter les prières de M'ame B. Chaque fois que Charlie demande de ses nouvelles, il a l'air désespéré. Je pense qu'il l'aime plus que Maxine ne le soupçonne. Je ne peux pas la perdre.

Mme Bertine Tupper
Scots Bay, Nouvelle-Écosse
Canada

Le 21 septembre 1918

Mlle Dora Rare
23 Charter Street
North End, Boston
Massachusetts
U.S.A.

Chère Dora,
Viens-t'en à maison ! Rentre trouver Wrennie ! Rentre nous trouver ! On va sonner les cloches de l'église à soir pour célébrer ton innocence. Hart est rentré de Canning ce soir avec des bonnes nouvelles qu'il a apprises au poste d'incendie là-bas.

Paraît qu'après tout le temps qu'il a passé à s'occuper de ses enfants sans sa femme, Brady Ketch a perdu la tête. Il a emmené ses enfants (ceux qu'il pouvait trouver) à Canning puis il a essayé de les vendre sur la place publique. Il demandait 25 $ pour ceux qui pouvaient travailler puis 10 $ pour les plus petits. Son cirque a fini par attirer pas mal de monde. Hart avait descendu livrer des barils de hareng fumé, puis il l'a vu faire. Dès qu'il a compris ce qui se passait, il est allé chercher le constable McKinnon, tu sais, celui qui te cherche depuis que t'es partie. Les deux ont réussi à mettre des menottes *aux poignets pis aux chevilles à Brady puis l'ont emmené au poste en attendant qu'il dégrise. Une fois que les enfants ont eu du manger chaud dans leur ventre puis qu'ils ont compris que leur père allait pas pouvoir les toucher, ils ont raconté au constable pis à tout le monde qui voulait l'entendre ce qui s'était passé avec leur mère. (Je t'envoie l'article qui a passé dans la Gazette de Canning pour que tu le lises.)*

Voici une note de Ginny :
Dora, j'espère que tu reviendras à temps pour la naissance de mon bébé. La cousine à Mme Sarah Deft, qui habite à Halls Harbour, a eu son troisième bébé avec le docteur Thomas à la maternité de Canning la semaine passée. Il trouvait que le travail prenait trop de temps, ça fait qu'il l'a coupée pis lui a donné de l'éther ! La pauvre a eu besoin de plusieurs points de suture, pis l'éther lui a donné un mal de cœur. Le bébé va bien, un beau gros garçon, mais la mère aurait préféré accoucher à la maison. Ils vont être obligés de vendre leur meilleure vache à lait pour payer la note. (Ça te rappelle quelque chose ?) Je viens de plus en plus ronde tous les jours, pis le petit me fait savoir qu'il est là en donnant de gros coups de pieds, surtout au mitan de la nuit. Je dis « le petit », parce que quand Hardy est venu poser des fers aux chevaux, il a dit que je portais un garçon. Il a dit : « Tu le portes vraiment bas. » Tu sais aussi bien que moi qu'un forgeron se trompe jamais là-dessus.

Je vais t'avouer que je me sens un peu bizarre dernièrement. J'enfle beaucoup, même dans la face. J'ai des maux de tête pis je vois des étoiles quand je me redresse trop vite, mais le docteur Thomas dit que c'est normal. « Fais davantage d'exercice et arrête de lire autant », qu'il m'a conseillé. Y a rien d'autre à faire ?

Jusqu'ici, y'a pas de cas de grippe à rapporter à la Baie, mais le frère à Jack Tupper qui habite à Kentville en est mort juste hier. On suit tes conseils et on fait tous très attention. Dis-nous quand tu vas rentrer pour qu'on mette des draps propres sur ton lit pis des fleurs à ta porte.

Reviens bientôt !

Bertine et Ginny

Enfants libérés de l'emprise d'un père meurtrier

Nous venons d'apprendre des nouvelles bouleversantes à Canning : dix enfants qui ont été retenus en captivité pendant un mois chez leur père ont raconté aux autorités les détails de leur expérience éprouvante. Le père, M. Brady Ketch de Deer Glen, a été accusé du meurtre de sa défunte femme, Expérience Ketch.

Le 2 août dernier, les pauvres enfants ont vu leur père battre brutalement leur mère avant de la jeter en bas de l'escalier. M. Ketch avait attribué le décès de sa femme à un empoisonnement causé par un remède administré par Mme Dora Bigelow, une sage-femme de Scots Bay.

Les enfants logent en ce moment à l'orphelinat méthodiste de Kentville, mais nous sommes heureux d'annoncer que le révérend Joseph Pineau et son épouse ont offert d'adopter les dix enfants. Ils comptent les accueillir chez eux dès que les dispositions nécessaires auront été prises.

La Gazette de Canning
le 22 septembre 1918

Mlle Dora Rare
23 Charter Street
North End, Boston
Massachusetts
U.S.A.

Le 29 septembre 1918

Mme Bertine Tupper
Scots Bay, Nouvelle-Écosse
Canada

Chère Bertine,
Quelles incroyables nouvelles de la Baie ! Je suis triste pour les enfants d'Expérience, qui ont souffert si longtemps, mais je suis heureuse d'apprendre qu'ils auront une nouvelle famille et qu'ils n'auront plus à subir les foudres de leur père.

J'aimerais beaucoup rentrer tout de suite à la maison, mais je dois rester à Boston pour l'instant. Maxine tient le coup, mais je ne peux pas partir tant qu'elle est encore alitée.

Dites à ma mère de ne pas s'inquiéter. Charlie va bien ; quant à moi, on dirait que mon corps résiste à la maladie. Dis à Wrennie que je m'ennuie beaucoup d'elle et que sa Maman rentre au plus vite ! Je vous donnerai des nouvelles bientôt.

Bises,
Dora

~ Le 29 septembre 1918

Maxine a toujours du mal à respirer, alors j'ai relevé sa tête avec des oreillers et posé des briques sous les pattes à la tête de lit. Les seuls moments où elle cesse de tousser et semble se reposer, c'est quand je la distrais avec mes histoires de la Baie. Depuis quelques jours, elle me supplie de lui parler de mon enfance dans une maison pleine de garçons, des « manigances » de mon défunt mari et des sages conseils de M'ame B. Aujourd'hui, je lui ai raconté la fois où j'ai versé de la mélasse sur la tête du docteur Thomas, suivi du récit du décès d'Expérience Ketch. Quand l'histoire tirait à sa fin, elle m'a regardée avec de grands yeux inquiets, telle une enfant qui brûlait d'impatience de connaître la conclusion.

— Il faut que tu retournes là-bas te battre pour ta maison, pour Wrennie.

J'ai ouvert sa robe de nuit et répandu de l'emplâtre de moutarde sur son dos.

— Il faut que je reste ici m'occuper de toi.

— Mais les femmes de la Baie ? a-t-elle protesté, étouffant du mieux qu'elle pouvait une quinte de toux. Qu'est-ce qu'elles vont faire sans toi ?

— Elles se débrouillaient avant que je sois là, elles sont capables de se débrouiller maintenant.

J'ai replacé ses oreillers et l'ai aidée à s'installer avant de la border.

— De toute façon, qui va lécher tous les timbres pour les envois des suffragettes si je suis pas là ?

Maxine a tiré sur ma manche.

— Dora, laisse jamais quelqu'un prendre ce qui te revient. Tu peux donner tout ce que tu veux dans la vie, mais n'abandonne jamais.

J'ai souri et j'ai déposé un baiser sur son front.

— J'abandonnerai pas. Toi non plus.

~Le 30 septembre 1918

Ce matin, Maxine a craché du sang dans la serviette qu'elle utilise pour couvrir sa bouche quand elle tousse. Quand je pose l'oreille contre son dos, j'entends un râle dans ses poumons ; c'est signe que la pneumonie s'installe. *Prends garde quand-ce qu'i se mettent à râler, ça peut être le râle de la mort.*

M'ame B. m'avait raconté comment elle avait soigné un homme atteint du râle de la mort. Il s'appelait Xander Lightfoot. Pendant trois jours, elle lui avait donné un bain d'oignon et de *baillarge*, le gardant enseveli sous un mélange d'oignon cru et d'orge fermenté, et lui avait administré de fortes doses de sirop d'oignon.

Charlie est retourné voir Mme Pastene en lui réclamant autant d'oignons qu'elle pouvait lui donner.

L'orge est une denrée rare ici, alors il est allé voir M. Burkhardt pour lui demander quelques bouteilles de bière. Quand j'ai dit à Maxine ce que je lui réservais comme traitement, elle m'a serré la main et m'a demandé si elle pouvait se rincer la bouche avec la bière après avoir bu le sirop.

~Le 3 octobre 1918

Nous versons des larmes depuis trois jours, depuis que, chaque jour, la respiration de Maxine se fait moins laborieuse. Je sais qu'elle se sent mieux parce qu'elle a commencé à se plaindre : « La maison va sentir le stand à saucisse pendant des mois. Tout ce qui nous manque, c'est la choucroute ! » « La maudite Marie Babineau avec sa sorcellerie cadienne ! », dit-elle en riant, brandissant un poing dans les airs. Maxine m'a raconté qu'elle a rêvé à M'ame B. hier soir. « Elle se tenait sous un saule pleureur, et il y avait des tasses de thé accrochées à chaque branche. Elle arrêtait pas de répéter : *Veux-tu pas savoir c'qui se passe après ?* Je savais pas si c'est à moi qu'elle parlait ou si le message t'était destiné à toi. Je savais pas non plus ce qu'elle voulait dire. Tout ce que je sais, c'est que j'ai envie de monter sur le toit puis de faire la danse du lapin. »

~Le 10 octobre 1918

L'amendement qui aurait permis aux Américaines d'obtenir le droit de vote a encore été rejeté. « Je devrais peut-être descendre à Washington avec Miss Chérie puis les autres filles de la Trappe faire une p'tite danse pour les gars du Sénat. Je parie que ça leur ouvrirait les yeux sur l'importance des droits de la femme. » Maxine a retrouvé la santé et s'est remise à ses campagnes, écrivant jour et nuit des lettres adressées à tous les représentants au Congrès et aux membres du Sénat américain.

Quant à moi, j'ai nettoyé la maison de fond en comble. J'avoue que les tâches ménagères sont beaucoup plus simples à accomplir avec de l'eau courante et de l'électricité. Maxine m'a demandé comment diable j'ai pu survivre sans électricité, sans galeries d'art, sans chaussures de danse à petits talons et sans le blues. Je me passerais bien des chaussures, et bien que le tintamarre constant qui sort de chez nos voisins à la Trappe a décidément un effet stimulant, je préfère de loin m'asseoir sur un banc tout à l'arrière de l'église St. Stephen pour écouter la chorale qui répète. Ces dernières semaines, la plupart des églises et des temples ont fermé leurs portes. Les autorités craignent que les assemblées publiques ne favorisent la propagation de la grippe. La messe n'est plus célébrée à l'église St. Stephen, mais la chorale n'a pas cessé de chanter pour autant. Tous les jeudis, à 19 h 30, ses membres se réunissent dans le jubé et chantent devant une salle pratiquement vide. C'est comme s'ils ne pouvaient pas s'empêcher de faire résonner leurs voix et rayonner leurs espoirs.

Ce soir, je me suis assoupie en écoutant la chorale. Dans mon sommeil, la ville m'a chuchoté d'une voix sûre et séduisante que je devais commencer une nouvelle vie, ici. Elle a eu du mal à me croire quand je lui ai répondu que non, je ne le ferais pas, et que c'était de sa faute si j'étais devenue assez forte pour prendre désormais mes propres décisions. Ensuite, je me suis mise à rêver à la Baie, au sourire de Maman, au rire de Bertine, à la butte aux Araignées, à la voix de la lune.

Je suis inquiète pour Ginny, et ma petite Wrennie me manque. Le temps est venu de rentrer à la maison.

45

Hart s'était chargé d'ouvrir la maison et de la préparer pour mon retour. Bertine, Sadie et Mabel avaient mis des draps propres sur le lit et m'avaient préparé des petits plats. Et Wrennie semblait heureuse de me revoir. Elle aime bien quand je l'installe dans un panier ou qu'elle se promène à mes pieds dans la cuisine. Elle adore sourire aux gens et rit souvent aux éclats. Hier soir, elle s'est endormie dans les bras de Maman, qui la berçait près du poêle ; bien sûr, Maman a versé quelques larmes de soulagement en me voyant de retour. Je pensais que j'allais regretter un peu de quitter Boston mais, dans mon esprit, mes deux mondes sont tout à fait différents. À la Baie, j'ai du mal à me rappeler la ville, même en fermant les yeux. J'ai tant à faire ici.

J'ai tout de suite su en la voyant que Ginny n'allait pas bien du tout. Elle est enflée de partout, elle souffre de maux de tête atroces et a le vertige chaque fois qu'elle se lève. Elle ne fait pas de fièvre, alors je suis certaine que ce n'est pas la grippe. Son visage est boursouflé et ses traits, méconnaissables. M'ame B. appelait ça la « face d'étranger ». *Quand-ce tu peux point reconnaître une femme en la voyant, tu connais qu'a porte le masque de la mort su' ses traits. Après c'est arrivé, y'a pas grand-chose tu peux faire pour la sauver.* Le stade avancé de sa condition m'inquiète. Je ferai tout en mon pouvoir pour l'aider, mais il y a longtemps qu'on aurait dû s'occuper de ses symptômes.

> *La face d'étranger.* J'ai déjà vu ça chez une femme par Blomidon. Quand chus allée la voir, alle était déjà rendue à faire des convulsions. Falit qu'ej la coupe pour enlever le bébé, qu'ej parde la maman pour sauver l'enfant. Le bébé est mort pareil. I' est né trop tôt, i' avait point assez de force pour survivre.

Sur les pages du Livre des saules, l'écriture de M'ame B. s'étend dans tous les sens à coup d'annotations qui servent à préciser des choses et à signaler des réussites.

> *Teinture de scutellaire* : bon pour toutes les façons d'anxiété. Les bettes pis les pelures de patates vont *back* te mettre sur tes pattes. Les framboises pis l'ortie, sucrées en titi, c'est parfait pour la tisane de mère.

Ginny logera avec moi à la butte aux Araignées jusqu'à la naissance du bébé. Maman, Précieuse et les autres membres des Brocheuses occasionnelles m'aideront avec Wrennie. Si j'arrive à réduire l'enflure et à aider Ginny à garder ses forces, je devrais pouvoir faire commencer le travail dans quelques jours sans trop de problèmes (même si l'enfant arrivera trois ou quatre semaines plus tôt que prévu). Nous ne pouvons pas attendre.

~ Le 17 octobre 1918

J'ai du mal à garder Laird loin de Ginny et de ma maison. Il s'inquiète pour Ginny et a proposé plus d'une fois d'aller chercher le docteur Thomas. C'est comme s'il ne me faisait pas confiance, même s'il sait que je n'ai rien à voir avec le décès de Mme Ketch et que j'ai assisté à la naissance de son premier enfant. C'est clair que les théories en obstétrique du docteur Thomas, pour lesquelles Laird a payé le gros prix, n'ont pas du tout aidé Ginny. *Il faut comprendre, Mme Jessup, que la plupart des femmes enceintes souffrent de névrose.* La dernière fois que Ginny a vu le docteur Thomas, il lui a dit que si ses chevilles et ses mains ne désenflaient pas, il allait lui faire une saignée. S'il ose se pointer à ma porte, c'est moi qui risque de le saigner. Je sais à quel point ça peut être difficile de tirer des réponses claires de Ginny, mais personne, ni homme ni femme, ne mérite des soins si irréfléchis. *Faites davantage d'exercice, mangez moins de viande.* Pas étonnant que son sang soit bas. Heureusement qu'elle a eu le bon sens de se mettre au lit.

~ Le 18 octobre 1918

La journée a été longue.

Au début, j'ai cru qu'aucun des remèdes ne fonctionnait. L'enflure ne diminuait pas et Ginny commençait à se sentir agitée, mais, heureusement, les choses ont commencé à s'améliorer après le souper. Ce soir, elle semble avoir pris du mieux et a même réussi à se reposer.

Deux bains au sel d'Epsom : un le matin, un le soir avant de se mettre au lit.

Les infusions qui marchent bien :
Jus d'un demi-citron additionné de 2 cuillères à thé de crème de tartre, deux fois par jour pendant trois jours ;
Tisane de scutellaire, une à deux tasses par jour ;
Tisane de feuilles de framboisier et d'ortie ;
Infusion de houblon, une fois par jour (le plus efficace, on dirait).

Aussi :
Alose (un poisson d'eau froide à chair foncée et bien grasse) ;
Pousses de ciboulette et d'ail (ils tirent à la fin, j'espère qu'il m'en restera assez).

Homéopathie : Apis, phosphorus, sulfur, colchicum.

~ Le 19 octobre 1918

J'ai examiné Ginny ce matin. Son col est en avant et il s'est ramolli. C'est bon signe. Je vais essayer d'encourager le bébé à venir aujourd'hui. J'espère que ça se fera tranquillement. La lune est de mon côté : c'est la Lune des moissons ce soir, une marée de fort marnage en plus. J'ai vu que des nuages arrivent du nord-ouest ; un orage ne ferait certainement pas de tort. J'irai mettre des vêtements à sécher sur la corde pour attirer la pluie.

Deux grosses cuillères d'huile de ricin ;
Une petite goutte d'huile d'onagre sur le bout du doigt ;
De la tisane de basilic ;
Tremper ses pieds jusqu'aux chevilles dans du lait, puis les masser, surtout les tendons d'Achille ;
Dire à Ginny de stimuler ses mamelons à coups de cinq minutes par sein à toutes les demi-heures.
Homéopathie : Caulophylum, cimicifuga, gelsinium.

De toutes les choses qui auraient pu se produire, j'ai manqué d'huile de ricin. Je vais aller en chercher chez Bertine après le déjeuner. Ce serait plus près d'aller chez Laird et Ginny, mais je ne veux pas l'alerter avant que le bébé soit arrivé. Ginny semble calme, ses traits sont lisses, ses joues roses, ses yeux pétillent. Une visite de son mari risque de gâcher sa bonne humeur, ce qu'il faut éviter à tout prix. Elle s'est installée à la fenêtre du salon, d'où elle observe des enfants qui jouent et l'activité des bateaux près du quai.

— Dora, j'pourrais pas sortir me promener un peu aujourd'hui ? Les feuilles des arbres sont après tourner, j'aimerais ça pouvoir les admirer. Je me sens beaucoup mieux.

— Non, ma chérie. Faut que tu restes couchée en attendant que le bébé arrive. Si tout va bien, on verra peut-être ton p'tit ange dès ce soir.

— Mais...

— Pas de mais, Ginny. On a beaucoup de travail à faire, tous les trois. Faut que tu sois prête. On va prendre un bon déjeuner ensemble et, après, tu prendras un bon bain avec du sel d'Epsom.

— On mange pas encore de l'alose, j'espère.

— Oui, encore de l'alose. Je vais te donner de la tisane de houblon aussi.

Ginny a fait la moue et sorti la langue.

— Ta tisane de houblon, j'ai jamais rien goûté de plus écœurant. On dirait un mélange d'eau de vaisselle bouillie pis de pain moisi.

— On serait pas un peu impatiente aujourd'hui, par hasard ? lui ai-je dit en riant.

J'ai tapoté son oreiller avant de le poser dans le creux de son dos.

— C'est un bon signe. J'ai l'impression que t'es prête à accoucher.

Elle a soupiré et s'est caressé le ventre.

— Je sais pas si chus capable. C'est pas un peu tôt encore ? On peut pas attendre quelques jours ?

— Faut pas voir ça de même, lui ai-je répondu en m'assoyant sur le bord du lit. Il y a pas de danger pour le bébé maintenant, mais si on attend plus longtemps, ce sera plus compliqué. Pense à comment tu vas te sentir quand tu verras ton bébé, quand tu le prendras dans tes bras pour la première fois.

— Qu'est-ce qui arrive si qu'i meurt, ou si moi je meurs ?

— Et si vous mourez pas ? Et si êtes tous les deux en parfaite santé ? Tu vas avoir beaucoup de choses à faire une fois qu'il sera arrivé.

Ginny semblait incertaine et effrayée, comme une fillette qui tente un pas de danse pour la première fois ou qui déclame un poème à l'école.

— C'est pas la première fois que tu fais ça, Ginny. T'es capable.

— Mais je m'en rappelle quasiment pas.

— Tu me fais confiance ?

— Oui, a-t-elle répondu en hochant la tête.

J'ai posé une main sur son ventre rond et plongé mes yeux dans les siens.

— On est capables de faire ça, toi puis moi.

Tout se passait bien... Ginny avait l'air prête et ses contractions se rapprochaient, elles étaient déjà à vingt minutes d'intervalle.

Nous venions de sortir de table quand le docteur Thomas s'est présenté à ma porte. J'aurais voulu l'ignorer, mais il m'a appelée d'une voix forte.

— Mme Bigelow, ouvrez la porte. Laird Jessup m'a dit que son épouse est chez vous. C'est ma patiente et je dois la soigner.

J'avais croisé Laird sur la route en rentrant de chez Bertine. Je n'avais pas cherché à lui cacher la grosse bouteille d'huile de ricin que je portais, mais je lui avais tout de même demandé d'attendre une journée avant de passer voir Ginny. Sur le coup, il m'avait semblé compréhensif, mais il avait sans doute filé tout de suite chez le docteur Thomas.

J'ai entrouvert la porte et adressé un sourire innocent au médecin, qui a tenté de jeter un coup d'œil à l'intérieur. Quand il a compris que je ne comptais pas le laisser entrer, il s'est mis à bafouiller.

— J'ai le devoir de veiller aux soins de Mme Jessup. Je ne pars pas d'ici tant que je l'aurai pas vue.

— Je pense qu'elle en a eu assez d'être *veillée* par vous, Docteur Thomas.

— M. Jessup m'a dit que vous ne l'avez pas laissée sortir depuis plusieurs jours, a-t-il rétorqué en tentant de franchir le seuil. Il se soucie du bien-être de son épouse et de son enfant.

J'ai mis la main sur le cadre de la porte pour lui bloquer le passage.

— Dora, c'est qui ? a appelé Ginny. C'est-tu

Laird ? Tout va bien chez nous ?

— Reste couchée, Ginny, je m'occupe de…

Avant que je puisse l'en empêcher, le docteur Thomas a traversé la cuisine et est entré dans la chambre où Ginny était couchée. Il a posé son sac sur le bout du lit et en a sorti plusieurs bouteilles, de même qu'une paire de forceps.

— Elle a l'air en forme, a-t-il grommelé.

Il a rabattu les couvertures d'un coup sec et palpé les chevilles de Ginny.

— L'enflure est presque partie. C'est remarquable.

Ginny a tenté de se dégager.

— Dora, t'as dit qu'on allait faire ça juste nous deux. Qu'est-ce qu'i fait icitte ?

Elle s'est pliée en deux, gémissant de douleur.

Le docteur Thomas lui a attrapé le poignet pour tâter son pouls.

— Je vois qu'elle souffre toujours de névrose. Une dose de Pituitrin devrait nous aider à faire bouger les choses. Le temps de le dire, ce sera fini.

Le visage de Ginny s'est empourpré.

— Sors-le d'ici ! a-t-elle crié.

J'ai attrapé le docteur Thomas par la manche.

— J'aimerais vous dire un mot… à l'extérieur.

— Je ne pense vraiment pas que ce soit nécessaire, Mme Bigelow. Tout est sous contrôle maintenant. Si vous voulez bien m'assister, je pense que tout sera terminé dans un temps record.

— J'veux pas qu'i soit icitte ! a crié Ginny. Dehors, dehors, dehors...

— Vous en faites pas, m'a-t-il chuchoté, j'ai du chloroforme si jamais elle ne se calme pas.

J'ai saisi brusquement la main du médecin et l'ai sorti de force de la maison.

— Vous voulez la tuer ?

— Mme Bigelow... Je dois vous féliciter, elle semble être en bien meilleure forme que la dernière fois que je l'ai vue. Maintenant, si vous me le permettez, nous allons vite en finir avec ça.

— Elle est en meilleure forme, oui, mais c'est pas grâce à vous. Et à cause de vous, sa pression commence à remonter. Vous savez aussi bien que moi que c'est pas bon pour elle, ni pour le bébé.

— Je vous l'ai dit, j'ai du chloroforme...

Hart a surgi de derrière la grange, une fourche à la main et Pepper sur ses talons.

— As-tu besoin d'un coup de main, Dora ?

— Je pense que je serai bonne avec ça, lui ai-je dit en prenant la fourche.

Hart a rebroussé chemin en sifflant, se retournant de temps en temps pour s'assurer que tout allait bien. Pepper est restée à mes côtés.

J'ai levé la fourche et posé le bout des pointes contre la poitrine du médecin.

— À partir d'asteure, vous allez faire comme je vous dis.

J'ai fait un geste de la tête pour lui montrer la porte.

— On va rentrer dans la maison. Vous, vous allez rester dans le salon. Et si j'entends un seul mot, ou si vous essayez de quitter la maison pour aller chercher Laird, on va faire les foins un peu tard à Scots Bay cette année.

Je me suis placée derrière lui et je lui ai enfoncé les pointes de la fourche dans le dos pour le faire avancer. Il a monté l'escalier en trébuchant.

— Mme Bigelow, est-ce que je dois vous rappeler que selon le Code criminel de 1892...

— Je pense pas que vous soyez tellement bien placé pour dire quoi que ce soit en ce moment, Docteur Thomas.

Une fois à l'intérieur, le docteur Thomas s'est assis sur le canapé du salon. Pepper s'est installée devant lui pour monter la garde. Je suis allée retrouver Ginny, refermant le rideau qui séparait le salon et la chambre à coucher.

— I' est-tu parti ? m'a demandé Ginny.

— T'en fais pas pour lui, ma chère. C'est le temps de penser à faire sortir ce bébé-là.

Aux premières lueurs de l'aube, la mère, l'enfant et le docteur Thomas dormaient tous paisiblement.

Eli Jessup, né le 20 octobre 1918.

Petit en titi, mais il tient son bout.

46

Quand la nouvelle de l'Armistice nous est arrivée, toute la communauté s'est réunie à l'église pour prier et faire résonner les cloches jusqu'au matin. Les journaux débordaient d'histoires de partout en Europe et en Amérique du Nord, de gens qui sortaient dans la rue accueillir les troupes en chantant et en dansant. Ils se sentaient de nouveau en sécurité, assez pour retrouver le sourire. Ma photo préférée a été prise à San Francisco, en Californie, où on continuait de lutter contre la grippe espagnole. Les résidents de la ville étaient tout de même sortis dans la rue et s'embrassaient les uns les autres à travers mouchoirs et masques.

Albert et Borden sont arrivés le 15 novembre. De tous les garçons de la Baie partis à la guerre, ils étaient les premiers à rentrer. C'est vrai qu'ils n'étaient jamais allés plus loin que l'île du Cap-Breton. Je pense qu'Albert se sent un peu coupable d'avoir été affecté à un service en apparence peu dangereux à bord de la *Juste Cause.* Quand il devient trop humble, Borden s'empresse de rappeler que plusieurs des vaisseaux mystères de la Marine royale ont été perdus aux mains des Allemands.

Albert a rapporté un souvenir de guerre auquel personne d'entre nous ne s'attendait. Elle s'appelle Célia. C'est une fille charmante de Sydney, et on voit bien que mon frère l'adore. Pas étonnant qu'il a si peu donné de nouvelles à Maman quand il était en congé : il était trop occupé à lui faire la cour ! En attendant que soit construite leur maison au printemps, ils comptent emménager dans la cabane de chasse de mon oncle Irwin. Pour l'instant, la pauvre Célia semble s'ennuyer de chez elle et avoir du mal à s'adapter à notre petit village, mais nous faisons tout en notre pouvoir pour lui montrer qu'elle est la bienvenue ici. Précieuse se montre particulièrement aimable avec elle, l'invitant à prendre le thé et lui parlant en détail de tout ce qui se passe à la Baie. Je suppose que ça l'aide à passer le temps en attendant que Sam Gower se présente à sa porte.

La goélette *Huntley* a été mise à l'eau une semaine après l'Armistice. Ce magnifique quatre-mâts de 520 tonnes se rendra d'abord à Terre-Neuve avant de traverser l'Atlantique jusqu'en Angleterre. Les hommes de la Baie qui l'ont construite ont trimé dur pendant près de deux ans et en sont très fiers. Des descendants des familles Thorpe, Macdonald, Steele, Tupper, Munro, Rogers, Corkum, Legge, Bigelow, Shaw, Coffill, Brown, Irving et Sandford ont joint leurs efforts à ceux de mon père et de mes oncles pour la mettre à l'eau. Le vaisseau a soupiré en descendant la rampe, laissant une traînée de vapeur. Les hommes étaient tristes de le voir partir ; certains affirment que ce sera le dernier grand navire à voir le jour à la Baie. Les plus âgés parmi eux se sont donné des tapes dans le dos en chantant :

Partons, la mer est belle
Embarquons-nous, pêcheurs
Guidons notre nacelle
Ramons avec ardeur
Aux mâts hissons les voiles
Le ciel est pur et beau
Je vois briller l'étoile
Qui guide les matelots.

Le même soir, le village tout entier s'est rassemblé au Centre maritime pour assister à la traditionnelle vente annuelle de pâtisseries organisée par la Société de tempérance des Roses blanches. Des dizaines de tartes étaient entassées sur une longue table à l'avant de la salle. En les voyant toutes décorées de boucles voyantes ou de fleurs en papier crêpe, j'ai ri en me rappelant les origines de cette vente aux enchères. Mon père et ma mère étaient parmi les derniers couples à avoir commencé à se courtiser à l'issue de cet événement. Papa, en misant sur la tarte au sucre à la crème couronnée de marguerites que Maman avait préparée, a gagné son cœur du même coup.

Selon les règlements du concours, les desserts doivent être présentés de façon anonyme pour éviter que les jeunes hommes devinent l'identité de la pâtissière. Les filles de la Baie, qui sont honnêtes tout en étant rusées, s'entendent d'avance sur l'apparence à donner à leurs créations, envoyant ainsi des signaux discrets à leurs enchérisseurs préférés. Malgré sa popularité, l'activité n'a pas eu lieu pendant la guerre : il y avait trop peu d'hommes au village pour miser sur les offrandes des jeunes femmes. Cette fois, pratiquement toutes les femmes, jeunes et moins jeunes, avaient apporté une tarte à partager. J'étais de la partie, moi aussi, avec une tarte aux pommes en treillis surmontée d'un verset piqué sur un cure-dents : *L'air frais du matin semble si pur quand on n'a plus un sou en poche.* Mon dessert était moins beau que les autres, mais plutôt convenable pour une veuve me semblait-il.

Borden et Hart se sont disputés ma tarte. Ils l'ont fait en riant de bon cœur, et de les voir déployer tous ces efforts à mon égard m'a empêchée de me sentir exclue. Mon cher frère a fait un noble effort, fouillant dans chacune de ses poches jusqu'à ce qu'il n'ait plus un sou pour surenchérir. À « trois piastres cinquante-deux », ses poches étaient vides. Hart a aussitôt lancé « Quatre piastres ! » avant d'ajouter, en faisant sonner la monnaie dans sa main : « Et cinquante-deux sous ! ». La tradition veut que celui qui remporte la tarte la partage avec celle qui l'a préparée. Hart m'a donc suivie jusque chez moi en sifflant et en me taquinant, ma tarte posée délicatement dans ses mains.

Longtemps après que sa panse soit pleine et que Wrennie se soit endormie, Hart se tenait dans ma cuisine et brassait le bois dans le poêle. En l'observant, je me demandais pourquoi il ne s'était jamais marié, pourquoi il ne s'était jamais fâché ou aigri au point de quitter la Baie. Si jamais quelqu'un avait été en droit de le faire, c'était bien lui.

— Tiens.

Je lui ai tendu une bourse de soie pleine de pièces, la même qu'il m'avait remise quand j'étais partie à Boston.

— C'est quoi, ça ? Elle est encore pleine. T'as rien dépensé ?

Maxine m'avait donné de quoi rembourser Hart, et une petite somme en plus.

— J'en ai pas eu besoin.

Il a posé la bourse sur la table et l'a poussée dans ma direction.

— Garde-la.

Je la lui ai rendue.

— T'as jamais voulu voir le monde en dehors de la Baie ?

Il a ouvert la porte du poêle et mis une autre buche dans les flammes.

— J'en ai vu assez pour me satisfaire.

— On pourrait s'occuper de ta mère, tu sais. Je pourrais lui rendre visite de temps en temps. T'aurais pas à t'inquiéter pour elle.

— Essaies-tu de te débarrasser de moi ?

— Pas du tout. Maintenant que la guerre est finie, je me disais seulement que tu voudrais peut-être...

— Perds pas de temps à te demander ce que je voudrais faire.

Il s'est levé, et j'ai cru qu'il allait partir. Je l'ai attrapé par la manche pour attirer son regard sur moi.

— Excuse-moi, Hart. Tu m'as été d'une aide tellement précieuse que je devrais rien dire sauf merci.

Je me suis dressée sur la pointe des pieds et l'ai embrassé sur la joue. Son début de barbe d'hiver m'a frôlé le visage. Il sentait bon le foin de trèfle récolté pendant l'été.

Nous ne nous sommes séparés que le lendemain matin. Et même s'il n'est plus ici, je sens encore la chaleur de sa présence dans le creux de mes seins, dans l'empreinte de sa tête sur mon oreiller. Il m'a donné un bonheur tranquille et sûr qui ne me quittera pas, et je ne pense pas que ce soit important qu'il me dise un jour qu'il m'aime. Je le connais si bien, je l'ai toujours connu. Je sais qu'il n'aime pas trop le sucré, ni dans son café ni chez une fille. Je sais qu'il n'a pas de patience pour les mensonges. *Le mensonge peut être regardé comme le marchepied de tous les vices.* Je sais que ce soir, vers minuit ou une heure trente, quand il verra que la Baie s'est endormie, Hart Bigelow montera tranquillement la butte aux Araignées pour s'étendre à mes côtés.

Mlle Maxine Cabott
23 Charter Street
North End, Boston
Massachusetts
U.S.A.

Le 30 janvier 1919

Mlle Dora Rare
Scots Bay, Nouvelle-Écosse
Canada

Ma chère Mlle Rare,
Ton absence se fait sentir au 23 Charter Street.

Je t'écris pour que tu ne te fasses pas de soucis quand tu entendras parler de ce qui s'est produit chez nous il y a quelques jours. L'incident n'est pas de la même échelle que la Grande Guerre ou votre terrible explosion à Halifax, mais j'en tremble encore tellement c'était bouleversant.

Notre quartier se préparait à accueillir les braves garçons qui ont servi pendant la guerre. Je ne sais pas si c'était en leur honneur ou parce qu'on sentait venir la prohibition, mais on avait rempli à ras bord une cuve de fermentation de la taille d'une maison, afin d'y produire une énorme quantité de bon vieux rhum.

Il faisait chaud ce jour-là, trop chaud pour le mois de janvier. À mesure que le mercure grimpait, la mélasse s'est mise à gargouiller et à bouillonner, à prendre de l'expansion à l'intérieur du réservoir déjà gonflé à bloc. Personne ne pouvait se douter de ce qui allait se produire... ni le jeune Peter Murphy qui s'appuyait contre le réservoir pour se réchauffer, ni les petites filles de l'école catholique qui rentraient dîner à pied, ni les femmes qui se rendaient au marché faire leurs emplettes, ni les hommes vaillants qui travaillaient dans les entrepôts sur la rue Commercial. Personne n'a entendu les parois du réservoir s'étirer... grincer... puis... BOOM ! Le plus effrayant, c'est que j'étais parmi ceux qui se trouvaient dans la rue ce jour-là. Je me promenais main dans la main avec Charlie, sans me douter de rien, quand une vague brune haute de trente pieds a déferlé sur nous, écrasant les rails du train surélevé, se heurtant contre les édifices.

Vingt-et-une personnes sont mortes étouffées. Si notre cher Charlie n'avait pas grimpé sur le mur d'une terrasse pour ensuite m'y hisser, j'aurais sans doute été la vingt-deuxième victime. Je pense que je vais devoir marier ton frère pour le remercier.

As-tu repris ton travail d'accoucheuse ? Charlie, les filles et moi avons parti une « entreprise de transport » : on utilise ma bonne vieille Hupmobile pour livrer de la boisson. Si seulement je pouvais empêcher mes chaussures de coller aux trottoirs, la vie serait si belle.

Des bisous à toi et à Wrennie,
Max

P.S. Je suis tombée l'autre jour sur ce passage de George Sand qui m'a fait penser à toi : « Je puise mon courage à une source inépuisable, ma loyauté. Le monde ne m'en tient pas compte ; mais je marche toujours, et j'arriverai peut-être à le convaincre. Un jour il me connaîtra sans doute, et si ce jour n'arrive pas, peu m'importe, j'aurai ouvert la voie à d'autres femmes. »

Mlle Dora Rare
Scots Bay, Nouvelle-Écosse
Canada

Le 10 février 1919

Mlle Maxine Cabott
23 Charter Street
North End, Boston
Massachusetts
U.S.A.

Chère Maxine,
Je suis soulagée d'apprendre que tout va bien de ton côté. J'ai vu une photo des ravages causés par votre grande vague de mélasse dans le Halifax Journal cette semaine. Tu parles d'un dégât ! Selon l'article, la brigade de pompiers de Boston a tout arrosé avec de l'eau salée du port pour tenter de nettoyer. Encore heureux que ce soit arrivé en hiver ! Ce qui reste gèlera, j'imagine, et il sera alors possible de détacher les restes des édifices, comme si c'étaient de gros morceaux de tire à la mélasse. Charlie en raffolait quand il était petit.

Ma petite Wrennie grandit tellement vite. Elle a deux dents déjà et elle est convaincue qu'elle est prête à marcher. Ses jambes, par contre, ne sont pas tout à fait du même avis. Ses cheveux sont plus roux que jamais, et plus épais aussi. Je suppose qu'elle tient ça de sa tante Max.

La vie pour moi s'est faite plus douce sur la butte aux Araignées, grâce à la présence d'un amant ces derniers mois. Ne m'en veux pas, s'il te plaît, d'avoir tu cette nouvelle, mais j'ai voulu m'assurer que ça allait durer avant de te l'annoncer. Je sais que tu ne seras pas aussi scandalisée que les gens à la Baie l'ont été, mais l'homme avec qui je partage mon lit est nul autre que Hart Bigelow, eh oui !, le frère de mon bon à rien de mari. Ne t'en fais pas, les deux sont comme le jour et la nuit. (Charlie pourra te le confirmer.) Il m'a parlé de mariage, mais je me contente de laisser les choses telles qu'elles sont pour l'instant, malgré la consternation qui règne dans la communauté.

Viens nous visiter ce printemps. On pourrait peut-être se faire des noces à quatre !

Vive l'amour !
Dora

« Je ne demande l'appui de personne, pas plus pour tuer un homme que pour cueillir un bouquet, corriger une épreuve, aller au théâtre. J'y ai été seule en homme, par goût, et quand je veux de belles fleurs, j'en vais chercher seule à pied dans les Alpes. »

— George Sand

47

Avant la fin de l'hiver, Hart montait la butte aux Araignées tous les soirs ou presque. Il reste tard, et nous ne nous soucions plus de ce que disent les autres à notre sujet. Sa mère peut à peine me regarder. Quand je passe à côté d'elle à l'église, elle ferme les yeux et fait semblant de prier. Hart dit qu'elle pleure encore Archer et que je ne dois pas m'en faire, mais je pense que c'est plus compliqué que ça. C'est comme si elle s'était convaincue que je suis responsable de la mort d'Archer et qu'elle a peur de perdre Hart aussi. Maman n'a rien dit, mais je vois bien qu'elle se réjouit de nous voir ensemble. Quant à Papa, je l'ai entendu marmonner plus d'une fois que Hart devrait « faire d'elle une honnête femme pis en finir avec le couraillage ».

Mes chères consœurs de la S.B.O. n'arrêtent pas de me taquiner à ce sujet chaque fois qu'on se rencontre.

Précieuse est désormais une membre « junior » de la Société, et la pire de toutes quand il s'agit de vouloir me tirer les vers du nez.

— T'as pas peur de la malédiction des Bigelow, Dora ? Les hommes de cette famille ont tendance à mourir jeunes.

— Une raison de plus pour en profiter tout de suite, dit Sadie en riant.

Celle-ci était armée de mes ciseaux de cuisine et me coupait les cheveux, les ramenant à la longueur qu'ils avaient quand j'étais revenue à la Baie.

— Arrête de rire, Dora, ou ça va avoir l'air comme si c'est la petite de Bertine, Lucie, qui t'a coupé les cheveux. T'as vu ce qu'elle a fait à sa poupée, non ?

Mabel m'a examinée attentivement, a penché la tête d'un côté puis fait le tour de la chaise avant de déclarer :

— Ça te va bien, Dora.

Elle a replié ses cheveux à la hauteur de ses oreilles et tourné la tête pour nous montrer l'effet.

— Qu'est-ce que vous en pensez, ça m'irait-tu, à moi aussi ?

Après que nous ayons toutes bu quelques tasses de thé punché, j'ai pris les ciseaux et donné une coupe carrée à chacune des Brocheuses occasionnelles. Ma tante Francine va certainement m'en vouloir d'avoir touché aux belles boucles de sa fille, mais Précieuse a tenu à participer au rituel. Ce qui est sûr, c'est que la nouvelle coupe lui donne un air sophistiqué. On dirait presque qu'elle est assez âgée pour se fiancer à Sam Gower.

Pendant que je coupais les cheveux de Bertine, celle-ci m'a raconté que sa belle-sœur, Irène, est enceinte.

— I' ont pas assez d'argent pour payer un accouchement à Canning, pas pour dire que c'est ce qu'a voudrait faire. Penses-tu que tu pourrais l'aider, Dora ? Je pourrais venir te donner un coup de main. I' lui reste encore deux mois, mais alle est déjà pas mal grosse pis a commence à se demander ce qu'a va faire. C'est son premier bébé.

Ginny tenait un miroir afin que Sadie puisse voir sa nouvelle coupe.

— A devrait venir rester icitte avec toi. C'est juste toi pis Wrennie su' la butte aux Araignées ; y a de la place en masse dans ta grande maison, pis c'est pas comme si t'avais un mari à garder après.

Sadie a arraché le miroir à Ginny.

— T'as pas pensé que Dora aime mieux ça de même ? P't-être qu'a veut pas d'un autre mari pis qu'alle est fatiguée d'aider les autres à accoucher. Ça t'arrive jamais de réfléchir avant d'ouvrir la bouche ?

— Tu m'as pas laissée finir, a rétorqué Ginny en faisant la moue. J'essayais d'y faire un compliment. Si c'était pas du fait qu'a m'a laissée rester avec elle, mon tit Éli serait pas là, pis je serais p't-être même pas là moi non plus.

Mabel était assise dans la chaise berçante de M'ame B. et tricotait.

— Ce serait p't-être plus facile pour toi de même. Si tu décidais de r'prendre à faire des accouchements, je veux dire. Tu serais chez toi, pis nous-autres, on serait pas loin si t'avais besoin d'un coup de main.

Bertine tenait le miroir à présent et m'observait pendant que je m'appliquais à couper ses cheveux en ligne droite.

— Tu dis rien, Dora. Qu'est-ce que t'as ?

J'ai regardé dans le miroir.

— Je suis pas sûre que ce soit la chose à faire.

— C'est pas mal p'tit chez Irène, mais a pourrait loger che' nous si tu veux pas qu'a reste icitte. Je comprendrais. C'est che' vous après tout.

— C'est pas ça.

— C'est quoi le problème, d'abord ?

— C'est que...

Bertine m'a regardée d'un air renfrogné.

— Brady Ketch est en prison à l'heure qu'il est, Dora. T'as sauvé la vie à Ginny *pis* à son petit. Qu'est-ce qu'i pourrait ben avoir à redire, le docteur ?

J'ai balayé les cheveux qui étaient tombés sur sa nuque.

— Il a pas dit un mot le lendemain que Ginny a accouché. Il est juste monté dans sa voiture puis il est parti. J'ai pas entendu parler de lui depuis.

Sadie s'est esclaffée.

— P't-être ben qu'i a peur que tu coures après avec une fourche !

J'ai hoché la tête.

— J'aurais peut-être pas dû faire ça. Plus de temps passe sans que j'aie de ses nouvelles, plus j'ai l'impression qu'il mijote quelque chose. Je serais pas étonnée de le voir arriver ici demain avec mon vieil ami le constable McKinnon.

Ginny a souri et m'a donné un coup de coude.

— Dans ce cas-là, va p't-être falloir qu'on prenne toutes nos fourches en main puis qu'on le chasse de la Baie.

— Ginny a raison, a répliqué Bertine, sourire aux lèvres et tapant du pied. Allons régler le cas au docteur Thomas avant qu'i vienne après toi.

~ Le 20 avril 1919

Bertine et Sadie ont écrit à des femmes de la région pour les inviter à participer avec nous à une marche prévue à Canning à la fête des Mères. Précieuse et Mabel ont fabriqué une grande bannière pour l'occasion et j'ai accepté de prendre la parole devant quiconque voudra bien m'écouter.

Si les femmes perdent le droit de décider où et comment elles donneront naissance à leurs enfants, elles perdront quelque chose d'aussi fondamental que la capacité de respirer.

J'en ai marre d'avoir peur.

Des centaines de manifestantes descendent dans les rues de Canning

Les femmes et les enfants d'abord! Voilà ce qui était inscrit sur la bannière derrière laquelle avançaient des manifestantes, mercredi dernier, dans les rues de Canning, en Nouvelle-Écosse. Plus de deux cents femmes provenant de différentes communautés de la montagne du Nord s'étaient rassemblées pour faire entendre leur appui aux accoucheuses qui exercent leur métier en milieu rural. Et ces femmes n'étaient pas seules : chacune était accompagnée d'un ou de plusieurs enfants, certains encore tout petits. Leur présence a fait sensation dans notre petite ville, leurs chants ayant mis fin à toutes les activités pour le reste de la journée.

Mme Bertine Tupper a fait valoir ce qui suit : « Les hommes ont le droit de dire aux femmes ce qu'ils veulent manger au déjeuner, au dîner pis au souper, mais ils veulent leur refuser le privilège de décider où c'est qu'elles vont accoucher. Ceux qui pensent ça ont moins de jugeote qu'une chèvre. »

Mme Kathleen Jess de Baxter's Harbour a raconté à l'assemblée la triste histoire du décès prématuré de sa sœur Ellie, morte en couches. « L'accoucheuse, Mme Sommers, est venue voir si elle pouvait me donner un coup de main. Le mari d'Ellie est arrivé peu de temps après avec le docteur Thomas, qui a viré l'accoucheuse de bord. Elle est restée à la porte en le suppliant de la laisser rentrer, disant qu'elle savait que le bébé se présentait par le siège, qu'elle pouvait l'aider, mais il l'a chassée en disant qu'il savait s'en occuper. Pis c'est vrai qu'il s'en est occupé. Avant le matin, ma sœur puis son enfant étaient morts tous les deux. Il a resté planté là à se tordre les mains en disant qu'il avait fait tout ce qu'il avait pu. »

Mme Ginny Jessup de Scots Bay a raconté qu'elle avait accouché récemment d'un bébé en santé au domicile de l'accoucheuse Dora Rare. « Elle sait exactement ce qu'il faut faire. Elle s'est fait transmettre le savoir, comme on le fait pour devenir maître constructeur ou qu'on est fermier et qu'on a travaillé toute sa vie sur la terre familiale. Elle sait comment faire. »

Mlle Rare a prononcé un discours éloquent devant une foule assemblée à l'extérieur de la maternité de Canning. Elle a parlé des expériences qu'elle a vécues dans l'exercice de son métier de même que des dangers auxquels font face les femmes qui vivent en milieu rural lorsqu'elles doivent descendre la montagne à la veille d'un accouchement. Elle a exhorté médecins et accoucheuses à « travailler ensemble et à se faire confiance » pour le mieux-être des femmes qu'ils desservent. Ses dernières phrases ont été accueillies par une salve d'applaudissements : « Quand un navire va couler, les hommes se mettent à crier : "Les femmes et les enfants d'abord !" Sœurs et mères de North Mountain, de Scots Bay, de Blomidon, Medford, Delhaven, Halls Harbour, Ross Creek, Gospel Woods et Baxter's Harbour, ne les laissons pas l'oublier : Les femmes et les enfants d'abord ! Les femmes et les enfants d'abord ! »

La Gazette de Canning
le 2 mai 1919

~ *Le 30 mai 1919*

Pendant la messe aujourd'hui, Bertine m'a passé un article qu'elle avait découpé dans la *Gazette de Canning*. Elle l'avait coincé entre deux pages de son livre de cantiques.

La maternité de Canning ferme ses portes

L'Assurance agricole du comté de Kings a annoncé qu'elle mettait fin aux activités de la maternité de Canning à compter d'aujourd'hui. Le docteur Gilbert Thomas a fait la déclaration suivante : « En mon nom et en celui de l'Assurance agricole du comté de Kings, je tiens à remercier toutes les mères et les familles qui ont fait appel aux services de cet excellent établissement. Je suis au regret de vous informer que je ne vois pas de raison valable pour maintenir ma pratique dans votre belle ville. Le besoin n'est simplement pas assez grand pour soutenir une telle entreprise. »

Celles qui détiennent une police de l'Assurance agricole pourront se présenter au nouveau cabinet d'obstétrique du docteur Thomas, désormais situé à Halifax.

J'ai décidé d'ouvrir une maison de naissances sur la butte aux Araignées pour les femmes de la Baie. Celles qui séjourneront chez moi n'auront qu'à respecter ces quelques règlements :

– Aucune femme ni aucun enfant ne sera refusé.

– Aucun paiement ne sera exigé.

– Aucun commérage et / ou parole cruelle ne franchira le seuil de ma maison.

– Nul ne peut assister à un accouchement sans y être invité par la mère.

– Mère et enfant(s) doivent rester au lit pendant au moins neuf jours après l'accouchement, ou jusqu'à ce que la mère retourne à l'église.

– Les visiteurs ne seront pas admis sans l'autorisation de la mère.

– Avant que la mère rentre chez elle, sa maison doit avoir été bien rangée, ses tâches ménagères doivent avoir été faites et l'on doit avoir mis en réserve les soupers pour une semaine en prévision de son retour.

Après avoir fini mon thé, ce soir, j'ai retourné la tasse dans ma soucoupe. Une, deux, trois fois le tour. *Ej vois une belle tite maison toute pleine d'enfants.*

Épilogue

L'électricité arrive à Scots Bay

Vingt-deux ans après les premiers lampadaires électriques à Canning, des poteaux électriques ont enfin été installés tout en haut de la montagne du Nord, à Scots Bay. M. Joseph Berch, représentant de la Société d'électricité du comté de Kings, a déclaré : « Ce fut une entreprise énorme et nous sommes reconnaissants aux gens de Scots Bay d'avoir fait preuve de patience et de compréhension. » Plusieurs domiciles, de même que l'église unie, le Centre maritime et l'école de Scots Bay, seront branchés d'ici la fin du mois.

La Gazette de Canning
le 4 juin 1944

Après la guerre, les trois-mâts n'étaient plus très recherchés. Le chantier naval a cessé d'opérer, et Papa a passé son temps à cogner aux portes en offrant aux autres de les aider avec « n'importe quoi-ce qui a besoin d'être fait ». Ce n'était pas tellement qu'il avait besoin d'un emploi, mais plutôt qu'il était incapable de rester là à ne rien faire. Jusqu'au jour de sa mort, jamais je ne l'ai vu se croiser les bras. Des gens sont venus s'installer à la Baie, d'autres sont partis – ceux-là étant plus nombreux –, pensant trouver quelque chose de mieux ailleurs. Ceux d'entre nous qui sommes restés ne pouvons toujours pas prétendre que la route de Scots Bay mène quelque part. Pour nous, c'est chez nous, tout simplement.

Ma maison perchée sur la butte aux Araignées, la maison des naissances, a vu son lot d'événements et de bébés. Il y en a moins ces temps-ci, depuis qu'une maisonnée sur deux possède une voiture et que tous nos jeunes hommes sont repartis à la guerre. La plupart de ces garçons ont vu le jour dans ma maison ; ils sont donc, en quelque sorte, mes enfants à moi. Comme toujours, les femmes continuent de se présenter chez moi quand elles ont besoin d'un coup de main, d'une bouteille de sirop, d'une tasse de thé punché, de quelques minutes de repos, le temps que je pose une main sur leur ventre en leur disant « Tout va bien, t'en fais pas ». Certaines d'entre elles, le temps venu, ont appris à retarder le moment de partir pour l'hôpital, si bien que leur mari doit les conduire jusqu'à ma porte. Ça ne me dérange jamais.

Mabel a eu deux autres bébés ici...

Bertine a eu un garçon.

Précieuse a épousé Sam Gower... et n'a pas tardé à devenir enceinte de jumeaux.

Enceintes ou non, les Brocheuses occasionnelles ne manquent jamais de se réunir le mercredi soir.

Aucune femme ni aucun enfant ne sera refusé.

Certaines femmes sont restées chez moi un jour, d'autres une semaine ou même un mois ou plus. *Une femme a toujours besoin d'un sanctuaire.* Judith s'en est allée à Paris au bras d'une poète, laissant Rachel à Boston, le cœur en miettes. La pauvre est venue à Scots Bay se réfugier dans ma chambre d'amis, où elle a versé toutes les larmes de son corps et peint tableau après tableau d'une mer sombre et agitée.

Wrennie, mon petit esprit des bois, a grandi en s'occupant de toutes ces femmes avec moi. Elle s'est fait une joie de s'asseoir avec une jeune mère en lui tenant la main ou de partager ses poupées avec des petites filles ayant perdu leur maison dans un incendie. À vingt-huit ans, elle est toujours aussi belle et ne sait pas trop comment maîtriser le feu qui brûle en elle et qui pousse les hommes à soupirer sous ses fenêtres. Elle a fait l'aller-retour entre Boston et la Baie si souvent que j'en ai perdu le compte.

Chaque été, Charlie arrive avec Maxine, toujours aussi heureux d'avoir sa femme à ses côtés. Leur venue coïncide avec l'arrivée du temps chaud à Boston, quand « la maudite mélasse recommence à sortir des craques du trottoir à Beantown ». Quand Max est à la Baie, on peut être sûr que le rhum et les paroles couleront à flots jusqu'à son départ. Elle débarque toujours avec des cadeaux plein les bras. « Quel genre de tante je serais si j'apportais pas plein de livres pour Wrennie puis de la bagosse pour sa Maman ? » Wrennie a donc été élevée à grand renfort de Virginia Woolf, de Katherine Mansfield, de James Joyce et de F. Scott Fitzgerald, avec aussi de grandes quantités de pain brun, de mûres et d'alose.

Pour les cinq ans de Wrennie, Max lui a offert une Victrola à manivelle. La petite a ri en la voyant : « Matante Max, c'est la fleur la plus drôle que j'ai jamais vue ! » Quand Max a fait partir la musique, Wrennie est tombée en amour. Bras tendus et yeux fermés, elle a virevolté dans toute la pièce. Des tangos, des valses, le Charleston, elle adore tout cela. Les soirs d'été, en juillet et en août, nous sortons la « fleur chantante » de Wrennie sur le perron et les gens du voisinage viennent entendre la musique et danser dans la cour.

Hart est resté mon partenaire de danse. C'est toujours mon amant, on ne s'est jamais mariés. Il me pose la question de temps à autre, mais il ne se plaint jamais quand je lui dis que je préfère garder les choses telles qu'elles sont. Même sur son lit de mort, la veuve Bigelow m'a fait la leçon, attribuant mon refus au fait que j'étais née différente, que j'avais habité avec M'ame B., que j'étais « la fille qui s'en était allée à Boston ». J'aurais dû lui dire que je voulais éviter de finir comme elle : veuve de deux maris, de deux frères

Bigelow. Je pense que M'ame B. aurait trouvé ça drôle. *Mam'zelle Austen semble tout le temps vouloir finir ses livres avec un mariage. Catherine qui marie Henry, Miss Bennett qui marie M. Darcy, pis après c'est la fin. M'est avis qu'alle asseye de nous faire comprendre qu'une fois que t'as marié ton homme, aussi ben dire que c'est fini.*

Je compte garder juste assez de distance avec Hart pour éviter que ça finisse. Il peut garder la vieille maison rouge pétant de sa mère : je vais rester ici, au sommet de la butte aux Araignées, à accueillir des bébés quand on a besoin de moi, à chanter les berceuses de M'ame B., à écrire des poèmes sur des bouts de papier et à tenir compagnie à Hart quand il passe me voir.

Ce soir, il montera la butte d'un pas las mais enthousiaste, en rentrant de cueillir du goémon. Pour l'instant, à la lueur de la brunante, je peux voir au loin les gens qui se rassemblent, dans leurs barques ou près de l'église. Ils attendent un scintillement, un ravissement. Ils attendent que s'allument les lumières à la Baie.

Notes tirées du

Livre des saules

La lune guette dessus les saules

Le jardin de l'accoucheuse

A c'est pour l'anis qui débloque les boyaux
B : bourse de pasteur qui ralentit ton sang
C comme dans cormier qui soulagera tes maux
D c'est dent-de-lion et ses feuilles qu'on bouille longtemps
E pour l'églantier qui fait une bonne tite gelée
F c'est le fraisier pour quand-ce t'es constipé
G c'est le goémon qui garde longtemps quand i' est chessé
H pour le houblon qui calme la digestion
I c'est comme if, son noyau c'est du poison
J pour le jaune qui annonce le tussillage
K comme kalmia en cataplasme pour les migraines
L c'est pour lédon, une bonne plante pour t'endormir
M c'est la moutarde pour faire sûr que tes règles viennent

N pour noisetier qui soulage les jambes de lait
O comme dans ortie, tu prends les feuilles,
jamais les graines
P pour le plantain en onguent sur les gerçures
Q : les quatre-temps qui guérissent le choléra
R comme rosemarine qui viendra baisser ta fièvre
S c'est sang-dragon pour faire quitter un avorton
T comme dans tanesie dans ton bain quand
t'as des crampes
U pour l'uvulaire, un bon traitement pour les ulcères
V comme dans verveine qui viendra calmer les nerfs
W c'est wapato, au tubercule très nourrissant
X-actement comme la patate finalement
Y c'est pour les yams que tu mettras dans ton potage
Z c'est pour le zeste – de citron pis d'humour
qu'on partage !

Accouchement par le siège

Dangereux pour la maman pis l'enfant. Mieux vaut essayer de faire tourner l'enfant par lui-même. À essayer : renverser la maman la tête en bas, la faire marcher comme un éléphant, refroidir sa bedaine, chanter une tite berceuse à l'enfant. Faire boire de la tisane de mère aux fleurs de pulsatille.

Aneth

Pour arrêter les coliques, frotte le ventre du bébé avec de l'huile de graine d'aneth. Pour guérir le hoquet, fais bouillir des graines dans du vin pis respire le mélange.

Arrière-faix

Mets un coquillage avec l'arrière-faix quand tu l'enfouis dans la terre. Ça donne au moins un an à la maman avant de retomber en famille. Si tu l'enterres près d'un pommier, l'enfant aura jamais faim. Si la maman arrête pas de saigner, mets du sel sur l'arrière-faix, enveloppe-le dans du papier, pis jette-le au feu. Ça brûle le sang.

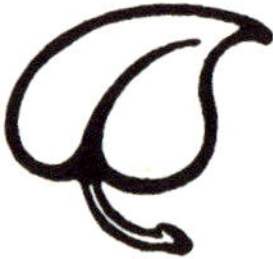

Baillarge (orge)

Épare-z'en sur le pas de ta porte pour éloigner les mauvais esprits. Pour attirer l'amour, bois tous les jours une tasse de bouillon de baillarge. *Un bain de baillarge pis d'oignon ramène à coup sûr ctilà qu'on a perdu.*

Bain de lune

Pour préparer la matrice à abriter un enfant, faut s'étendre toute nue à la pleine lune à la croisée des chemins.

Bourrache

Les graines pis les feuilles aidont la maman à faire plus de lait. Guérit un cœur brisé.

Café de farine brune

Pour couper un mal de cœur, mets une chopine de farine sur le poêle pis laisse ça chesser. Brâsse la farine pis laisse-la brunir jusqu'à tant qu'a seye noire comme du café. Mets-en deux cuillères à table dans une chopine d'eau bouillante pis échaude ça dans du lait. Prends du miel pour sucrer.

Camphre

Fais-en un onguent pour traiter le croup ou l'urticaire.
Mets-en dans l'eau de lessive pour éloigner les puces pis les punaises.

Cayenne (capsicum)

Voir aussi *Dardage*.
Renforcit la matrice. Aide à soigner les bébés jaunis.

Chandelle de Marie

Aide un ange à quitter son siège. Voir *Orme rouge*.

Chou

Soulage le mal quand-ce qu'une femme a les seins engorgés. Cuis les feuilles à la vapeur, laisse-les refroidir pis mets-les sur les seins de la maman.

Après les noces, plante le chou en premier pour attirer la chance pis l'amour.

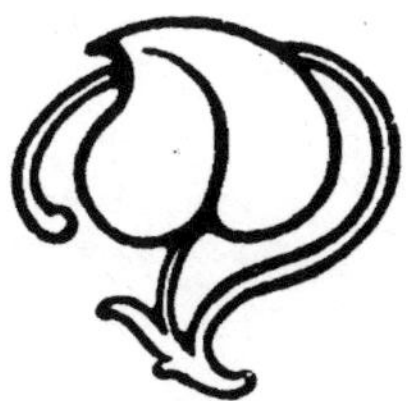

Citron

Le jus d'un citron mûr aide à libérer l'esprit. Presse-z'en dans le creux de la main pis renifle un bon coup.

Coiffe

Un bébé né avec une coiffe voit plus clair que nous autres. Amène le don de clairvoyance. Protège contre la noyade.

Coing

Fruit du cognassier, au goût assez doux. Guérit les mamelons gercés pis douloureux. Trempe des graines de coing dans un peu de thé froid pour les ramollir pis étale-les sur les mamelons.

Consoude

Aide à réduire les pertes blanches, dans un lavement.

Cordon ombilical, soin du

Graisse un morceau de mousseline avec du saindoux, mets-le sur une pelle pis fais griller le linge sur le poêle. Coupe un petit trou dedans, pis passe le bout du cordon dans le trou. Garde la mousseline en place avec des bouts de lingette pour éviter que le bébé déchire sa bédaine en braillant. Laisse ça en place pendant trois à six jours ou jusqu'à tant que le bout du cordon chessé tombe tout seul. La poudre d'hydraste peut aider à chesser plus vite.

Dardage

Aide à sortir le bébé quand-ce la maman est fatiguée. Prends une plume d'oiseau pis mets du poivre dedans. Souffle ça dedans son nez pis a va pousser pour sortir le bébé.

Eau de mai

La veille du premier de mai, étends un drap entre deux arbres pis pose une pierre au bas pour laisser la rosée s'écouler. Mets un bol à c't'endroit-là pour attraper les gouttes. Le premier jour de mai, à l'aube, verse les gouttes dans une bouteille en chantant :

Le premier de mai
Avant le lever du jour
Marie verse ses larmes
Pour la guérison divine

Eau des anges

Pour faire descendre un ange quand-ce que les règles d'une maman sont deux lunes en retard, fais bouillir un mélange d'emplâtre de plomb, de menthe pouliot pis d'herbe à dinde. Ajoute une pincée de borax pis une pincée de poudre à fusil. Mélange avec du whiskey, donne à boire pis attends que ça agisse.

Face d'étranger

Méfie-toi de la face d'étranger. Quand-ce tu peux point reconnaître une femme en la voyant, mets-la au lit pis fais sortir son bébé sans tarder.

Fenouil

Fait monter le lait dans les seins de la maman. Fais bouillir les feuilles avec de la baillarge pis bois le bouillon. Fait couler le lait bien gras.

Fièvre puerpérale

Causé par les mains sales. *Lave-toi toujours les mains avant de prier.*

Framboise

Cadeau du Bon Djeu à toutes les mamans. Renforce tout son être : son cœur, sa matrice, ses os.

Gâteau à la mélasse

2 tasses de mélasse
1 tasse de lait bouilli
1 c. à thé de poudre à pâte
3 ½ tasses de farine tamisée
4 œufs
1 tasse de beurre
1 c. à table de gingembre en poudre
¼ c. à thé de clou de girofle en poudre
¼ c. à thé de cannelle en poudre
½ tasse de raisins secs (ou de pomme râpée)

Gin aux rognons de castor

Quelques cuillerées (pur ou dans son thé) empêchent de tomber en famille le temps d'un cycle lunaire. Recouvre de gin des rognons de castor pis laisse-les macérer sous la pleine lune pendant trois cycles.

Goémon (ceinture de Neptune)

Met du sel dans les veines. Garde le sang fort pour l'année à venir. *Mais attention ! Ça peut attiser les ardeurs de ton homme.*

Grande camomille (pyrèthre doré)

Prépare une tisane avec les feuilles. Ça calme les inquiétudes.
Fais mijoter la plante pis ses fleurs dans l'eau pour un bain de siège. Ça renforcit la matrice.
Mieux vaut la planter à part dans ton jardin. Les abeilles voudront pas s'en approcher.
Sert à faire le *tonique de lune*.

Guimauve (mauve blanche)

Attire les bons esprits.

Huile de castor (Palma Christi)

Aide à guérir le corps où-ce qu'on l'applique.
Mes mains sont les Siennes
Mes mains sont les Siennes
Palma Christi
Palma Christi
Mains du Christ

Laurier

Écris tes souhaits sur une feuille de laurier, brûle-la pis i' se réaliseront le jour même.

Lavande

Fleur de la Sainte Vierge. Tisane de vérité, de foi pis d'amour.

Lin

Pour guérir la toux pis les maux de gorge, fais une tisane avec des graines de lin, du citron pis du miel.

Lobélie

Si la maman pogne des crampes pis perd du sang, la lobélie dira à son corps quoi-ce qu'i faut faire. Si l'enfant peut être sauvé, il le sera. Sinon, la plante l'aidera à laisser aller l'enfant pis te netteyera. Mélange de tisane : lobélie, grande camomille, framboisier, cataire. *Tisane et repos*.

Mal de tête

Simple – Marche à reculons pour un demi-mille, pas plus vite qu'un escargot.
Intense – Bois une infusion de cataire. Fais un emplâtre avec du poivre de Cayenne pis du vinaigre pis mets-le sur le front. Dors jusqu'à tant que ça passe.

une rumeur ça s'épare
facile comme du beurre

Manteau de Notre-Dame

Le Manteau de Notre-Dame, cette chère bien-aimée, verse ses larmes entre l'aube pis le point de rosée. Celle qui s'agenouille à ses pieds au mitan de son cycle pour prendre ses larmes sur la langue tombera en famille.

Mors-du-diable (succise des prés)

Fais une infusion avec les fleurs pour faire venir les règles à temps. La plante sent le miel. *La fleur sent tellement sucré que le diable a mordu la racine de la première plante en voulant nous l'enlever.*

Mort, épingle de la

Pour faire sûr qu'une parsonne est morte, enfonce une épingle propre dans la chair de son bras gauche. Si c'est noir quand ça sort, la parsonne est vivante. Si l'épingle sort propre, la parsonne est morte.

Mousse

La mousse cueillie sur la tombe d'une bonne femme apporte de la chance.

Mousse irlandaise

Pour préparer le blanc-manger pis apaiser un estomac troublé, fais bouillir une cuillerée de la plante séchée dans une tasse d'eau. Bois-en deux fois par jour.

Oignon

Pour guérir la grippe, frotte-toi le dessous des pieds avec un oignon coupé. Enterre l'oignon quand t'en as fini.

Sirop d'oignon (ail, oignon, mélasse) : prends-en trois fois par jour pour chasser la maladie.
Bain d'oignon et de baillarge : chassera la pire maladie.
Jette un oignon après la mariée, tu la débarrasseras de ses chagrins.

Oreilles de souris (piloselle)

Peut sauver la vie. Guérit les gros cas d'urticaire qui font faiblir le cœur. Tu cueilles ça sur les roches au bord d'un cours d'eau douce.

(PEU IMPORTE CE QUE TU FAIS, TCHEUQU'UN A TOUJOURS SU QUE ÇA SE PASSERAIT DE MÊME.)

Orme rouge

Pour rappeler un ange, enduis trois fois la chandelle de Marie d'huile d'orme rouge pis glisse-la dans l'entrejambe.
Pour faire taire une rumeur, attache un bout de ficelle jaune à une branche pis jette-le dans le feu.

Patience des moines

Attache-z'en au bras gauche d'une femme qui veut tomber enceinte.

Pulsatille

Voir aussi *Accouchement par le siège*. Pour la femme qui sait pas si qu'a doit rire ou pleurer, qu'a peur de rester toute seule, qui change d'avis chaque fois que le vent change de bord.
Réchauffe le sang pis fait suer.
Si son bébé se présente par le siège, une dose de tisane de mère l'aidera à virer de bord.
Cueille les premiers bourgeons au printemps pis attache-les à ton bras avec du tissu rouge. Éloigne la maladie.

Racine de mandragore

Porte-bonheur diabolique. Quand tu la cueilles, prends garde de tourner le dos au vent. Trace trois arcs autour de la plante avec la pointe d'un couteau, dans le sens des aiguilles d'une montre. Arrose avec des Larmes de Marie. Déterre la plante en la tournant vers l'ouest.

Saignements

Pour arrêter les saignements, infuse de la bourse-à-pasteur pis de l'écorce de myrique pour en faire une tisane.

Sauge

Aide à soulager les douleurs après l'accouchement. Mais attention ! Ça tarit le lait aussi. Les crapauds aiment bien. *Celle qui veut bien se porter doit manger de la sauge en mai.*

LA PIRE CHOSE TU POUVIS FAIRE À UNE FEMME, C'EST LA BECQUER SU' LA JOUE PIS Y DIRE QUE LES CHOSES POUVONT PAS ÊTRE PIRES. LA MINUTE TU DIS ÇA, C'EST GARANTI ÇA VA EMPIRER.

Saule

Cogne dessus un saule trois fois, pis y a pas rien de méchant qu'atterrira chez toi.

Sevrage

Bois de la tisane de sauge à la lune décroissante. Pour faire tarir le lait après le sevrage, dis à la maman de tirer un peu de son lait pis de le jeter sur une pierre chaude.

Souci (calendula)

Un onguent à base de souci pis de miel guérit les brûlures pis les irritations. *La jeune fille qui danse nu-pieds dans les fleurs de souci comprendra le langage des oiseaux.*

Têtes de violon

Cueille la première fronde de fougère que tu vois au printemps. Éloigne les maux de dent pendant un an.

Tisane de mère

Feuilles de framboisier, ortie, mélisse, pommes chessées, fenouil.

Tisane des grandes marées

Soulage les crampes menstruelles pis encourage la régularité. Trois jours avant tes règles, bois une tisane faite à partir du mélange suivant :

Une part de bardane
Une part de goémon
Trois parts de graines de fenouil
Une part de graines de carotte sauvage
Rassemble les herbes dans une pochette de mousseline pis mets-les à tremper dans l'eau bouillante. Prends-en deux fois par jour, de préférence à l'heure des grandes marées. Donne-z'en pas aux femmes qui veulent tomber en famille.

Tonique de lune

Pour se préparer à faire un bébé. À la pleine lune, infuse de la racine de réglisse, des fleurs de grande camomille pis de l'asclépiade dans du vin. Fais cuire à feu doux, sans bouillir. Ajoute de la cannelle pis de la muscade, sucre au goût. Développe les attirances entre un homme pis une femme. *Boire à longueur de journée pour se faire tendre, prête et gaie.*

Trille dressé

Protège la maman des maladies.
Prends un bain dans du jus de trille pour protéger des morsures de serpent.

Tussilage (pas-d'âne, Filius ante patrem)

Y a rien de mieux contre un méchant mal de gorge. Mais plante pas ça dans ton jardin, sinon t'auras rien d'autre dans tes sillons. Tu verras les boutons jaunes de la plante sortir d'entre les roches pis dans les fossés bien avant que les feuilles arrivent. C'est pour ça qu'on l'appelle le fils avant le père. Rappelle-toi où-ce tu l'as vu au printemps pour pouvoir y retourner. Fais cuire les feuilles, passe le mélange au tamis, ajoute du sucre pis laisse ça bouillir. C'est prêt quand-ce qu'une goutte du sirop durcit dans l'eau froide.

Varne (aulne)

Pour netteyer le foie ou guérir l'urticaire, fais infuser de l'écorce de varne pis donne ça au bébé. Ça l'empêchera de virer jaune.

Salve nos, Stella Maris
Étoile des remous,
sauvez-nous.

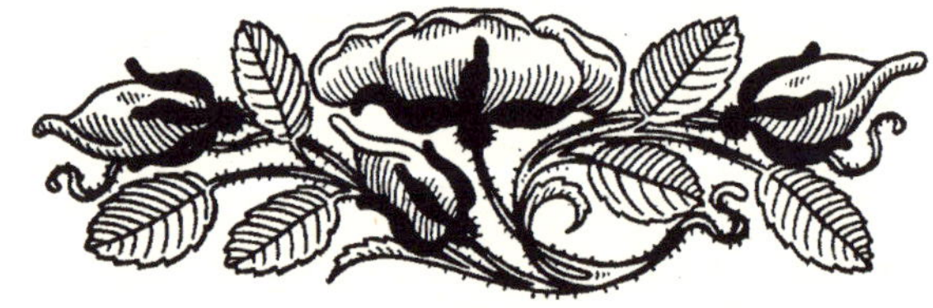

Mot de l'autrice

Pendant la Première Guerre mondiale, les nouvelles du front ont dominé les manchettes des journaux, tandis que les luttes que menait le mouvement pour le droit de vote des femmes étaient reléguées aux dernières pages. Les questions de fertilité, de contraception et la science de l'obstétrique étaient abordées de temps à autre dans les journaux des grandes villes, mais seulement en passant – à moins que ce soit pour signaler que Margaret Sanger avait encore été arrêtée pour avoir distribué des informations sur la planification familiale.

Les luttes que menaient les femmes pour avoir le droit de décider de leur corps se déroulaient en silence et ont plutôt été consignées dans des journaux intimes ou dans des lettres échangées entre femmes. Les traditions, les idées sur l'accouchement, la santé et le bonheur des femmes se partageaient autour de cercles de tricot ou autour d'une table. Dans les petites communautés reculées, l'accoucheuse était la détentrice de tout ce savoir.

Petite, j'observais ma mère de près afin d'apprendre tout ce que je pouvais d'elle. J'aimais m'asseoir à ses côtés pendant qu'elle cuisinait, faisait de la couture ou jardinait, et même pendant qu'elle se maquillait. Je me souviens qu'à la fin de la journée, elle vidait toujours ses poches sur un plateau miroir – une bobine de fil, un petit mot d'une amie, des épingles à cheveux, une fiche de recette, une cocotte que je lui avais donnée en cadeau, une photo arrachée des pages d'un magazine... On aurait dit un trésor qui attendait d'être présenté à une reine. Le reflet de son époque, de son art. Quand je me suis assise pour écrire *The Birth House*, je me suis rendu compte que c'est ainsi que je voulais organiser mes mots : en créant un album littéraire fait à partir du quotidien de Dora.

Plusieurs ouvrages ont servi d'inspiration à ce roman, dont *Shattered City: The Halifax Explosion and the Road to Recovery* de Janet F. Kitz, *A Midwife's Tale: The Life of Martha Ballard, Based on Her Diary, 1785–1812* de Laurel Thatcher Ulrich, *Giving Birth in Canada, 1900-1950* de Wendy Mitchinson, *The Technology of Orgasm: "Hysteria," the Vibrator, and Women's Sexual Satisfaction* de Rachel P. Maines [disponible en français grâce aux bons soins de la traductrice Oristelle Bonis sous le titre *Technologies de l'orgasme. Le vibromasseur, l'« hystérie » et la satisfaction sexuelle des femmes*], *Hygieia: A Woman's Herbal* de Jeannine Parvati, *Herbs and Things* de Jeanne Rose, *Edible Wild Plants of Nova Scotia* de Heather MacLeod et Barbara MacDonald, et *Science of a New Life*, un ouvrage merveilleusement obscur du docteur John Cowan.

Mais de toutes les sources que j'ai employées, les plus précieuses ont été mes échanges au fil des ans avec les résidents de Scots Bay.

Remerciements

Merci au ministère du Tourisme, de la Culture et du Patrimoine de la Nouvelle-Écosse pour le généreux soutien qu'on m'a accordé sous la forme d'une subvention à la création.

Pour la formation pratique qu'elle m'a offerte, je tiens à remercier tout spécialement mon ange accoucheuse, Louise MacDonald. Pour les nombreuses heures qu'elle a passé à marcher à mes côtés, à discuter avec moi et à prendre le thé, je remercie ma grande amie Jen White.

Pour l'intérêt constant et les conseils qu'elle m'a donnés (et parce que jamais elle ne s'est contentée de ce qui n'était pas tout à fait spectaculaire), merci à ma merveilleuse et infatigable agente, Helen Heller.

Un grand merci à Louise Dennys de m'avoir incluse dans sa promotion passionnée et novatrice de nouvelles œuvres de fiction canadiennes. Merci à mon éditrice, Diane Martin, d'avoir cru à mon travail et de m'avoir prêté son regard affûté; à ma réviseure, Angelika Glover, pour sa vision et son intuition littéraire impeccables; et à la graphiste Kelly Hill d'avoir su trouver la véritable essence de mes mots et de les avoir habillés plus finement que jamais je n'aurais pu l'imaginer. Un merci spécial à mes amies Marion Garner, Deidre Molina, Kendell Anderson, Mary Giuliano, Constance MacKenzie et Jan Sibiga, qui ont pris le temps de venir dîner avec moi, d'avoir été de si merveilleuses lectrices et d'avoir soutenu mon travail. Merci également à Sue Sumeraj d'avoir veillé à la relecture du manuscrit.

Jamais je n'aurais pu écrire ce livre sans le soutien des nombreux mentors merveilleux que j'ai croisés sur ma route. Je tiens à exprimer mon éternel respect à Dick Miller de CBC Radio et à le remercier de m'avoir encouragée et d'avoir partagé sa créativité. Mon amitié et mon admiration vont à Richard Cumyn pour toutes les heures de conversation et les nombreux conseils qu'il m'a donnés. Je serai à jamais reconnaissante à Jane Buss et à la Writers' Federation of Nova Scotia pour le programme de mentorat auquel j'ai pu participer.

Parmi ceux qui m'ont guidée dans mes recherches, je tiens à remercier Dan Conlin du Musée maritime de l'Atlantique, de même que les formidables bénévoles à la société historique du comté de Kings et du Fieldwood Heritage Society à Canning. J'ai puisé beaucoup d'inspiration des nombreuses conversations et visites avec Mme Mary Rogers Huntley, les sœurs Tupper – Pat et Sharon –, Calvin et Joy Tupper, Mme Fran Steele et Mme Irene Huntley. Merci également à Mme Rhea P. McKay de m'avoir encouragée et de m'avoir fait parvenir son exemplaire de *The Science of a New Life*.

S'il est vrai que j'ai passé de nombreuses heures à écrire en silence dans ma chambre, j'étais toujours accompagnée du bourdonnement psychique de ma famille et de mes amis. Merci à mes frères Skip et Doug et à ma sœur Lori de m'avoir laissée renverser du lait et monopoliser les conversations à l'heure des repas. Merci à Maman et Papa d'avoir toujours pris le temps de me lire des histoires (et de se lire des histoires entre eux) à l'heure du coucher. Merci à Dawn et Marta, mes marguerites, pour leur amitié éternelle. Merci à Mitzi de Box of Delights d'avoir toujours pris des nouvelles de mon livre. Merci à Doretta et aux autres randonneurs au clair de lune (Chris, Holly et les autres) pour les promenades et les feux de joie sur la plage, et d'avoir prouvé que les mamans aussi peuvent être des artistes. Merci à mes fils que j'aime tant, Ian et Jo, de m'avoir donné du temps à consacrer à mon art. Et merci plus que tout à Ian, mon bien-aimé, de m'avoir prise par la main un jour de novembre orageux et de m'avoir ramenée à la maison.

Ami McKay
Scots Bay, Nouvelle-Écosse, 2006

Mot de la traductrice

Nous voilà arrivés à la toute fin de ce livre envoûtant dans lequel j'ai habité, en le traduisant, pendant plus d'un an.

Le lecteur attentif que vous êtes aura peut-être remarqué quelques détails assez inusités dans *L'accoucheuse de Scots Bay*. Le premier qui saute aux yeux doit sans doute avoir été le vernaculaire employé pour refléter l'anglais non standard – tantôt néo-écossais, tantôt louisianais, tantôt américain – des personnages de l'autrice. La décision d'employer un français aux couleurs acadjonnes et cadiennes dans les dialogues de ce roman ne s'est pas fait à la légère ; il s'agissait d'un moyen de faire entendre les français qui circulaient en Nouvelle-Écosse vers 1916-1919 et de donner corps au français plus métissé de M'ame B., celui qui l'aurait suivie depuis sa Louisiane natale et qui se serait transformé au gré d'une trentaine d'années à vivre tout près de Grand-Pré, dans la vallée d'Annapolis.

Vous aurez sans doute repéré entre les pages de cette traduction plusieurs chansons tirées du répertoire franco-canadien. Il s'agit là d'un résultat concret d'une longue réflexion quant au meilleur moyen de transmettre au lecteur francophone l'univers référentiel de l'autrice. Sachant à quel point la musique est importante pour Ami McKay – elle est musicienne et a été formée en musicologie, après tout – je me suis arrêtée à chacune des chansons qui figurent dans ce roman pour en analyser l'origine, le thème, le registre, le rythme et la période pour ensuite partir à la recherche de chansons à proposer en français. C'est ainsi qu'au chapitre 13, par exemple, « Waltz Me Around, Willy », une valse simple, romantique et nostalgique composée en 1906 par F.A. Mills, devient « Le temps des cerises », une grande valse à la structure mélodique toute simple composée en 1868 par Jean-Baptiste Clément et Antoine Renard, puis reprise notamment par la célèbre soprano Odette Dulac, grande militante pour les droits des femmes, en 1901. Au chapitre 11, « I Don't Want to Play in Your Yard » (H.W. Wingate et Philip Petrie, 1894) cède sa place au refrain d'« À la claire fontaine », une chanson traditionnelle qui, selon le folkloriste Ernest

Gagnon, est connue de tous « en Canada », « depuis le petit enfant de sept ans jusqu'au vieillard aux cheveux blancs » (1865 : 1) ; en écoutant bien, on découvre que les deux mettent en mots la fin de quelque chose. Les cantiques « 'Twas Rum That Spoiled My Boy » et « Send Me a Lifeboat », connus des membres du mouvement de la tempérance vers 1916 et cités au chapitre 15, deviennent « Entendez-vous la tempête qui gronde » et « Marie est l'exemple », deux chants tirés d'un livre de cantiques publié à Montréal en 1910 par « La Tempérance ». Mais la plus belle trouvaille de toutes, il me semble, reste la version en créole louisianais de « A Good Man is Hard to Find » (Eddie Green, 1918), dont les paroles sont citées par Miss Chérie au chapitre 43. Cette dernière a été enregistrée par Lizzie Miles chez Capitol Records en 1956, mais j'imagine sans peine qu'elle a été chantée bien avant par cette même interprète qui tournait sans relâche sur les scènes d'Amérique et d'Europe au début des années 1920.

Un travail plus discret a été fait sur une foule de noms de plantes qui figurent dans ce livre. Dans les instances où les noms saints ou poétiques se perdaient dans le transfert linguistique (quand Mary's Slippers devenait l'ancolie du Canada, par exemple, ou Mary's Sword of Sorrow, l'iris d'Allemagne), j'ai effectué une plongée dans les listes de plantes répertoriées en Nouvelle-Écosse pour trouver des espèces aux noms tout aussi parlants et dotées de propriétés médicinales pertinentes.

Quelques ouvrages ont valu leur pesant d'or dans mon travail de traduction, notamment le *Dictionnary of Louisiana French* d'Albert Valdman et sa grande équipe d'associés (University Press of Mississippi, 2010), le *Glossaire acadien* de Pascal Poirier (Éditions d'Acadie, 1993), *Médecine traditionnelle en Acadie* de Murielle Boudreau (Éditions de la francophonie, 2014, pour la plus récente édition) et *Chansons populaires du Canada* d'Ernest Gagnon (Bureau du « Foyer canadien », 1865). En dehors des livres, un secours précieux m'a été apporté par David Mazerolle, botaniste extraordinaire ; Nathan Rabalais, écrivain et chercheur de la Louisiane ; Éric Fontaine, traducteur brillantissime ; et Ginette White, ma soie de réviseure.

À ces remerciements essentiels s'ajoute une petite liste de gens et d'organismes envers lesquels je suis très reconnaissante : Ami McKay, l'autrice exceptionnelle à qui nous devons l'existence même de ce magnifique récit ; denise truax et son équipe chez Prise de parole, qui ont embarqué à pieds joints dans l'aventure de ce projet de publication ; l'équipe du Centre de traduction international de Banff (BILTC), où j'ai eu l'immense privilège de séjourner en juin 2018 pour entamer cette traduction ; le Conseil des arts du Canada, subventionnaire du projet ; Danielle Leblanc et Georgette Leblanc pour les conversations emballantes sur la langue et les enjeux de la traduction ; Adalber Salas Hernández et tant d'autres pour la même raison.

Et merci à vous, cher lecteur, de vous attarder à ce billet. Trop souvent, le traducteur est un artisan de l'ombre. J'espère que ces quelques mots serviront à vous rappeler non seulement à quel point notre travail est long et minutieux, mais qu'il est rarement effectué en vase clos.

Sonya Malaborza
Moncton, Nouveau-Brunswick, janvier 2020

Table des matières

Achevé d'imprimer
sur les presses de l'Imprimerie Gauvin,
à Gatineau (Québec).

sans explosions cette ville n'existerait pas
Robert Dickson